Heike Franke

DIE STILLE DER SAVANNE

ROMAN

TINTE & FEDER

Deutsche Erstveröffentlichung bei
Tinte & Feder, Amazon Media EU S.à r.l.
38, avenue John F. Kennedy, L-1855 Luxembourg
November 2019

Umschlaggestaltung: zero-media.net, München
Umschlagmotiv: © Morenovel / Alamy Stock Photo;
© superbank stock / Shutterstock; © Runa0410 / Shutterstock
1. Lektorat: Silvia Kuttny-Walser
2. Lektorat und Korrektorat: Verlag Lutz Garnies, Haar bei München,
www.vlg.de
Gedruckt durch:
Amazon Distribution GmbH, Amazonstraße 1, 04347 Leipzig /
Canon Deutschland Business Services GmbH, Ferdinand-Jühlke-Straße 7,
99095 Erfurt /
CPI books GmbH, Birkstraße 10, 25917 Leck

ISBN 978-2-91980-370-5

www.tinte-feder.de

»Ich denke oft an Afrika. Dieser Satz wird bleiben, denn die
Sehnsucht, die dieser Kontinent weckt,
ist wohl nie ganz zu stillen.«
Rolf Seelmann-Eggebert

1

Die letzte Nacht des Jahres ist über Berlin gefallen, zusammen mit jenem unerbittlichen Ostwind, der die Stadt in seinen Klauen hält, faucht, die Zähne bleckt und sich mit schier unverwüstlicher Wucht alles Leben einverleibt. Ein verfressenes, gieriges Monster, das den Asphalt silbrig werden lässt, Papierfetzen durch die Straßen jagt und Tage, manchmal gar Wochen braucht, ehe es sich endlich so sehr verausgabt hat, dass es stirbt.

In der Wohnung ist es still. Und dunkel. Nur die alte Küchenuhr tickt Sekunden zu Minuten, dann zu Stunden. Verfrühte einzelne Raketen werfen ihren Lichtstrahl ins Fenster. Rot, grün oder blau leuchtet es auf, wabert über das Basilikum auf dem Fensterbrett, leckt nach dem Küchentisch, der Spüle, dem gestapelten Geschirr, das keiner abgewaschen hat, und – verlischt.

Der Tee ist kalt geworden. So wie das Jahr.

Draußen knallen Böller.

Ich starre auf den Pass.

Vor etwas mehr als einer Woche habe ich ihn abgeholt. Nichts ahnend. Voller Vorfreude auf ein Jahr, das mich rund um die Welt führen sollte. Mich und Paul. Und jetzt ist der Pass so nutzlos wie die über Jahre angehäuften Überstunden und nicht genommenen Urlaubstage auf meinem Arbeitszeitkonto, die Impfungen gegen Hepatitis A und B bis Typhus, Cholera und Gelbfieber.

Ein Jahr.

Ein ganzes Jahr.

So lange haben wir, habe ich darauf hingearbeitet, und jetzt weiß ich nicht, was ich damit anfangen soll. Nicht mit dem Jahr, nicht mit dem Pass. Und vielleicht nicht einmal mehr mit mir.

Ich schiebe vorsichtig die Tasse zur Seite, taste nach dem Dokument, ziehe es zu mir heran wie etwas Zerbrechliches. Zart nehme ich es hoch, blättere durch die leeren Seiten.

Sie knistern. Riechen nach Pappe und etwas Undefinierbarem.

Das Foto kommt mir fremd vor. Biometrisch korrekt, der Blick starr nach vorn gerichtet, kein Lächeln, nicht einmal ein Anflug davon. Das bin so gar nicht ich.

Oder doch?

So viele leere Seiten.

So viel Platz für Fremdes, für Abenteuer, bunte Visumstempel, die eine Geschichte erzählen sollen, später, in einem Jahr.

Eine? Ach was, viele. Was sag ich? Unzählige Geschichten, die alle mir gehören. Mir und Paul. Über die wir lachen, von denen wir erzählen, selbst in dreißig Jahren noch, wenn wir knapp über sechzig sind. Geschichten, in denen es einmal heißt, das ist passiert, bevor ihr auf der Welt wart, bevor wir geheiratet haben, bevor, bevor, bevor.

Stattdessen gibt es nur noch ein Nach. Und das schon lange vor jedem Bevor. So, wie es kein Wir mehr gibt. Nur noch den Pass, den kein Mensch braucht.

Eine besonders helle Rakete leuchtet in die Küche, wirft ihren roten Schein über den Tisch, meine Hände, mich. Und erlischt ganz langsam.

Wie kann sich ein Mensch so leer und gleichzeitig so schwer fühlen? Blei in den Adern, in jedem Muskel, selbst in der Lunge nichts als Blei.

Hört das jemals wieder auf? Kann ich irgendwann wieder aufstehen? Diesen Stuhl verlassen? Die Küche? Mein Leben mit Paul? Oder bleibe ich darin gefangen, und nur er ist weg?

Vorsichtig klappe ich den Pass zu. Lege ihn mit Bedacht auf den Tisch. Schiebe ihn ganz langsam von mir fort.

Vor ein paar Stunden noch habe ich mich gefragt, ob diese Seiten für all die Visa dieser Welt reichen werden.

2

»Ist das nicht ein bisschen übereilt?« Ben, Pauls jüngerer Bruder, sieht mich mehr flehend als skeptisch an, während er die letzte Umzugskiste durch die Diele trägt. »Paul ist gerade fünf Tage weg. Vielleicht kommt er ja wieder?«

Ich halte die Tür auf, sprichwörtlich den Rücken an der Wand, und schweige. Ben kennt Paul. Besser noch als ich. Er muss wissen, dass Paul seine Entscheidungen nicht revidiert. Ein Wesenszug, den ich bis vor wenigen Tagen noch an ihm geschätzt habe. Seine Verlässlichkeit. Die Sicherheit, die er mir damit gegeben hat.

»Hast du dir genau überlegt, dass du das willst?«

Was weißt du schon, denke ich und schlucke. Die Wut ist ein Feuerball in meinem Bauch, der aufwärts drängt. Nach draußen will. Dorthin, wo er wüten kann, vernichten. Aber Ben hat das nicht verdient, ist nicht der richtige Adressat.

»Paul wird ganz schön sauer sein.« Ben bleibt in der offenen Tür stehen, die Kiste vor seinem Bauch wie ein Bollwerk, gegen das ich nicht anrennen will.

»Dann ist das eben so«, quetsche ich zwischen zusammengebissenen Zähnen hervor.

»Ich kenne dich gar nicht wieder, Alex.« Er schüttelt den Kopf. »Du hättest doch nicht wirklich seine ganzen Sachen zum Sperrmüll gegeben, oder?«

Hätte ich? Ist das noch relevant? Allein die wütend hingeworfene Drohung hat Ben, der für den großen Bruder durch jedes Feuer gehen würde, sofort in die Spur geschickt. Ich wusste das, ohne es wirklich zu wissen. Aber ich musste es versuchen, denn ich hatte das Gefühl, nicht einen Tag länger mit Pauls Sachen um mich herum leben zu können. Sie nehmen zu viel Platz ein und rauben mir die Luft zum Atmen.

Ben mustert mich. Ich kann ihm ansehen, dass er nicht mehr weiß, was er von mir halten soll. Doch in diesem Augenblick ist es mir so was von egal, das glaubt kein Mensch. Nicht einmal ich selbst.

»Was ist nur zwischen euch vorgefallen?«

Ich löse mich von der Wand, die Hand fest auf der Klinke, trete in die Mitte der Diele und beginne, die Tür vor seinem ungläubigen Blick zu schließen. »Mach's gut, Ben.« Ich, schmal und ein wenig zittrig auf den Beinen, versuche, Barrikade zu sein, Ben und vor allem Paul aus meinem Leben auszusperren.

»Mann, Alex …«

Ich drücke die Tür zu, schneide ihm das Wort ab, lausche der Stille, die sich ausbreitet und in der seine sich entfernenden Schritte verloren gehen.

Atme auf.

Die erste Etappe ist geschafft. Ein Anfang, nicht weniger, nicht mehr. Gewiss. Aber besser als nichts.

Die Wohnung ist so leer, dass jedes Geräusch auf einmal ungewohnt nachhallt. Meine wenigen Besitztümer, auf drei Zimmer, Küche, Bad verteilt, nehmen sich nahezu lächerlich aus.

Habe ich wirklich so wenig Platz in Pauls Leben beansprucht? Sind wir daran gescheitert? Oder hat er mir so wenig Raum gegeben?

Paul, der immer genau wusste, wo es langgeht, was er will, was gut ist. All die Jahre habe ich fest daran geglaubt, dass sein Weg auch meiner ist. Dass wir das Gleiche wollen. Bis er auf einmal weg war. Ohne mich. Dafür mit Sabine. Und ich kann nicht umhin, mich zu fragen, ob ich zu angepasst war. Zu wenig eigene Ideen hatte. Zu sehr Schaf war, das hinter ihm hertrabte.

Ich stelle mich mitten ins Wohnzimmer. Die Nachmittagssonne fällt aus dem stahlblauen Himmel durchs Fenster und lässt die Dielen honigbraun schimmern. Staubkörnchen schweben nahezu unbewegt. Weiße Flecke leuchten, wo Pauls Bilder hingen, der Rest der Wände ist nicht grau, aber nach neun gemeinsamen Jahren eben auch nicht mehr porzellanweiß.

Ich werde streichen müssen. Aber gut, dafür habe ich ja jetzt mehr als genug Zeit.

Wie bitter das klingt.

Fünf Tage ist Paul nun weg. Fünf elende Tage, in denen ich mir erst die Seele aus dem Leib geheult und dann sein geliebtes Geschirr aus dem Fenster geschmissen habe. Eine verdammte Furie – das hat er aus mir gemacht. Und ich weiß nicht, wen ich mehr dafür hassen soll, Paul oder mich selbst.

Aufhören musste das. Und zwar bevor ich für immer dieses Zerrbild meiner selbst geworden wäre. Bevor Wut und Verzweiflung mich so zerfressen hätten, dass von mir nichts mehr übrig bleibt.

Deshalb habe ich einen Haufen Umzugskisten gepackt und Ben angerufen. Egal, was das mit mir macht. Egal, was Paul dazu sagt.

Und auch das ist schon wieder falsch. Es sollte mir völlig gleichgültig sein, was Paul will. Er ist weg. Hat sich ohne ein Wort davongemacht. Er hat, verdammt noch einmal, in meinem Leben nichts mehr zu sagen.

Wäre gut, wenn ich das schaffen würde. Aber vielleicht erwarte ich da gerade jetzt zu viel von mir. Denn wenn ich ehrlich bin, dann weiß ich, käme er in diesem Augenblick zur Tür herein, ich wäre so erleichtert, dass es kaum auszuhalten ist. Wie erbärmlich.

Fünf Tage.

Wie weit kommt man in fünf Tagen mit dem Wohnmobil, das wir zusammen ausgesucht und gekauft und dann hergerichtet haben? Bis nach Griechenland? In die Türkei? Nimmt er die Route, die wir in nächtelanger Kleinarbeit geplant haben? Mit seiner neuen Flamme? Oder haben sie eine andere ausgesucht? Und wie neu ist die neue Freundin überhaupt?

Ich muss mich setzen, denn mir ist plötzlich schwindlig. Der Raum, meine Welt, alles schlingert.

Hat Paul mit dieser Sabine geplant wie mit mir? Karten gewälzt, Reiseführer gelesen, im Internet recherchiert? Sich gefreut und Reisewarnungen des Auswärtigen Amtes in den Wind geschlagen?

Wie lange ging das schon mit den beiden? Und wieso hat er nichts gesagt? Wieso hat er mich in dem Glauben gelassen, dass wir zusammen ein Jahr lang die Welt umrunden? Er muss doch längst gewusst haben, dass er nicht mit mir, sondern mit Sabine diese Reise antreten wird. Hat er es schon gewusst, als wir an dem Wohnmobil gearbeitet, es instand gesetzt haben?

Was für ein Schrotthaufen das war, und was wir daraus gemacht haben! Das erstattet mir kein Mensch, schon gar nicht Paul, der jeden Cent zweimal umdreht.

Er ist halt sparsam, habe ich ihn Freunden gegenüber in einem fort verteidigt und war insgeheim froh, dass er meine Verschwendungslust immer wieder ausgebremst hat. Auch als es darum ging, das Wohnmobil zu kaufen. Ich hätte alles Geld für so ein schickes Teil hingeblättert, aber Paul hat darauf bestanden, dass wir ein in die Jahre gekommenes Gefährt wieder herrichten und damit mehr Geld für die eigentliche Reise zur Verfügung haben.

All die Stunden Arbeit, die in dem Wohnmobil stecken. Die Mühe, die Liebe. Und jetzt kuschelt er mit dieser Sabine darin? Die keinen Finger krumm gemacht hat.

Und ich? Welche Zeichen habe ich übersehen? Welche Signale missachtet? Es muss welche gegeben haben. Oder etwa nicht?

Ich verschränke die Hände auf dem Kopf, presse die Ellenbogen vor meinem Gesicht aneinander, versuche, mich vor diesen Gedanken zu schützen, die mich anfliegen. Ein Kampfgeschwader aus Zweifeln und Verwirrung, das ich abwehren muss. Irgendwie.

Ich habe es nicht kommen sehen.

Die Erkenntnis ist schmerzhaft, aber Leugnen hilft nicht. Ich habe es weder kommen sehen, noch kann ich greifen, was passiert ist. Und selbst, wenn ich bereit wäre, mich der Wahrheit zu stellen: Paul ist weg. Vermutlich für ein ganzes Jahr. Ich kann ihn nicht fragen, und nur er hat die Antwort.

Ich nehme die Arme herunter, stütze die Hände auf dem Boden ab und atme tief durch. Die Holzdielen unter meinen Handflächen sind warm und beruhigend fest.

Ich habe ein Jahr. Und keinen Plan mehr. Nicht einmal eine Vorstellung. Oder wenigstens eine Idee. Stattdessen einen Haufen Probleme, darunter einige, die man lösen kann und muss.

Zum Beispiel werde ich die Wohnung nur halten können, wenn ich mindestens ein Zimmer untervermiete. Außerdem brauche ich einen neuen Job, denn ich habe nicht vor, weiterhin Paul im Büro über den Weg zu laufen. Nicht einmal dann, wenn in einem Jahr der größte Teil meiner Wut verraucht sein wird. Was ich hoffe, worauf ich allerdings im Moment nicht wetten würde.

3

Ding dong, ding dong ding dong … Ich lausche dem warmen Big-Ben-Klang, den die Wohnungstür meiner Nachbarin nur unerheblich dämpft. Es dauert einen Moment, dann höre ich ihre schlurfenden Schritte näher kommen.

»Ach, Frau Bertram.« Magda Kaiser steht in der geöffneten Tür, fährt sich durch die kurzen silbergrauen Locken und lächelt mich aus wasserblauen Augen an. »Sie kommen bestimmt wegen des Briefkastenschlüssels. Wann geht es denn los?«

»Gar nicht.« Die zwei Worte rutschen ungeplant scharf über die Lippen.

»Wie? Sie gehen nicht auf Weltreise?« Die drei horizontalen Falten auf Frau Kaisers Stirn werden tiefer.

»Nein, also …« Ich stehe da, zucke hilflos die Schultern, schüttle den Kopf, ziehe die Unterlippe ein und kaue darauf herum. Als ob der Schmerz mir dabei helfen könnte, die richtigen Worte zu finden. »Also … ich fahre nicht«, bringe ich schließlich leise hervor.

Frau Kaiser sieht mir forschend ins Gesicht und zieht die Augenbrauen zusammen. Sie ist Mitte achtzig, aber vormachen kann man ihr nichts.

Ich fühle mich hilflos. Gelähmt. Stehen gelassen und vergessen in diesem Moment, in dieser Situation, die Paul für mich zusammengezimmert hat.

»Kommen Sie, Frau Bertram«, Frau Kaiser fasst nach meinem Arm und zieht mich sanft in ihre Wohnung, »ich hab gerade frischen Kaffee gekocht.«

Ich weiß nicht, ob ich das will. Mit ihr Kaffee trinken, reden. Aber ich finde weder die Kraft noch den Mut zum Widerstand.

Frau Kaiser wohnt hier schon seit einer Ewigkeit. Sie hat ihre beiden Töchter in dieser Wohnung großgezogen und ihren Mann beim Sterben begleitet. Als Paul und ich nebenan eingezogen sind, hat sie uns am Umzugstag nicht nur Brot und Salz, sondern auch Suppe gebracht.

Jedes Mal, wenn wir in den Urlaub oder auch nur ein paar Tage weggefahren sind, hat sie unsere Blumen gegossen, nach der Post gesehen und uns zur Rückkehr einen selbst gebackenen Kuchen hingestellt.

Paul hat ihr allwöchentlich einen Kasten Mineralwasser besorgt, und ich suche seit neun Jahren nach etwas, womit ich mich für die vielen kleinen Gefälligkeiten und Freundlichkeiten erkenntlich zeigen kann. Bis heute habe ich es nur bis zum immer mal wieder mitgebrachten Blumenstrauß geschafft.

Wir sind gute Nachbarn, keine Frage, dennoch wissen wir wenig voneinander. Der Altersunterschied, die Lebensumstände, mein Bedürfnis nach Privatsphäre, all das hat uns stets getrennt. Erwartet sie jetzt etwa, dass ich ihr mein Herz ausschütte?

Frau Kaiser schiebt mich auf einen der beiden Stühle und stellt zwei Tassen mit Blümchenmuster auf den Küchentisch. Aus einem der oberen Schränke holt sie eine Packung Kekse, die sie geräuschvoll öffnet. Dann gießt sie uns aus der gelben Thermoskanne ein und setzt sich mir gegenüber. »Milch? Zucker?«

Ich schüttle den Kopf.

Sie gibt Milch in ihren Kaffee, rührt um und sieht dabei aus dem Fenster. »Es hat angefangen zu schneien«, stellt sie gedankenverloren fest.

Ich trinke einen Schluck Kaffee und weiß nicht, was ich sagen soll.

»Ich hab ihn gesehen, Ihren Paul«, sagt sie schließlich. »Aber ich dachte …« Sie schüttelt den Kopf, und es wirkt ein wenig unwirsch.

»An Silvester?«, frage ich leise, und die Erinnerung an diesen Tag, daran, wie ich mit den letzten Kleinigkeiten aus der Drogerie und dem freudigen Gefühl, dass jetzt das Abenteuer losgeht, nach Hause kam und den Zettel vorfand, auf dem nur stand: *Tut mir leid, ich bin mit Sabine weg*, hingekritzelt wie etwas Unwichtiges, Nebensächliches, wie ein *Bring Brot mit*, ist wie ein Messer, laserscharf, das in meiner Seele steckt und von unsichtbarer Hand ganz langsam gedreht wird.

Ich sitze still, die Hände ruhig auf dem Tisch. Atme flach, als ob ich so verhindern kann, dass der Schmerz sich durch meine Adern frisst, in jede Zelle dringt, versessen darauf, mich ganz und gar in Besitz zu nehmen.

Ich kann das nicht zulassen. Schon gar nicht hier, Frau Kaiser gegenüber.

»Paul ist mit seiner neuen Freundin auf die Weltreise gegangen.« Ich muss mich zwingen, das zu sagen, aber als die Worte einmal ausgesprochen sind, wird etwas in mir ein wenig leichter.

»Und Sie wussten das?« Frau Kaiser sieht mich ungläubig an.

»Nein.« Ich schüttle den Kopf. »Er war wohl zu feige, es mir ins Gesicht zu sagen.« Unsere jahrelange harmonische Zweisamkeit wirft auf einmal unheimliche Schatten.

Meine Nachbarin nickt, als verstehe sie gerade das, was mir gänzlich unverständlich erscheint.

»Sie müssen also weder Blumen gießen noch die Post herausnehmen.« Ich versuche ein Lächeln, es fühlt sich eigenartig an.

»Und Sie? Was machen Sie jetzt mit dem freien Jahr?« Sie legt ihre gepflegten Hände um die Tasse, die Finger feingliedrig, die Haut dünn über den Knochen, die Nägel zartrosé lackiert. »Oder gehen Sie doch wieder arbeiten?«

»Nein, aber was ich mit der Zeit anfange, weiß ich ehrlich gesagt noch nicht. Ich glaube, ich brauche erst einmal ein paar Tage, um das alles zu verdauen.«

»Sie und Ihr Freund arbeiten doch in derselben Firma, oder?«

Hat Paul ihr das erzählt? Ich war es jedenfalls nicht. Zumindest kann ich mich nicht daran erinnern, mit ihr überhaupt jemals über die Arbeit gesprochen zu haben. Von Paul hätte ich das bis vor ein paar Tagen auch nicht gedacht. Dass er mich einfach sitzen lässt, allerdings auch nicht. Wer weiß, in welcher Hinsicht ich mich noch in ihm getäuscht habe. »Ich werde mir einen neuen Job suchen.«

Frau Kaiser nickt bedächtig und schenkt ungefragt Kaffee nach. »Was machen Sie eigentlich beruflich?« Sie schiebt die Kekse in meine Richtung. »Wenn ich das fragen darf.« Ihr Lächeln wirkt fast ein wenig scheu auf einmal.

»Ich bin Researcherin, Paul ist Analyst in einer Wirtschafts- und Vermögensberatungsfirma.« Noch während ich das sage, wird mir klar, dass meine etwas über achtzigjährige Nachbarin damit vermutlich wenig anfangen kann. Zu modern die Berufe, zu englisch die Bezeichnungen. »Ich suche Informationen zu bestimmten Themen, stelle Daten zusammen«, versuche ich ihr zu erklären. »Es geht darum, zu einem bestimmten Thema so viel Wissen wie möglich zusammenzutragen und Statistiken zu erstellen. Die Analysten werten das dann aus, beurteilen Börsengänge, bewerten Unternehmens- und Branchenentwicklungen und sprechen Kauf- und Verkaufsempfehlungen für Anleger aus.«

»Und Paul und Sie haben sich so kennengelernt? Bei der Arbeit?«

»Ja, während eines gemeinsamen Projekts.« Die Erinnerung an unser erstes Aufeinandertreffen, als er in der Firma angefangen hat, drängt mir eine Reihe von Bildern auf, die ich nicht sehen will. Paul, wie er in diesem schicken Anzug vor mir steht, mit seiner selbstbewussten Art und dieser Aura von Kompetenz und Wissen. Einer, der die Zügel in die Hand nimmt. Einer, der vorgeht. Beeindruckt hat er mich damit. Mich und alle anderen.

»Dann arbeiten Sie eng zusammen?« Frau Kaisers Stimme dringt aus großer Entfernung zu mir.

»In derselben Firma, aber schon lange nicht mehr im selben Team.« Langsam finde ich wieder zurück ins Jetzt und Hier. »Ist auch ganz gut so.« Ich angle nach einem Keks und stecke ihn mir in den Mund.

»Weil man sonst das Privatleben in die Arbeit und die Arbeit in den Feierabend mitnimmt?«

Ich nicke und spüre den Schokoladenüberzug auf der Zunge schmelzen, genieße, wie sich der süß-herbe Geschmack ganz langsam ausbreitet.

»Dann sind Sie also gut darin, Dinge herauszufinden?« Frau Kaisers Blick heftet sich mit einer neuen, ungewohnten Intensität auf mich.

»Gewissermaßen.« Ich frage mich, worauf das hinausläuft. Es fühlt sich nicht so an, als fragte sie mich das aus reiner Nettigkeit.

»Und um was für Themen geht es bei Ihrer Arbeit?«

»Ganz unterschiedlich. Geschäftsdaten einer bestimmten Branche, Informationen zu bestimmten Märkten und Wettbewerbern …«

»Also sind Sie eine Art Detektivin?« In Frau Kaisers Augen blitzt etwas auf.

»So würde ich mich nicht unbedingt bezeichnen«, wiegle ich ab, auch wenn ich den Vergleich eigentlich recht charmant finde, »aber wieso fragen Sie?«

»Ich hätte da so eine Idee, was Sie mit all Ihrer freien Zeit anfangen können. Etwas, das Sie auf andere Gedanken bringt.« Sie nimmt ihre Tasse, hält sie an den Mund, trinkt aber nicht. Stattdessen wendet sie den Kopf und schaut aus dem Fenster.

Ihre Haut wirkt auf einmal fahl, aber vielleicht ist es nur das schwindende Licht des vergehenden Tages. Ich würde sie gern fragen, was sie im Sinn hat, aber etwas an ihrer Körperhaltung rät mir, es sein zu lassen.

Und so schweigen wir einen langen Moment, jede von uns gefangen in ihren eigenen Gedanken. Zwei Welten, die sich berühren, jedoch kaum überschneiden. Zwei Frauen an einem Küchentisch, die im Grunde nichts miteinander zu tun haben. Die das Schicksal willkürlich zueinandergeführt hat und eines Tages ebenso willkürlich wieder trennen wird.

»Lassen Sie mich erst noch ein wenig darüber nachdenken, ja?« Ihr Blick, den sie mir nun wieder zuwendet, ist klar, auch wenn ein schwerer Schmerz darin schwimmt.

4

Ich klicke mich lustlos durch WG-Zimmer-Gesuche auf den üblichen Immobilienportalen, lese die mal längeren, mal kürzeren Texte und finde an so ziemlich jedem etwas auszusetzen.

Männer kommen aus Prinzip nicht infrage. Das ist vielleicht dumm, aber ich kann mir beim besten Willen zurzeit nicht vorstellen, mit einem Vertreter dieses Geschlechts auch nur den Mülleimer zu teilen. Geschweige denn die ganze Wohnung.

Studentinnen verfügen selten über ein sicheres Einkommen. Auszubildende sind zu jung. Die wollen feiern und kommen, zum ersten Mal außerhalb Mamas Sichtweite, am Ende jede Nacht wer weiß wann polternd nach Hause, bringen One-Night-Stands mit und stibitzen meine Joghurts aus dem Kühlschrank.

Alleinerziehende Mütter beziehungsweise ihre jede Nacht schreienden Babys haben mir gerade noch gefehlt, auch wenn ich zugegebenermaßen im Moment sowieso eher zu den Nichtschläfern und Im-Bett-hin-und-her-Wälzern gehöre, deren Gedanken auf der Decke jede Nacht Tango tanzen.

Bleiben die frisch Getrennten, aber wer will schon Leidensgenossinnen? Und die überzeugten WG-Bewohnerinnen mit ihren Putzplänen und Kühlschrankeinteilungen, die mich schon als Studentin in die Mordlust getrieben haben.

Ich schiebe den Laptop zur Seite und lege meine Arme und den Kopf auf den Küchentisch.

Ein Glück, dass niemand meine Gedanken lesen kann. Ich klinge wie eine verbiesterte Übriggebliebene, die nichts außer Vorurteile und abgegriffene Klischees im Kopf hat. Grausig.

Diese Situation macht eine Frau aus mir, die, würde ich sie auf einer Party kennenlernen, nie im Leben meine Freundin würde.

Ich weiß nicht, wie ich mein Leben zurückerobern kann. Ich weiß nicht einmal mehr, wie mein Leben überhaupt aussehen soll.

Im Grunde will ich keine Untermieterin. Ich will mich weder auf einen fremden Menschen einlassen noch darüber nachdenken müssen, ob ich nachts um drei jemanden wecke, wenn ich den Fernseher anschalte.

Ich will auf meinem Sofa hocken und heulen können, ohne dass mich jemand fragt, warum oder ob ich einen Tee zur Beruhigung will. Denn ich will mich nicht beruhigen, verdammt. Ich will Paul anschreien, auf den Tisch hauen, Türen schmeißen, toben, wüten – das ganze Programm.

Aber Paul ist nicht da. Und ich kann mir die Wohnung allein nicht leisten. Schon dafür wünsche ich ihn wahlweise zum Teufel oder dorthin, wo der berühmte Pfeffer wächst.

Mühselig hebe ich meinen schweren Kopf wieder, ziehe den Laptop zu mir, entschlossen, einen neuen Versuch zu starten.

Es klingelt.

Ich will keinen Besuch. Ich will nicht reden und auch nicht zuhören und erst recht nichts erklären. Ich will mir nicht anhören, wie schlecht ich aussehe, aber dass alles irgendwann wieder gut wird, weil die Zeit alle Wunden heilt. Das tut sie nämlich nicht.

Zeit ist ein Schmerzmittel, das nur unzureichend hilft. Der Schmerz bleibt, jenes dumpfe Gefühl unter der Oberfläche. Eine nicht verhallende Bassnote, die man nicht hört, aber spürt.

Es klingelt erneut, dieses Mal länger anhaltend. Kann diese Welt mich nicht einfach in Ruhe lassen?

»Frau Bertram?« Die Stimme meiner Nachbarin dringt gedämpft durch die Tür. »Sind Sie da, Frau Bertram?«

Schwerfällig stemme ich mich hoch. So ziemlich jeden würde ich in dem Glauben lassen, ich sei nicht zu Hause, aber nicht Frau Kaiser. Nicht die Frau, die nie eine unserer Bitten abgelehnt hat.

Uns.

Es gibt kein Uns mehr. Uns ist jetzt Paul und Sabine. Soll der Teufel sie holen.

Ich schließe auf, öffne die Tür aber nur einen Spaltbreit, denn ich bin mir der Tatsache wohl bewusst, dass die olle Jogginghose und das Sweatshirt schon bessere Zeiten gesehen haben. So wie mein ungeschminktes Gesicht und meine seit einer Woche nicht gewaschenen Haare.

»Ich dachte schon, Sie sind gar nicht da.« Frau Kaiser übergeht mein verwahrlostes Äußeres, aber ich bin sicher, sie hat es bemerkt. »Kann ich reinkommen?« Sie streckt mir die Arme entgegen, in den Händen hält sie einen Topf. »Ich habe Hühnersuppe gekocht. Die hilft bei so ziemlich jeder Krankheit.«

»Ich bin aber nicht krank«, protestiere ich schwach, trete allerdings zur Seite und lasse sie ein.

»Papperlapapp.« Frau Kaiser marschiert schnurstracks in die Küche, stellt den Topf auf dem Herd ab und dreht sich zu mir um. »Teller? Löffel?«

Ich weise auf den Schrank und sinke auf den Stuhl. Es tut gut, jemand anderen übernehmen zu lassen. Zu viel mehr wäre ich auch gar nicht in der Lage.

Ich weiß nicht, wann ich zum letzten Mal etwas gegessen habe. Skeptisch beäuge ich, wie Frau Kaiser die Suppe in einen tiefen Teller schöpft, unsicher, ob ich überhaupt etwas zu mir nehmen kann.

Vorsichtig koste ich schließlich einen Löffel Suppe. Sie schmeckt nach Kindheit und Geborgenheit, nach einer Zeit, in der die Welt noch in Ordnung war. Brühe und Huhn, Karotten, Lauch und Sellerie. Warm rinnt die Flüssigkeit meine Kehle hinab, die mehr als nur meinen Bauch wärmt. Balsam für meine zerrissene Seele.

Frau Kaiser lässt mich schweigend einen ganzen Teller Suppe essen. Ich bin froh, dass sie weder Fragen stellt noch mich mit den üblichen Plattitüden überschwemmt. Ich könnte all die Binsenweisheiten wie *das wird schon wieder*, *andere Mütter haben auch schöne Söhne* und *heulen Sie so einem Kerl doch nicht hinterher* nicht ertragen.

»Danke«, sage ich ein wenig kleinlaut und lehne mich auf meinem Stuhl zurück.

Magda Kaiser lächelt zufrieden. »Ich würde Sie gern um einen Gefallen bitten, Frau Bertram.«

»Schießen Sie los.«

»Sie wissen doch, ich habe zwei Töchter, Christina und die zehn Jahre jüngere Eva …« Ihre Gesichtszüge entgleiten ihr ein wenig, sie richtet den Blick starr auf den Tisch vor sich und hält den Kopf gesenkt.

Trotzdem entgeht mir nicht, dass ihre Augen zu schwimmen beginnen. Die sonst so fröhliche ältere Dame ist auf einmal abhanden gekommen, und vor mir sitzt eine gebeugte alte Frau.

»Ich habe seit fünf Jahren nichts von Eva gehört«, bringt sie schließlich hervor, und ihre Stimme ist dabei so leise, dass ich die Worte kaum verstehe.

Die Art, wie sie mir das mitteilt, das Stück Leben, das sie mir von sich zeigt, all das trifft mich unerwartet.

Ich sitze, schweige, schaue sie an und warte, unsicher, ob da noch etwas kommt. Ob sie erwartet, dass ich Fragen stelle. Ob sie überhaupt mehr berichten will. Und ein wenig bin ich auch erstaunt, dass sie das ausgerechnet mir erzählt.

Vielleicht fühle ich mich ihr deshalb auf einmal unsagbar nah. Hier, in dieser Stille, die sich zwischen uns spannt und in der nur das Ticken der alten Küchenuhr zu hören ist.

»Ich dachte, Sie könnten Eva vielleicht bitten, dass sie sich mit mir trifft.« Magda Kaiser sieht auf, und in ihrem Blick wogt unendlich viel Hoffnung, ihr Flehen darin wirkt wie Treibgut, das an meine Küste gespült wird.

»Wieso fragen Sie sie nicht?«, taste ich mich behutsam vor. »Sie könnten ihr zum Beispiel einen Brief schreiben, wenn Sie Ihre Tochter nicht anrufen wollen.«

Sie lächelt, aber es wirkt gequält. »Ich weiß nicht, wo sie jetzt wohnt. Oder arbeitet.«

»Das lässt sich doch bestimmt herausfinden.« Ich bemühe mich, mir nicht anmerken zu lassen, wie irritiert ich bin. Eine Mutter, die nicht weiß, wie sie ihre Tochter erreichen kann? Diese Mutter? Eine Frau, die ich nur als herzlich und ausgesprochen hilfsbereit kenne?

Magda Kaiser zuckt die Schultern und schaut mich hilflos an.

»Gut, also dabei kann ich Sie unterstützen. Wir können ins Internet schauen oder auch zum Einwohnermeldeamt gehen.«

»Das würde mir helfen.« Sie klingt nicht sonderlich überzeugt.

»Na dann …« Ich schiebe meinen leeren Teller zur Seite und will den Laptop zu mir heranziehen, aber Frau Kaiser legt mir ihre Hand auf den Arm und hält mich mit dieser simplen Berührung zurück.

»Ich habe sehr viel falsch gemacht.« Das Bedauern in ihren Augen ist unübersehbar.

»Machen wir nicht alle Fehler? Immerzu?«

»Mag sein.« Sie schüttelt langsam den Kopf. »Ich möchte einfach meine Tochter noch einmal sehen, ehe ich sterbe, und mich bei ihr entschuldigen.«

»Sie sind aber doch nicht krank?« Erstaunt registriere ich den Knoten, den ich plötzlich in meinem Bauch spüre. Habe ich etwa Angst um die Nachbarin, die ich eigentlich kaum kenne?

»Nein, keine Bange, nicht dass ich wüsste. Aber ich bin alt.« Frau Kaiser tätschelt meinen Arm, dann zieht sie langsam die Hand zurück.

»Ich kann natürlich versuchen, Ihre Tochter ausfindig zu machen, aber mit ihr sprechen müssen Sie dann schon selbst.«

»Natürlich.« Sie steht langsam auf. »Aber Sie müssen Eva um das Treffen bitten.«

»Wieso ich?« Etwas in mir sträubt sich.

»Weil Eva sofort Nein sagt, wenn ich sie selbst frage.«

Irgendwie klingt das alles dubios, aber ich will in diese Geschichte nicht hineingezogen werden. Nicht jetzt. Ich habe genug mit mir selbst zu tun, also frage ich auch nicht, was zwischen den beiden vorgefallen ist.

»Bitte, Frau Bertram.« Sie wischt sich über die Augen.

»Lassen Sie mich Ihre Eva erst mal finden.« Ich willige nicht zuletzt deshalb ein, weil es endlich eine Gelegenheit ist, auch einmal etwas für sie tun zu können. Und weil sie mir leidtut. »Vielleicht gelingt mir das ja auch gar nicht.«

»Ach, für Sie als Researcherin ist das doch bestimmt ein Kinderspiel.« Frau Kaisers Stimme ist auf einmal wieder voller Leben.

Ich fürchte, sie hat eine völlig falsche Vorstellung von meinem Beruf. Ihr Vertrauen in meine Fähigkeiten in allen Ehren, aber ich bin mir nicht sicher, ob ich ihr helfen kann, schließlich habe ich mit so etwas überhaupt keine Erfahrung. Dennoch will ich es versuchen. »Können Sie mir ein paar Informationen geben? Dann helfe ich Ihnen zumindest, Ihre Tochter erst einmal zu finden. Alles andere sehen wir dann.«

Ich angle nach dem Notizbuch, das auf dem Fensterbrett liegt, und zücke einen Stift. Ich will ihr keine Hoffnung machen, denn schließlich beschränken sich meine Kenntnisse in Detektivarbeit auf ein paar Details, die ich aus Krimis und Filmen aufgeschnappt habe. Und wie seriös solche Anleitungen für eine Hobby-Miss-Marple sind, das wissen wir wohl alle. Aber ich fürchte, allein die Tatsache, dass ich mich der Sache annehme, entzündet ihre Zuversicht.

»Informationen?«, fragt Frau Kaiser und zieht die Stirn in Falten, aber es wirkt nicht skeptisch.

»Evas letzte Ihnen bekannte Adresse zum Beispiel. Ihr Geburtsdatum und wo sie gearbeitet hat. Namen, vielleicht sogar Telefonnummern von ihren Freunden. Alles, was Ihnen einfällt, eben.«

Frau Kaiser zögert einen Moment, dann setzt sie sich wieder hin. »Ich hoffe, Sie haben Zeit, Frau Bertram.«

Ich schürze die Lippen und nicke. »Ein ganzes Jahr«, sage ich mit einem Augenzwinkern. »Das wird reichen, oder?«

5

Eva Kaiser. Davon gibt es viele. Unter anderem eine freischaffende Künstlerin in Salzburg, eine Make-up-Artistin mit offensichtlichem Hang zu Brigitte-Bardot-mäßig geschminkten Frauen, zumindest lassen die Fotos auf ihrer Webseite darauf schließen, eine Public-Relations-Managerin und gefühlte dreihundert Psychotherapeutinnen quer durch die Republik verteilt.

Keine sieht dem Bild ähnlich, das Magda Kaiser mir von ihrer Tochter gegeben hat. Auch nicht in der Facebook-Suche, die eine potente Zahl an Eva Kaisers auflistet, die meisten davon jedoch leider ohne Profilfoto.

Einigermaßen frustriert klappe ich das Notebook zu und starre aus dem Fenster, vor dem die kahlen knorrigen Äste der Kastanie sich markant gegen den milchig-grauen Winterhimmel abzeichnen. So komme ich offenbar nicht weiter.

Das Einwohnermeldeamt? Bekommt man dort überhaupt einfach so Auskunft? Braucht es nicht einen überzeugenden Grund? Ich hoffe doch. Schließlich könnte sonst jeder kommen und jedermanns Anschrift erfragen. Mit Datenschutz und Schutz der Privatsphäre hätte das wahrlich wenig zu tun.

Ich ziehe das Notizbuch zu mir heran und blättere langsam durch die Seiten. Zwei alte Freundinnen, eine Adresse in

Charlottenburg, der Name einer renommierten Bank. Das ist schon alles, was Frau Kaiser mir an Auskünften geben konnte.

Die beiden Freundinnen habe ich versucht anzurufen. In dem einen Fall ist die Nummer an jemand anderen vergeben, bei der zweiten habe ich auf der Mailbox eine Bitte um Rückruf hinterlassen.

Viel setze ich nicht darauf, dass die Frau sich meldet. Ich werde ein paar Tage abwarten und im Notfall ein weiteres Mal dort anrufen.

Was kann ich noch tun?

Das alles ist eine Schnapsidee. Ich bin keine Miss Marple. Im Gegenteil, ich habe überhaupt keine Ahnung, wie man so eine Suche angeht.

Und vielleicht will Eva Kaiser ja auch gar nicht gefunden werden. Irgendeinen triftigen Grund muss es schließlich geben, dass sie den Kontakt zur Familie komplett abgebrochen hat. So etwas tut man doch nicht wegen nichts. Da muss etwas vorgefallen sein, und zwar etwas Gewichtiges.

Will ich das alles wissen? Nein.

Es geht mich nichts an. Und ich habe selbst genug zu tun. Zum Beispiel eine Mitbewohnerin zu finden, die einen Teil meiner Miete trägt. Und einen neuen Job. Ein neues Leben am besten gleich dazu.

Sollte man nicht sowieso Eva Kaisers Entscheidung akzeptieren? Wenn sie es sich anders überlegt, kann sie sich schließlich jederzeit bei ihrer Mutter melden. Wer bin ich, dass ich mich da einmische?

Entschlossen stehe ich auf und marschiere zur Tür. Besser, ich sage es Magda Kaiser sofort, damit sie sich erst gar keine großen Hoffnungen macht.

Ich habe die Klinke bereits in der Hand, da fällt mir wieder ein, wie sie gestern in meiner Küche gesessen hat. Erst so traurig und dann so hoffnungsvoll.

Kann ich das wirklich tun? Bei ihr klingeln, um ihr zu sagen, dass ich es mir anders überlegt habe? Dass ich sie hängen lasse? Ausgerechnet die Frau, die mir Suppe bringt, wenn es mir schlecht geht? Die mir noch nie eine Bitte abgeschlagen hat?

Ich lasse die Klinke wieder los, drehe mich um und gehe zurück in die Küche, nicht mehr ganz so schwungvoll wie eben in Richtung Tür.

Vielleicht koche ich mir erst einmal einen Kaffee? Und warte ab, ob diese alte Freundin mich zurückruft?

Frau Kaiser absagen kann ich schließlich immer noch. Und das lässt sich auch besser verpacken, wenn ich ihr von meinen dilettantischen Versuchen berichten kann und davon, dass sie mich ihrer Tochter keinen Meter nähergebracht haben.

Außerdem, wer weiß, vielleicht bekomme ich tatsächlich von der Freundin eine Telefonnummer, die ich Frau Kaiser geben kann. Und wenn nicht, dann bin ich sowieso mit meinem Latein am Ende.

Wieso also jetzt vorschnell die alte Dame enttäuschen?

Immerhin, in einem hat sie recht, fällt mir auf, während ich Wasser aufsetze und Kaffeepulver in den Filter löffle. Die ganze Zeit, seit ich angefangen habe, Eva Kaiser im Internet zu suchen, habe ich nicht ein einziges Mal an Paul gedacht.

Nicht nur das. Ich habe sogar ganz normal essen können. Vielleicht ist es also gar keine so schlechte Idee, mich mit der Suche nach der verschollenen Tochter zu befassen?

Paul.

Ich will nicht an ihn denken. Will mich nicht fragen, wo er gerade ist, was er macht und ob er überhaupt noch einen Gedanken an mich verschwendet. Noch weniger will ich mir vorstellen, wie er quietschvergnügt mit dieser Sabine durch die Welt gondelt.

Für einen Moment schließe ich die Augen. Wie ein kleines Kind, das sich die Hand vor die Augen hält und meint, es sei unsichtbar, weil es selbst nichts mehr sieht.

Das Wasser blubbert im Kocher.

Ich seufze, gieße auf und sauge den Kaffeeduft ein, der sich in der Küche ausbreitet. Lasse mir für einen Augenblick vorgaukeln, die Welt sei in Ordnung. Meine Welt. Und nicht zerborsten und in tausend Teile zersprungen.

Ich muss die Kontrolle zurückgewinnen. Irgendwie. Sonst gehe ich unter. Aber wie macht man das?

Pauls Sachen aus der Wohnung zu entfernen, war ein Anfang. Eine Idee, geboren aus Verzweiflung, umgesetzt aus Wut. Allerdings, so gestehe ich mir ein, hat es entgegen jeder Hoffnung nicht dazu geführt, dass ich mich wirklich besser fühle.

Im Grunde hat die Aktion nur das Loch manifestiert, das Pauls Weggang in mein Leben gerissen hat. Hat es sichtbar gemacht, greifbar und damit umso fühlbarer.

Mit diesem Loch, dieser Leere in der Wohnung hat Paul, ohne es zu ahnen, immer noch Macht über mich. Er ist da, ohne da zu sein. Die Abwesenheit seiner Sachen, all die leeren Flecken, die ich mit nichts füllen kann, für die ich weder Möbel noch andere Dinge habe, all das führt mir jeden verdammten Moment vor Augen, dass Paul mich einfach so sitzen gelassen hat.

Ich will das nicht. Ich will die Kontrolle zurück.

Noch mit der Kaffeetasse in der Hand fange ich an, all meine Habseligkeiten in das Wohnzimmer und Pauls früheres Zimmer zu räumen. Die nächsten zwei Tage verbringe ich damit, alles neu zu verteilen. Bett, Schrank, Bücher, Schreibtisch, Lampen, einfach alles. Fülle die beiden Räume, bis ich entkräftet und verschwitzt die Tür des ehemaligen, nun leeren, Schlafzimmers schließe.

Es fühlt sich gut an. Vor allem, dass ich Pauls Arbeitszimmer annektiert und zu meinem neuen Schlafzimmer gemacht habe.

Als Nächstes setze ich mich in die Küche und schreibe meiner Vermieterin eine Mail. Ich erkläre ihr, dass Paul ausgezogen ist und ich den Mietvertrag allein übernehmen möchte.

Dann logge ich mich in mein Bankkonto ein und lösche den Dauerauftrag, mit dem ich monatlich meinen Anteil an unseren Kosten auf unser gemeinsames Konto überwiesen habe. Für die Mietzahlung, Strom und dergleichen lege ich neue Daueraufträge an. Die entsprechenden Verträge lauten glücklicherweise sowieso auf meinen Namen.

Mit jedem dieser kleinen Schritte fühle ich mich besser. Lebendiger. Freier. Der Schmerz ist trotzdem da, da mache ich mir nichts vor. Nicht ganz so im Vordergrund, solange ich beschäftigt bin, doch nie wirklich weit entfernt.

Ich nehme das Handy, öffne WhatsApp. Pauls lachendes Gesicht springt mich an, das Foto von unserer Reise im letzten September. Eine Woche auf Kos. Sonnige, faule Tage am Strand.

Ich ziehe scharf die Luft ein, spüre meine Rippen, den Brustkorb, eng und trotzdem irgendwie hohl.

Deine Sachen sind bei Ben, ich hab dich aus dem Mietvertrag streichen lassen. Alex

Die Buchstaben, schwarz auf weiß, glotzen mich an. Mein Finger schwebt über dem Pfeil auf blauem Rund. Zögerlich. Unsicher.

Ich lege das Handy auf den Tisch, ohne die Nachricht abzusenden. Sehe zu, wie das Display dunkler wird und sich schließlich ganz ausschaltet.

Wieso will ich Paul das überhaupt mitteilen? Was erwarte ich mir davon? Dass er sich meldet? Dass er Reue zeigt? Gar zurückkommt?

Wenn ich das jetzt abschicke, krieche ich dann im Staub? Bedürftig? Bemitleidenswert? Gar erbärmlich?

Will ich das? Hängen bleiben zwischen den zwei Kapiteln meines Lebens? Dem einen mit, dem anderen ohne Paul?

Oder will ich mein Leben selbst in die Hand nehmen? Da weitermachen, wo ich gerade angefangen habe, als ich die Möbel umgeräumt und die Bankgeschäfte geregelt habe?

Ich nehme das Handy wieder hoch, entsperre das Display und lösche die Nachricht.

6

Der Supermarkt stellt sich als eine Herausforderung dar, mit der ich nicht gerechnet habe. Die Gänge ein Parcours, von dem ich schon zwischen Obst und Gemüse nicht weiß, wie ich ihn meistern soll.

Ich dachte, ich kaufe einfach nur ein wenig ein, um erst den leeren Kühlschrank, dann meinen Magen zu füllen. Falsch gedacht. Ich habe die Lage unter- und mich gnadenlos überschätzt. Zwischen Sellerie und Ananas überfällt mich die Erinnerung an Freitagabende mit Paul. Der gemeinsame Einkauf war jahrelang unser Vorspiel zum Wochenende.

Paul, der Hobbykoch, der mir eine raffinierte Köstlichkeit nach der anderen vorgesetzt hat. Abgewandelte Rezepte, Eigenkreationen voller Fantasie. Wie habe ich es genossen, nicht den Kochlöffel schwingen zu müssen.

Das alte Sprichwort fällt mir ein: Liebe geht durch den Magen. Und nun schlurfe ich allein hier durch die Gänge. Der Einkaufswagen ein leerer Schlund, der den Zweitagesbedarf einer Großfamilie aufzunehmen vermag. Meine Appetitlosigkeit dagegen ein Sumpf, in dem ich nicht vorankomme.

Um mich herum Mütter mit ihren Kindern und Horden von kichernden Teenagern. Schlimmer noch. Ein Stück weiter vorn schiebt ein junger Mann den Einkaufswagen, auf dessen Ablage für Getränkekästen eine junge Frau steht und lacht. Er fährt vergnügte Schlangenlinien zu einer Melodie, die nur die beiden hören.

Wie soll ich das aushalten?

Ich muss hier raus. Und zwar bevor ich einen Schreikrampf bekomme, etwas Dummes tue oder einfach nur in hysterisches Heulen verfalle.

Ich muss hier raus. Verdammt.

Eins, zwei, drei. Einatmen, ausatmen. Eins, zwei, drei.

Langsam entspannen sich meine Hände ein wenig. Der Griff des Einkaufswagens bohrt sich nicht mehr in meine Handflächen, mein Herz hört auf zu stolpern.

Gut.

Es ist nichts als ein dummer Anfall gewesen, sage ich mir. Akutes Vermissen, Liebeskummer, Verlassensein, Wut, Verzweiflung. Irgendetwas davon oder auch alles auf einmal.

Das geht wieder vorbei. Nicht heute, nicht morgen, aber irgendwann. Ich muss mir einfach Zeit geben. Mir erlauben zu trauern. Den Erinnerungen aus dem Weg zu gehen, ist sicherlich keine Lösung, mache ich mir Mut und schiebe den Wagen weiter in den Supermarkt hinein.

Es ist einfach nur schockierend.

Vor zehn Tagen noch die selbstbewusste Frau, die mit beiden Beinen im Leben steht, kurz vor einem großen Abenteuer – und jetzt?

Ich bleibe vor dem Regal mit Joghurt stehen, weiß nicht, welches ich kaufen soll. Ob ich das mit dem Honig nur mag, weil Paul es liebt oder weil es ebenfalls meinen Geschmack trifft?

Ich will so nicht sein.

Ich will mich zurück.

Die Alex, die ich vor zwei Wochen noch war. Die fröhliche, lustige Alex mit Lust auf die Welt und das Leben. Die über die blödesten Sachen lachen kann. Die sich selbst nicht so ernst nimmt. Die immer gute Laune hat und einen Plan.

Wo ist die?

Es kann doch nicht sein, dass Paul diese Alex zerstört hat. Oder doch?

Irgendwo in den Tiefen meiner Tasche beginnt mein Handy zu klingeln.

Hektisch wühle ich, bekomme alles Mögliche zu fassen, nur nicht das Telefon, und hoffe für einen wahnwitzigen Augenblick, es könnte Paul sein, der mich anruft.

Was für ein Irrsinn. Alles halte ich für möglich, nur das nicht. Trotzdem.

Krame noch hektischer, während die Panik mit kalten Händen nach mir greift. Schiere Angst, dass es wirklich Paul ist und dass ich das blöde Ding nicht schnell genug finde. Dass er auflegt. Dass es nur diese eine Chance gibt, ihn zu sprechen, und ich sie versaue. Einfach nur, weil ich das blöde Ding nicht finde.

Endlich ertasten meine Finger das Handy. Ich zerre es aus der Tasche, fast fällt es mir aus den Händen, und als ich es endlich richtig zu fassen bekomme, erstirbt das Klingeln.

Mist.

Ich starre auf das Display, das eine mir fremde Nummer anzeigt. Doch Paul? Hat er in irgendeinem Land eine Prepaidkarte gekauft? Aber nein, die Länderkennung ist Deutsch. Vielleicht hat er seine Nummer gewechselt?

Entschlossen, den Anruf zu ignorieren, stopfe ich das Telefon zurück in die Tasche, packe drei Joghurts mit Banane in meinen Wagen und schiebe ihn vorwärts, dem Käse entgegen. Es gibt keinen vernünftigen Grund, warum Paul mich von einer neuen deutschen Nummer anrufen sollte. Wenn es etwas Wichtiges ist, wird derjenige sich schon wieder melden. Punkt.

Mit einem inzwischen zu einem Drittel gefüllten Wagen, im Gang irgendwo zwischen Dosenchampignons und Spargelköpfen im Glas, gestehe ich mir schließlich ein, dass der Anruf mir nicht aus dem Kopf geht. Die Frage ist nur, warte ich, bis ich den Supermarkt verlassen habe? Oder soll ich gleich …?

Geduld war noch nie meine Stärke.

Ich hole mein Handy wieder hervor und lasse es die Nummer des verpassten Anrufers wählen. Es klingelt dreimal, dann wird abgenommen.

»Sarah hier, hallo?«

Sarah? Ich kenne keine Sarah. »Alexandra Bertram. Sie haben mich angerufen?«

»Ja, Sie hatten mich um Rückruf gebeten. Ich hab gerade erst meine Mailbox abgehört und …«

»O ja, danke«, falle ich ihr synchron zu der sich einstellenden Erinnerung ins Wort.

»Worum geht es denn? Haben Sie etwas von Eva gehört?«

Dieser Anfang ist nicht sonderlich vielversprechend. »Nein. Ich bin die Nachbarin von Evas Mutter, und die hat seit Jahren keinen Kontakt, möchte aber nun ihre Tochter finden.«

»Oh.«

»Ja, Frau Kaiser hatte Ihre Nummer noch. Aber Sie haben offenbar auch keinen Kontakt mehr zu Eva, oder?« Ich kenne die Antwort, noch ehe ich die Frage zu Ende formuliert habe. Sie liegt in der Luft wie Elektrizität, die man spürt, aber nicht sieht. Und der Hoffnungsschimmer, jenes winzige Flämmchen, stirbt einen raschen Tod.

»Schon ewig nicht. Eva und ich, wir waren nie die dicksten Freundinnen. Irgendwann hat sie sich einfach nicht mehr gemeldet.«

»Wissen Sie noch, wann das war?«

»Ja klar, es war kurz vor dem ersten Ballettabend, an dem meine jüngste Tochter aufgetreten ist. Also so vor sieben Jahren etwa. Und ehrlich gesagt, damals hatte ich andere Prioritäten.«

»Das verstehe ich. Vor allem, wenn Ihre Freundschaft nicht besonders innig war.« Eigenartig, dass Magda Kaiser ausgerechnet die Nummer von Sarah noch hatte. Das spricht nicht gerade dafür, dass sie ihre Tochter gut kennt.

»Sie sagen es, Frau Bertram. Ich hab damals gedacht, Eva will vielleicht gar nichts mehr mit mir zu tun haben. Immerhin lebten wir völlig unterschiedliche Leben. Ich war verheiratet, alles drehte sich um die Kinder, sie hatte nicht mal einen Freund.«

»Und Sie haben auch später nicht versucht, den Kontakt wiederherzustellen?«

»Nein. Wir waren ja alte Schulfreundinnen. Nicht mehr und nicht weniger. Und zu dem Klassentreffen unseres Abiturjahrgangs vor fünf Jahren ist sie auch nicht erschienen. Das bestätigte mich nur darin, dass sie mit uns allen, also auch mit mir, abgeschlossen hat.«

»Haben Sie auf dem Treffen vielleicht von jemand anderem gehört, dass er oder sie noch Kontakt zu Eva hat?« Eine ältere Dame kommt den Gang entlang. Ich schiebe meinen Einkaufswagen ganz auf die Seite, um Platz zu machen. »Für ihre Mutter wäre es wirklich wichtig, sie zu finden.« Die alte Dame lächelt mich dankend an, ich nicke ihr zu.

»Nicht, dass ich mich entsinne.« Sarah sagt das sehr nachdenklich.

Ich schweige, gebe ihr und ihren Gedanken Raum in der Hoffnung, dass ihr vielleicht doch noch etwas einfällt, das mir weiterhilft.

»Wissen Sie«, sagt sie schließlich, »Eva war immer eine Einzelgängerin.«

»Sie meinen, sie hatte keine wirkliche Freundin in der Schule?« Das kann ich mir kaum vorstellen, obwohl ich Eva nicht kenne. Jeder hat doch mindestens eine Freundin oder einen Freund.

»Ja und nein. Also, sie ist natürlich mit uns Mädels mal tanzen gegangen und ins Kino, aber sie hat nie viel erzählt. Außer von ihrer Schwester. Die hat sie fast schon vergöttert.«

Komisch. Wenn das so ist, wieso weiß dann nicht einmal die, wo Eva ist?

»Die Schwester, wie hieß sie noch …?«

»Christina?«, helfe ich aus.

»Richtig, also die war, glaub ich, zehn Jahre älter oder so. Ich hab die nur mal bei der Abifeier gesehen. Die sah toll aus und war ziemlich beeindruckend. Charmant und so elegant.«

»Hatte Christina ein gutes Verhältnis zu Eva?«

»Keine Ahnung. Ich denke doch.« Sie überlegt einen Moment, ehe sie fortfährt: »Sie machten jedenfalls nicht den Eindruck, als verstünden sie sich nicht. Aber ich hab sie natürlich nicht wirklich gekannt.«

»Evas Mutter hat mir noch eine andere Nummer gegeben. Von einer weiteren Freundin von Eva, einer gewissen Claudia Bach. Sagt Ihnen der Name etwas?«

»Ja klar, Claudi.« Sarahs Stimme hat plötzlich einen traurigen Unterton.

»Ich habe versucht, sie anzurufen, aber die Nummer stimmt nicht mehr. Haben Sie noch Kontakt zu ihr?« Irgendwie glaube ich das nicht, aber ich will nichts unversucht lassen.

»Claudi ist vor zwei Jahren gestorben.« Sie sagt das leise, als wäre der Schmerz noch immer sehr frisch.

»Oh, das tut mir leid.«

»Ein ziemlich böser Unfall. Ein Lkw hat sie beim Abbiegen übersehen, als sie mit dem Fahrrad unterwegs war. Leider fast schon ein Klassiker heutzutage.«

»Und sonst fällt Ihnen niemand ein, der mir weiterhelfen kann?« Ich gehe bewusst nicht weiter auf den Unfall ein.

»Nein, tut mir leid, Frau Bertram.«

Ich bedanke mich und lege auf. Besonders hilfreich war dieses Gespräch nicht.

Stutzig macht mich allerdings, dass Frau Kaiser ausgerechnet die Nummern der ehemaligen Freundinnen ihrer Tochter hat, die offenbar gar keine wirklichen Freundinnen waren. Gab es da tatsächlich niemand anderen? War Eva zumindest damals die Einzelgängerin, wie es Sarah behauptet? Oder hat sie ihre wahren Freunde verschwiegen?

Und was ist mit der Schwester? Wenn Eva die so sehr liebt, warum weiß die dann nicht, wo sie ist? Oder weiß sie es und sagt es der eigenen Mutter nicht?

Eigenartig. Keines der wenigen Puzzleteile, die ich bis jetzt in den Händen halte, will zu den anderen passen. Die ganze Geschichte ist ein zerfleddertes Buch, in dem nicht nur jede Menge Kapitel fehlen, sondern manche Seite verloren gegangen und vom Wind verweht ist. Entscheidende Szenen, ohne die man die Geschichte nicht verstehen kann, sind dem Schweigen und der Heimlichtuerei zum Opfer gefallen. Vielleicht aber auch einfach herausgerissen und zerstört worden.

Und trotzdem glaubt Magda Kaiser, ich könnte Eva finden. Aber wie soll das gehen?

Irgendetwas muss in dieser Familie vorgefallen sein. Etwas, das alles verändert und Eva dazu gebracht hat zu verschwinden. Etwas, das so mächtig ist, dass sie einen derart harschen Schnitt gemacht und sich dazu entschlossen hat, das Leben lieber völlig auf sich allein gestellt, ohne jeden familiären Rückhalt, zu meistern.

Ganz schön mutig.

Wie soll ich sie dann finden? Wie spürt man jemanden auf, der willentlich alle Brücken hinter sich abgebrochen hat?

Und darf man das überhaupt?

7

»Hey Alex, meine Süße, du hast dich gar nicht mehr verabschiedet, aber weil du meine allerbeste Freundin bist, nehme ich dir das ausnahmsweise nicht übel. Und jetzt sag schon, wo seid ihr? Wie ist es mit dem Wohnmobil?«

Annes Stimme schwirrt aufgeregt in mein Ohr. Sie redet ohne Punkt und Komma, als hätte sie alle Luft der Welt durch einmal Einatmen in ihre Lunge gesaugt. Ich kann nicht sagen, was mich tiefer trifft: ihre Begeisterung für mich und dieses Abenteuer, das es gar nicht mehr gibt, oder die Tatsache, dass ich ausgerechnet ihr bisher nichts von dem bösen Ende erzählt habe.

»Was ist los? Du sagst ja gar nichts?«

Meine beste Freundin seit der siebten Klasse kennt mich einfach zu gut. »Ich bin gar nicht gefahren«, bringe ich mühsam hervor. Jedes Wort ein klebriger Klumpen Brei, den ich kaum ausspucken kann.

»Wie? Du bist nicht gefahren? Ist die Karre verreckt?«

»Nein …«

»Aber du bist doch nicht krank?«, fällt sie mir ins Wort. »Oder etwa Paul? Euch geht's doch gut?« Jetzt klingt sie alarmiert, und das wollte ich ganz bestimmt nicht.

»Ja. Nein. Also …« Ich weiß nicht, wie ich es ihr mitteilen soll, ohne loszuschluchzen. Meine Kehle ist eng, die Augen brennen. Ich lehne mich gegen die Spüle, drehe den Wasserhahn auf und wieder zu. »Also …« Auf und wieder zu. Wieso nur fehlen mir ausgerechnet bei ihr die Worte?

»Hat Paul die Reise etwa abgesagt?« Ein vorwurfsvoller Ton verdrängt die Besorgnis in ihrer Stimme und lässt sie höher werden. »Ist ihm mal wieder ein Projekt dazwischengekommen, das er unbedingt betreuen muss, weil sonst seine ach so heilige Karriere in Gefahr gerät?«

Paul und Anne konnten sich vom ersten Moment an nicht leiden. Er fand sie zu laut, sie ihn zu egoman. Meinetwegen haben die zwei einen zerbrechlichen Waffenstillstand eingehalten, wann immer sie sich begegnet sind. Mein Job war es zu vermeiden, dass sie sich öfter als nötig über den Weg laufen.

Wir drei haben uns mit der Situation arrangiert, weder Paul noch Anne haben mit mir über den jeweils anderen geredet, und auch ich habe mich zurückgehalten. So gut es eben ging. Was nicht immer der Fall war. Aber meistens habe ich es ganz gut hinbekommen.

So ist über die Jahre Gras über die gegenseitige Abneigung der beiden wichtigsten Personen in meinem Leben gewachsen. Und zwar so hoch, dass die Feindschaft darunter verborgen blieb. Gespürt habe ich sie trotzdem dann und wann.

Und jetzt komme ich mit dem Mähdrescher.

»Nein, Paul hat nichts abgesagt. Er ist mit einer gewissen Sabine losgezogen.« Erleichtert atme ich aus. Die Glasglocke, unter der ich bis eben saß, hebt sich, lässt frische Luft herein, die den Mief verdrängt.

Für einen langen Moment ist es still in der Leitung. »Soll ich vorbeikommen?«, fragt Anne schließlich. »Oder willst du lieber zu mir …?«

»Nein … ich …« Im Grunde weiß ich gar nicht, was ich will. Ausgerechnet meine beste Freundin und ich haben so lange über Paul und unsere Beziehung geschwiegen, dass ich mir gar nicht mehr vorstellen kann, mit ihr über ihn zu reden. Wo soll ich anfangen? Wo aufhören? Und vielleicht will ich auch einfach nicht zugeben, dass Anne wahrscheinlich recht hatte damit, dass Paul ein elender Egomane ist, den es jetzt völlig kalt lässt, was mit mir ist und wird.

»Was machst du denn jetzt? Und wer ist Sabine?«, holt Anne mich aus meinen Gedanken zurück.

»Keine Ahnung. Paul hat mir einfach nur einen Zettel hingelegt und ist abgehauen. An Silvester.«

»Das passt zu ihm.« Wie zu erwarten war, bricht Annes Antipathie sich nun Bahn. Kein Grund mehr, sich zurückzuhalten. Ich kann es ihr nicht verübeln.

»Ich wüsste einfach gern, warum er das gemacht hat. Warum er nicht mit mir geredet hat.«

»Weil er ein beschissener Feigling ist, Alex. Das war er immer schon, und das wird er auch bleiben.«

Ich höre ihre Wut. Eine Horde wilder Pferde, nur mühsam im Zaum gehalten, scharren mit den Hufen und wirbeln Staub auf, viel Staub. »Mag sein. Aber das mit dieser Sabine, das muss doch schon länger gegangen sein.«

»Darauf kannst du wetten.«

»Wieso hab ich nur nichts gemerkt?« Bis eben hatte ich mich im Griff, aber jetzt spüre ich die Tränen heiß über meine Wangen laufen. »Jedes Mal, wenn ich darüber nachdenke, fühlt es sich an, als ob meine Welt in tausend Teile fällt und ich komplett den Boden unter den Füßen verliere.« Ich ziehe einen Stuhl heran und lasse mich darauf sinken, kraftlos und müde. »In mir ist so ein Loch, Anne.«

»Ich weiß«, sagt sie, auf einmal ganz sanft. »Pass mal auf, du ziehst dich jetzt an und kommst her. Wir kuscheln uns auf der Couch ein, und du erzählst mir alles.«

»Ich weiß nicht.« Es klingt verlockend, mich bei ihr auszuweinen. Andererseits muss ich mich dafür nach draußen, in die eisige Kälte, begeben.

»Keine Widerrede, Alex. Ich koche uns was Schönes, und du bringst von unterwegs eine Flasche Wein mit.«

8

Als ich eine halbe Stunde später noch rasch nach der Post sehe, kommt Magda Kaisers ältere Tochter gerade die Treppe herunter.

Ich bin Christina schon des Öfteren im Treppenhaus begegnet, aber mehr als einen kurzen Gruß haben wir nicht gewechselt. Auch habe ich mir die Frau nie genauer angesehen. Meist war sie in Eile, ist an mir vorbeigehetzt. Im Grunde beschreibt das am ehesten den Eindruck, den ich von ihr habe: eine Frau, die immer auf der Flucht ist.

Jetzt allerdings mache ich mir die Mühe, zum ersten Mal genauer hinzusehen.

Christina ist schlank, trotz der drei Kinder, die sie geboren hat und die inzwischen alle erwachsen sind. Sie wirkt ausgesprochen feminin, und das nicht nur wegen des Rocks und der welligen, schulterlangen blonden Haare. Ihre ganze Haltung, die Art, wie sie sich bewegt, hat etwas sehr Weibliches. Ich bin sicher, sie hat immer schon und auch heute noch jede Menge Chancen bei Männern.

Wie bei den bisherigen Begegnungen ist sie geschmackvoll und teuer gekleidet. Den dunklen Kaschmirmantel trägt sie offen über Rock und Pulli, an den Beinen schwarze Strumpfhosen, die mir zu dünn für die winterlichen Temperaturen wären. Am Handgelenk baumelt eine Handtasche von Mandarina Duck.

Christina ist dezent geschminkt bis auf die rot leuchtenden Lippen. Zu meiner Verwunderung bleibt sie vor mir stehen und fixiert mich mit eisgrauen Augen.

»Sie sind die Nachbarin meiner Mutter, oder?«

Ich klappe meinen Briefkasten zu und schließe ihn ab. »Ja. Wieso?«

»Meine Mutter hat mir erzählt, dass sie Sie gebeten hat, meine Schwester zu suchen.« Sie verschränkt die Arme vor der Brust. »Ich halte das für keine gute Idee.«

»Wieso nicht?« Es wundert mich, dass sie so barsch ist und ausgesprochen abwehrend reagiert. Sollte sie nicht ebenfalls ein Interesse daran haben, ihre Schwester wiederzusehen? Obwohl … vielleicht passt es ihr nur nicht, dass ihre Mutter eine Fremde in die Familiengeschichte einbezieht.

»Es war Evas Entscheidung, jeglichen Kontakt zur Familie abzubrechen. Wenn sie etwas von uns wollte, würde sie sich melden.« Sie sagt das sehr resolut, ihre Stimme ist dabei um einiges lauter geworden.

Worum geht es hier? Ist sie beleidigt, dass ihre Schwester sich aus dem Staub gemacht hat? Oder steckt da noch etwas anderes dahinter?

»Können Sie denn nicht verstehen, dass Ihre Mutter Eva gern wiedersehen will? Mir hat sie gesagt, sie möchte sich mit ihr aussprechen.«

»Und deswegen müssen Sie sich jetzt in unsere Familienangelegenheiten einmischen?«

»Das habe ich nicht vor. Ich helfe lediglich Ihrer Mutter dabei, Eva zu finden.« Offenbar lag ich mit meiner ersten Idee, dass sie keine Fremde involvieren will, nicht ganz falsch. Und trotzdem habe ich das Gefühl, es geht hier auch noch um etwas anderes. Ich könnte nicht sagen, wie ich darauf komme, es ist einfach nur so ein Murmeln in meinem Bauch.

»Ich würde es begrüßen, wenn Sie das sein ließen.« Sie lächelt nicht, starrt mich nur mit einem bohrenden Blick an. Irgendwie finde ich das seltsam.

»Nach allem, was ich bisher weiß, hat Eva Sie zumindest als Jugendliche sehr geliebt.« Ich stochere im Schlamm, ich weiß, aber ich mag mich nicht einfach so von ihr abbürsten lassen.

»Nichts Ungewöhnliches.« Für mein Gefühl wiegelt sie eine Spur zu schnell ab. »Kleine Schwestern lieben große oft abgöttisch.«

»Das kann schon sein. In der Regel relativiert sich das mit dem Erwachsenwerden, aber es führt eigentlich nicht dazu, dass man komplett den Kontakt abbricht.«

»Was wollen Sie damit sagen, Frau Bertram?« Ihre Augen funkeln, und ihre Gesichtszüge verhärten sich.

»Es gibt immer Gründe dafür und …«

»Selbst wenn, so geht Sie das wohl kaum etwas an«, fällt sie mir schnippisch ins Wort.

Je mehr ich stochere, desto grantiger wird sie. So werde ich bestimmt nichts erreichen. »Sicherlich nicht«, stimme ich ihr daher besänftigend zu. »Aber ich kann Ihre Mutter verstehen. Ich kann mir vorstellen, dass sie sich, was immer auch vorgefallen ist, mit ihrer Tochter aussprechen möchte, dass sie versuchen will, die Dinge wieder ins Lot zu bringen. Und ich wüsste nicht, warum ich ihr dabei nicht behilflich sein sollte, wenn sie mich explizit darum bittet.«

Christina mustert mich lange. Ihre Kiefer mahlen, das kann ich deutlich sehen, und ich frage mich, ob sie überlegt, was und wie viel sie preisgeben soll, oder ob sie einfach nur nach einem Argument sucht, um mich vom Vorhaben ihrer Mutter abzubringen.

Ich würde gern hinter ihre Stirn schauen, aber ich ahne, sie wird ihre Gedanken nicht mit mir teilen. Offenbar gibt es da Dinge, die sie vor Fremden verbergen will.

Oder aber ich liege vollkommen verkehrt, und sie kann mich einfach nicht ausstehen. Durchaus eine realistische

Variante, allerdings glaube ich kaum, dass es so simpel ist. Dafür ist ihre Reaktion schlicht zu heftig. Wäre es reine Antipathie, würde ich es verstehen, wenn sie nicht mit mir reden will, aber dass sie mir quasi verbietet, die Bitte ihrer Mutter zu erfüllen, das passt nicht dazu.

»Sie haben keine Ahnung«, stößt sie schließlich zwischen zusammengepressten Zähnen hervor. »Was wissen Sie schon, Frau Bertram? Nichts. Überhaupt nichts.« Abrupt macht sie auf dem Absatz kehrt, stürzt aus dem Haus und eilt davon.

Die Frau, die immer auf der Flucht ist, denke ich und sehe der Haustür dabei zu, wie sie langsam ins Schloss fällt.

Wieso denkt Christina, ich würde mich in ihre Familienangelegenheiten einmischen, wenn ich lediglich versuche herauszufinden, wo Eva Kaiser sich aufhält? Was, fürchtet sie, könnte ich erfahren? Und wieso wäre das so schlimm?

Was ist in dieser Familie nur vorgefallen?

Sie habe viele Fehler gemacht, hat Magda Kaiser gesagt, und dass sie sich bei Eva entschuldigen wolle. In dem Moment, in meiner Küche, habe ich gedacht, Frau Kaiser meint damit die typischen Fehler, die Eltern eben so machen. Und dass sie nun, im Alter, gern erfahren möchte, ob ihre Tochter trotzdem gut im Leben zurechtkommt. Sich vergewissern, dass ihre früheren Fehler nicht groß ins Gewicht fallen.

Jetzt, nach dieser seltsamen Begegnung gerade eben, bin ich mir sicher, es geht um etwas anderes. Etwas, was mit Christina und dem Verhältnis der Schwestern zueinander und zu den Eltern zu tun hat?

Ich kann nicht umhin, festzustellen, dass Christina, die angeblich so Charmante, mir nicht gefällt. Mehr noch, ich mag sie überhaupt nicht. Und ich lasse mir ungern erzählen, was ich tun und lassen soll. Schon gar nicht von irgendeiner hergelaufenen Tochter einer Nachbarin.

9

Der viergeschossige Altbau in der Charlottenburger Goethestraße leuchtet sonnengelb zwischen zwei grauen Geschwisterhäusern.

Das griechische Restaurant an der Ecke Leibnizstraße hat geschlossen, die Schule gegenüber steht still im Nachmittagsschlaf. Vor einem kleinen Café trotzen mit Decken ausgestattete Bänke und Tische dem Winter.

Ein roter BMW kriecht die Straße entlang, wohl auf der Suche nach einem Parkplatz. Trotz des Schneckentempos poltern die Reifen über das grobe Kopfsteinpflaster.

Hier also hat Eva Kaiser gewohnt. Gar nicht weit entfernt von der Einzimmerwohnung, in der ich zu meiner Studentenzeit gelebt habe. Bevor ich mit Paul zusammengezogen bin.

Ich habe die Gegend hier geliebt. Nicht nur wegen der kleinen Cafés, der vielen Restaurants, des *Kant Kino* ein paar Straßen weiter, mit seinem Programm fern des Mainstreams und dem ein wenig verstaubten Charme alter Kinosäle, und der *Deutschen Oper* um die Ecke, sondern auch weil rund um die Kirche jeden Samstag ein wunderbarer Wochenmarkt stattfindet, auf dem der Einkauf zu einem sozialen Highlight mit Alt-Berliner Flair wird.

Damals wäre ich gern hier wohnen geblieben, aber Paul und ich haben einfach keine bezahlbare Wohnung in der Nähe finden können.

Ich werfe einen letzten wehmütigen Blick die Straße hinunter. Keine Marktstände weit und breit, nur eine Frau, die einen Kinderwagen um die Ecke schiebt.

Dann bleibe ich vor der dunklen Eichentür stehen und lese die Namen auf den Klingelschildern, unsicher, wonach ich überhaupt suche.

Einen Namen, der jung genug klingt, dass er einem Nachbarn gehören könnte, der Eva Kaiser kennt, eventuell sogar noch Kontakt zu ihr hat?

Die berühmte Stecknadel im Heuhaufen. Aber wer nichts versucht, kann nichts erreichen.

Vielleicht ist es eine gute Idee, einfach bei allen Nachbarn zu klingeln. Am besten ich fange oben an, dann kann ich mich nach und nach durchs ganze Haus arbeiten.

Mein Blick fällt auf die oberste Reihe des Schilds. Ich will gerade auf den linken Klingelknopf drücken, da stutze ich. Gleich darunter, dritte Etage, stehen zwei Namen: Kaiser/Zern.

Ist das ein Zufall oder bedeutet das, dass Eva immer noch hier wohnt? Und wieso hat Magda Kaiser mir das nicht gesagt? Ist sie seit Evas Kontaktabbruch etwa gar nicht mehr hier gewesen?

Aber wieso? Wäre es nicht das Naheliegendste, die Tochter persönlich aufzusuchen und um eine Aussprache zu bitten?

Ich versuche, mich möglichst genau an ihren Wortlaut zu erinnern. *Das ist Evas letzte Adresse*, hat sie gesagt. Und ich habe daraus geschlossen, dass Eva weggezogen ist. Aber vielleicht ist alles ganz anders? Nun, ich werde es nur auf eine Art herausfinden.

Beherzt drücke ich auf den Klingelknopf, warte und starre den kleinen Lautsprecher an.

Was soll ich überhaupt sagen, wenn sich jemand meldet? Ich hätte vorher darüber nachdenken und einen Plan machen sollen.

Zu spät.

Sekunden vergehen, vielleicht auch eine Minute. Nichts passiert. Vorsichtshalber drücke ich noch einmal lange auf den Klingelknopf. Doch alles bleibt still. Kein Türsummer, kein Lautsprecherrauschen, erst recht keine Stimme, die mich fragt, was ich will. Wie es aussieht, ist niemand zu Hause.

Was mache ich jetzt? Es ist kurz nach fünf, Kaiser/Zern sind vermutlich noch auf der Arbeit, und hier in der Kälte zu warten, ist keine Option, wenn ich mir nicht eine saftige Erkältung einfangen will.

Ich könnte natürlich in das kleine Café gehen und es später noch einmal versuchen.

Gerade als ich mich umdrehen will, wird die Tür geöffnet, und ein junger Mann tritt heraus. »Hallo.« Er nickt mir zu und hält die Tür auf. Ich bedanke mich und schlüpfe hinein.

Und nun?

In dem typisch Alt-Berliner Eingang, in dem früher sogar Pferdekutschen vorgefahren waren, stehen mehrere Kübelpflanzen, vermutlich Balkonbewohner im Winterquartier, und zwei Kinderwagen. Steinfliesen zieren den Boden, blassgelbe glänzende Kacheln die Wände bis etwa in Schulterhöhe, links steht in geschwungener, verblasster Schrift *Portier* über einer Wohnungstür.

Rechter Hand gelangt man in das eigentliche Treppenhaus, das mit dem für Berliner Altbauten typischen roten Teppich ausgelegt ist. An der Wand davor hängt eine Reihe dunkelgrüner Briefkästen.

Ich krame Notizbuch und Stift aus der Tasche und setze mich auf eine der unteren Treppenstufen. Was soll ich Eva Kaiser schreiben? Welche Worte könnten sie veranlassen, sich bei ihrer Mutter zu melden? Wenn Kaiser/Zern überhaupt noch Eva Kaisers Wohnung ist.

Es hat keinen Sinn, darüber lange nachzudenken. Ich hole mir dabei höchstens einen kalten Hintern, mit Pech eine Blasenentzündung. Am besten, ich versuche es mit der schnörkellosen Wahrheit.

In kurzen Sätzen erkläre ich Kaiser/Zern, wer ich bin, wen ich suche und wer mich schickt. Dann setze ich meine Mobilnummer darunter, stecke den Stift ein und falte das Blatt zusammen.

Mein Text ist sicher nicht besonders einfallsreich, aber Tamtam hin oder her, sollte Eva Kaiser partout ihre Mutter nicht sprechen wollen, wird auch keine noch so kunstvolle Prosa sie umstimmen.

Ich habe den Arm bereits gehoben, um das Blatt in den Briefkasten zu werfen, da geht die Eingangstür auf, und eine große, sehr schlanke Frau Mitte vierzig sieht mich verdutzt an. »Wollen Sie zu mir?«

Sie sieht nicht aus wie Eva. »Sind Sie Frau Zern?«

Die Frau nickt.

Ich lasse den Zettel in der Manteltasche verschwinden und will ihr die Hand reichen. »Alexandra Bertram. Eigentlich bin ich auf der Suche nach Eva Kaiser.«

»Wieso?« Sie vergräbt die Hände in den Taschen ihrer Daunenjacke und sieht mich mit gerunzelten Augenbrauen an.

»Ich bin die Nachbarin von Evas Mutter. Und die hat mich gebeten, ihr bei der Suche nach ihrer Tochter zu helfen. Sie möchte sich gern aussprechen.«

»So? Tut sie das?«

Interessant. Frau Zern meint offenbar, sie muss den Bodyguard geben. »Das heißt, Sie kennen Eva?«

Frau Zern nickt zögernd.

Vermutlich sind die zwei Freundinnen. Es wäre also eine prima Idee, die Frau für mein Anliegen zu gewinnen. Fragt sich nur, wie.

»Ich habe keine Ahnung, was vorgefallen ist, und ich will es auch gar nicht wissen, aber ich kenne Frau Kaiser nur als sehr herzlich und hilfsbereit.«

Ihrem versteinerten Gesicht kann ich ansehen, dass sie mir nicht anbieten wird, in der Wohnung auf Eva Kaiser zu warten. Trotzdem kann ich so leicht nicht aufgeben.

»Und ich finde, dass man einem Menschen nie die Möglichkeit zu einer Aussprache und die Bitte um Verzeihung verwehren sollte, erst recht nicht der eigenen Mutter, die noch dazu eine alte Frau ist. Vielleicht sagen Sie das Eva. Das wäre nett.« Ich gehe an ihr vorbei und öffne die Tür. »Einen schönen Abend noch.«

»Wieso setzen Sie sich so für Evas Mutter ein?«, hält Frau Zern mich zurück.

Ich lasse die Tür los und drehe mich zu ihr um. »Frau Kaiser ist sehr traurig. Und sie hat gesagt, sie habe sehr viele Fehler gemacht.« Unwillkürlich zucke ich die Schultern. »Mich hat das berührt. Sie ist alt. Ich wünsche ihr, dass sie mit ihrer Tochter im Reinen ist, wenn sie irgendwann stirbt.« Einen Moment lang sehe ich Frau Zern schweigend an und hoffe, meine Worte bleiben haften, fallen auf ein kleines Stück fruchtbaren Boden. »Und ich wünsche das auch Eva.«

Sie mustert mich. In ihren Augen schwimmen viele Fragen, aber auch Unsicherheit. Als ob sie nicht weiß, was sie tun soll. Was richtig, was verkehrt ist.

Ich spiele auf Zeit, denn Zeit gewinnt eigentlich immer. Wenn ich sie nicht dränge, keinen Druck aufbaue, kann sie vielleicht ein Stück aus der Position heraustreten, in die sie sich manövriert hat. Kann die Abwehrhaltung aufgeben und ein bisschen neutraler denken.

»Ich werde das Eva ausrichten«, gibt sie schließlich nach, »falls ich sie demnächst mal spreche.«

»Ach, ich dachte …«

»Dass Eva hier wohnt?« Jetzt lächelt sie auf einmal und wirkt sofort viel weicher. »Sie hat mir die Wohnung vor fünf Jahren untervermietet. Aber manchmal kommt noch Post an diese Adresse, und ich sende sie ihr dann nach.«

Wohnt Eva Kaiser also doch nicht mehr hier? »Ihre jetzige Anschrift würden Sie mir vermutlich nicht geben, oder?«

»Die hab ich nicht.«

»Das verstehe ich jetzt nicht. Sagten Sie nicht eben, Sie senden Eva die Post nach?«

»Ja, aber nicht dorthin, wo sie wohnt, sondern an die Adresse, wo sie ihre Post abholt. Allerdings telefonieren wir manchmal. So ein-, zweimal im Jahr. Wenn sie wissen will, ob alles hier in Ordnung ist.« Sie zögert, zieht die Unterlippe ein, ehe sie weiterspricht. »Wir sind alte Freundinnen«, sagt sie leise, »auch wenn es schwer ist, mit Eva befreundet zu sein.«

Mich interessiert sehr, was sie damit meint, verkneife mir jedoch die Nachfrage. Ich will das bisschen Vertrauen, das ich anscheinend gewinnen konnte, nicht gleich wieder verspielen.

Doch auch wenn es ein riskantes Roulette ist, einmal muss ich die Kugel noch kreisen lassen. »Und die Abholadresse?«, setze ich auf Rot. »Würden Sie mir die geben?« Die Kugel rollt. »Dann könnte ihre Mutter ihr zumindest einen Brief schreiben.« Rien ne va plus.

Frau Zern zögert einen Moment, die Kugel fällt. Rot gewinnt. »Wieso nicht. Haben Sie was zum Schreiben?«

Ich krame mein Notizbuch und den Stift wieder hervor, reiche ihr beides und sehe zu, wie sie flink mehrere Zeilen hineinschreibt. »Super, danke«, sage ich und nehme meine Sachen wieder entgegen.

»Schönen Abend und viel Glück«, wünscht sie mir, dreht sich um und eilt die Treppe hinauf.

Ich höre, wie sich ihre Schritte entfernen, und blättere eilig das Notizbuch durch bis zu der Seite, auf die sie die Adresse geschrieben hat. Ich bin einfach zu neugierig, will wissen, ob es sich um ein Postfach in Berlin oder wenigstens in der Nähe handelt.

Endlich finde ich die Seite.

Ungläubig lese ich die paar Zeilen, die Frau Zern in geschwungener Handschrift zu Papier gebracht hat:

Voyager Beach Resort
Mount Kenya Rd. Nyali Beach
Mombasa, 00100
Kenya

10

»Afrika?« Magda Kaiser senkt den Kopf, streicht ihren Rock glatt. »Aber das ist nur die Adresse, wohin meine Tochter ihre Post senden lässt, oder?« Sie sieht auf, und ihre blauen Augen sind noch wässriger als gewöhnlich.

»Ich glaube nicht, dass sie in diesem Hotel wohnt«, sage ich sanft, »aber vielleicht arbeitet sie dort?«

Die alte Frau tut mir leid. Wie sie da auf ihrem grünen Sofa sitzt, in diesem Wohnzimmer mit Schrankwand, Eichentisch und altmodischen Gardinen, die Schultern nach vorn gefallen, der Rücken gebeugt, als ob er die Last nicht mehr tragen kann. Sie hat so viel Hoffnung in meine Suche, in mich gesetzt, und jetzt komme ich mit diesem Ergebnis.

»Sie könnten hinreisen«, sage ich, und noch während die drei Worte meinen Mund verlassen, möchte ich mich dafür ohrfeigen. Wie herzlos. Als ob eine über achtzigjährige Frau, die mir erzählt hat, dass sie Deutschland noch nie verlassen hat, solch eine Reise unternehmen würde.

Afrika. Ausgerechnet.

Ich weiß ja nicht einmal, ob Magda Kaiser gesund genug dafür ist. Und selbst wenn, allein die Impfungen würden in ihrem

Alter eine hohe Belastung darstellen, von der Malariaprophylaxe gar nicht zu reden.

»Ich hätte gern bessere Nachrichten für Sie.« Mein Versuch, den Fauxpas wiedergutzumachen, klingt selbst in meinen Ohren fade.

»Kenia.« Magda Kaiser stützt sich mit beiden Händen am Tisch ab, steht schwerfällig auf und schüttelt dabei den Kopf. »Was macht die Eva nur dort?«

»Was für einen Beruf hat Ihre Tochter denn früher ausgeübt?«

»Bei der Bank?« Frau Kaiser nimmt eine Flasche Amaretto und zwei kleine Gläschen aus dem Schrank, stellt sie auf den Tisch und gießt ein. »Sie hat Leute beraten. Geldanlagen. Aktienfonds.« Sie hält mir ihr Gläschen hin und deutet auf das andere.

»Bisschen früh, oder?«, wage ich einzuwenden. Immerhin ist es erst elf Uhr vormittags.

»Papperlapapp. Wer Sorgen hat, hat auch Likör.«

»Na dann …« Ich proste ihr zu und kippe den Amaretto hinunter. Bittermandelöl, scharf und süß, brennt in meiner Kehle. In meinem Bauch wird es heiß, im Kopf leicht. Ich hätte frühstücken sollen, ehe ich bei Magda Kaiser geklingelt habe. Aber wer ahnt denn so etwas?

Meine Nachbarin schenkt nach. »Doppelt hält besser.«

»Lieber nicht«, winke ich ab.

Sie zieht eine Augenbraue hoch und trinkt ihr Glas in einem Zug aus. »Kommen Sie, Frau Bertram, ich koche Ihnen einen Kaffee.« Die Flasche samt Gläsern nimmt sie wohlweislich mit.

»Vielleicht hat die Bank Eva nach Mombasa geschickt?« Ich folge ihr in die Küche, bleibe aber im Türrahmen stehen.

»Als Eva damals verschwunden ist, habe ich als Erstes bei der Bank angerufen. Ihr Chef hat mir gesagt, sie habe gekündigt. Er wusste allerdings nicht, wohin sie gewechselt ist.« Sie löffelt Kaffeepulver in den Filter und schaltet die Maschine an. »Setzen Sie sich doch.«

»Und dass sie bei einer afrikanischen Bank angefangen hat? Oder bei einer anderen deutschen, die sie dann später nach Kenia geschickt hat? Das könnte doch sein, oder?«

»Möglich. Aber ich glaube es nicht.«

»Wieso?«

»Haben Sie überhaupt schon etwas gegessen?« Sie stellt Tassen, Zuckerdose und Milchkännchen auf den Tisch.

Ich schüttle den Kopf.

»Eva hat länger schon über ihre Tätigkeit geklagt.« Frau Kaiser steckt zwei Scheiben Toast in den Toaster. »Sie meinte, im Grunde darf sie gar keine wirkliche Beratung machen, sondern muss ihren Kunden immer genau das verkaufen, was die Chefetage gerade beschlossen hat. Selbst wenn die Anlagen nicht dafür geeignet sind. Oberstes Ziel ist nicht, dass die Kunden Gewinn machen, sondern die Bank.«

»So in etwa habe ich mir das immer schon gedacht«, sage ich und streiche Butter und Marmelade auf meinen Toast. »Aber das heißt, Sie vermuten, Eva hat hingeschmissen und etwas ganz anderes angefangen?«

Frau Kaiser nickt, setzt sich mir gegenüber und gießt uns Kaffee ein.

»Vielleicht doch im Hotel? In der Buchhaltung oder so?«

»Möglich.«

»Immerhin, wir haben die Adresse. Sie können Ihrer Tochter einen Brief schreiben.« Ich beiße ab und kaue genüsslich.

Frau Kaiser wendet den Blick ab und sieht aus dem Fenster. Zwei Toastscheiben lang schweigen wir. Dann dreht sie sehr langsam den Kopf und sieht mich an. »Ich habe eine bessere Idee«, sagt sie schließlich. »Mehr Toast?«

Ich nicke. »Und was ist Ihr Plan?«

In ihren Augen blitzt etwas auf. Es ist mehr als Hoffnung, aber was genau, kann ich nicht sagen.

»Sie fliegen nach Mombasa.«

»Ich? Was?« Einen Moment lang meine ich, mich verhört zu haben. Aber Frau Kaiser sieht nicht aus, als scherze sie. Ganz im Gegenteil. Ihr Kinn hat sie ein wenig vorgeschoben, die Augen sind klarer, als ich sie je gesehen habe.

»Sie wollten die ganze Welt bereisen, Frau Bertram. Nun wird es wenigstens Kenia.«

»Aber …«

»Ich habe Geld gespart«, sagt sie und stemmt die Hände in die Hüften. »Früher habe ich immer gedacht, ich bräuchte das mal, um meine Rente aufzubessern und mir etwas zu gönnen. Da wusste ich nicht, dass mein Mann heimlich eine Lebensversicherung abgeschlossen hat. Jetzt hab ich mehr, als ich ausgeben kann, selbst wenn ich hundert werde, was wohl kaum geschehen wird. Wie könnte ich also mein Geld besser investieren als in die Suche nach meiner Tochter?«

»Trotzdem«, protestiere ich schwach, »darüber muss ich erst mal nachdenken.«

»Von mir aus denken Sie so lange, bis Sie zu den richtigen Schlüssen kommen.« Sie nimmt die Flasche, gießt erneut ein und setzt sich. »Glauben Sie mir, wenn ich könnte, ich würde selbst nach Kenia fliegen. Aber ich kann kein Englisch. Wie sollte ich meine Tochter also finden?«

Afrika. Das stand natürlich auf Pauls und meiner Reiseroute. Ich wollte in die Serengeti und die Masai Mara, all die wilden Tiere sehen, die berühmten *Big Five*. Und dann per Schiff weiter nach Osten. Er hatte dazu eigentlich wenig Lust, ich konnte ihn jedoch becircen. Aber jetzt?

»Wissen Sie, ich bin im Krieg groß geworden. Jungmädel. Kinderlandverschickung. Ich war in der Tschechei mit einem Haufen anderer Kinder und einer Lehrerin, so streng wie ein

General. Ich konnte meine Eltern monatelang nicht sprechen, wusste nicht, wie es ihnen geht, ob sie überhaupt noch leben, hatte die ganze Zeit Angst, ich könnte nie wieder zurück nach Hause. Dann und wann hörten wir von den Angriffen auf Berlin. Das Bombardement. Die Zerstörungen.«

Ich weiß nicht, warum sie mir das plötzlich erzählt. Schweigend höre ich ihr zu, vergesse das Kauen dabei. Satz für Satz schließt Magda Kaiser den Graben zwischen uns, als wäre Brückenbauen nicht genug.

»Eines Tages hieß es plötzlich, die Russen kommen. Wir mussten schon wieder fliehen. Und zwar schnell. Normalerweise stellten die Nazis Züge zur Verfügung, auf deren Dächer rote Kreuze gemalt waren. Damit der Feind wusste, dass es keine Armeezüge waren. Unser Zug hatte das nicht. Durch nichts war zu erkennen, dass nur Kinder und Verwundete darin fuhren.«

Ihr Gesicht fällt mehr und mehr in sich zusammen, wird blasser, die Augen eine traurige Leinwand, über die die Bilder der Erinnerung flimmern.

»Irgendwo in Bayern ging es plötzlich los. Kaum dass wir die Motoren hörten, schlugen auch schon die Schüsse ein. Kinder schrien, rannten sich gegenseitig um, fielen übereinander. Überall war Blut. Ich versuchte, aus dem Zug zu kommen, und kletterte in meiner Panik durch ein zerschossenes Fenster nach draußen. Andere Kinder machten es mir nach. Hundert Meter weiter war ein Wald. Ich wusste, das ist die einzige Deckung. Da müssen wir hin. Ich sah die Flieger eine Kehre nehmen, und mir wurde klar, ich habe nur wenig Zeit, es bis zum Wald zu schaffen.«

Sie steht schwerfällig auf, nimmt sich ein Taschentuch, wischt sich damit über die Augen und setzt sich wieder.

Ich spüre die Schwere, die in der Luft hängt. Ihre Erinnerungen so bleiern wie die Luft der Kriegszeit. Das

Mündungsfeuer noch immer präsent, als wäre all das Grauen erst gestern passiert und nicht vor vielen Jahrzehnten.

»Die meisten Kinder versuchten, unter dem Zug in Deckung zu gehen, aber dort war nicht genug Platz für alle. Ich erkannte das instinktiv und zog meine beste Freundin Gerda mit mir. Wir rannten um unser Leben, aber die Flieger waren schneller. Ein Dum-Dum-Geschoss traf Gerda in den Rücken, riss ein riesiges Loch in sie.«

Frau Kaiser verstummt, und die Stille wiegt schwer. Erdrückend. Ich kann nicht einmal erahnen, wie sich das angefühlt haben muss und was das mit ihrer jungen Seele gemacht hat. Ich möchte etwas sagen, etwas Tröstliches, etwas, das Verständnis signalisiert. Aber wie soll ich Worte dafür finden? Wie die Lähmung in mir überwinden?

»Als der Angriff vorbei war …«, Frau Kaiser schnäuzt sich kurz die Nase, »sagte meine Lehrerin, ich sei doch so ein starkes Mädchen, ich müsse ihr nun helfen, herauszufinden, wer von den Kindern überlebt hat und wem noch zu helfen ist.«

Wie alt war sie damals? Zehn? Elf? Als sie sortieren musste, wer leben darf und wer sterben muss?

Ich schließe die Augen, kämpfe die aufsteigende Übelkeit herab. Spüre ihren Schmerz in mir nachhallen.

»Ein Bauer hat uns ein paar Tage in seiner Scheune untergebracht«, fährt sie mit leiser Stimme fort. »Dann sind wir zu Fuß weiter. Und nach ein paar Tagen kam mir plötzlich meine Mutter entgegen.« Sie sieht auf, die Augen rot von Tränen. »Meine Mutter hat den ganzen Weg von Berlin bis nach Bayern zu Fuß gemacht, um mich zu holen. Sie hat mich nie aufgegeben.« Sie legt die Arme auf den Tisch, zerknüllt das Papiertaschentuch, ihre Hände in steter Bewegung. »Und ich? Ich sitze seit fünf Jahren hier und gehe meiner Tochter nicht einen Schritt entgegen?«

»Frau Kaiser«, wende ich sanft ein und lege meine Hand auf ihre, »ich verstehe Sie jetzt viel besser. Und ich bin dankbar, dass Sie mir das alles erzählen. Ich möchte Ihnen auch wirklich helfen, aber ich kann Ihnen nichts versprechen. Wer weiß, wie das mit dieser Adresse, dem Hotel und Eva alles zusammenhängt. Ich kann zwar Englisch, aber ich war noch nie in Afrika. Und ich glaube kaum, dass die dortigen Behörden mir irgendwie weiterhelfen werden. Wollen Sie es nicht vielleicht doch lieber mit einem Brief versuchen?«

»Nein.« Sie hält mir ihr Likörglas entgegen und lächelt. »Ich heiße übrigens Magda, Alexandra.«

11

Etwas mehr als eine Woche später, um kurz vor halb sieben morgens, liegt die Sonne noch hinter dem Horizont im Tiefschlaf. Gleiches lässt sich vom Flughafen Bole International in Addis Abeba allerdings nicht behaupten.

Egal wo man hinkommt, stelle ich müde fest, Flughäfen – sofern sie eine gewisse Größe überschreiten – ähneln sich überall auf der Welt.

Ununterbrochen fahren Busse umher, Autos mit Anhängern für den Gepäcktransport und diese bulligen Gefährte, die ganze Jumbojets durch die Gegend schieben können. Die Servicemitarbeiter auf dem Rollfeld tragen die immer gleichen Leuchtwesten. Wohin man sieht, blinken orangefarbene Warnlichter. Nur die Gebäude, die sind mal größer, mal kleiner.

Ich bin ein wenig enttäuscht, dass der Anflug so unspektakulär war. Mit ihren vielen Lichtern hat Addis nicht anders ausgesehen als jede andere Großstadt auch. Und die äthiopische Landschaft hat die Dunkelheit noch nicht wieder preisgegeben.

Aus der Fluggastbrücke trete ich direkt in eine klimatisierte Halle. Es riecht nicht einmal fremd.

Das Bild ändert sich ein wenig, als ich nach wenigen Schritten in die Haupthalle komme. Menschen aus aller Herren Länder, darunter viele Schwarze, Araber und Asiaten, wuseln durcheinander. Schilder weisen auf Gebetsräume für Juden, Moslems und Christen hin.

Die kleinen Geschäfte ähneln eher Marktständen als Läden. Das größte bietet bunte Kleider, Safarihüte, Taschen aus glänzend glattem Leder und aus Holz geschnitzte Tiere von Giraffen bis zu Elefanten an.

In dem kleinen Waschraum schaufle ich mir kaltes Wasser ins Gesicht und putze mir die Zähne. Die in eine Abaja gehüllte Araberin neben mir lächelt scheu, zeigt mir ihre Zahnbürste und fragt mich auf Englisch, ob sie etwas von meiner Zahnpasta haben dürfe. Ich nicke, gebe ihr die kleine Tube und schrubbe weiter auf meinen Zähnen herum.

Im Spiegel beobachte ich die Reihe Frauen vor den Waschbecken. Jeder Kulturkreis, jeder Kontinent ist vertreten. Und alle sehen wir gleichermaßen übernächtigt aus.

So einfach ist das. Am Ende ist es völlig egal, wo wir herkommen und wohin wir unterwegs sind. Wir sind uns schlicht und ergreifend ähnlicher, als wir Unterschiede in uns tragen.

Erst als ich mir den Mund ausspüle, fällt mir auf, dass ich völlig gedankenlos das Wasser aus dem Hahn benutzt habe.

Bravo.

Lektion Nummer eins auf der Liste der Dinge, die man in Afrika nicht tut: Wasser aus dem Hahn trinken oder zum Zähneputzen und Obstwaschen verwenden.

Zu spät.

Ich packe Zahnbürste und -pasta zurück in den durchsichtigen Beutel und versuche, das mulmige Gefühl loszuwerden. Wäre Paul hier, würde ich mir sagen: Was kann schon geschehen? Mehr als Dünnpfiff und Kotzerei wird nicht dabei herauskommen, und auch das geht vorbei.

Aber Paul ist nicht hier. Ich bin allein und auf dem Weg in ein Land, das nicht einmal für eine auch nur halbwegs optimale medizinische Versorgung bekannt ist.

Wenn es mir also so schlecht geht, dass ich nicht mehr vom Klo komme, dann ist da niemand, der mir hilft. Niemand, der im Notfall einen Arzt holt oder etwas aus der Apotheke. Niemand, der eine Flasche Coca-Cola organisieren kann. Niemand, der mir Mut zuspricht, mich tröstet.

Mein Herz fängt an zu rasen und Adrenalin durch die Adern zu pumpen. Was mache ich nur hier, ganz allein? Warum nur habe ich mich darauf eingelassen?

»Schluss«, sage ich barsch zu meinem Spiegelbild und fange mir einen verwirrten Blick der Frau ein, die am Nachbarwaschbecken steht. Egal. Soll sie denken, was sie will. Hauptsache, ich drehe nicht durch, ehe das Abenteuer auch nur ansatzweise begonnen hat.

12

Keine zwei Minuten später trete ich zurück in die Halle, die inzwischen sonnendurchflutet ist. Vor den großen Fensterfronten liegt das weite Rollfeld mit diversen Maschinen darauf, dahinter sandfarbene Hügel, die in der Ferne verschwimmen und mit dem milchigen Himmel zu verschmelzen scheinen.

Ein Blick auf die Uhr sagt mir, dass ich zwei Stunden bis zum Boarding für meinen Weiterflug habe.

Ich setze mich in das kleine Café, in dem die Sitze aus rotem Plastik und die Tische wacklig sind. Eine große Frau mit langen blonden Haaren und verlebtem Gesicht redet aufgeregt auf eine der Kellnerinnen ein, die sie prompt stehen lässt.

Die Blonde sieht mich an und hebt die Hände in einer genervten Geste. »Alles dauert hier ewig!«

»Was ist los?«, frage ich mehr aus Höflichkeit als aus echtem Interesse.

»Afrikaner sind los.« Sie rollt die Augen.

Oje. So eine hat mir gerade noch gefehlt. »Wissen Sie, ob ich hier auch mit meiner Visakarte bezahlen kann?«

»Viel Spaß, ich versuche seit einer Viertelstunde, eine Bestellung aufzugeben.«

Ich habe eine Ahnung, warum das nicht klappt, behalte das aber lieber für mich. Blondie macht mir nicht gerade den Eindruck, als sei es eine gute Idee, sich mit ihr anzulegen. Sie scheint auf Krawall gebürstet zu sein, und das muss man ihr um diese Uhrzeit erst mal nachmachen.

Eine Frau mit langen pechschwarzen Haaren und ebenfalls von ungesundem Leben und Sonne gegerbtem Gesicht tritt zu der Blonden und zieht sie mit sich zu einem Tisch, an dem bereits zwei Frauen sitzen. Ich bin froh, die ungebetene Gesellschaft los zu sein.

»Yes, Ma'm?« Eine junge Frau steht mit gezücktem Stift und Block vor mir.

»Hello. Can I pay a Cappuccino with my Visa card?«

»Sure. You only have to pay in advance.«

Ich gebe ihr meine Karte und lächle in ihre wunderschönen Augen. »No problem.«

Sie steckt die Karte in ein Gerät, tippt darauf herum. Ich bewundere derweil ihre geschwungenen Lippen, die hohen Wangenknochen und das kantig geschnittene Gesicht, das trotzdem weich wirkt. Vielleicht liegt es an der dunklen Hautfarbe, die wie Samt schimmert.

»Cappuccino?«

»Yes, please.«

»Anything else?«

»No, thanks.«

Sie gibt mir die Karte und einen Bon zurück. »I'll bring it.«

Ich sehe ihr nach, wie sie mit hoch erhobenem Kopf zur Theke geht, direkt an dem Tisch vorbei, an dem die Blonde mit ihren Freundinnen sitzt. Blondie winkt und ruft, doch die Kellnerin tut, als hätte sie sie nicht gesehen.

Entweder ist das die äthiopische Version von *Wie man in den Wald hineinruft, so schallt es heraus* oder einfach nur eine typische Flughafensituation, in der Kellnerinnen davon ausgehen, dass sie den Gast sowieso nie wiedersehen und sich deshalb keine Mühe geben müssen.

Ich mache mich vorsichtshalber auf einiges an Wartezeit gefasst und werde prompt eines Besseren belehrt. Keine zwei Minuten später steht mein Cappuccino vor mir, der Schaum mit einem Herzen verziert und mit Kakaopulver bestreut.

Lektion Nummer zwei, direkt aus dem Ostafrika-Reiseführer, den ich für die geplante Weltreise gelesen habe, fällt mir wieder ein: Vergiss nie, dass du als weiße Europäerin nicht nur einer Afrikanerin, sondern auch der unheilvollen Geschichte gegenüberstehst, die beide Kontinente bis heute eher teilt als verbindet. Was immer der Grund für das Verhalten der Kellnerin ist, verdenken kann ich es der jungen Äthiopierin nicht. Wenn ich ganz ehrlich bin, finde ich sogar, das geschieht Blondie recht.

Ich lächle das Herz an und nippe dann am Cappuccino. Er schmeckt ausgesprochen gut und ganz so, als wolle er mich daran erinnern, dass Kaffee einst von hier kam. Stark, ohne bitter zu sein. Genau das, was ich nach dem Nachtflug brauche, der zu kurz war, um richtig zu schlafen.

Ich bin also in Addis Abeba. Afrika. Auf dem Weg nach Kenia. Um Eva Kaiser zu finden.

Irgendwie verrückt.

Magda hatte die Idee, mir im Nachbarhotel des *Voyager* ein Zimmer zu buchen. Sie war der Meinung, es sei besser so, damit sich Eva nicht belagert fühlt, falls sie doch in dem Hotel arbeitet und es nicht nur als Postadresse nutzt.

Ich habe mehrfach versucht, ihr die ganze Idee auszureden, aber sie hat keins meiner Argumente gelten lassen. Magda ist stattdessen nicht müde geworden, mir zu versichern, dass sie es mir nicht übel nehmen wird, sollte ich Eva nicht finden. »Der Versuch zählt«, hat sie mehr als einmal gesagt. Und dass es mich auf andere Gedanken bringen würde, was allein schon die Reise in ihren Augen rechtfertige.

Mit Letzterem hat sie vermutlich recht. Trotzdem fühle ich mich unter Druck. Ich will Eva Kaiser finden, aber ich habe keine Ahnung, wie, sollte sie nicht im *Voyager* arbeiten.

Stopp, ermahne ich mich still. Noch bin ich nicht einmal angekommen.

Was immer auch geschieht, in jedem Fall bin ich dankbar, dass Magda mir diese Auszeit von mir selbst und meinem gebrochenen Herzen ermöglicht. Ich kann dem zwar nicht davonrennen, aber solange ich beschäftigt bin und über andere Dinge nachdenken muss, kann ich zumindest etwas Abstand gewinnen. Und im Moment fühlt sich das gut an.

Trotzdem muss ich an Paul denken. Und daran, wie es wohl wäre, wenn ich jetzt hier nicht allein säße, sondern neben ihm.

Das ist natürlich Unsinn. In dem Fall würden wir im Wohnmobil über staubige Straßen holpern und hoffen, dass das Gefährt die Strapazen aushält und uns nicht im Stich lässt.

Paul hätte den Plan, ich würde mitziehen. Wie immer.

Ich stutze.

Ist das, war das wirklich so? Habe ich immer nur mitgemacht? Wäre alles anders gekommen, wenn ich mich mehr für meine Belange eingesetzt hätte? Dabei hatte ich doch nie das Gefühl, das überhaupt tun zu müssen.

Wo ist es nur schiefgelaufen? Wann sind wir falsch abgebogen? Ich muss das herausfinden. Und sei es nur, um den gleichen Fehler nicht noch einmal zu begehen.

Aber nicht heute. Nicht jetzt.

Ich trinke meinen Cappuccino aus und schaue zu der Anzeigetafel gegenüber.

Seychellen, Kilimandscharo, Kairo, Riad, Entebbe, Nairobi, Johannesburg, Beirut, Kigali – all diese Destinationen klingen herrlich fremd und ganz weit weg.

Und ich, ich bin mittendrin.

13

Entgegen meiner Gewohnheit habe ich für den Flug von Addis Abeba nach Mombasa einen Fensterplatz gewählt. Normalerweise strecke ich gern meine Beine in den Gang aus, aber ich hoffe auf die Aussicht auf den berühmtesten Berg Afrikas.

Die meiste Zeit ist unter uns nur Erde zu sehen, sandfarben bis braunrot, mal heller, mal dunkler. Verdorrte Savanne, schätze ich, denn die Trockenzeit endet erst Anfang März.

In der Ferne reckt sich irgendwann der Mount Kenya aus dem Dunst. Ein unförmiger Felsklotz, mit Schnee bedeckt. Dann verändert sich das Geräusch der Motoren, der Vogel geht in den Sinkflug.

Unter uns wird es grüner, der Himmel in der Ferne dafür verhangener. Ich begrabe meine Hoffnung, einen Blick auf den Kilimandscharo zu erhaschen.

Der Pilot setzt butterweich auf, dann rumpelt die Boeing über den Tarmac. Die Sonne strahlt auf das winzige Flughafengebäude, vor dem nur ein einziger Flieger steht.

Der Tower daneben erinnert mich an den alten Grenzturm am Potsdamer Platz, ein Relikt aus DDR-Zeiten, das heute Mahnmal und Denkmal zugleich ist.

Für einen Flughafen, der das Wort *International* im Namen trägt, ist der hier gewöhnungsbedürftig. Buschflugplatz würde es eher treffen.

Wir rollen an der Flughafenfeuerwehr vorbei, eine an den Seiten offene Wellblechhütte, in der drei Fahrzeuge stehen, die aussehen, als hätte man sie im letzten Jahrhundert hier vergessen.

Schließlich bleiben wir auf dem Vorfeld in der Sonne stehen. Unten an der Gangway wartet kein Bus, es gibt nicht einmal Flatterbänder, die den Weg markieren. Vielleicht bin ich übermüdet, aber ich finde das alles irgendwie charmant.

Ich folge den anderen Passagieren. Nichts wirft Schatten, weder ich noch das Gebäude, auf das wir zugehen, mittags etwas südlich des Äquators. Ich weiß das, aber es zu sehen und vor allem zu spüren, offenbart eine andere Dimension.

Die Sonne brennt so heiß auf Kopf und Nacken, dass ich fürchte, innerhalb von zwei Minuten einen Sonnenbrand zu bekommen.

Umso mehr bin ich froh, als wir das Gebäude erreichen. Fensterscheiben gibt es nicht, der schlaffe Wind wabert durch die Öffnungen unter der Decke, an der riesige Ventilatoren hängen.

Mir ist warm, und die Hektik der Flughafenmitarbeiter, die uns aufgeregt zu einem kleinen Tisch dirigieren, auf dem die Immigration Cards zum Ausfüllen liegen, ist mir zu viel. Warum wurden die Karten nicht, wie sonst üblich, schon während des Flugs verteilt?

Es ist Afrika, sage ich mir und versuche tief durchzuatmen, was bei der Hitze gar nicht so leicht ist. Es wird vermutlich noch hundert Dinge geben, bei denen ich nicht verstehen werde, warum man sie so und nicht anders macht. Besser, ich fange gleich damit an, sie nicht zu hinterfragen. Und meinen deutschen Ordnungsfimmel sollte ich auch schlafen legen.

Nachdem ich das Formular ausgefüllt habe, stelle ich mich in eine der Schlangen für die Immigration, Impfbuch, Pass und ausgedrucktes eVisum in der Hand. Vor mir sind nur drei Leute. Glück gehabt.

Am Schalter nebenan wird es laut. Keine andere als Blondie aus Addis Abeba diskutiert in schlechtem Englisch mit dem Immigration Officer. Je mehr sie sich aufregt, desto sturer wird sein Blick. »Who said I have to print visa?«, fährt sie ihn an. »I have visa, I don't pay again.«

Bin ich froh, dass die Frau nicht in der Schlange vor mir ist. Anscheinend war sie so überaus intelligent, ihr eVisum nicht auszudrucken, obwohl das in fetter Schrift auf der Internetseite steht. Vermutlich könnte sie eine Lösung mit dem Mann finden, würde sie ihn nicht anschreien.

»I show you«, höre ich sie keifen und sehe, wie sie wild auf ihrem Handy herumtippt. »Ach Scheiße, dieser Provinzflughafen hat nicht mal WiFi.«

Wenn die in meinem Hotel wohnt, dann gute Nacht.

Der Beamte winkt mich an seinen Schalter.

»Hello, Sir.« Ich reiche ihm meine Dokumente und die Karte.

Wortlos nimmt er alles entgegen, blättert in meinem Pass und hält ihn schließlich unter ein Lesegerät.

Wie überall auf der Welt muss ich meine Fingerabdrücke scannen und ein Foto von mir machen lassen. Es dauert keine drei Minuten, dann habe ich meinen Visumstempel. Blondie hingegen streitet nebenan immer noch.

Die Gepäckstücke kommen auf zwei Förderbändern an. Ich positioniere mich dazwischen und lasse meinen Blick hin und her schweifen. Zwischen all den schwarzen und dunkelgrauen Koffern fällt meiner sofort auf.

Ich habe ihn von Pauls Vater geerbt, der geschäftlich viel unterwegs ist und regelmäßig seine Lufthansa-Meilen in einen neuen Rimowa-Koffer investiert. Ein silberfarbener gehört nun mir, und seine vielen Beulen erzählen deutlich, dass er etliche Meilen mehr auf dem Buckel hat als ich.

Die Frau an der Zollkontrolle scherzt mit mehreren Leuten in der Schlange, während sie in meinen Pass schaut. »No cigarettes, no alcohol?«, lacht sie mich an.

»No, I don't smoke.«

»But you should have cocktails«, zwinkert sie mir zu und gibt mir meinen Pass zurück, »it's the holidays.«

Hinter mir wird gelacht. »Recht hat sie«, sagt ein älterer Herr und grinst.

Urlaub? Wenn die wüssten. »Of course I will«, erwidere ich und zwinkere zurück.

Direkt vor mir sind zwei kleinere Schalter, an denen man Geld wechseln kann. In beiden stehen junge Männer, die wohl an meiner suchenden Miene Kundschaft ausmachen.

»Come to me«, spricht mich einer der beiden an und winkt.

»No, no«, protestiert der andere, »I give you better rates.«

Beide lehnen sich aus ihren Schaltern und lachen sich an. Offenbar ist das ein Spiel. Aber sie haben sich in mir getäuscht. »Sorry guys, but is here an ATM for my Visa card?«

Beide seufzen theatralisch und ziehen ein betrübtes Gesicht. »I will starve«, behauptet der eine, als wäre ich die einzige Kundschaft für einen ganzen Monat, die ihn nun im Stich lässt. »And what about me?«, fragt der andere und legt die Hand aufs Herz. »You break my heart.«

Ich muss lachen bei so viel Schauspielkunst. »So sorry, no money, just a Visa card.«

Die Jungs lachen. Einer von beiden beugt sich noch weiter heraus und zeigt zum Ausgang. »Around the corner, there's an ATM.«

Ich bedanke mich, winke ihnen zu und marschiere los.

Da ich nicht weiß, wie lange die Fahrt zum Hotel dauern wird, biege ich noch rasch zu den Toiletten ab. Im Vorraum, gleich neben den Waschbecken, hängt ein großer Automat, an dem man Kondome ziehen kann. *Think about HIV, better be safe* prangt in riesigen Lettern darauf.

Ob auf der Herrentoilette wohl auch so ein Ding hängt?

14

Die Taxifahrt durch den chaotischen Verkehr ist kurz. Der Fahrer stellt mir endlos viele Fragen. Wo ich herkomme, was ich hier mache, wie das Wetter in Deutschland ist, wie lange ich bleibe, ob ich auf Safari gehe, ob ich schon mal in Kenia oder überhaupt in Afrika war, was ich von Beruf bin …

Ich komme kaum dazu, die Gegend wahrzunehmen. Trotzdem fallen mir die Wellblechhütten am Straßenrand auf, die als Verkaufsstände dienen, voll mit Turnschuhen aller Art und in vielerlei Farben, Kleidung, Obst, Gemüse und Käfigen mit lebenden Hühnern.

Was ich tausend Mal im Fernsehen gesehen habe, ist auf einmal Realität. Eine Flut von Eindrücken, die an mir vorbeirauscht und die ich so schnell nicht festhalten kann.

Gerüche, schwanger mit dem Staub, dringen durch das offene Fenster, begleitet von Hupgeräuschen in allen Klangfarben und unverständlichen Wortfetzen, die Auto- und Mopedfahrer sich zurufen.

Gleich hinter der Brücke geht die Stadt in Nyali über, einen Vorort, in dem angeblich die Wohlhabenden aus Mombasa wohnen. Den Häusern sieht man es an, mehr noch den Fahrzeugen, die auf der Straße unterwegs sind. Auch die Vegetation am Straßenrand wird immer üppiger.

Kurze Zeit später hält der Taxifahrer vor dem Tor des *Bahari Beach Hotel*, das von gleich mehreren Sicherheitsleuten bewacht wird. Einer von ihnen wechselt ein paar Worte mit dem Fahrer, nickt mir zu und öffnet dann das Tor.

Die Rezeption befindet sich in einer Art offenem Durchgang zum tropischen Garten. Die imposante Dachkonstruktion spendet willkommenen Schatten.

Natürlich gewachsene dünne Äste sind wie Stangen so ineinander verkantet gesteckt, dass sie das spitz zulaufende Dach halten, das mit Sisal gedeckt ist. Darunter hängen riesige Lampenschirme aus Papier, mehr oval als rund, die sanft im Wind schwingen. Es ist angenehm kühl hier.

»Welcome«, sagt die Frau hinter der Rezeption, auf deren Namensschild Anita steht. Ihre Haare sind raspelkurz geschoren, sodass ihr schmales Gesicht mit der breiten Stirn- und Nasenpartie in seiner Kantigkeit betont wird. Sie reicht mir ein Glas mit einer milchig gelben Flüssigkeit und ein warmes, feuchtes Tuch.

Ich bekomme ein All-inclusive-Bändchen in den kenianischen Nationalfarben ums Handgelenk, eine Zimmerkarte und muss ein ziemlich umfangreiches Anmeldeformular ausfüllen, auf dem neben meiner Heimatadresse und Passnummer auch ein Notfallkontakt abgefragt wird. Ich gebe kurzerhand die Telefonnummern von Magda und Anne sowie Annes Mailadresse an.

Anita weist mich freundlich darauf hin, dass ich zuerst essen gehen sollte, da der Lunch bald vorbei sei. Ich winke ab. In den letzten vierzehn Stunden bin ich mit Abendessen, Frühstück und Mittagessen versorgt worden. Das Letzte, wonach mir im Moment der Sinn steht, ist Nahrung. Vielmehr will ich raus aus den Schuhen und den langen Hosen.

»Hi, I'm Christoph.« Der junge Mann ist einen halben Kopf kleiner als ich, trägt ein fröhlich türkis-weiß gestreiftes Hemd zu türkisfarbenen knielangen Hosen und erinnert mich von der Statur her an kenianische Marathonläufer. Mit der Erklärung »I'm your roomboy« greift er nach meinem Koffer und grinst mich an.

Ich folge ihm ein paar Treppenstufen hinauf, einen offenen Gang entlang und dann wieder eine Treppe hinunter.

Ein Weg aus organisch geformten rotbraunen Steinplatten schlängelt sich durch den Garten. Hohe Palmen stehen im sattgrünen Gras, Büsche mit weißen Blüten verströmen ihren betörenden Duft. Hier und da flitzen kleine und größere Echsen in schillernden Farben über den Weg.

In der Mitte des Gartens liegt ein großer runder Bau mit traditionellem Sisaldach und Terrasse rundherum. Das Restaurant, klärt Christoph mich auf. Rechts davon erstreckt sich ein zweigeschossiges Gebäude fast über die gesamte Länge des Gartens, das man jedoch zwischen den üppigen Pflanzen kaum wahrnimmt. Vorn schillert blau und türkis der Indische Ozean zwischen den Palmen.

Ich muss einen Moment stehen bleiben, um das Ganze in mich aufzunehmen. Der Ort strahlt eine Ruhe aus, wie ich es noch nie erlebt habe. Nahezu sofort ist Deutschland nicht nur ganz weit weg, sondern fast vergessen.

15

Am nächsten Morgen wache ich nach einer traumlosen Nacht auf. Mit noch geschlossenen Augen taste ich neben mich, fühle knisternde Baumwolle, höre ein leises Rauschen, das ich nicht zuordnen kann, und spüre einen seltsam kühlen Lufthauch, der stetig über mich weht. Das Bett neben mir ist leer. Wo ist Paul? Wo bin ich?

Ich schlage die Augen auf und sehe mich umgeben von einem Moskitonetz, das an vier unterarmdicken Ästen aus dunklem Holz befestigt ist, die an Seilen von der Decke hängen.

Der Flachbildschirm an der Wand gegenüber flackert, auf der Kommode darunter ist allerhand Zeug verteilt. Auf dem Stuhl, der rechts daneben steht, liegt mein geöffneter Koffer.

Langsam dämmert es mir.

Ich bin in einem Hotelzimmer in Kenia. Ich erinnere mich, dass ich unter Palmen zu Abend gegessen, dann eine Dusche genommen und schließlich ein Nachthemd aus dem Koffer gezogen habe. Danach habe ich mich nur für eine Minute aufs Bett gelegt und die Fernsehprogramme auf der Suche nach ein paar Nachrichten durchgeschaltet. Dabei muss ich eingeschlafen sein. Eine Nachwirkung des Nachtflugs, vermute ich.

Ich setze mich auf, zupfe das Moskitonetz heraus, das ich immerhin noch unter die Matratze gesteckt habe, und fege dabei fast das Telefon vom Nachttisch. Dann stelle ich mich auf die Matratze, werfe einen Teil des Netzes über einen der Holzbalken und falle dabei fast aus dem Bett.

Das muss ich definitiv noch üben.

Das Zeug auf der Kommode entpuppt sich als mein Notizbuch, Handy, Pass, Portemonnaie, Kamera, diverse Ladegeräte sowie das zusammengeknüllte Tuch, das ich mir im Flieger um Hals und Kopf gewickelt hatte, um mich vor Zugluft zu schützen.

Auf einer Seite der Kommode steht ein Tablett mit Wasserflasche, zwei Bechern, Teebeuteln und Päckchen mit Instantkaffee. Das alles habe ich gestern gar nicht richtig wahrgenommen.

Ich nehme den Pappaufsteller in die Hand, der an der Flasche lehnt, und erfahre, dass das Hotel einen eigenen Brunnen hat und das Wasser daraus filtert, sodass es trinkbar ist. Auch das aus den Hähnen?

Nachdem mir das äthiopische Wasser offenbar nicht geschadet hat, putze ich mir auch hier die Zähne mit Wasser aus dem Hahn. Nach einer kurzen Dusche fühle ich mich schon wacher.

Einen echten Schrank gibt es nicht, nur in die Wand gemauerte Fächer und einen weiteren Ast, der als Kleiderstange dient. Ich kann mich nicht entsinnen, den Koffer ausgeräumt zu haben. Besonders ordentlich bin ich dabei nicht vorgegangen, stelle ich fest.

Ein Glück, dass Paul nicht hier ist, schießt es mir durch den Kopf, während ich das Klamottenchaos betrachte. Der würde jetzt nach einem Bügeleisen schreien und mir erklären, dass er so mit mir unmöglich zum Frühstück gehen könne.

Wie macht er das wohl im Wohnmobil? Und wenn ich es recht überlege, wie ist der Pedant mit Bügelfalte in jeder Hose überhaupt auf die Idee gekommen, eine zumindest zeitweilig reichlich abenteuerliche Weltreise zu unternehmen? Dazu noch in einem alten Wohnmobil?

Und wieso ist mir diese Absurdität nicht schon viel früher aufgefallen?

Ich schiebe den Gedanken an Paul beiseite, schlüpfe in ein zerknautschtes T-Shirt und Shorts, trete an die breite Fensterfront, ziehe mit Schwung die weißen Baumwollvorhänge auf – und traue meinen Augen kaum.

Auf dem Balkongeländer sitzen vier Affen.

Der größte von ihnen misst mindestens einen Meter von Kopf bis Fuß, grinst und zeigt mir dabei seine sehr spitzen und vor allem mächtig langen Zähne. In dem Mangobaum gleich davor turnen drei weitere, kleinere Äffchen herum.

Ich beschließe, gar nicht erst die Temperatur auf meinem Balkon zu prüfen, sondern lieber gleich frühstücken zu gehen. Affen sind toll, jedoch nur aus gehörigem Abstand.

Die Tische auf der Terrasse, die sich um die Restauranthütte zieht, sind mit weißen Tischdecken versehen und eingedeckt. Zwischen Palmen gespannte Sonnensegel spenden Schatten, zur linken Seite schimmert der Pool hellblau, rechts vorn der Indische Ozean türkis bis dunkelblau. Über all dem liegt eine Ruhe, die den eigenen Puls verlangsamt, das Atmen leicht macht und die Stimmung beschwingt. Ein Urlaubsparadies wie aus dem Bilderbuch.

Nur wenige Tische sind belegt. Es weht ein laues Lüftchen. Ich suche mir einen schattigen Platz aus, und kaum habe ich mich hingesetzt, erscheint schon eine der Kellnerinnen, die man an den weißen T-Shirts zu roten Wickeltüchern erkennt.

Doris, wie ich ihrem Namensschild entnehme, lacht mich an. »Good morning. Coffee or tea?«

»Coffee please. Thank you.«

»Welcome«, flötet sie und schwebt davon.

Ich lasse meine Sonnenbrille und die Zimmerkarte auf dem Tisch liegen und mache mich auf den Weg zum Büfett, laufe quer durch das Restaurant, in dem die gleichen großen Papierlampenschirme im Wind schaukeln wie in der Rezeption.

Drinnen sind weit mehr Tische okkupiert als draußen. Wie kann man hier nur freiwillig innen sitzen, selbst wenn es keine richtigen Fenster und Türen gibt?

Ein Omelett, zwei Scheiben Brot mit Marmelade, ein Joghurt mit Passionsfrucht und etliche Stücke Ananas, Melone, Mango und Papaya später beschließe ich, noch einen Kaffee an der Poolbar zu trinken, ehe ich im *Voyager Hotel* nebenan nach Eva Kaiser frage. Der Morgen ist einfach zu schön und der Kaffee zu gut.

Ich schlendere an den Tischen vorbei, genieße den Duft der Frangipaniblüten und die Ruhe und halte Ausschau nach einem geeigneten Plätzchen. Die Liegen am Pool sind nicht einmal zur Hälfte belegt. Ein älterer Mann schwimmt ganz allein.

Dunkle Loungemöbel mit weißen Kissen stehen um die Poolbar verteilt. Vom Geländer aus hat man einen herrlichen Blick über das Meer und hinunter auf den Strand, denn das Hotel liegt auf einem kleinen Kliff.

Ich stehe ein bisschen unentschlossen mit meiner Kaffeetasse herum und werde dabei von zwei alten Damen beobachtet, die auf zwei sich gegenüber stehenden Loungecouches sitzen.

»Wer bist du denn? Dich haben wir hier ja noch nie gesehen«, fragt die eine in unverkennbarer Kölner Mundart und klopft auf den freien Platz neben sich. »Setz dich.«

Ich trete näher, unsicher, ob ich die Einladung annehmen soll. Die beiden sind garantiert über achtzig, die eine füllig, die andere schlank. Die Füllige trägt ein Strandkleid in Regenbogenfarben, die Schlanke einen um Oberkörper und Hintern gewickelten Pareo in strahlendem Rot.

»Waltraut«, stellt die Füllige sich vor und klopft erneut auf den Platz neben sich, »und das ist Irmgard.«

»Guten Morgen.« Ich sehe ein, dass ich die Einladung offenbar nicht ausschlagen kann, und setze mich. »Alexandra.«

»Und woher kommst du?«, fragt Irmgard mit bayerischem Dialekt und lächelt, wobei ihr Gesicht sich in unzählige Falten legt.

»Aus Berlin. Ich bin zum ersten Mal hier.«

»Ist klar«, stellt Waltraut trocken fest, »wir kennen hier jeden.«

»Jeden?« Das kann ich mir kaum vorstellen.

»Wir kommen seit über dreißig Jahren her«, klärt Irmgard mich auf. »Und seit wir in Rente sind, bleiben wir jedes Jahr drei Monate. Bis die Regenzeit anfängt und zu Hause der Frühling.« Sie lacht. »Du wirst sehen, von den Überwinterern gibt es hier einige. Die meisten sind Wiederholungstäter.«

»Früher haben die Kinder darauf bestanden, dass wir an Weihnachten zu Hause sind«, fährt Waltraut fort, »inzwischen zahlen wir denen einfach den Urlaub, und sie kommen hierher.«

Pragmatische alte Damen. Gefällt mir. »Das heißt, ihr seid immer von Dezember bis Februar hier?«

»Du hast es erfasst. Aber wie hast du dieses kleine Paradies gefunden?«, will Waltraut wissen.

»Übers Internet bestimmt, oder?« Irmgard zwinkert Waltraut zu. »Die jungen Dinger finden alles im Internet. Sogar unseren Geheimtipp.«

»Wieso Geheimtipp?«, frage ich nach.

»Katharina, die Hotelmanagerin, ist vor dreißig Jahren hier hängen geblieben und hat aus dem Hotel das gemacht, was es heute ist. Ein Ort der Ruhe, in dem das Personal nicht ausgetauscht wird und wo man sich um nichts Sorgen machen muss.« Waltraut prostet mir mit ihrem Kaffee zu. »Ich bin dieses Jahr dreiundneunzig geworden, Irmgard wird neunundachtzig. Wir haben uns in Kenia kennengelernt, und sollten wir hier zusammen sterben, ist das auch okay.«

»Ach, Waltraut«, schimpft Irmgard, »keine von uns hat vor zu sterben.«

Dann lachen beide schallend, und ich frage mich, ob das so etwas wie ein Running Gag zwischen den beiden ist.

»So, nu sag bloß, du machst hier ganz allein Urlaub?«, will Waltraut wissen.

»Mutig«, fügt Irmgard hinzu.

»Wieso? Ihr beide seid doch auch allein hier, oder? Zumindest schließe ich aus euren Dialekten, dass ihr nicht aus derselben Stadt kommt.«

»Das ist was anderes, wir sind alt, da ist Mut kein Kunststück. Was soll passieren? Außer dass man abkratzt?«

»Jetzt ist aber Schluss mit der Sterberei!«, sagt Irmgard in strengem Ton, grinst jedoch dabei. »Nehmt's mir nicht übel«, sie steht auf, »aber ich gehe jetzt eine Runde im Meer schwimmen, ehe das Wasser weg ist.«

»Das Wasser ist weg?«

Waltraut nickt. »Ebbe und Flut sind hier stark. Macht aber nichts. Bisher ist das Wasser noch jedes Mal zurückgekommen.« Sie steht jetzt ebenfalls auf. »Also, Alexandra, wir sehen uns. Und wenn du eine Frage hast, findest du uns hier immer irgendwo.« Auf einen Stock gestützt, marschiert sie langsam los. »Wie du siehst, werde ich kaum wegrennen.«

Ich sehe den beiden nach, wie sie auf die in die Klippe geschlagene Treppe zugehen, die hinunter zum Strand führt. Lustige alte Damen.

Das mit dem Mut sehe ich durchaus anders. Aber was weiß ich schon? Vielleicht stellt sich alles anders dar, wenn man so alt ist wie die zwei.

16

Das *Voyager Beach Resort* gleich nebenan verfügt über keinen so üppigen Garten wie mein Hotel. Die mehrstöckigen, sisalgedeckten weißen Häuser stehen enger, die Sicht auf den Indischen Ozean ist nicht so herrlich von Palmen gesäumt. Auch die Klippe ist hier bereits weit abgebröckelt.

Die Rezeption verfügt über einen langen Tresen, dahinter steht eine kleine Frau und lächelt mich an. Von der Decke, die ebenso in der traditionellen Swahili-Dachkonstruktion gefertigt ist wie bei meinem Hotel, hängen kleine Lampen aus Metall und Glas.

»Hello, I've got a question.« Ich trete heran und fühle mich plötzlich wie ein Eindringling. Was würde ich selbst wohl davon halten, wenn ich mich von meiner Familie davongestohlen hätte, bis nach Kenia ausgewandert wäre, und dann kommt da eine und spürt mich auf?

Energisch schiebe ich die Zweifel fort. Schließlich gibt es auch die andere Seite, und die heißt Magda und hat mich auf diese Mission geschickt. Sicher, ich hätte das ablehnen können, habe ich aber nicht.

»Yes please?« Die Concierge lächelt.

»Ich suche eine gewisse Eva Kaiser«, fahre ich auf Englisch fort, »soweit ich weiß, lässt sie sich ihre Post aus Deutschland hierher senden.«

»Eva? Ja, sie holt einmal im Monat ihre Post bei uns ab.«

»Oh, fantastisch!« Ich kann mein Glück kaum fassen. Sollte es wirklich so einfach sein, sie aufzuspüren? »Wann kommt sie denn das nächste Mal?«

Die Frau neigt den Kopf ein wenig. Ihr Lächeln wird eine Spur weniger strahlend, als hätte jemand das Licht darin gedimmt. »Sie war gestern erst hier. Tut mir leid.«

Gestern? »Das heißt, sie kommt erst in einem Monat wieder?« Das glaube ich jetzt nicht. Wie viel Pech kann man haben? Ein Tag. Ein einziger Tag entscheidet über Sieg oder Niederlage?

Die Frau nickt. »Wollen Sie ihr eine Nachricht hinterlassen? Ich lege gern etwas für Sie in Evas Postfach.« Über ihrer flachen Nase entstehen zwei Falten, ein steiler Berg mit spitzer Kuppe.

Ein Monat. Ich bin einen verdammten Tag zu spät dran. Warum bin ich nicht gestern gleich nach meiner Ankunft hierhergekommen? Vielleicht hätte ich sie dann erwischt. »Sie wissen nicht, wo Eva wohnt? Oder arbeitet?« Die Hoffnung, eben noch eine lichterloh brennende Flamme, ist nun nur noch ein Funke, der ums Überleben kämpft.

»Leider nein. Ich weiß nur, dass sie nicht in Mombasa lebt, sondern irgendwo im Landesinneren. Tut mir leid.«

Sie sagt das nicht nur so, das kann ich ihr deutlich ansehen. In ihren Augen steht das Bedauern wie ein stiller, dunkler See. Schon deshalb fällt es mir schwer, den letzten Fetzen Hoffnung aus den Händen gleiten zu lassen. »Und Sie haben auch sonst keine Möglichkeit, sie zu erreichen?«

»Leider nein.«

»Ich wohne nebenan im *Bahari*, mein Name ist Alexandra Bertram. Würden Sie mir Bescheid geben, falls Eva doch früher wiederkommt?«

Sie schiebt mir einen kleinen Block und einen Stift über den Tresen. »Sicher. Schreiben Sie einfach Ihren Namen, die Zimmernummer und am besten Ihre Telefonnummer auf. Wir rufen Sie an, sollte Eva sich melden. Wie lange bleiben Sie denn im *Bahari*?«

»Ich weiß es noch nicht. Aber rufen Sie mich bitte in jedem Fall an. Auch wenn Eva erst in einem Monat zurückkommt. Vielleicht kann ich dann wenigstens mit ihr sprechen.«

Sie lächelt und legt ihre Hand auf meine, als ich ihr Block und Stift zurückgeben will. »Wenn es geschehen soll, dann werden Sie Eva treffen. Wir hier in Kenia sagen *Hakuna Matata*. Das heißt so viel wie *alles in Ordnung, es gibt keine Probleme*. Haben Sie einfach ein wenig Vertrauen in das Schicksal.«

17

Ich gehe durch den Garten des *Voyager Beach Resort*, am Pool vorbei Richtung Strand. Von der Klippe, auf der mein Hotel steht, ist hier so wenig übrig, dass ich nur ein paar wenige Stufen hinuntergehen muss, und schon berühren meine Füße diesen unglaublich weißen Sand.

Keine Liegen und Sonnenschirme, keine Touristenmassen, nur Palmen und Meer in allen Farbschattierungen von Smaragd bis Türkis, das sich zurückzieht.

Handelte es sich bei meiner Reise einfach nur um Urlaub, wäre das hier perfekt.

Tut es aber nicht.

Meine Stimmung ist auf dem Nullpunkt angelangt, mit fallender Tendenz. Warum geht auf einmal alles schief? Warum bin ich ständig zu spät dran?

Wäre ich an Silvester, nachdem ich den Kleinkram aus dem Drogeriemarkt geholt hatte, nicht noch spontan bummeln gegangen, sondern nach Hause gefahren, hätte ich dann Paul erwischt, wie er seine Sachen holte, und ihn zur Rede stellen können? Wäre ich gestern direkt nach meiner Ankunft hier ins *Voyager* gegangen, hätte ich dann Eva Kaiser angetroffen?

Ich weiß es nicht. Aber allein die Möglichkeit lässt jeden Mut, jede Zuversicht in Rauch aufgehen. Ich möchte heulen.

Mit gesenktem Kopf gehe ich los, langsam, schleppend. Jeder Schritt ein Kraftakt.

Die Beachboys sind gerade dabei, ihre Decken auszubreiten, auf denen sie bunte Armbändchen, aus Holz geschnitzte Tiere, Schalen und andere Souvenirs anbieten.

Zwischen mehreren mannshohen Holzpflöcken sind Schnüre gespannt. Eine Frau hängt Tücher darüber, die im Wind flattern, die Farben von einer Strahlkraft, wie ich sie noch nie gesehen habe.

Kaum nähere ich mich, werde ich auch schon angesprochen. »Jambo!« Die Männer kommen auf mich zu und laden mich mit großen Gesten ein, ihre Waren zu betrachten.

»Later«, winke ich ab, nicht in der Stimmung, mich darauf einzulassen.

Ein rundlicher Mann mit hellblauer Mütze tritt neben mich. »What about Safari?«, fragt er und grinst. Der rechte Schneidezahn fehlt, die Augen blitzen vergnügt.

»Ich bin gerade erst angekommen«, antworte ich ihm auf Englisch.

Er klappt ein Buch auf und hält es mir hin. »Du aus Deutschland?«, will er wissen, und sein Deutsch klingt eher gesungen als gesprochen.

»Ja?«

»Ich bin Winston.« Er streckt mir die Hand entgegen. »Und du?«

»Alex«, schlage ich ein.

»Also, Alex, Safari mit mir sehr gut. Wir können zwei oder drei Tage machen. Wie du willst. Kleine Gruppe. Du siehst viele Tiere.«

»Vielleicht später«, versuche ich, ihn zu bremsen.

»Aber du in Kenia. Wieso kein Safari?« Winston sieht aus, als hätte ich ihm gerade erzählt, ich würde lieber zum Mond fliegen.

»Ich muss erst mal richtig ankommen.«

»Hier«, er wedelt mit seinem Buch vor meiner Nase herum, »lauter Gäste aus *Bahari Hotel* Safari mit mir und hier geschrieben. Du lesen.«

O Mann, wie werde ich diesen Winston jetzt nur los? Vermutlich gar nicht oder nur mit viel Diplomatie. Also blättere ich in seinem Buch und bemühe mich, ehrlich interessiert auszusehen. »Ich überlege es mir«, sage ich schließlich und gebe ihm das Buch zurück.

»Ich mache dir guten Preis.« Mit einem Stock malt er Zahlen in den Sand. »Zwei Tage Safari Tsavo Ost mit Übernachtung in Lodge zweihundertfünfzig Euro, oder drei Tage Tsavo Ost und West dreihundertfünfzig Euro. Viele Tiere. Kleine Gruppe. Auto hat offenes Dach, sehr schön.« Hoffnungsvoll sieht er mich an.

»Ich überlege es mir.« Ich meine es ehrlich, ich kann mich nur jetzt nicht mit diesem Gedanken beschäftigen. Zu viel anderes geht mir durch den Kopf, und ich kann Winston doch nicht erzählen, dass ich nicht im Urlaub bin, sondern auf einer Mission, die gerade so richtig den Bach hinuntergeht.

»Wie lange du bleiben, Alex?«

Ich weiß es nicht, aber das werde ich ihm nicht auf die Nase binden. »Ich bin gestern angekommen. Es ist also noch viel Zeit.«

»Gut.« Mit dieser Ansage gibt Winston sich zufrieden. »In Ordnung. Du denkst nach, und morgen kommst du, und wir besprechen alles.«

Kenianische Verkaufstaktik scheint in erster Linie darin zu bestehen, den Kunden müde zu quatschen. Allerdings funktioniert das bei mir nicht. Statt aufzugeben, regt sich in mir eher Widerstand, auch wenn ich weiß, dass diese Leute hier eine Großfamilie, eventuell sogar ein ganzes Dorf finanzieren, indem sie ihre Waren und Dienstleistungen an Touristen verkaufen. Ich mag es nur einfach überhaupt nicht, bedrängt zu werden. Und genauso fühle ich mich jetzt.

»Bis dann also.« Ich lasse ihn stehen und bin mir dabei der Tatsache bewusst, dass es weder freundlich noch fair von mir ist. Glücklicherweise kommt just in dem Moment ein Paar die Treppe vom *Bahari* herunter, offenbar kürzlich angekommene Touristen, die Haut noch weißer als meine.

Winston und die Beachboys stürzen sich auf die potenzielle Kundschaft.

Ich betrachte derweil das schwindende Meer. Wenn ich wenigstens für eine kleine Runde ins Wasser will, muss ich es jetzt tun. Vermutlich ist an Schwimmen sowieso nicht mehr zu denken, aber ein wenig im warmen Meer dümpeln wird schon gehen.

Ein Stück den Strand entlang, nahe der zweiten Treppe, die über das Kliff ins *Bahari* hinaufführt, stehen ein paar Liegen im Sand. Ein älteres Ehepaar hat die von ihnen belegten unter den Schatten spendenden Felsvorsprung geschoben. Ich gehe auf die beiden zu. »Hallo, entschuldigen Sie, kann ich meine Sachen kurz bei Ihnen lassen und ins Wasser gehen?«

»Klar«, antwortet die Frau und setzt sich auf. »Hier kommt aber sowieso nichts weg.«

»Nicht?« Ich stelle meine Strandtasche ab und werfe T-Shirt und Shorts hinein.

»Ach i wo.« Sie schüttelt den Kopf. »Die Jungs haben eine Abmachung mit Katharina, der Hotelmanagerin. Solange nichts passiert und sie die Gäste nicht nerven, dürfen sie hier am Strand ihr Zeug verkaufen und bekommen sogar öfter mal, was vom Mittagessen übrig bleibt.«

»Das ist ja toll. Trotzdem danke fürs Aufpassen.« Die Frau ist nett, aber ich möchte nicht reden. Und auch nicht zuhören müssen.

Sie winkt ab. »Geh mal, solange noch ein bisschen Wasser da ist.«

Der Sand ist fest, vermutlich weil die Flut hier täglich bis an die Felsen heranströmt. Trotz der brennenden Sonne ist er daher angenehm kühl an den Fußsohlen.

Kaum jemand ist im Wasser, das in der Sonne schillert und glitzert, die kleinen Wellen sind nicht kabbeliger als die des Wannsees bei Wind.

Ich suche mir meinen Weg, meide die bewachsenen Felsplatten und auch das Seegras, in dem ich Seeigel und anderes Getier vermute, bis ich im Wasser sitzen und die Szenerie an Land betrachten kann.

Wenn ich mich auf die Unterarme stütze und noch ein wenig weiter zurücklehne, schwappt das badewannenwarme Nass sogar über meine Schultern.

Links und rechts an den Klippen vorbei erstreckt sich kilometerlang weißer, leerer Sandstrand, gesäumt von Palmen und üppigen Büschen.

An der äußersten Ecke, bevor man um die Klippen herumgehen muss, um zum nächsten langen Strandabschnitt zu gelangen, hat ein weiterer Beachboy seinen Verkaufsstand errichtet. Neben Tüchern flattern dort auch solche Kleider im Wind, wie Waltraut eins trug.

Ein paar junge Männer sitzen auf den Felsen im Schatten, rauchen und quatschen. Der Wind trägt ihre Stimmen und das Gelächter bis zu mir.

Am Strand liegt ein tiefbraun gebrannter Mann in dunkelroten Badeshorts in der Sonne auf der Liege. Ohne Hut, die Sonnenbrille ins kurze schwarze Haar geschoben.

Wie der das bloß aushält? Mir hat die Sonne schon für den kurzen Weg vom Schatten ins Wasser zu heiß auf den Schultern gebrannt.

Ein älterer Mann mit vollem weißlockigem Haarschopf, mindestens genauso dunkel gebräunt, kommt die Treppe herunter und tritt auf den Sonnenanbeter zu. Der setzt sich auf. Die beiden wechseln einige Worte. Dann steht der in den roten Badeshorts auf. Die zwei gehen zum Wasser, bleiben stehen.

Was für eine Figur. Ich kann nicht umhin, das festzustellen. Ganz anders als Paul. Groß, breite Schultern, athletisch. Und sehr gerade Beine.

Wo wohl seine Frau ist? Vermutlich irgendwo im Schatten oder bei einer Massage.

Nie zuvor habe ich ganz allein Urlaub gemacht. Immer bin ich entweder mit Anne oder später dann mit Paul unterwegs gewesen und gewohnt, jemanden zum Reden zu haben. Jetzt auf einmal bin ich offenbar der einzige Solourlauber hier an diesem wunderschönen Ort, so weit weg von zu Hause.

Ich kann gut mit mir allein sein. Das konnte ich von jeher. Aber, so stelle ich nun fest, im Urlaub ist das etwas anderes.

All die Zeit, die man mit Nichtstun verbringt, schafft so viel Raum für Gedanken. Sie breiten sich aus, quellen, wachsen, wuchern. Vor allem wenn es so vieles gibt, was man nicht versteht. Doch egal, wie sehr die Gedankenspirale sich dreht, am Ziel komme ich niemals an.

Ich drehe mich auf den Bauch und lasse meinen Blick über den Horizont gleiten. Schiebe alle ungebetenen Gedanken weit von mir, lasse sie treiben und sehe ihnen nach in der Hoffnung, dass sie einfach in diesem perfekten Ozean untergehen und ertrinken.

Die Sonne brennt auf meine Schultern. Lichtreflexe tanzen vergnügt vor meiner Nase. An der Riffkante brechen sich die Wellen, lassen ein endloses weißes Kräuselband entstehen, das Meer und Himmel trennt.

Dies hier ist ein Paradies. Keine Frage.

18

Mit der Flut am Nachmittag frischt der Wind auf, fährt in die Palmenblätter, rüttelt an ihnen. Es hört sich an, als ginge ein steter Regen nieder.

Fröstelnd steige ich von der Hängematte, wickle das Handtuch fest um mich und werfe noch einen Blick aufs Meer, ehe ich mich auf den Weg nach oben mache. Meine Füße versinken im weichen Sand, den irgendwer hierhergeschaufelt haben muss.

Auf halber Höhe zwischen Strand und Garten befindet sich auf beiden Seiten der Klippe so eine Oase. Ein paar Liegen und Hängematten, versteckt zwischen Palmen, mit einem nahezu berauschenden Blick und absoluter Ruhe. Wenn man sich einmal hingelegt hat, möchte man nie wieder aufstehen.

Es sei denn, man fängt an zu frieren. Was oberflächlich betrachtet an sich schon ziemlich albern klingt. Frieren in Afrika?

Ich steige die Treppe ganz nach oben, suche mir auf der Hotelterrasse einen sonnigen Tisch und gönne mir eine heiße Waffel zum Kaffee. Und weil Süßes gegen Kummer jeder Art hilft, bestreue ich sie nicht nur mit Puderzucker, sondern lade noch einen frisch gebackenen Crêpe auf meinen Teller und gieße etwas Sirup darüber.

Ich sollte glücklich sein, hier sitzen zu dürfen, bei etwas über dreißig Grad und strahlender Sonne, während zu Hause der Winter wütet. Bin ich natürlich auch, aber mein Glücksgefühl hat Dellen und Kratzer.

Immer wenn ich Zeit habe und meine Gedanken wandern können, und das ist hier viel zu oft der Fall, marschieren sie zielsicher zu Paul und allem, was verloren ist. Und dann kommt das Glücksgefühl vom Pfad ab, verirrt sich, und ich habe Mühe, es wiederzufinden.

Ich sollte wütend auf Paul sein, stinkwütend sogar. Aber das gelingt mir nur phasenweise. Und dann wieder bin ich sauer auf mich, weil ich an diesem Kerl anscheinend immer noch hänge. Meine Gefühlswelt ist ein Labyrinth, und egal, wie genau ich weiß, dass ich nur immer weitergehen und dabei darauf achten muss, dass meine Hand Kontakt zur Wand hält, ich schaffe es nicht, biege doch wieder falsch ab, finde einfach den Weg heraus nicht mehr.

Statt mich ständig um mich selbst zu drehen, sollte ich lieber Magda anrufen. Ich hätte es längst tun sollen, es wäre nur fair, denn sie wartet bestimmt schon auf eine Nachricht.

Fair. Was ist schon fair?

Ich will sie nicht enttäuschen. Deshalb habe ich das Telefonat auch vor mir hergeschoben und mir währenddessen den Kopf zermartert, ob es nicht noch eine andere Möglichkeit gibt, Eva zu finden. Einen ganzen Monat hier abzuwarten und dem süßen Nichtstun zu frönen, scheint mir keine Alternative zu sein. Schon gar nicht, wenn der abwesende Paul dann jeden meiner Tage beherrscht.

So schön es hier auch ist, ich kann und will Magdas Geld nicht einfach so verprassen. Urlaub auf Kosten anderer ist nicht meine Art, erst recht nicht, wenn eine alte Dame voller Hoffnung auf etwas wartet, das nicht geschehen wird.

Gibt es nicht doch irgendeinen Weg?

Egal, in welche Richtung meine Gedanken rennen, jedes Mal landen sie in einer Sackgasse. Ich habe einfach keinen Ansatzpunkt außer dem *Voyager Beach Resort*. Und ausgerechnet dort wird Eva Kaiser in den nächsten Wochen nicht erscheinen.

Ich bin einen Tag zu spät gekommen. Es ist zum Verrücktwerden.

Wenn ich doch wenigstens einen Ort wüsste, den Namen des Dorfes, in dem sie wohnt. Oder arbeitet.

Es nützt nichts. Mit schwerem Herzen nehme ich mein Handy, rufe WhatsApp auf und tippe auf das kleine Anrufsymbol neben Magdas Namen.

Unglaublich, was das Internet so alles möglich macht. Früher wäre es unheimlich teuer gewesen, aus Afrika nach Deutschland anzurufen. Heute wählt man sich ins Hotel-WLAN ein, und der Anruf kostet gar nichts.

Und wer hätte gedacht, dass das Netz in einem kenianischen Hotel dermaßen gut funktioniert? Besser als in mancher Ecke von Brandenburg. So viel zum Thema Entwicklungsland.

»Alex!« Ihre Stimme ist voll freudiger Erwartung. »Wie geht es dir? Ist Kenia schön?«

»Gut, und dir?«, frage ich verhalten.

»Alles in Ordnung hier. Allerdings muss ich dir gleich etwas beichten. Dein Handy ist mir hinuntergefallen, und das Glas hat jetzt einen Sprung. Aber ich lasse das natürlich reparieren, du musst mir nur sagen, wo ich das am besten …«

»Quatsch«, falle ich ihr ins Wort. »Das ist ein altes Handy, das ich nur aufgehoben habe, falls mit meinem mal was nicht in Ordnung ist. Als Reserve sozusagen. Deswegen habe ich es dir ja gegeben. Ich brauche es im Grunde nicht. Es funktioniert doch trotz des Sprungs, oder?«

»Ja, ja. Das Glas sieht halt aus wie die Frontscheibe eines Autos, das einen kapitalen Steinschlagschaden erlitten hat.«

»Aber du kommst klar damit? Also mit dem Handy so generell?« Ich muss daran denken, wie wir zwei in ihrer Küche vor meiner Abreise geübt haben. Magda fand es schon schwierig, keine wirklichen Tasten zu haben, sondern mit dem Finger auf das Display zu tippen. Von den vielen Apps ganz zu schweigen, dabei habe ich eigens die meisten entfernt, um die Verwirrung zu minimieren.

»Sagen wir mal so, ich kann einen Anruf entgegennehmen, wie du hörst«, lacht Magda nun, »aber diese ganzen bunten Dinger, das kann einen ganz kirre machen. Ständig hab ich Angst, dass ich auf das falsche Symbol tippe.«

»Da kann gar nichts passieren«, versuche ich, sie zu beruhigen, »egal, wo du drauftippst.«

»Na, wenn du das sagst …« Besonders überzeugt hört sie sich nicht an. »Aber jetzt erzähl mal, hast du schon etwas herausfinden können?«

Ich erzähle ihr, was ich im *Voyager Beach Resort* erfahren habe. »Ich könnte mich ohrfeigen, dass ich nicht gleich nach der Ankunft rübergegangen bin«, beende ich meinen Bericht.

»Das ist Pech«, sagt Magda und klingt zu meiner Verwunderung nicht halb so enttäuscht, wie ich es bin. »Aber du solltest nicht mehr darüber nachdenken, Alex. Vielleicht hat Eva ihre Post bereits am Vormittag abgeholt, als du noch im Flugzeug warst. Und noch ist ja gar nichts verloren. Ganz im Gegenteil. Wir wissen jetzt, dass meine Tochter tatsächlich in Kenia ist. Das ist doch schon was.«

»Ich weiß, aber ich kann unmöglich vier Wochen lang hier herumsitzen und warten.«

Der Braungebrannte schlendert mit seinem Freund am Pool vorbei. Man kann die beiden gar nicht übersehen, so wie die roten Badeshorts des einen und der weiße Haarschopf des anderen leuchten. Irgendwie sind sie ein eigenartiges Paar. Aber vielleicht kommt mir das auch nur wegen des offensichtlichen Altersunterschieds so vor.

»Nein, aber du kannst dich erholen und dich dabei ein wenig umhören«, holt Magda mich aus meinen Gedanken zurück.

»Umhören?«

Die beiden Männer biegen ab und kommen nun direkt auf mich zu. Der in den roten Shorts redet und fährt sich durchs Haar. Die Sonnenbrille fällt, er fängt sie auf halber Höhe auf, macht dabei einen eleganten Hüftschwung und lacht.

»Klar«, sagt Magda. »Wenn Eva seit Jahren ihre Post in diesem Hotel abholt, müsste es doch mit dem Teufel zugehen, wenn wirklich niemand sie kennt oder mehr über sie weiß.«

»Mag sein.«

Die beiden Männer sind jetzt nur noch wenige Meter von mir entfernt. Ich kann den hessischen Zungenschlag in ihrer Unterhaltung ausmachen und auch die warme, tiefe Stimme von dem in den roten Shorts. Von Nahem sieht er fast zu gut aus, um wahr zu sein. Genau die Sorte Mann, die nichts als Ärger macht.

»Also dann, Kopf hoch, Alex.«

»Du meinst also, ich soll bleiben?«

»Natürlich. Wir sind jetzt so nah dran, da willst du doch nicht aufgeben, oder?«

Die beiden Männer gehen an mir vorbei. Der in den roten Badeshorts wirft mir einen Blick zu und lächelt mich aus flaschengrünen Augen an, die in dem dunkel gebräunten Gesicht nahezu unwirklich strahlen.

»Aber wenn ich nichts erreiche?«, wende ich ein. »Ich möchte hier nicht dein Geld verprassen, und am Ende kommt gar nichts dabei heraus.«

»Papperlapapp, Alex. Du musst dringend ein bisschen zuversichtlicher werden. Du bist gerade erst den dritten Tag in Kenia. Was hast du denn erwartet? Dass du ankommst und Eva dir direkt in die Arme läuft?«

»Nein, du hast ja recht«, gebe ich zu und sehe den beiden Männern nach, die im Vorraum des Restaurants auf den Tisch zusteuern, auf dem Kaffee und Tee zur Verfügung stehen.

»Also, dann hör dich einfach mal ein wenig um. Vielleicht auch bei den Gästen in deinem Hotel. Was ist mit den älteren Damen, von denen du mir erzählt hast?«

»Irmgard und Waltraut?«

»Genau. Wenn die schon seit über dreißig Jahren dort hinfahren, wer weiß, vielleicht kennen sie Eva sogar.«

»Stimmt, auf die Idee bin ich noch gar nicht gekommen.«

»Und sonst?«, fragt Magda und klingt auf einmal besorgt. »Was macht der Liebeskummer?«

»Die meiste Zeit denke ich gar nicht an Paul.« Notlüge. Die ist erlaubt. Schließlich will ich Magda nicht unnötig mit meinem Kummer belästigen. Auch kenne ich sie im Grunde viel zu wenig, um mit ihr darüber zu sprechen.

Die zwei Männer kommen zurück auf die Terrasse, beide mit einem Becher Kaffee in der Hand. Der in den roten Badeshorts schenkt mir wieder ein Lächeln.

»Ist wahrscheinlich ganz gut so«, sagt Magda, »zumindest im Moment.«

»Wieso im Moment?« Ich zwinge mich, meinen Blick von dem Mann zu nehmen, der mit seinem älteren Freund Richtung Pool geht. Nicht dass ich noch aus Versehen irgendein falsches Signal sende. Was ich nämlich überhaupt nicht gebrauchen kann, ist ein Adonis, der meint, in mir den perfekten Urlaubsflirt gefunden zu haben.

»Weil du irgendwann über dich und Paul nachdenken musst. Und weil du ihn betrauern musst, um ihn loslassen zu können. Aber das hat Zeit, Alex. Überstürz nichts. Und sei nachsichtig mit dir.«

Nachsichtig mit mir? Das ist nicht gerade meine Stärke. »Das alles ist hier so weit weg. Ich bin so weit weg. Das tut mir gut.« Nur die halbe Wahrheit, aber das muss ich Magda nicht auf die Nase binden.

»Kann ich mir vorstellen.«

»Ich weiß schon, dass ich mich irgendwann demnächst mit der Misere befassen muss, Magda.« Als ob ich das nicht viel zu oft tue, nur leider ohne wirklichen Erfolg. »Ich muss verstehen, was und warum es passiert ist.« Allein der Gedanke daran, dass ich Schuld haben könnte. Dunkle Schwingen, die sich über mich breiten und die ich nicht will. Dabei brauche ich dringend das Sonnenlicht, das mich so herrlich wärmt und die Dunkelheit bannt.

»Gib dir Zeit«, sagt sie sanft, »und überfordere dich nicht.«

19

Das Telefonat mit Magda geht mir bis zum Abend nicht aus dem Sinn. Als ich allein an meinem Tisch sitze, fühle ich mich erst recht verloren, beneide all die Paare und Freunde ringsum, die gemeinsam essen und trinken, reden und lachen.

Bis vor Kurzem war auch ich Teil eines Paares. Heute und hier kann ich gar nicht mehr fassen, dass ich diesen Umstand für so selbstverständlich gehalten habe. Als würde es immer so sein, als gäbe es gar keine Alternative.

Ist das ein Teil des Problems? Haben wir, habe ich aufgehört, mich zu bemühen?

Ich weiß es einfach nicht, und das macht mich schier verrückt. Egal, an welche Situation, welches Gespräch mit Paul ich mich erinnere, ich habe den Bruch nicht eine Sekunde lang kommen sehen. Das kann doch aber nicht sein, oder? Ich muss etwas übersehen haben. Wie konnte das nur geschehen?

Oder ist uns schlicht das passiert, was so viele Paare als Grund für ihre Trennung angeben? Das berühmte Wir-haben-uns-auseinandergelebt-Syndrom? Ist der einzige Grund am Ende der, dass Paul und ich langsam, aber sicher auseinandergedriftet sind? Zwei ungleiche Stücke Treibholz in ruhigem Wasser?

Je mehr ich darüber nachdenke, desto schwerer fühle ich mich. Der fantastische gegrillte Fisch in Sesamkruste mit Limetten-Honig-Soße und Kokosnussreis schmeckt plötzlich fade, und nicht einmal die Aussicht auf die herrlich aromatischen Früchte zum Nachtisch kann mich trösten.

Dabei bin ich doch gar nicht so allein mit meinem Problem hier.

Etliche Männer mittleren Alters haben eine junge Kenianerin ins Hotel eingecheckt und sitzen nun zu zweit am Tisch. Und nur wenn man genau hinsieht, stellt man fest, dass die Unterhaltung stockt, wenn überhaupt eine stattfindet, und dass die jungen Damen ganz offensichtlich mehr an dem guten Essen und Wein interessiert sind als an ihrem Tischherrn.

Gemeinsam einsam.

Wer sich das nicht leisten kann oder will, schmuggelt eins der jungen Mädchen für die Nacht ins Zimmer. Ist man spät genug im Garten unterwegs, kann man die Paare durch die Dunkelheit huschen sehen.

Allerdings trösten mich diese Beobachtungen nicht. Im Gegenteil, diese Form der Prostitution, geboren aus Not auf beiden Seiten, deprimiert mich. Und ich vermute, dass die Beachboys auch von mir denken, ich sei nur hier, um mir einen schwarzen Loverboy zu schnappen.

Was ist es nur? Was macht diese Anziehungskraft zwischen Schwarz und Weiß aus? Ich verstehe es nicht. Ist es das Fremdartige, das so offensichtlich andere? Oder geht es tief im Innern um mehr? Wollen wir Weißen nun betören, gar erobern, wen wir einst unterdrückten und versklavten?

Und die Schwarzen? Was wollen sie? Das vermeintlich bessere Leben, das ihre Vorstellung aus Halbwissen, gepaart mit Fantasie und Wunschdenken, gebiert? Ist unser Leben wirklich so viel besser? Ich weiß es nicht.

Der laue Wind umschmeichelt mich. Ein seidenes Tuch, das mit meinen Haaren spielt. Die hohen Palmen sind dunkle Silhouetten vor dem sternengesprenkelten Nachthimmel. Keine Lichterketten, kein Chi-Chi. Es ist so wunderbar hier, denke ich und lege mein Besteck auf den leeren Teller. Ein Paradies, wenn auch mit Abstrichen.

»Finished?« Doris greift nach meinem leeren Teller.

Wenn wir eins hier lernen können, so viel wird mir klar, als ich ihr zunicke, ihr fröhliches Lächeln sehe, die strahlenden Augen, dann ist es das: Egal, wie hart es kommt, man darf sich nicht unterkriegen lassen. Und vor allem das Lachen niemals verlieren.

20

Nach dem Abendessen führt eine kleine Folkloregruppe auf der Terrasse kenianische Tänze vor. Die Frauen und Männer sind bunt gekleidet und tragen Unmengen von farbenfrohem Perlenschmuck um Hals, Hand- und Fußgelenke und sogar den Kopf.

Ich stehe ein wenig verloren abseits und sehe zu. Die Loungemöbel sind so über die Terrasse und am Rand entlang verteilt, dass in der Mitte eine Tanzfläche entstanden ist. Paare und Grüppchen haben sie fast vollständig belegt. Mir bleibt nur, mich irgendwo dazuzusetzen, was mir nicht wirklich behagt. Den Abend als fünftes Rad am Wagen fremder Leute zu verbringen, ist nicht gerade eine vergnügliche Aussicht.

Irmgard entdeckt mich und winkt mir wie wild zu. Ich winke zurück, und sie zeigt auf den leeren Korbsessel an ihrem Tisch. Diese Einladung nehme ich erleichtert und auch sehr gern an.

»Guten Abend, die Damen«, begrüße ich sie und Waltraut und setze mich. »Wie geht es euch?«

»Super«, flötet Waltraut, »hier geht's uns immer super.«

»Allerdings«, stimmt Irmgard zu, »selbst meine Arthrose vergisst, dass es mich gibt.« Sie nimmt einen Schluck von einem äußerst farbenfrohen Cocktail. »Nehme ich ihr natürlich nicht übel«, sagt sie augenzwinkernd.

»Und was ist mit dir?«, will Waltraut wissen. »Was hast du heute so getrieben?«

Die kenianischen Tänzerinnen setzen derweil zu einem wilden Gesang an. Ihre Stimmen erinnern an Kinder, die Melodie jedoch hat etwas Beschwörendes. Ein hoher Singsang, metallisch, an der Grenze zum Schrillen. Und sie tanzen dazu auf eine ganz eigene Art, in der sich die Oberkörper kaum bewegen, die Hüften jedoch zucken, während die Füße in dem Rhythmus stampfen, den die Männer mit ihren Trommeln vorgeben.

»Nicht viel«, antworte ich Waltraut und beuge mich dabei etwas vor, um nicht allzu sehr schreien zu müssen.

»So muss es sein. Immerhin hast du Urlaub.«

»Nicht wirklich.« Ich spüre plötzlich den unwiderstehlichen Drang, den beiden von meiner Mission zu erzählen. Vielleicht ist es ihr Alter, aber irgendwie habe ich das Gefühl, die zwei haben für alles Verständnis und immer ein aufmunterndes Wort parat.

»Wie sollen wir das verstehen?« Irmgard sieht mich fragend, aber nicht skeptisch an.

»Ich bin hier, um jemanden zu finden«, beginne ich und erzähle den beiden von Magda und ihren Töchtern. »Aber leider habe ich Eva um einen Tag verpasst«, schließe ich.

»Das ist wirklich Pech«, stellt Waltraut fest und runzelt die Stirn. Für ihr Alter ist ihr Gesicht erstaunlich faltenfrei.

»Allerdings«, pflichte ich ihr bei. »Aber wenn ihr beide schon seit so langer Zeit hierherkommt, habt ihr nicht vielleicht eine Idee, wie ich Eva Kaiser doch noch aufspüren könnte?«

Die beiden sehen sich an, und Irmgard wiegt den Kopf. »Eva Kaiser«, denkt sie laut nach. »Kann mich nicht erinnern, den Namen mal gehört zu haben. Du, Waltraut?«

»Nein, aber was heißt das schon?«

»Vielleicht muss ich im *Voyager* herumfragen. Könnte es sein, dass da noch jemand etwas weiß? Oder gibt es ein Café oder Restaurant in der Nähe, wo Auswanderer verkehren?«

»Hm …« Irmgard kratzt sich am Kinn und streckt dann den Zeigefinger in die Höhe. »Bernd!«

»Stimmt«, gibt Waltraut ihr recht, »wenn einer etwas weiß, dann Bernd.«

»Bernd?« Ich habe keine Ahnung, von wem die beiden sprechen.

»Bernd ist mit Katharina, der Hotelmanagerin, befreundet«, klärt Irmgard mich auf. »Er kommt schon seit über dreißig Jahren im Januar her und bleibt bis Ende Februar. Freunde von ihm stoßen dazu, bleiben eine Weile, fahren wieder, andere tauchen auf. Ein ständiges Kommen und Gehen, aber alle sind sehr nett. Bernd hat in Wiesbaden ein Bauunternehmen zusammen mit einem Kompagnon. Die haben hier in Mombasa bereits ein paar Schulen und Kinderheime gebaut. Und er ist sehr gut vernetzt. Man munkelt, er ist sogar mit jemandem aus der kenianischen Regierung befreundet.«

Das klingt in der Tat vielversprechend. »Und wo finde ich diesen Bernd?«

»Heute gar nicht mehr«, sagt Waltraut. »Er ist mit seinen Freunden ins Kasino gefahren. Die kommen sicher erst spät zurück. Aber morgens, nach dem Frühstück, da trinkt er immer Tee am Teich.«

»Am Teich?«

Irmgard guckt mich irritiert an. »Sag bloß, du kennst den Teich noch nicht?«

Ich schüttle den Kopf.

»Da drüben«, sie zeigt zum Ende der Terrasse, wo der Garten einen weiteren Gebäudeteil mit Zimmern vom Restaurantbereich trennt. »Vor den Büschen, in denen die

Webervögel nisten, da liegt der Teich. Immer dem Gezwitscher nach morgen früh, dann kannst du es gar nicht verfehlen.«

»Okay, und wie erkenne ich Bernd?«

Waltraut lacht. »Keine Sorge, Bernd kannst du gar nicht übersehen. Sprich einfach den an, der im Sessel thront, als gehöre er zum Inventar. Und wenn du morgen gleich nach dem Frühstück hingehst, dann sitzen vermutlich noch die sehr attraktive Marion und ihr Mann Guido bei ihm.«

»Und Gabriel«, fügt Irmgard hinzu, und ihre Augen blitzen, »der Mann mit den schönsten Augen weit und breit.«

21

Am nächsten Morgen mache ich mich gleich nach dem Frühstück auf die Suche nach dem Teich und dem ominösen Bernd.

Ersterer entpuppt sich als ein Gartenteich mit Mäuerchen vorn, unzähligen kleinen Fischen darin und großen Büschen hinten, links und rechts, in denen lauthals zwitschernde Webervogelmännchen aufgeregt hin und her fliegen und versuchen, die angebeteten Weibchen davon zu überzeugen, dass ihr Nest das allerbeste für die Eiablage und die Aufzucht kleiner Schreihälse ist.

Um den Tisch direkt vor dem Mäuerchen gruppieren sich zwei der geflochtenen schwarzen Zweisitzer, ein Sessel und ein großer Sonnenschirm.

Der Tisch ist vollgestellt mit Tassen, Teekannen, Zuckerdose, Sahnekännchen, einem großen Teller voller Limettenscheiben, einem kleinen Brotkorb und mehreren Schachteln voller Teebeutel verschiedener Sorten.

Links sitzt ein Paar, sie ausgesprochen attraktiv mit langen dunkelbraunen Haaren, großer Sonnenbrille und Fächer in der Hand, er sehr schlank und nur mit bunt karierten Shorts bekleidet.

Auf dem Zweisitzer rechts lungert der Mann mit dem üppigen weißen Haar, die Beine ausgestreckt, die Arme über Seiten- und Rückenlehne gelegt. Sein bis zum Bauchnabel aufgeknöpftes weißes Baumwollhemd hängt über die schwarzen Shorts.

Den Einsitzer hat der Braungebrannte mit den flaschengrünen Augen belegt.

Ich trete an den Tisch und sehe den Weißkopf an. »Entschuldigung, bist du Bernd?«

Die Unterhaltung verstummt, und ich spüre die Blicke der drei anderen auf mir, während der Weißhaarige mich mustert. »Was gibt's denn?«, fragt er interessiert.

»Ich bin Alexandra, und Irmgard und Waltraut meinten, du kannst mir vielleicht helfen.«

Der mit den flaschengrünen Augen steht auf und bietet mir seinen Sessel an. »Setz dich, Alexandra, ich rücke zu Bernd rüber.« Er lächelt, zeigt makellos weiße Zähne und legt die Hand auf die Sessellehne, als wolle er mir das schwere Teil unter den Hintern schieben. »Ich bin übrigens Gabriel.«

»Marion«, stellt die Dunkelhaarige sich vor. »Magst du Tee?« Sie klappt den Fächer zu und schiebt mir eine Tasse zu.

»Guido«, sagt der Mann neben ihr und hebt dabei die Hand zum Gruß.

»Danke.« Ich setze mich an den Tisch, ein wenig überrascht über die prompte Einladung und vor allem über die unkomplizierte Art, mit der die vier mich willkommen heißen.

»Schieß los.« Bernd nickt mir zu.

»Ich suche jemanden. Eine Deutsche, die vor etwa fünf Jahren hierher ausgewandert ist. Sie holt einmal im Monat nebenan im *Voyager* ihre Post ab. Leider habe ich sie verpasst. Und jetzt weiß ich nicht, wie ich sie finden soll.«

»Hat die Frau einen Namen?«, fragt Marion und gießt mir Tee ein.

»Eva Kaiser.«

»Und wieso suchst du sie?«, will Bernd wissen.

Ich erzähle von Magda, unserem nachbarschaftlichen Verhältnis und meiner Suche nach Eva in Berlin, die mich letztlich hierhergeführt hat.

»Eva Kaiser«, sagt Bernd und guckt dabei zu den Webervögeln. »Ich kann mich nicht erinnern, den Namen schon mal gehört zu haben.«

»Aber Katharina vielleicht.« Guido steht auf und steckt eine kleine Scheibe Brot auf ein Ästchen des Buschs. Kaum hat er sich wieder gesetzt, kommen zwei Webervögel angeflogen und streiten sich um die Leckerei. »Die kennt doch hier eigentlich jeden. Und von einer deutschen Auswanderin sollte sie zumindest mal gehört haben.«

»Wieso hat denn diese Eva den Kontakt zu ihrer Familie abgebrochen?«, will Gabriel wissen.

Ich muss Irmgard recht geben, dieser Mann hat wirklich außergewöhnliche Augen. In dem braun gebrannten Gesicht strahlt das Flaschengrün auf eine ganz besondere Art. So intensiv, dass es mich unsicher macht und ich innerlich zurückweiche.

»Ich weiß es nicht«, kämpfe ich den Impuls nieder, seinem Blick auszuweichen.

»Interessiert es dich gar nicht?« Marion schiebt die Sonnenbrille ins Haar. Sie hat einen warmen Blick, den ich so irgendwie nicht erwartet hätte.

»Eigentlich geht es mich nichts an.«

»Hm …« Gabriel ist offensichtlich nicht ganz überzeugt. »Immerhin hat deine Nachbarin dich auf die Suche geschickt. Damit wirst du Teil der Geschichte. Also, ich finde, ein wenig Neugier deinerseits wäre durchaus angemessen.«

»Vielleicht. Ich hatte einfach in letzter Zeit …« Ich beende den Satz nicht, bin erschrocken über mich. Dass ich vor diesen fremden Menschen fast etwas sehr Privates preisgegeben hätte.

»Bist du ganz allein hier?« Marions Stimme ist so sanft wie ihre Augen.

Ich nicke, verliere meine Sprache. Ich will nichts erzählen. Das alles geht diese Menschen nichts an. Und ich will ihnen auch nicht ihre offensichtlich gute Laune verderben. Sie wirken alle so entspannt. Das Letzte, worauf sie gewartet haben, ist eine wie ich, eine mit tonnenweise Ballast im Gepäck.

»Ja«, bringe ich mühsam hervor, die Worte scharfkantige Klötze, die ich kaum herauswürgen kann. »Ja, ich, ich … also, ich brauche derzeit etwas Abstand von zu Hause.« Ich versuche ein Lächeln, überzeugt, dass es verunglückt in meinem Gesicht hängen muss. »Ich bin ganz gern mal allein mit mir.«

Bernd nimmt ein Stück Brot, reißt es in kleine Stücke und wirft sie ins Wasser. Unzählige Fische kommen angeschossen, schnappen danach. Das Wasser brodelt. »Hast dir einen guten Ort ausgesucht.« Er wirft einen kurzen Seitenblick auf mich. »Nirgendwo kann man so zur Ruhe kommen wie hier.«

»Das wäre ein schöner Nebeneffekt«, sage ich mehr zu mir selbst als zu der Runde und frage mich, wie sehr er mich durchschaut oder zumindest etwas ahnt. Aber vielleicht bilde ich mir das nur ein, und er ist einfach nur nett.

»Ich hör mich um, was diese Eva betrifft.« Bernd wirft die restlichen Brotstücke ins Wasser. »Guckt euch diese verrückten Fische an«, gluckst er vergnügt, »wegen des bisschen Brots so ein Aufstand.« Er wendet mir seinen Blick wieder zu. »Ich geb dir Bescheid, wenn ich etwas erfahre.«

22

Ich will gerade zum Strand, um vor der Ebbe noch ein wenig zu schwimmen, da klingelt mein Handy. »Anne?« Ich lasse mich auf eine unbesetzte Liege am Pool fallen. »Was gibt es?«

»Hallo, Alex, ich beneide dich gerade wahnsinnig, das glaubst du nicht! Wir haben minus dreizehn Grad und Ostwind.«

»Oje.« Ostwind in Berlin bedeutet im Winter, dass man sofort Kopfschmerzen bekommt, wenn der einem ins Gesicht bläst. »Nimm einfach Urlaub und komm her.« Der Satz, nichts als ein Allgemeinplatz eigentlich, ist wie ein Stich in mein Innerstes. Bis soeben war mir nicht bewusst, dass ich mir nichts mehr wünsche, als meine beste Freundin an meiner Seite zu haben. Die eine, die bleibt.

Anne, die nichts von meiner Schwermut bemerkt, lacht. »Das wär's! Aber mein Chef fände bestimmt, dass das die schlechteste Idee ist, die ich je hatte.«

Habe ich wirklich für einen Moment gehofft, sie würde es tun? Einfach herkommen? Nein. Es tat nur gut, mich einen Wimpernschlag lang dieser Illusion hinzugeben. »Tja, dann weiß ich auch nicht«, sage ich fröhlicher, als ich mich fühle,

»aber wenn du schon mal dran bist – sag, was gibt es sonst Neues?«

»Das willst du nicht wissen.«

»So schlimm?«

»Pauls Mutter hat meine Mailbox zugesäuselt.« Anne klingt entrüstet, wobei unklar bleibt, wie viel davon echt und wie viel gespielt ist. Eigentlich bringt sie Derartiges nicht aus dem Tritt, schon gar nicht auf die Palme.

»Was?« Ich hingegen kann kaum glauben, was ich da höre. Dass meine Ex-Beinahe-Schwiegermutter eine exzentrische Egoistin ist, weiß ich seit unserer ersten Begegnung, aber dass sie nicht einmal davor zurückschreckt, meine Freundin anzurufen, das hätte ich nicht gedacht.

»Ja. Sie wollte wissen, wo ihr denn seid. Ob ich was gehört hätte. Dass sie Paul nicht erreichen könne … Bla bla bla.«

Habe ich es doch geahnt. Es geht wieder mal nur um sie. Vermutlich braucht sie wie so oft ein Dienstmädchen. »Und dann ruft sie dich an?«, frage ich Anne.

»Eben. Woher hat die überhaupt meine Nummer?«

»Keine Ahnung, von mir bestimmt nicht.« Von Paul? Unwahrscheinlich. »Moment«, fällt mir ein, »hab ich ihr die nicht vor einem Jahr gegeben, als sie mit dieser Kniegeschichte im Krankenhaus lag, mein Handy kaputt war und Paul für die Firma nach Tokio musste?«

»Ach, stimmt. Da war bei euch die Heizung übers Wochenende ausgefallen, und du hast bei mir gewohnt.«

»Genau. Und Pauls Mutter war völlig hysterisch, als wäre sie allein auf der Welt und ich und Paul für immer unerreichbar. Obwohl ich ihr versprochen hatte, sie täglich zu besuchen.«

»Die Drama Queen«, seufzt Anne, »und wie ich sie kenne, wird sie sich wieder melden und mir gleich noch eine Szene machen, dass ich sie nicht zurückgerufen habe. Was sage ich ihr dann?«

»Dass sie sich an Paul wenden soll. Aber komisch, dass sie nicht mich anruft, sondern dich.«

»Also, wenn du mich fragst, Alex, war das irgendwie vorgeschoben.«

»Du meinst, die weiß, dass Paul ohne mich los ist?«

»Würde ich mal vermuten.«

»Dann verstehe ich trotzdem nicht, warum sie dich anruft.«

»Wieso? Das passt doch zu ihr. Die will einfach mal horchen, ob sie was löten kann. Eine Schwiegertochter wie dich bekommt die doch nie wieder. Und das weiß sie auch.«

»Ich bin nicht ihre Schwiegertochter«, schmolle ich. Aber natürlich weiß ich, dass Anne recht hat. Viel zu sehr habe ich versucht, alles richtig zu machen. Wann immer Pauls Mutter gerufen hat, bin ich gerannt. Keinen noch so blöden Wunsch habe ich ihr abgeschlagen.

Das war natürlich grundverkehrt. Aber als mir das aufgefallen ist, war es schon zu spät. Da hatten sich bereits alle Beteiligten daran gewöhnt, und ich bin aus der Nummer nicht mehr herausgekommen.

»Ignorier sie einfach«, rate ich meiner besten Freundin. »Geh nicht ans Telefon, wenn sie anruft.«

»Den Teufel werde ich tun«, braust Anne auf. »Wenn die noch mal dran ist, werde ich ihr den Marsch blasen. Soll sie ihr Königssöhnchen gefälligst mal fragen, ob er gedenkt, seine Sabine genauso zu verarschen wie dich.«

Typisch Anne. Kaum dass es zwischen mir und Paul aus ist, vergisst sie, wo sie die Friedenspfeife gelassen, nicht aber, wo sie das Kriegsbeil vergraben hat. »Tu, was du nicht lassen kannst«, sage ich resigniert, denn ich weiß, jeder Versuch, sie zur Vernunft zu bringen, ist vergebene Liebesmüh, »aber mir wäre es wirklich lieber, du hältst dich da raus.«

»Klar. Damit die dich weiter unterbuttern.«

Ich rolle die Augen und verkneife mir einen Kommentar. Irgendwie stimmt es ja, leider. Aber muss sie mir das so direkt um die Ohren knallen? »Ich bin hier übrigens noch nicht viel vorangekommen«, wechsle ich das Thema. »Magda meint trotzdem, ich soll nicht aufgeben.«

»Recht hat sie.« Im Hintergrund ist Gemurmel zu hören. »Du, ich muss hier mal weitermachen. Ich melde mich wieder, ja? Und du rufst an, wenn es etwas Neues gibt.«

Nachdem ich aufgelegt habe, gehe ich die Treppe zum Strand hinunter. Gabriel liegt auf halber Höhe auf einer Liege unter Palmen, den neuesten Grisham im Original vor der Nase. Irgendwie hätte ich nicht gedacht, dass er liest, und erst recht nicht auf Englisch, könnte aber nicht sagen, warum.

Das Wasser ist schon ein ganzes Stück zurückgegangen. Etwas ratlos stehe ich da, das Handtuch in der Hand. Der Beachboy mit den langen Rastalocken schlendert auf mich zu.

»Jambo«, er grinst mich an, »magst du Sea Safari?«

Ich werfe das Handtuch auf eine freie Liege und schiebe meinen Sonnenhut zurecht. »Sea Safari?«

»Ebbe. Da kann man alle möglichen Tiere finden. Ich zeig sie dir.«

»Wieso nicht?«, willige ich ein, auch weil er überhaupt nicht aufdringlich ist und ich Ablenkung gebrauchen kann. Paul tobt schon wieder viel zu sehr an vorderster Front meiner Gedanken herum, jetzt in Gesellschaft seiner Mutter. Ich bekomme noch Magengeschwüre, wenn ich aus der Spirale nicht bald herausfinde. Und da hilft am besten Ablenkung. »Ich bin Alex. Und wie heißt du?«

»Isaac.«

Wir geben uns die Hand.

»Zieh lieber die Schuhe an«, sagt er in ziemlich akzentfreiem Deutsch und zeigt auf meine Flipflops. »Da draußen gibt es Messermuscheln. Nicht dass du dir wehtust.«

»Woher kannst du so gut Deutsch?«, frage ich ihn, während wir durchs seichte Wasser waten.

»Ich hab einen Kurs gemacht. Ist gut, um mit den Touristen zu sprechen. Außerdem wollte ich Freunde in Deutschland besuchen, aber ich hab kein Visum bekommen.«

»Wieso nicht?«

»Ich hab keine dreitausend Euro auf dem Konto, und das Rückflugticket hat denen in der Botschaft nicht gereicht.«

»Das Geld, das war eine Bedingung?«

Isaac nickt. »Bist du zum ersten Mal hier?«

»Ja, zum ersten Mal in Afrika überhaupt.«

Er bückt sich, holt einen Seeigel aus dem Wasser und hält ihn mir hin. Feuerrot bis braun leuchten die Stacheln in der Sonne, und ich bin beeindruckt, wie er das Tier mit bloßen Händen gefangen hat, ohne sich wehzutun. »Hast du Angst?«

»Vor dem Seeigel?«

Er schüttelt den Kopf und setzt das Tier zurück ins Wasser. »Ich glaube, wenn ich plötzlich unter lauter Weißen wäre, das wäre mir unheimlich. Und du bist hier eine Weiße unter lauter Schwarzen. Wie geht es dir dabei?«

Ich bin seltsam berührt von seiner Frage. Dieser junge Mann, der mich überhaupt nicht kennt, macht sich über meine Gefühle Gedanken? Ich kann mich nicht entsinnen, wann mir so etwas zum letzten Mal passiert ist.

»Da, wo ich her bin, wohnen ganz viele unterschiedliche Leute aus allen möglichen Ländern«, antworte ich ihm.

»Auch Schwarze?«

»Ja, klar.«

Er bleibt stehen und zeigt auf die Wasseroberfläche. »Guck mal, Alex, da am Rand, kleine Nemos. Siehst du die?«

Ich beuge mich ein Stück hinunter. Und richtig, zwischen dem Seegras schwimmen einige Clownsfische umher. »Wieso wolltest du nach Deutschland kommen?«

»Freunde, die ein paarmal im *Bahari* waren, haben mich eingeladen. Ich wollte einfach mal gucken, wie es in Deutschland ist. Und ich wollte Schnee sehen.«

»Schnee?«

Isaac zuckt die Schultern. »Wie ist Schnee?«

»Kalt.« Wie erklärt man einem Kenianer Schnee so, dass er eine reale Vorstellung davon bekommt? »Nass.«

»Und alles ist weiß?«

»Ja, jedenfalls wenn man nicht in der Stadt ist. Da wird der Schnee nämlich meist schnell zu Matsch und ganz grau vom Dreck.«

Er sieht mich nachdenklich an. »Und du lebst in der Stadt?«

»Ja, in Berlin. Der Hauptstadt von Deutschland.« Das Wasser um meine Füße ist warm, das Seegras macht schmatzende Geräusche unter meinen Schritten.

»Meine Schwester ist Lehrerin. Wir könnten sie besuchen. Dann zeige ich dir mein Dorf und die Schule.«

»Ja, vielleicht.«

»Du kannst Bernd fragen, Alex. Er wird dir sagen, dass ich okay bin, dass du mit mir fahren kannst. Er hat die Schule gebaut.« Sein Lächeln ist von Enttäuschung verdrängt worden. Offenbar hat er gedacht, ich nehme seinen Vorschlag ebenso schnell an wie den zu diesem kleinen Spaziergang hier.

»Wie weit ist es denn bis zu deinem Dorf?« Ich freunde mich mehr und mehr mit dem Gedanken an. Alles ist besser, als hier zu warten und Sklavin meiner trüben Gedanken zu sein. Außerdem interessiert es mich wirklich, etwas von Land und Leuten zu sehen. Und wie sollte das besser gehen als mit einem Einheimischen, der noch dazu meine Sprache spricht und ein ausgesprochen angenehmer Zeitgenosse ist?

»Wir müssen den Bus nehmen. Und einmal umsteigen. Aber es ist nicht weit.«

Was immer auch *nicht weit* heißt.

Isaac bückt sich und holt eine lange weiße Seeanemone aus dem Wasser. Sie sieht glibberig aus, und ich weiche unwillkürlich zurück.

Er lacht, macht einen Schritt auf mich zu und hält sie mir unter die Nase.

»Igitt!« Ich schüttle mich und hebe abwehrend die Hände. »Das Ding ist hässlich.«

Er lässt sie zurück ins Wasser sinken. »Du bist in Kenia, du musst das Land sehen, die Leute«, sagt er, plötzlich ernst, und zeigt mit offener Hand auf den Strand. »Sonst ist es nur Krokodilurlaub.«

23

Am nächsten Morgen treffe ich mich mit Isaac vor dem Hotel. Er hat ein Tuk-Tuk organisiert, mit dem wir ins Zentrum von Nyali fahren. Als uns der Fahrer an einer Shopping Mall absetzt, bin ich froh, dass wir heil angekommen sind, so rasant, wie der Mann die Kurven genommen hat. Als chauffierte er nicht ein Tuk-Tuk, sondern einen Ferrari.

Die meisten Läden des Einkaufszentrums stehen leer. Es gibt einen Coffeeshop, einen Supermarkt, ein paar Bekleidungsgeschäfte und einen Möbelladen. Dessen Schaufenster bietet einen Blick auf Couches, die mich an solche erinnern, wie man sie in Berlin oft in türkischen Möbelgeschäften sieht. Plüschige und pompöse Zwei- und Dreisitzer in Pastellfarben.

Isaac schiebt einen Einkaufswagen, ich gehe neben ihm her. Einige ältere afrikanische Frauen werfen mir geringschätzige Blicke zu. Es braucht nicht viel Fantasie, um zu ahnen, was sie von mir denken. Wieder so eine Weiße, die mit den schwarzen Jungs herumspielt und ihnen Hoffnungen macht, dass sie mitdürfen ins gelobte Deutschland. Wer kann es ihnen verdenken?

Ich versuche die Blicke der Frauen, so gut es geht, zu ignorieren und sehe mir stattdessen lieber die Auslagen an. Von

Lebensmitteln über Kleidung und Haushaltsgegenstände bis hin zu Spielzeug gibt es alles. »Womit spielen die Kinder gern?«, frage ich Isaac und bleibe zwischen zwei Gängen stehen.

»Fußball«, antwortet er, ohne nachzudenken.

»Und die Mädchen?« Ich nehme einige kleine Bälle und werfe sie in den Einkaufswagen.

Isaac zuckt die Schultern und sieht sich etwas ratlos um. Schließlich geht er zögernd auf ein Regal mit Federballsets zu. »Das vielleicht?«

Ich nehme drei davon, lege sie in den Wagen und füge noch ein paar andere Spielsachen hinzu, von denen ich mir vorstellen kann, dass sie Mädchen gefallen. »Okay. Jetzt zu den Blöcken und Stiften.«

Als wir schließlich mit schweren Taschen an der Bushaltestelle vor dem Einkaufszentrum stehen, kann ich immer noch nicht fassen, wie wenig Geld das alles gekostet hat. Und dass es trotzdem für die Eltern so schwer ist, diese Dinge für ihre Kinder zu kaufen.

Der Bus ist eine Art rostiger Minivan mit Sitzplätzen für acht Personen. Im Innern befinden sich mindestens sechzehn Männer, nicht eine Frau. Isaac und ich quetschen uns hinein, und ich muss ein mulmiges Gefühl unterdrücken, als ich halb auf dem Schoß eines Fremden, halb auf Isaacs lande.

Isaac legt den Arm um mich und grinst. »Keine Angst. Niemand wird dir etwas tun.«

Wir rumpeln über schlechte Straßen, vorbei an spärlich zusammengezimmerten Wellblechhütten und Lehmhütten mit Sisaldach ohne Fenster. Ziegen grasen direkt an der Straße. Jedes Mal, wenn wir an den Tieren vorbeidonnern, bleibt mir fast das Herz stehen aus lauter Angst, eines könnte vor den Bus laufen.

Wie oft habe ich solche Szenen im Fernsehen gesehen. Es schien mir immer auf fremde Art attraktiv. Eine andere Welt, Dschungel und Abenteuer. Auf einmal bin ich mittendrin, und die Realität kann zu meiner Verwunderung mit der Fernsehwelt recht gut mithalten. Irgendwie habe ich immer gedacht, das sei in Wirklichkeit anders. Und dass mich das, was ich für Abenteuer halte, hautnah erlebt eher traurig stimmt. Jetzt bin ich froh, mich getäuscht zu haben, auch wenn ich dem noch nicht traue und mich ängstlich frage, was mich im Dorf erwartet.

Die Männer unterhalten sich unentwegt, alle miteinander, und lachen viel. Sie stellen mir unzählige Fragen über mein Leben, warum ich hier Urlaub mache und ob es mir gefällt. Isaac übersetzt eifrig, und ich glaube, es macht ihn stolz, das sichere Wandeln zwischen zwei Sprachen, sogar noch mehr als die Tatsache, mit einer weißen Frau unterwegs zu sein. Englisch sprechen schließlich viele hier, aber Deutsch zu können, das ist schon etwas Besonderes.

Erneut fällt mir auf, dass Kenianer sehr kommunikativ sind. Ganz offenbar gilt das nicht nur für die Frauen. Im Gegenteil.

Je länger wir reden, desto behaglicher fühle ich mich. Niemand grabscht oder tritt mir sonst zu nahe. Die ungewollte Enge im überladenen Bus hat etwas Ungezwungenes. Alle sind überaus freundlich und zuvorkommend.

Vor allem die Fröhlichkeit beeindruckt mich immer wieder. Sie ist von einer wunderbaren Natürlichkeit und ungeheuer ansteckend. Seit ich hier angekommen bin, geht es mir so. Kaum habe ich Kontakt zu den Einheimischen, bin ich überhaupt nicht mehr traurig, ja nicht einmal wütend auf Paul oder mich.

Und während rechts und links der Straße die Vegetation üppiger wird, komme ich nicht umhin festzustellen, wie gut es uns in Deutschland ginge, wenn wir über ein wenig dieser leichtfüßigen Heiterkeit verfügten.

Irgendwo an der Straße hält der Fahrer, wir steigen unter lautstarken Abschiedsgrüßen unserer Mitfahrer aus und winken ihnen nach, während der Bus davonbraust.

Ein kleiner Weg führt in den Busch, ein paar Hütten stehen links und rechts unter Palmen. Eine Art Kiosk ist in einer davon untergebracht. Ein zahnloser alter Mann grinst von dort zu uns herüber und zeigt auf seine Waren. Alles ist staubig von der trockenen roten Erde. Trotzdem kaufen wir ihm zwei Flaschen Wasser ab, ungekühlt, denn Strom gibt es hier offenbar nicht.

Ich folge Isaac den Weg entlang und fühle mich unbehaglich, denn er besteht darauf, unsere Taschen allein zu tragen. Die reiche Weiße, die mit Geschenken kommt und diese von einem Schwarzen schleppen lässt. Nicht meine Art, aber er lässt mir keine Wahl.

»Mein Dorf«, sagt Isaac stolz.

»Bist du hier geboren?«

Er nickt.

»Auch zur Schule gegangen?«

»Ja. Da, wo meine Schwester jetzt Lehrerin ist.«

Wir kommen zu einer Art Platz, um den mehrere Lehmhütten verteilt stehen. In der Mitte brennt ein Feuer, einige Frauen sitzen daneben, ein paar Hühner picken drum herum. Eine der Frauen putzt Gemüse, eine andere rührt in einem Topf.

Ich muss erneut an Fernsehberichte aus Afrika denken. An Reporter, die von Armut sprechen, und an das miese Gefühl, das mich als satte Europäerin dann stets befällt.

Die Szenerie hier wirkt nicht viel anders, auch wenn es keine Kinder mit vom Hunger aufgetriebenen Bäuchen gibt. Aber in diesem Augenblick bin ich nicht mehr sicher, dass unsere Vorstellung von Armut auch der Armut der Afrikaner entspricht und ob das Bild, das in Deutschland von Afrika gezeichnet wird, nicht häufig verzerrt ist.

Was ist überhaupt Afrika? Ein ganzer, großer Kontinent.

Terrorismus und Krieg in Somalia, Hunger in der Sahelzone oder eben Armut in Kenia bedeuten für die Menschen so unterschiedliche Lebenswelten wie die verschiedenen Alltagsrealitäten vieler West- oder Osteuropäer. Und die Länder Europas scheren wir schließlich auch nicht über einen Kamm. Warum also jene dieses Kontinents?

Hunger leidet hier zumindest niemand. Und wenn ich ehrlich bin, bin ich auch deshalb darüber froh, weil ich nicht weiß, ob ich den Anblick ertragen könnte.

Zwei Frauen stampfen Mais, doch sie lassen alles stehen und liegen, als sie Isaac sehen, kommen mit offenen Armen auf ihn zu und begrüßen ihn wie den jahrelang verloren geglaubten Sohn.

»Meine Mama und meine Tante«, stellt er uns einander vor. Die beiden Frauen umarmen mich herzlich, und ich frage mich, was genau er über mich erzählt haben mag.

Ein Mann sitzt auf dem Boden und flicht eine Matte aus Sisal. Ein Alter sitzt daneben und nuckelt an einer Art Strohhalm, der in einem kleinen Gefäß steckt, das mich von der Form her an ein Schnapsglas erinnert. Ein paar Kinder drücken sich um eine Hütte und gucken aus großen Augen zu mir.

Isaac redet mit den Männern. Ich verstehe kein Wort, aber ihre Blicke sagen mir, dass er über mich spricht. Ich nehme ihm die Tasche mit dem Spielzeug ab, hocke mich hin und hole zwei Bälle heraus.

Kaum dass ich michs versehe, bin ich umringt. Viele kleine Hände greifen nach den Spielsachen, meinen Haaren, meiner Haut. Wie die Äffchen krabbeln die Kleinen auf mir herum und versuchen, etwas zu ergattern. Ich muss lachen, fürchte aber, gleich umzufallen.

Ein paar von den Frauen kommen dazu, schimpfen und ziehen die Kleinen von mir weg, die jedoch immer wieder versuchen, sich loszureißen und auf mich zu klettern.

Es ist unmöglich, für jeden Einzelnen etwas mitzubringen, und das wissen sie offenbar. Ich kann nur hoffen, dass die Fußbälle und Federballsets am Ende darüber hinwegtrösten, dass nicht jedes Kind ein eigenes Geschenk bekommt. Immerhin können sie gemeinsam damit spielen.

Mir fällt es schwer, auszuwählen, wem ich etwas gebe und wen ich leer ausgehen lasse. Wonach soll ich gehen? Danach, wer sich vordrängelt, oder lieber danach, wer mich mit mehr Sehnsucht im Blick anschaut? Ich will nicht ungerecht sein, aber mir bleibt keine Wahl. Und wer von ihnen ist Junge, wer Mädchen?

Ich kapituliere. Vor meinem Gewissen, vielleicht auch der Scheu, unliebsame Entscheidungen zu treffen, vor allem aber vor meiner Unwissenheit. Alle Kinder haben kurz geschorene Haare. Unmöglich festzustellen, wer welchem Geschlecht angehört. »Isaac«, wende ich mich an meinen Begleiter und halte ihm die Tasche hin, »kannst du den Frauen bitte sagen, sie sollen die Bälle an die Jungs und die anderen Sachen an die Mädchen verteilen?«

Nachdem die Spielsachen unter die Kinder gebracht sind, führt mich Isaac zu der kleinen Schule. Es ist nur eine Hütte, in der seine Schwester die Kinder jeder Altersstufe in nur einem Raum unterrichtet.

An einer Wand hängt eine große Tafel. Die Kinder sitzen auf bunten Plastikstühlen an Holztischen, die so viele Kratzer aufweisen, dass ich mir leicht vorstellen kann, dass schon unzählige Generationen von Schülern sie genutzt haben.

Isaacs Schwester lässt die Kinder aufstehen und stellt uns vor. Laut und unisono rufen sie etwas, was wohl eine Begrüßung ist, und schauen mich mit großen Augen an. Ich trete von einem Fuß auf den anderen, unsicher, was ich sagen soll.

Scheu schiebe ich Isaacs Schwester die Tasche mit den Blöcken und Stiften zu und komme mir dabei unzulänglich vor. Sie steht so ungeheuer gerade und selbstbewusst vor ihrer

Klasse, mit jener selbstverständlichen Autorität, die dazu führt, dass die Kinder ihr gehorchen.

»Bist du auch Lehrerin?«, fragt Isaacs Schwester mich auf Englisch.

»Nein, nein.« Ich lächle scheu. Irgendwie schüchtert sie mich ein, obwohl sie sehr nett wirkt.

»Und was machst du dann?«

Ich versuche, ihr meinen Beruf, so gut es geht, zu erklären.

»Dann könntest du mich in Mathematik vertreten«, lacht sie und legt mir ihre Hand auf den Arm.

»Wohl kaum.« Diese leichte Berührung, die Empfindung auf meiner Haut, lässt das Eis brechen. Auf einmal fühle ich mich nicht mehr fehl am Platz, auch wenn ich nicht sagen kann, warum das so ist. »Mir würden die Kids niemals gehorchen.«

»O doch«, lacht sie, »du musst nur die ganze Zeit ein strenges Gesicht ziehen und entschieden mit ihnen sprechen. Du bekommst das hin.«

»Na, ich weiß nicht.« Die Klasse wird unruhig, die Schüler wittern wohl ihre Chance, jetzt, da die Lehrerin abgelenkt ist. »Ich glaube, wir sollten lieber gehen, oder?«

Isaacs Schwester drückt meinen Arm. »Nett, dich kennengelernt zu haben.« Dann bedenkt sie ihren Bruder mit dem gleichen strengen Blick, den sie sonst für die Schüler hat. »Pass gut auf sie auf.«

Als wir zurück zum Dorfplatz kommen, bietet der Alte mir sein Getränk an. Unsicher schaue ich zu Isaac.

»Palmwein«, sagt er und grinst.

Was soll schon passieren? Mehr, als dass mir schlecht wird, kann eigentlich nicht geschehen. Und das Angebotene abzulehnen, würde den Alten sicher vor den Kopf stoßen.

Tapfer nehme ich das Gefäß entgegen und ziehe am Strohhalm. Ein Geschmack wie umgekipptes Bier breitet sich in meinem Mund aus. Ich versuche, das Gesicht nicht allzu sehr zu verziehen, bedanke mich bei dem Alten und reiche ihm sein Getränk zurück. Er nuckelt wieder mit seligem Blick daran.

»Und?« Isaac lacht und sieht aus, als amüsiere er sich köstlich.

»Furchtbar«, zische ich.

Seine Mutter lacht, offenbar bedarf es keiner Worte, um mich in dieser Sache zu verstehen.

Isaacs Tante bietet mir etwas von einem ziemlich festen Brei an, eine weitere Frau hält mir eine Schale hin, in der etwas Rotes in weißer Flüssigkeit schwimmt. Sie alle behandeln mich wie einen sehr geschätzten Gast. Und dabei fällt mir immer wieder auf, wie nah sie einander sind, wie selbstverständlich und aufgehoben in ihrer Gemeinschaft.

Man merkt das an jedem Blick, den sie sich zuwerfen, an der Art, wie sie sich anlachen, wie sie miteinander sprechen oder einfach nur nebeneinander sitzen. Die Vertrautheit ist eine Wolke von warmem Licht, die über diesen Menschen schwebt. Und ich bin dankbar, dass ich für einige Augenblicke darin verweilen darf.

Isaac reißt etwas von dem weißen Zeug ab, tunkt es in die Flüssigkeit und stopft es sich in den Mund. »Ugali«, sagt er, »Maisbrei.«

Ich tue es ihm gleich. Es schmeckt nach pappigem Nichts in Kokosmilch, die eine leichte Schärfe hat. Mein Blick fällt auf eine Art geflochtenen Korb, der umgedreht auf dem Boden steht. Obendrauf liegt ein Stein, darunter hocken lauter Hühnerküken. »Warum sind die da eingesperrt?«

Isaac sagt etwas zu den Frauen. Die lachen, eine antwortet ihm. »Sie sagen, die nerven«, wendet er sich an mich und zuckt die Achseln. »Komm, ich zeige dir mein Haus.«

»Du hast ein Haus?« Ich folge ihm ein Stück den Weg entlang bis zu einer kleinen Hütte, mit den Gedanken noch halb bei den Hühnerküken. Die nerven? Grinsend schüttle ich den Kopf.

»Nur ein Zimmer.« Er bittet mich hinein.

Drinnen ist es dunkel und kühl. Es gibt eine winzige Feuerstelle und eine große Matte aus Sisal, die wohl das Bett darstellt, vermute ich.

»Bald kann ich heiraten. Und dann muss ich ein Zimmer anbauen, damit ich Kinder haben kann.«

»Und wieso kannst du nicht jetzt heiraten?«

»Ich habe keine Hühner.«

So läuft das also. Man muss ein Haus bauen und Hühner anschaffen – selbst wenn die Küken irgendwann nerven. Aber dafür gibt es offenbar einfache Lösungen. Bei dem Gedanken muss ich immer noch lächeln. »Gibt es denn eine Frau, die du heiraten willst?« Ich trete wieder hinaus ins Freie.

Isaac nickt ein wenig verschämt.

»Was kostet denn ein Huhn?«

»Tausend Kenia-Schilling.«

Zehn Euro etwa. »Und wie viel braucht ein Mensch hier am Tag zum Leben?«

»Für Essen und alles?«

Ich nicke.

»Hundert Kenia-Schilling.«

Ein Huhn ist also eine ziemliche Investition. »Dann ist ein Huhn auch ein Symbol sozusagen?«, frage ich ihn. »Dafür, dass man mit Geld umgehen kann, dass man sparsam ist und es gut investiert?«

»So in etwa«, stimmt er mir zu. »Man kann nicht heiraten, ehe man nicht bewiesen hat, dass man eine Familie ernähren kann. Ist das bei euch anders?«

»Ja. Schon. Bei uns verdient jeder sein eigenes Geld.«

Er schüttelt den Kopf, und ich bin nicht sicher, ob er das für ein blödes Konzept hält oder es sich einfach nur nicht vorstellen kann. Wie unterschiedlich die Welten sein können, in denen wir leben, wie unsicher die Brücken, die wir dazwischen bauen. Ein falsches Wort, ein missverständlicher Blick, und schon könnte alles zusammenbrechen. So kommt es mir jedenfalls in diesem Moment vor.

»Kann ich das Maisstampfen mal probieren?«, wechsle ich das Thema.

»Klar. Du wirst sehen, das ist total anstrengend. Aber versuch's ruhig. Und danach musst du noch das Bananenbier kosten, das meine Oma braut.«

»Auf jeden Fall«, lache ich, auch wenn allein der Name Bananenbier auf ein kulinarisch zweifelhaftes Experiment schließen lässt, »sonst wäre es schließlich nur Krokodilurlaub, oder?«

Isaac lacht und hebt die Hand, die Innenseite mir zugewandt. Ich schlage meine locker dagegen. High Five.

Als wir etwas später an der Straße stehen und auf den Bus warten, fühle ich mich unerwartet traurig.

»Was ist los?«, fragt Isaac, als könne er meine Gefühle auf dem Gesicht ablesen.

»Ich glaube, wir in Europa haben etwas verloren«, antworte ich nachdenklich. »Etwas sehr Wichtiges. Wir haben uns selbst verloren.«

»Was meinst du?«

Er sieht mich mit einem Blick an, als hätte ich ihm gerade etwas völlig Abwegiges gesagt. Und auf einmal will ich ihm und mir diesen Tag nicht verderben, nicht die Schwere über die Leichtigkeit legen, die ich bis eben, bis wir das Dorf hinter uns gelassen haben, noch gespürt habe.

»Ach, nichts.« Ich schüttle den Kopf und lege ihm meine Hand auf den Arm. »Danke, Isaac, dass du mir dein Dorf gezeigt hast und ich deine Familie kennenlernen durfte.«

»Siehst du, es ist gut, nicht nur Krokodilurlaub zu machen.« Er sagt das wie einer, der gerade eine sehr wichtige Feststellung gemacht hat.

»Stimmt.« Ich greife in meine Tasche, hole meine Geldbörse heraus und drücke ihm tausend Kenia-Schilling in die Hand. »Kauf ein Huhn davon.«

Isaac runzelt die Stirn, doch dann weicht der Zweifel auf seinem Gesicht einem warmen Strahlen. »Ich werde das Huhn Alex nennen. Versprochen.«

Auch das noch. Ein Huhn, das meinen Namen trägt und vermutlich irgendwann Küken hat, die so sehr nerven, dass sie eingesperrt werden müssen? Es soll wohl ein Kompliment sein, auf jeden Fall nehme ich es mal als solches. »Aber nur, wenn es nie im Kochtopf landet«, lache ich.

24

Kaum zurück im Hotel, wo sich mein Handy ins WLAN eingeloggt hat, erreicht mich eine E-Mail von Paul. Im ersten Moment bin ich versucht, sie einfach zu löschen, doch die Neugier siegt.

> Hallo Alex, es tut mir alles so leid, aber ich konnte nicht anders. Lass uns darüber reden. Bitte melde dich. Paul.

Er konnte nicht anders?!

Was für ein Aas! Egomanischer Königssohn. Egoistischer Weltverdreher. Er konnte nicht anders. Dass ich nicht lache. Was für ein gequirlter Bockmist!

Mein Blut rauscht so laut, dass ich weder den lauen Wind in den Palmen noch das Getrommel der Köche höre, die zum Mittagessen rufen. Gut, dass dieser selbstverliebte Fremdgänger nicht hier ist. Stünde Paul vor mir, ich könnte für nichts garantieren.

An Essen ist jetzt nicht mehr zu denken. Kopf unter Wasser, das ist das Einzige, was noch hilft.

Vor Wut schnaubend, stampfe ich keine zehn Minuten später im Bikini mit Sonnenhut und Pareo sowie Badetuch die Treppe zum Strand hinunter und bleibe dort mit rasendem Herzschlag stehen.

Aus Kopf unter Wasser wird nichts – verdammte Ebbe. Nie ist die Flut da, wenn man sie braucht.

Prompt schlendern die Beachboys auf mich zu. Die brauche ich jetzt auch nicht. Mir ist nicht nach Plaudern, mir ist nach Mord.

»Jambo«, grinst mich einer an und schiebt die verspiegelte Sonnenbrille ins Haar.

»Ich brauche keine Gesellschaft«, gebe ich barscher als gewollt zurück.

»Wieso? Ist langweilig allein.«

»Mir nicht.« Geh zu deinen Kumpeln, möchte ich ihn anherrschen, bekomme aber gerade noch die Kurve und beiße mir stattdessen auf die Lippe.

»Nix reden?« Er gibt einfach nicht auf und sieht mich an, als käme ich von einem fremden Stern.

»Heute nicht.« Ich drehe mich weg und suche den Strand mit den Augen ab. Ich brauche eine freie Liege, denn dann trauen die sich nicht zu mir her. Das ist ihr Deal mit der Hotelmanagerin: Wer liegt, wird nicht angesprochen. Aber auf der einzigen Liege weit und breit sitzt Gabriel in der Sonne und liest.

»Spazieren gehen?« Der Beachboy lächelt scheu.

Wenn der mich weiter nervt, geschieht ein Unglück. »Lass mich einfach in Ruhe«, raunze ich ihn an, und inzwischen ist mir völlig egal, ob ich ungerecht bin.

»Ist dir nicht langweilig allein?«

Es reicht. Noch ein Wort, und ich explodiere. »Hier!« Ich drücke ihm völlig entnervt das Badetuch in die Hand, das ich sowieso nicht brauche, und marschiere mit großen, schnellen Schritten los.

Ich drehe mich nicht um, renne fast, vorbei an den Strandhändlern, vorwärts, einfach nur vorwärts, ignoriere ihre Rufe, lasse alle hinter mir, will nichts hören und sehen, nicht reden, gar nichts, nur weg, weg, weg.

Hinter dem *Voyager Beach Resort*, dort, wo der seltsame zweigeteilte Fels steht und die Steine im Sand liegen, die bei Flut ganz überspült sind, hinter dieser Ecke öffnet sich der Strand, macht Platz für den Sturm, der in mir tobt.

Kilometerweit nichts als weißer Sand, keine Liegen, keine Sonnenschirme, keine Beachboys, kein Mensch. Nur Palmen und smaragd- bis türkisfarbenes Meer, dessen Wellen sich weit draußen auf der Riffkante brechen.

Atemlos bleibe ich stehen. Das Herz galoppiert gegen die Brust, jeder Atemzug brennt, und die perfekte Postkartenszenerie verschwimmt vor meinen Augen.

Ich möchte heulen. Meine ganze Wut, meine Verzweiflung in den Wind schreien, etwas zerschlagen, irgendetwas tun, um all diese Gefühle herauszulassen, die in mir wüten. Aber ich kann nicht. Ich kann nur dastehen. Fassungslos.

Paul konnte nicht anders.

»Hier«, Gabriel hält mir meinen Sonnenhut hin, »den hast du verloren.«

Ich habe keine Ahnung, wo der Mann plötzlich herkommt. »Oh, danke«, stottere ich.

»Gern geschehen. Da ganz hinten kommt eine Beachbar. Ich laufe einmal am Tag hin, trinke ein Wasser und gehe wieder zurück. Schließlich kann man nicht nur faul rumliegen.« Er geht langsam los. »Wenn du Lust hast …?«

Ich weiß, dass das nicht stimmt. Er hat eben noch auf der Liege gesessen, gelesen und nicht so ausgesehen, als plante er einen Spaziergang. Und dann hat er mich losstürzen sehen … und was genau gedacht?

Immerhin, es ist charmant, dass er so tut, als sei er nicht meinetwegen hier.

Ich wische mir die Tränen aus den Augen und gehe ihm nach. Eine Weile schlendern wir schweigend über den Strand, nebeneinander und doch mit gebührendem Abstand.

»Hast du Bernd getroffen?«, fragt er dann, und ich wundere mich, dass er nicht wissen will, warum ich so wütend davongerannt bin und warum ich geweint habe.

»Nein, wieso?«

»Er hat mit Katharina geredet.«

»Der Hotelmanagerin?«

»Sie kennt Eva Kaiser.«

»Wirklich?«

»Frag ihn heute Abend einfach mal. Er meinte, Katharina würde morgen nach dem Frühstück im Hotel sein. Dann kannst du direkt mit ihr sprechen.«

»Danke.«

»Wofür?« Gabriel wirft mir einen kurzen Seitenblick zu.

»Dass du mich gerade eben nicht gefragt hast, was los ist.«

Er zuckt nur die Schultern.

»Es ist zurzeit nicht so einfach«, taste ich mich vor. Ich bin ihm keine Rechenschaft schuldig, nur weil er mir nachgegangen ist. Trotzdem habe ich das Gefühl, mich erklären zu müssen. Wenigstens ein bisschen.

»Mein Freund, oder besser Ex-Freund, hat mich erst kürzlich aus heiterem Himmel verlassen.« Die Worte liegen so weit vorn auf meiner Zunge, dass sie einfach herausrollen, ob ich will oder nicht. »Wir wollten eigentlich ein Jahr lang um die Welt reisen. In einem Wohnmobil. Und dann komme ich Silvester nach Hause und finde nur einen Zettel vor, dass er mit einer gewissen Sabine weg ist, von der ich noch nie etwas gehört habe.«

Wieso erzähle ich ihm das?

»Und heute kommt eine Mail von ihm, in der er mir zu verstehen gibt, er konnte nicht anders.« Ich schaffe es nicht, mich zu bremsen. »Ich bin so sauer und verletzt, alles gleichzeitig. Und ich verstehe überhaupt nicht, wie er mir so was antun konnte und …« Die Worte gehen mir plötzlich aus, ersaufen in einem Schluchzen, das von ganz tief unten hochsteigt, sich in meiner Kehle ausbreitet, herauswill und von nichts in der Welt aufzuhalten ist.

»Sorry«, ich bleibe stehen und wische mir die Tränen aus den Augen, »das ist sicher das Letzte, was du hören willst.«

O Mann. Was denkt Gabriel jetzt wohl von mir? Schließlich kennen wir uns im Grunde überhaupt nicht. Und abgesehen davon, welcher Mann will sich schon die Story über den Ex anhören? Und warum kümmert mich das?

Er nimmt mir den Pareo aus der Hand und legt ihn mir über die Schultern, ohne mich dabei zu berühren. »Du bekommst einen Sonnenbrand. Das geht hier wahnsinnig schnell.«

»Entschuldige. Ich wollte das gar nicht erzählen.« Dieser Mann reagiert völlig anders als andere Menschen. Ich weiß nicht, was ich davon halten, was ich daraus schließen soll. Mir ist, als würde ich bei Sturm über eine morsche Hängebrücke gehen, die über einen riesigen Abgrund gespannt ist. Mit jedem Schritt versetze ich die fragile Konstruktion stärker in Schwingungen, sodass mir nichts übrig bleibt, als mich an den ausgefransten Seilen festzuklammern und zu hoffen, dass das Ding hält. »Ich wollte dich nicht damit belästigen.«

Gabriel zuckt die Schultern und geht langsam weiter. »Es musste halt raus. Verstehe ich.«

Einen Moment lang stehe ich wie festgewurzelt. Steckt hinter diesem fast zu schönen Äußeren etwa ein mehr als passabler Mann?

»Als meine letzte Freundin mich wegen eines Typs verlassen hat, der zwar keinen Job, dafür aber jede Menge Zeit für sie hatte, da hättest du mich mal hören sollen. Ich konnte tagelang über nichts anderes reden. Bernd kriegt heute noch Kopfschmerzen, wenn ihr Name fällt.«

»Und du hattest keine Zeit für sie? Oder zu wenig?« Blöde Frage, aber meine Gedanken stolpern, kommen nicht mehr ganz mit.

»Ich bin Arzt.« Er bleibt stehen und sieht mir mit diesem flaschengrünen intensiven Blick in die Augen, dem man nur schwer standhalten kann. »Internist. Bis vor Kurzem habe ich eine Bilderbuchkarriere an der Uniklinik Frankfurt hingelegt, das ging natürlich auch auf Kosten meiner Freizeit.«

»Und jetzt nicht mehr?«

»Mein Vater hat eine Praxis in Wiesbaden, Internist mit hausärztlicher Versorgung. Ihm wird das zu viel. Ich steige deshalb bei ihm ein und werde die Praxis irgendwann ganz übernehmen. So wie mein Vater von meinem Opa früher. Weniger Renommee, weniger Nachtschichten, dafür hoffentlich mehr von irgendwas anderem.« Er zuckt die Schultern. »Freunde zum Beispiel.«

»Verstehe.«

»Und im Moment bummle ich meinen Resturlaub und die ganzen Überstunden ab, bis mein Vertrag mit der Klinik ausläuft. Ich bin schon drei Wochen hier und hab noch zwei vor mir. So viel Urlaub am Stück hatte ich nicht mal als Student.«

»Und danach geht es in der Praxis los?«

Gabriel nickt. »Irgendwie sind wir beide in einer ähnlichen Lage, oder?« Er kickt in den weichen Sand, der aufwirbelt und sich als Staub in der Luft verteilt. »Beide fangen wir neue Kapitel in unserem Leben an.«

So gesehen hat er nicht unrecht. »Nur dass du weißt, wie es weitergeht, ich aber nicht.« Ich setze mich langsam wieder in Bewegung und stelle erstaunt fest, dass ich nicht zurückgehen mag. Lieber möchte ich noch eine Weile neben ihm herlaufen. »Und mein Kapitel mit Paul ist irgendwie nicht richtig abgeschlossen.«

»Kann es ja auch nicht sein.« Er geht eine Spur dichter als zuvor neben mir. Aber vielleicht kommt es mir auch nur so vor. »Dazu musst du erst herausfinden, was wirklich passiert ist.«

»Hast du das? Mit deiner Ex?«

Gabriel nickt. »Sie fühlte sich nicht genug geachtet, hatte das Gefühl, mein Job geht vor.«

»Und? Hatte sie recht?«

»Ja. Leider.«

Ich bin baff erstaunt, dass er das so einfach zugibt.

»Und ich hab daraus gelernt, hoffe ich.«

25

Am folgenden Morgen nehme ich gerade den ersten Bissen meines Omeletts zu mir, als Gabriel an meinen Tisch tritt. »Ist es okay, wenn ich mich dazusetze?«, fragt er und macht keinerlei Anstalten, den Wunsch ohne meine Einwilligung in die Tat umzusetzen.

»Klar«, nicke ich und deute mit dem Kinn auf den Stuhl mir gegenüber.

»Good morning, Doris!« Er winkt der Kellnerin zu und zeigt auf den Tisch. »Coffee please.«

»In a minute«, flötet sie und schwebt davon.

»Ich hole mir mal was vom Büfett«, wendet er sich wieder an mich und legt die Sonnenbrille auf den Tisch.

Ich sehe ihm nach, wie er im Restaurantbereich verschwindet, und wundere mich über meine gemischten Gefühle. Es ist doch eine wunderbare Aussicht, nicht allein frühstücken zu müssen. Trotzdem fühle ich mich plötzlich seltsam befangen.

Vielleicht liegt es einfach nur daran, was sich gestern am Strand zugetragen hat. Und im Grunde sollte ich gar nicht mehr darüber nachdenken. Wenn Gabriel mich deshalb für eine hysterische Heulsuse halten würde, hätte er wohl eher einen großen Bogen um mich gemacht, statt meine Gesellschaft zu suchen.

Er kommt mit einem Teller, beladen mit Brot, Omelett, Butter, einem Schälchen Konfitüre und einem Glas Saft zurück. »Passionsfruchtmarmelade«, sagt er und verteilt alles auf dem Tisch. »Hast du die schon probiert? Die machen sie hier selbst.«

Er schiebt das Schälchen zwischen seinen und meinen Teller. Eine Einladung, der ich kaum widerstehen kann.

»Überhaupt, das Obst hier. Kein Vergleich mit dem zu Hause.«

»Ich wusste bis jetzt gar nicht, dass Mango so schmecken kann«, pflichte ich ihm bei.

Ein Weilchen essen wir schweigend, ohne dass die Stille zwischen uns unangenehm wird. Es fühlt sich gut an, viel besser als befürchtet, als er sich an meinen Tisch gesetzt hat. Ich muss mich nicht mehr einsam fühlen zwischen den Paaren. Vielleicht geht es ihm ähnlich?

»Du frühstückst nicht mit deinen Freunden?«, frage ich vorsichtig.

»Bernd schwimmt immer sehr früh schon, wenn das Wasser noch ganz ruhig und niemand am Strand ist. Er frühstückt gleich danach. Und Marion und Guido sind solche Langschläfer.« Seine Augenbrauen wandern in die Höhe, dabei entstehen feine Linien auf der Stirn.

»Ich war auch schon schwimmen. Mache ich jeden Morgen. Und dann nehme ich mir einen Kaffee mit aufs Zimmer.« Ich gucke in mein Kaffeekännchen, aber es ist leer. »Ich mag den ungezwungenen Stil hier, in anderen Hotels ginge das so nicht.«

»Ja, man fühlt sich hier sofort wie zu Hause.« Er schenkt mir Kaffee aus seinem Kännchen ein und signalisiert dann Doris mit einer Geste, mehr davon zu bringen. »Ich mag die Atmosphäre total gern.«

»Und du warst schon öfter hier?«

Gabriel nickt. »Bernd ist mein bester Freund. Wir kennen uns vom Fußball.«

Fußball? Hätte ich irgendwie nicht gedacht.

»Zu Hause arbeiten wir beide sehr viel, hier haben wir wenigstens mal Zeit.«

»Klingt nach einer guten Idee.« Ich schmiere mir etwas von seiner Passionsfruchtmarmelade aufs letzte Stück Brot. »Vermutlich sollte ich so etwas auch mit meiner Freundin mal machen. Wir sehen uns viel zu selten.«

»Hast du Bernd beim Schwimmen nicht getroffen?« Er spießt das letzte Stück Papaya auf und schiebt es sich in den Mund.

Ich schüttle den Kopf.

»Dann sitzt er bestimmt schon am Teich. Komm doch einfach mit rüber. Dann trinken wir dort noch einen Kaffee. Katharina kommt bestimmt auch dazu. Dann kannst du sie gleich wegen dieser Eva Kaiser fragen.«

»Warum nicht«, stimme ich zu, tupfe mir mit der Serviette den Mund ab und lege sie auf den Tisch.

»We'll take the coffee over by the birds, Doris«, er steckt der Kellnerin einen Hundert-Kenia-Schilling-Schein zu, »at Bernd's table.«

»I'll bring it«, sagt sie.

Gabriel und ich gehen an den anderen Tischen vorbei. Irmgard und Waltraut winken uns zu. »Auf dem Weg zum Teich?«, will Irmgard wissen.

»Ihr kennt mich einfach zu gut«, gibt Gabriel lachend zurück.

Mir schießt durch den Kopf, dass es für alle Ahnungslosen jetzt vermutlich so aussieht, als wären wir ein Paar. Und ein wenig gefällt mir dieser Gedanke, auch wenn ich gewiss nicht zu der Sorte Frauen gehöre, die meinen, nur mit einem Mann komplett zu sein.

Aber die Tatsache, dass ich wegen einer anderen Frau verlassen wurde, ist wie eine allzu frische Wunde, aus der stetig

Blut sickert. Es reicht, dass ich das weiß und spüre. Ich muss nicht noch mitleidsvolle Blicke auf mich ziehen von denen, die meinen, jede Frau, die allein reist, sei irgendwie zu bedauern.

Im Grunde ist es schon verrückt, dass eine solche Sichtweise heute, in unseren Zeiten, immer noch bei vielen Leuten vorherrscht. Oder kommt es mir nur so vor? Bin ich am Ende diejenige, die so denkt?

Jetzt ist Schluss, weise ich mich im Stillen zurecht. Ich muss endlich aufhören, mir für alles die Schuld zu geben. Paul ist derjenige, der sich feige davongemacht hat. Was immer seine Gründe sind, er hätte mit mir darüber reden müssen. Es wenigstens versuchen.

Und ein winzig kleiner Teil von mir wünscht sich sehnlichst, er könnte mich jetzt hier sehen.

Bernd lümmelt auf seinem Zweisitzer im Schatten, auf dem Tisch das übliche Teegedeck, und wirft kleine Stücke Brot ins Wasser. Eine der zum Hotel gehörigen Katzen duckt sich am Rand des Teichs, den Blick starr auf die Fische gerichtet.

»Hättet ihr gedacht, dass Fische so kluge kleine Kerlchen sind?«, begrüßt uns Bernd. »Wenn ich das Brot zu dicht an den Teichrand werfe, gehen die nicht ran. Die wissen, dass die Katze ein verdammt guter Angler ist.«

Gabriel setzt sich auf den Zweisitzer gegenüber. Ich zögere einen Moment, doch dann setze ich mich neben ihn, obgleich der Sessel noch frei ist.

Doris stellt uns Kaffee hin. »Anything else?«

»No, thanks«, antworte ich und wende mich dann an Bernd. »Gabriel sagt, du hast mit der Hotelmanagerin gesprochen?«

»Katharina? Ja. Sie kennt diese Eva, aber nur flüchtig.«

»Hat sie eine Ahnung, wo ich Eva finden kann?«

»Frag sie selbst«, Bernd nickt in Richtung des Restaurants, »da kommt sie gerade.«

Die Hotelmanagerin ist eine ausgesprochen große, stämmige Frau in weißen Hosen und rosa-weiß karierter Bluse. Ihre blonden Haare sind raspelkurz, die Haut ist extrem weiß für jemanden, der seit Jahrzehnten in Afrika lebt. »Scheißtouristen«, sagt sie mit rauer Stimme, stützt die Hände auf die Rückenlehne des Sessels und zieht die Nase hoch, »ihr kommt aus dem kalten Deutschland her, bringt die ganzen Grippeviren mit, und ich hab den Salat.«

»Immer noch nicht besser?«, fragt Gabriel.

»Seh ich etwa so aus?«, raunzt sie ihn an, grinst aber dabei.

Offenbar gehört sie zur Sorte »hart, aber herzlich« mit gewöhnungsbedürftigem Humor.

»Das ist übrigens Alex.« Bernd zeigt mit der Hand auf mich.

»Du suchst Eva?« Katharina sieht mich stirnrunzelnd an.

»Ja, ich würde gern mit ihr sprechen. Ihre Mutter möchte sie wiedersehen.«

»Ich fürchte, Eva hat daran kein Interesse.«

»Das würde ich ganz gern von Eva selbst hören.«

»Dann musst du wohl bleiben, bis sie nebenan im *Voyager* ihre Post abholt.« Katharina schiebt die Sonnenbrille ins Haar und fixiert mich mit stechendem Blick. Ihre Augen sind für eine so große Frau unverhältnismäßig klein. Stecknadelköpfe unter breiten Augenbrauen.

»Das klingt ganz so, als wüsstest du, warum Eva keinen Kontakt zu ihrer Familie will.«

Wir sehen uns in die Augen, und ich werde das Gefühl nicht los, dass hier eine Art Duell stattfindet. Weder Bernd noch Gabriel sagen etwas, und selbst die Webervögel sind auf einmal still.

»Sagen wir mal so«, Katharina verschränkt die Arme vor der Brust, »Eva hat sehr gute Gründe, mit ihren Angehörigen nichts zu tun haben zu wollen.«

Die Frau weiß etwas, und zwar deutlich mehr als ich, aber ich werde nichts aus ihr herausbekommen.

Ich fühle mich plötzlich leer und trotzdem schwer. Eine unheilvolle Müdigkeit, die über mich herfällt und sich meine ganze Energie einverleibt. Die Hoffnung, die ich in meine Mission gesetzt habe, dieser unbändige Wunsch, Magda ihren Traum zu erfüllen, verpufft. Ein Hefekloß, in den jemand eine fette Nadel jagt und der dann geräuschlos zu einem Häufchen Teig zusammenfällt.

»Hast du nicht gesagt, diese Eva leitet die *Karibu Lodge*?«

Ausgerechnet Bernd, der langjährige Freund von Katharina, tritt mir zur Seite?

Die Hotelmanagerin wirft ihm einen giftigen Blick zu. »Darüber reden wir noch«, zischt sie Bernd zu, macht auf dem Absatz kehrt und stolziert davon.

»Da wirst du dir aber was einfallen lassen müssen, um sie wieder zu versöhnen.« Gabriel grinst. Fast könnte man meinen, er hat den Schlagabtausch genossen.

»Ach, die regt sich auch wieder ab.« Bernd gießt sich Tee nach, nimmt eine Viertel Limette und drückt sie über seiner Tasse aus.

»Danke.« Ich nippe an meinem Kaffee und weiß noch nicht so recht, was ich mit der Information nun anfangen soll.

»Karibu Lodge?« Gabriel zieht die Augenbrauen hoch. »Wo ist die denn?«

»Im Tsavo West«, antwortet Bernd. »Es ist eine ganz kleine Lodge am Fluss mit Blick auf den Kili. Ich war da auch noch nicht. Aber was heißt das schon? Meine letzte Safari ist ewig her. Und wenn ich Katharina richtig verstanden habe, hat diese Eva das Ding aufgebaut. Kann also noch nicht allzu lange existieren.«

»Wolltest du nicht sowieso auf Safari gehen?« Gabriel greift nach einer kleinen Scheibe Brot und füttert die Fische.

»Ich?« Die Idee erscheint mir völlig abwegig, als wäre es verboten, Mission und Vergnügen miteinander zu verbinden. Was natürlich ziemlicher Unsinn ist.

»Na, du kannst doch nicht ernsthaft Urlaub in Kenia machen, ohne auf Safari zu gehen.« Bernd lehnt sich gelassen zurück.

»Ich hab das überhaupt nicht geplant.« Allerdings ist die Vorstellung schon verlockend, all die großen Tiere, die ich nur aus dem Zoo und dem Fernsehen kenne, einmal in freier Wildbahn zu sehen. »Ist das nicht sehr teuer?«

»Kommt drauf an.« Bernd greift nach seiner Teetasse. »Wenn du unten am Strand bei Winston buchst, dann macht er dir einen guten Preis. Allerdings weiß ich nicht, ob er die *Karibu Lodge* im Programm hat.«

»Ist doch egal«, wirft Gabriel ein, »sag ihm einfach, du willst da hin, dann organisiert er das schon irgendwie.«

»Du solltest aber unbedingt auch Tsavo Ost machen, da gibt es die meisten Tiere zu sehen.«

»Welche Lodge? Die *Voi* doch aber nicht, oder?«

Ich kann kaum fassen, wie die beiden meine Safari planen. Eine Safari wohlgemerkt, der ich überhaupt noch nicht zugestimmt habe. Zumal ich es höchst fragwürdig finde, einfach so bei Eva Kaiser in der Lodge aufzuschlagen. Als ihr Gast dränge ich sie doch mit meinem Anliegen sofort in die Enge.

Auf der anderen Seite ist es aber natürlich eine Überlegung wert. Immerhin ist es meine beste Chance, sie zu treffen und vielleicht sogar davon zu überzeugen, mit ihrer Mutter zumindest einmal zu telefonieren.

»Haben diese Lodges Internet?«, schalte ich mich in die Diskussion ein, die Gabriel und Bernd führen.

»Ja, logisch«, lacht Bernd. »Heute bist du nirgendwo mehr vor E-Mails und dem ganzen Quatsch sicher. Nicht mal in der Wildnis.«

Es wäre also möglich, ein Videotelefonat zwischen Magda und Eva über mein WhatsApp herzustellen. So müsste Eva ihre Nummer nicht preisgeben und Magda könnte trotzdem mit ihrer Tochter sprechen. Vorausgesetzt, Eva spielt mit.

Die Idee gefällt mir immer besser.

»Braucht man irgendeine spezielle Ausrüstung, um auf Safari zu gehen?«, frage ich vorsichtshalber. Eine Trekkinghose und entsprechende Schuhe habe ich dabei, auch ein langärmeliges dünnes Hemd. Mehr allerdings nicht, und meine Erfahrung mit dem Shopping Center in Nyali hat nicht gerade dazu beigetragen, dass ich mir vorstellen kann, hier die nötigen Outdoorutensilien und Kleidung zu finden.

»Lange Hosen, ein langärmeliges Hemd, Mückenabwehrspray«, zählt Gabriel an den Fingern ab, »und feste Schuhe, vor allem abends und nachts, wenn die ganzen Kriechtiere und Schlangen ins Camp kommen.«

»Eine Flasche Nobite kann ich dir notfalls mitgeben«, sagt Bernd, »davon hab ich genug vorrätig.«

»Nimmst du Malariaprophylaxe?«, will Gabriel wissen. »Wir haben zwar Trockenzeit, aber wenn die *Karibu Lodge* am Fluss liegt, würde ich auf Nummer sicher gehen an deiner Stelle.«

»*Malarone*. Mein Arzt zu Hause meinte, Kenia, vor allem rund um Mombasa, sei extrem gefährdetes Gebiet.«

»Na ja«, er lächelt mich aufmunternd an, »dann ist doch alles klar, oder?«

»Ich weiß nicht«, antworte ich ehrlich. »Überrumple ich Eva damit nicht total?«

»Wer nicht wagt, der nicht gewinnt«, meint Bernd und prostet mir mit seiner Teetasse zu.

26

Abends hat eine Band ihr Equipment auf der Terrasse aufgebaut. Boxen, Schlagzeug und Keyboard hat man unter das flache Sisaldach gequetscht, drei Mikrofonständer davor, sodass auf der Terrasse eine große freie Fläche bleibt.

Das Abendessen untermalt die Band mit Melodien, die in meinem Freundeskreis als Fahrstuhlmusik bezeichnet werden.

»Kommst du mit zum Tanzen?«, fragt Marion und schiebt ihren leeren Dessertteller ein Stückchen von sich.

»Tanzen? Zu der Musik?«

»Das wird noch«, versichert mir Guido. »Die fangen immer seicht an und kommen dann nach und nach in Fahrt.«

Ich betrachte das letzte Stück mit Chili bestreuter Ananas und spieße es mit der Gabel auf. Nach und nach leeren sich die Tische, und zu meiner Verwunderung gehen nicht nur die älteren, sondern auch die jungen Leute hinüber zur Band.

»Sollen wir schon mal einen Tisch kapern?« Gabriel schiebt seinen Stuhl zurück und steht auf.

»Gute Idee«, pflichtet Marion ihm bei, »wir kommen nach.«

»Ich fahre ins Kasino«, verabschiedet sich Bernd, »vielleicht sehen wir uns später noch.« Er winkt und schlendert davon.

»Hast du schon entschieden, ob du die Safari machst?«, will Marion wissen.

»Hat Bernd davon erzählt?«

»Nein, Gabriel.«

»Ich wollte erst noch die Mutter von Eva Kaiser fragen. Immerhin könnte es sein, dass ich mit meinem Auftauchen in der Lodge jede Aussicht auf eine Aussprache zwischen den beiden zerstöre.«

»Und die Alternative? Warten, bis diese Eva drüben ihre Post holt? Wenn du sie dann ansprichst, was ändert das?«

Ich zucke die Schultern. Um nicht darauf antworten und dadurch zugeben zu müssen, dass ich im Grunde keinen Plan habe, trinke ich mein Glas Wein leer. »Sollen wir?« Ich nicke mit dem Kinn zur Band hinüber.

Just in diesem Moment klopft Waltraut mit der Faust auf unseren Tisch. »Mädels, was sitzt ihr hier? Wir wollen euch tanzen sehen!« Sie lacht schallend.

»Also, als ich in eurem Alter war«, ergänzt Irmgard und boxt ihre Freundin gegen den Arm, »hätten mich keine zehn Pferde hier am Tisch gehalten.«

»Wollen wir?«, nicke ich Marion zu und stehe auf.

Gabriel und Guido haben zwei um einen kleinen Tisch gruppierte Zweisitzer direkt gegenüber der Band ergattert. Ich setze mich neben Gabriel, quetsche mich jedoch so in meine Ecke, dass ein Zwerg gut und gern noch zwischen uns passen würde. Ein lauer Wind weht, und die Band geht langsam zu moderneren Songs über.

Die Tanzfläche füllt sich nach und nach. Zwei Paare tanzen Foxtrott, zumindest halte ich es dafür, denn ich habe nie wirklich tanzen gelernt und kann im Grunde gerade mal einen Tango von einem Walzer unterscheiden.

»Sehen wir dich heute endlich mal die Hüften schwingen?«, fragt Marion Gabriel über die Musik hinweg.

Er schüttelt den Kopf. »Ich bin kein Tänzer, das weißt du doch.«

»Und du, Alex?« Sie zieht eine perfekt gezupfte Augenbraue hoch.

»Wenn die richtige Musik kommt, schon.«

»Und was ist die richtige Musik?«, mischt Guido sich ein.

Ich zucke die Schultern. »Kommt ganz darauf an. Je nachdem, ob mir der Rhythmus in die Füße geht oder eben nicht.«

Es ist eigenartig, wie wir hier sitzen. Zwei Paare, von denen eins keines ist. Aber wir sehen so aus, da bin ich sicher.

Mit Paul habe ich nie so einen Urlaub gemacht. Er bestand auf kleine Pensionen, Hütten oder besser noch Übernachtung im Zelt. Gegessen wurde an kioskähnlichen Ständen zu Bier aus der Flasche. Alles andere fand Paul spießig. An Tanzabende oder Ähnliches war schon gar nicht zu denken.

All die Jahre habe ich gedacht, das sei die einzige Art von akzeptablem Urlaub. Egal, ob der Rucksack auf dem verschwitzten Rücken scheuerte, die Klos versifft, die Duschen sandig und das Essen schlecht waren. Ich habe nicht ein einziges Mal darüber nachgedacht, ob mir eine andere Art von Urlaub vielleicht besser gefallen könnte. Es ist mir schlicht überhaupt nicht in den Sinn gekommen.

Und jetzt sitze ich hier mit meinem All-inclusive-Bändchen am Handgelenk, unter einem Himmel voller Sterne, in einem relativ luxuriösen Hotel mit exzellenter Küche, sauberen Zimmern, bequemen Betten und täglicher Abendunterhaltung und stelle verwundert fest, dass nicht ein einziger Gast das Label Spießer verdient. Und dass ich mich ziemlich wohlfühle und vor allem eine ganze Menge mehr Spaß habe als jemals mit Paul. Schon verrückt.

Die Band stimmt jetzt *I Will Survive* von Gloria Gaynor an.

»Das ist zum Beispiel meine Musik«, springe ich auf.

»Die Schuhe«, deutet Marion auf meine Füße.

»Was ist damit?«

»In Kenia tanzt man nur barfuß.«

Tatsächlich? Ich werfe einen Blick auf die Tanzfläche, die sich schlagartig gefüllt hat. Lauter Frauen jeden Alters schwingen ihre Hüften, keine von ihnen hat Schuhe an. Entschlossen streife ich meine Flipflops ab und lege los.

Die folgenden eineinhalb Stunden tanzen Marion und ich mit den anderen Frauen. Männer wagen sich kaum auf die Tanzfläche, dafür gesellt sich die hübsche Sängerin der Band immer wieder zu uns.

Mehrmals fällt zwischendurch der Strom aus. Jedes Mal ist nicht nur die Musik weg, sondern das ganze Hotel liegt für Sekunden in Dunkelheit. Aber niemanden stört das. Alle lachen nur und nutzen die Pause, um sich zu ihrem Tisch vorzutasten und schnell etwas zu trinken. Kaum ist der Strom wieder da, geht es weiter, als sei nichts gewesen.

Als die Band schließlich afrikanische Popsongs anstimmt, versucht die Sängerin sogar, uns diesen unglaublichen Hüftschwung beizubringen, bei dem der Oberkörper unbewegt bleibt und von der Taille abwärts alles wackelt wie verrückt.

Ich mühe mich redlich, bekomme es aber nicht hin. Das macht allerdings nichts, denn Spaß habe ich trotzdem dabei. Marion kann das schon besser, aber sie hat mir etwas Entscheidendes voraus, wie sie mir gesteht: Sie macht seit einem halben Jahr einen Salsatanzkurs.

Bei *Hakuna Matata* tanzen wir alle in einem großen Kreis, und selbst Irmgard und Waltraut kommen dazu.

Zum ersten Mal, seit Paul mich verlassen hat, fühle ich mich leicht und glücklich. Ich kann das Lächeln in meinem Gesicht förmlich spüren.

Als das letzte Lied verklungen ist und die Band beginnt, ihr Equipment abzubauen, falle ich erschöpft auf den Zweisitzer.

»War der Kellner schon wegen der Lala-Salama-Order da?« Marion greift nach ihrem Fächer, den sie auf dem Tisch zurückgelassen hat.

»Lala-Salama-Order?« Ich nehme meine Haare im Nacken zusammen. Der kühle Luftzug tut gut.

»So was wie die Last Order in englischen Pubs«, klärt Gabriel mich auf. »Lala Salama heißt Gute Nacht. Und nein, George war noch nicht hier.«

»Was wollt ihr?« Guido steht auf. »Ich gehe zur Bar und hole etwas.«

»Für mich nichts.« Marion fächert sich Luft ins Gesicht. »Ich muss unbedingt unter die Dusche.«

»Dann geh doch schon vor, und ich bringe uns was aufs Zimmer mit, Schatz.«

»Und wie steht's mit dir?« Gabriel schenkt mir einen intensiven Blick.

Ist es klug, mit ihm allein einen Gute-Nacht-Drink zu nehmen? Welches Signal sende ich, wenn ich zustimme?

»Wieso nicht«, schlage ich die Zweifel in den Wind, »sonst verdurste ich vermutlich heute Nacht.«

»Lass uns in die Poolbar wechseln«, schlägt Gabriel vor, nachdem Marion und Guido Gute Nacht gewünscht haben, »da geht mehr Wind, und es ist etwas kühler.«

Wir schlendern am unbeleuchteten Pool vorbei. Die meisten Gäste sind auf dem Weg in ihre Zimmer, hier und da fällt ein Lichtschein aus den Fenstern und lässt die großen Blätter der tropischen Vegetation wie verzerrte menschliche Silhouetten wirken. Nächtliche Gestalten, die im Wind schwanken.

Der Sternenhimmel über uns leuchtet und glitzert so prachtvoll, wie ich ihn noch nie gesehen habe. »Alles verkehrt herum«, ich bleibe stehen, den Kopf in den Nacken gelegt, »nichts stimmt da oben.«

»Südhalbkugel eben.« Gabriels Stimme ist nah und samtig wie die Luft. »Ich habe mir eigens eine App aufs Handy geladen, um die einzelnen Sternbilder zu finden.«

»Praktisch. Sollte ich vielleicht auch tun.«

»Aber komplett unromantisch«, lacht er.

»Ach, so ist das!« Fast hätte ich ihn in die Seite geknufft, bremse mich aber gerade noch, halb erschrocken, halb verwundert darüber, dass die Vertrautheit zwischen uns so selbstverständlich ist, obgleich wir uns doch kaum kennen.

»Denkst du etwa, ich will damit Frauen beeindrucken? Ausgerechnet mit dem Herbeten von Sternennamen?«

Er klingt ein kleines bisschen spöttisch, und ich weiß weder, wie wir plötzlich auf diesem Terrain gelandet sind, das sich wie Flirt anfühlt, noch, wie wir da möglichst elegant wieder wegkommen.

»Ich glaube, ich nehme einen Gin Tonic«, wechsle ich abrupt das Thema und gehe auf einen der hölzernen Barhocker zu, von denen man tagsüber einen herrlichen Blick auf den Indischen Ozean hat und wo einem bei Flut der Wind so ins Gesicht weht, dass man meinen könnte, man befinde sich auf einem Schiff. Jetzt, bei Nacht, scheinen Meer und Himmel untrennbar verbunden, so dunkel ist es da draußen.

Gabriel setzt sich kurz danach neben mich und stellt zwei Drinks auf den umlaufenden Tresen, der direkt an die Kliffkante gebaut ist.

»Das Schiff da bewegt sich gar nicht.« Ich zeige auf entfernte Lichter in der Schwärze. »Oder sieht das nur so aus?«

»Sie gehören vermutlich zu einem Frachter, der da draußen liegt und darauf wartet, dass er in den Hafen von Mombasa einlaufen kann.«

Er trinkt einen Schluck, und ich bin mir seiner Nähe seltsam bewusst.

»Du hast vorhin ganz schön wild getanzt.«

»Ich hatte so viel Spaß wie lange nicht.« Der Gin Tonic ist überraschend gut, weder zu stark noch zu schwach. Langsam fällt auch mein letztes Vorurteil über All-inclusive-Hotels haltlos in sich zusammen. Aber vielleicht ist das *Bahari* auch ein sonderbarer Planet, der aus der Galaxie der typischen Urlaubshotels getorkelt ist und jetzt in einem eigenen Universum seine Runden dreht.

»Hat man gesehen. Wir gehen manchmal in die *Moonshine Bar*, ein Stück den Strand da runter.« Er zeigt Richtung Norden. »Immer wenn die *Mombasa Roots* dort spielen, ist die Hölle los. Vielleicht magst du ja mal mitkommen.« Gabriel fragt das nicht, er wirft es einfach zwischen uns.

Ich mag diese Art, das Unaufdringliche. Ich kann mich nicht entsinnen, dass mir jemals ein Mensch begegnet ist, der so entspannt war.

Vermutlich mache ich mir viel zu viele Gedanken. Der Mann will nichts von mir. Könnte er sonst so locker mit mir umgehen? Wohl kaum. Ich sollte jetzt wahrscheinlich enttäuscht sein, bin ich aber nicht, ganz im Gegenteil. Es ist so unkompliziert mit ihm. Das tut gut.

»Gern«, sage ich daher, »sag einfach Bescheid, wenn ihr das nächste Mal loszieht.«

»Hast du schon über die Safari nachgedacht?«

»Ich will morgen Magda anrufen und hören, was sie davon hält.« Nach und nach wird es leerer um uns, die letzten Gäste trinken aus und machen sich auf den Weg ins Bett. »Dann entscheide ich.«

»Ist vermutlich eine gute Idee.«

»Aber gefährlich ist so eine Safari nicht, oder?«

»Ach, Quatsch.« Er lächelt und seine Zähne leuchten in der Dunkelheit. »Auf dem Weg in den Park würde ich meine Kamera im Auto abdecken. Man steht immer wieder im Stau, und es ist schon passiert, dass dann Diebe durchs offene Fenster ins Auto gegriffen und etwas geklaut haben. Aber sonst ist es nicht gefährlich.«

»Warst du schon öfter auf einer Safari?«

»Ja, nicht nur in Kenia. Ich war auch schon in Botswana und Tansania. Irgendwann will ich nach Uganda, wenn es geht, sogar in den Kongo, zu den Gorillas.«

»Ich fühle mich ein bisschen komisch bei der Vorstellung, das jetzt vielleicht allein zu machen. Paul und ich hatten das als Station unserer Weltreise geplant. Also, er hatte eigentlich keine Lust dazu.«

»Kein Interesse an Tieren?«

»Nicht wirklich.«

»Seid ihr verheiratet?«

»Nein, zum Glück nicht.«

»Zum Glück?« Gabriel sieht mich forschend an.

»Na, so bleibt uns eine teure Scheidung erspart.«

»Du hast keine Hoffnung mehr, dass ihr euch wieder zusammenrauft?«

Ich schüttle den Kopf. »Nein. Ich weiß auch gar nicht, ob ich das nach der Nummer, die er sich geleistet hat, noch könnte.«

»Aber du schließt jetzt nicht generell aus, wieder mit jemandem zusammenzuleben?«

»Nein, aber vorerst, glaube ich, brauche ich Zeit, ehe ich mich wieder auf jemanden einlassen kann.«

»Ich habe manchmal Angst, mir läuft die Zeit davon.« Er fährt mit dem Zeigefinger oben auf dem Glasrand entlang. »Wir Männer können zwar theoretisch noch mit neunzig Kinder zeugen, aber ich würde meine schon gern nicht nur groß werden sehen, sondern auch mit ihnen Fußball spielen können.«

»Fußball?«

»Ja. Oder Rad fahren, Inlineskaten, Klettern gehen, was auch immer.«

»Ich hab über Kinder, ehrlich gesagt, noch gar nicht richtig nachgedacht. Bisher gab es erst das Studium, dann die Karriere und …«

Ich höre mir selbst zu, lausche meinen Gedanken, die mir bisher nicht bewusst waren. Aber auf einmal steht es klar und deutlich vor mir, leuchtet und kann nie wieder übersehen werden. Die Wahrheit ist plötzlich eine Fackel, die ich mit bloßen Händen greifen kann.

»Und Paul konnte und kann ich mir überhaupt nicht als Vater vorstellen«, spreche ich es aus, als müsse es hinaus in die Welt, in diese kenianische Nacht, als müsse ich es mich sagen hören, um es ganz und gar zu begreifen.

Und dann hängt dieser Satz da, in der Stille. Einfach so.

»Das ist ein hartes Urteil über einen Mann«, stellt Gabriel nach einem Augenblick des Schweigens fest.

»Vielleicht bin ich ungerecht«, räume ich ein, fühle es aber nicht.

»Auf jeden Fall ist es besser, so etwas festzustellen, bevor es zu spät ist«, gibt Gabriel zu bedenken, »und vielleicht habt ihr einfach nicht mehr zueinander gepasst.«

27

Ich weiß zwar, dass Magda eine echte Frühaufsteherin ist, trotzdem warte ich bis elf, ehe ich sie anrufe. In Berlin ist es neun, und Magda sollte mit dem Frühstück fertig sein.

»Alex«, begrüßt sie mich fröhlich, »wie geht es dir?«

»Danke, sehr gut, und dir?«

»Na ja, die Kälte«, seufzt sie. »Aber du rufst bestimmt nicht an, um dir Geschichten über meine Zipperlein anzuhören.«

»Ich habe herausgefunden, dass Eva in einem der Nationalparks eine kleine Lodge leitet.«

»Eine Lodge?«

»Ja, das ist so eine Art Pension oder Hotel, eben nur …«

»Ich weiß schon«, fällt sie mir ins Wort, »ich finde das nur komisch, weil sie doch so etwas gar nicht gelernt hat.«

»Ich glaube, hier lernt das keiner.«

»Mag sein. Aber das ist ja ganz wunderbar. Dann kannst du doch hinfahren. Oder bist du etwa schon dort?«

Ich kann die Hoffnung in ihrer Stimme hören. Mit jedem Satz klingt die alte Frau frischer, jünger. Fast tut es mir leid, dass ich ihr noch von keinem Treffen berichten kann. »Ich wollte erst mit dir darüber sprechen«, sage ich daher und erzähle ihr von meinen Bedenken.

»Ich sehe da keinen Unterschied«, sagt Magda schließlich. »Ob du Eva nun in diesem Hotel nebenan sozusagen auflauerst, wenn sie ihre Post holt, oder gleich vor ihrer Tür stehst, es kommt aufs Gleiche heraus: nämlich, dass du sie gefunden hast.«

»Na ja, ganz so ist es nicht, denke ich. Wenn ich im *Voyager* auf sie warte, muss sie nicht erfahren, dass ich weiß, wo sie wohnt. Wir könnten sie in dem Glauben lassen, ihre Tarnung sei nur halb aufgeflogen.«

»Unsinn.« Magda klingt mehr als entschlossen und auch ein bisschen barsch. »Außerdem finde ich, du solltest sowieso unbedingt eine Safari machen, wenn du schon einmal in Kenia bist.«

»Das eine schließt das andere nicht aus«, versuche ich sie doch noch umzustimmen. »Ich könnte auf Safari gehen, ohne an Evas Lodge auch nur vorbeizufahren, und wäre immer noch zeitig genug wieder hier, um sie nicht wieder zu verpassen.«

Irgendwie habe ich einfach kein gutes Gefühl dabei, Eva Kaiser derart zu überfallen. Der Brief, am besten aus Berlin ans *Voyager* geschickt, wäre immer noch meine bevorzugte Alternative. Einfach aufzukreuzen, drängt das Gegenüber an die Wand, auch wenn ich es bin, die erscheint, und nicht Magda. Wäre ich an Evas Stelle, würde mich so eine Aktion dermaßen wütend machen, dass ich schon erst recht nicht bereit wäre, mit meiner Mutter zu sprechen.

Abgesehen davon, dass ich mir auch gar keinen Grund vorstellen kann, warum ich den Kontakt zu meiner Familie jemals abbrechen sollte. Aber wer weiß, das sagt sich leicht, wenn man keine mehr hat.

»Ich denke, du solltest hinfahren, Alex. Wenn du in Evas Lodge übernachtest, dann habt ihr vielleicht mehr Zeit, um zu sprechen. Du hast doch den Brief noch, oder?«

»Natürlich.«

»Siehst du, dann gibst du ihr den, und wenn sie eine Nacht darüber geschlafen hat, sieht die Welt vielleicht ganz anders aus. Ich denke, das ist sogar viel besser, als wenn ihr euch nur zwischen Tür und Angel in diesem Hotel begegnet. Da hat sie vielleicht gar keine Zeit.«

Das ist natürlich eine Sichtweise, die ich bisher so nicht bedacht habe. Mit ein bisschen gutem Willen klingt es plausibel.

»Was ist nur zwischen euch vorgefallen?«, rutscht es mir heraus. Es ist mehr ein laut geäußerter Gedanke, auf den ich nicht wirklich eine Antwort erwarte, aber in dem Moment, in dem ich ihn ausgesprochen habe, weiß ich, es war ein Fehler.

»Nichts, was soll schon passiert sein?« Magdas Stimme klingt plötzlich kalt und schneidend in meinem Ohr.

»Tut mir leid, ich hätte das nicht fragen sollen«, versuche ich sie zu besänftigen. »Ich werde sehen, dass ich in den nächsten Tagen die Safari machen kann. Und ich melde mich dann, wenn ich mehr weiß.«

»Tu das.« Nach einem halbherzigen Abschied legt sie auf.

Ich stopfe das Handy in die Tasche meiner Bermudashorts, trete an das Mäuerchen, hinter dem Frangipani die Klippe bewuchern, und lasse meinen Blick über das Meer schweifen.

Smaragdgrün leckt das Wasser am weißen Sand, verflüchtigt sich in allen Schattierungen von Türkis, bis es weit hinten ins Blau verläuft.

Die Fischer kommen gerade mit ihrem Fang zurück, junge Männer in beladenen Booten, die aus einem einzigen großen Stamm geschnitten werden.

Man darf sich so lange nicht Fischer nennen, wie man nicht eigenhändig einen Mangobaum gefällt und aus dem Stamm ein Boot gemacht hat, hat Isaac mir erzählt.

Ich fand die Vorstellung beeindruckend, und selbst jetzt, da ich die Fischer nur aus großer Ferne sehe, lässt der Gedanke mich nicht los. Es hat mit Ehre und Stolz zu tun, damit, sich zu beweisen. Drei bis fünf Männer stehen in jedem Boot und staken es ans Ufer.

Alles sieht so einfach aus. Und vielleicht ist es das ja auch. Vielleicht gibt es eine andere Lösung für mein Dilemma, einen Weg, an den ich bisher nicht gedacht habe.

Was, wenn ich Eva aufsuche, ihr den Brief gebe? Das bedeutet noch lange nicht, dass ich Magda den Namen der Lodge nennen muss. Ich kann meine Mission erfüllen, ohne Eva preiszugeben. Oder etwa nicht?

28

Als ich hinunter zum Strand komme, winkt Gabriel mir von seiner Liege zu. Ich winke zurück und entdecke unweit von ihm Winston, den General der Beachboys, wie Bernd ihn nennt.

»Jambo, Alex«, kommt er prompt auf mich zu, »was ist mit Safari?«

»Genau darüber wollte ich mit dir sprechen.« Ich schüttle seine Hand und schiebe den Sonnenhut aus der Stirn, um ihm besser in die Augen sehen zu können. »Ich möchte Tsavo Ost und West sehen und unbedingt zwei Nächte in der *Karibu Lodge* übernachten.«

»Die *Karibu*?« Winston zieht ein Gesicht, als hätte ich ihm eine unlösbare Aufgabe gestellt. »Die habe ich nicht im Programm. Aber ich kann dir …«

»Dann suche ich mir jemand anderen.« Ich lasse ihn gar nicht erst ausreden und schäme mich im nächsten Moment für meine Ungeduld.

»Wieso die *Karibu*?«, fragt er und legt die Stirn in tiefe Falten.

»Die ist mir empfohlen worden.«

»Aber …«

»Sag es einfach, wenn du die Lodge nicht anbieten kannst«, falle ich ihm erneut ins Wort und könnte mich ohrfeigen dafür, aber ich schaffe es einfach nicht, mich zu bremsen. »Kein Problem für mich.« Irgendwie ist mein Geduldsfaden bei Männern zur Zeit besonders reißfreudig.

»Also, Alex«, er tritt einen Schritt näher und legt mir die Hand auf die Schulter, »wenn du unbedingt eine Lodge am Fluss willst, dann habe ich da ein ganz …«

»Winston«, ich schüttle seine Hand ab, »*Karibu* oder gar nichts.« Ich weiß, ich stelle mich dumm an. Ich bin zu schnell, zu bestimmt, nicht die Bohne verbindlich, aber Handeln ist nun einmal nicht meine Stärke. War es noch nie, und ich habe mir damit schon das ein oder andere Mal gründlich die Tour vermasselt. Aber was soll ich tun? Ich kann in der Sache nicht aus meiner Haut. Im Moment schon gar nicht.

»Also, wenn du dir das so in den Kopf gesetzt hast …« Er schüttelt den Kopf und sieht mich mit großem Bedauern an. »Ich bin sicher, ich …«

»Ach, komm schon, Winston«, sagt Gabriel, der plötzlich neben mir steht, »du bist der König der Safaris, willst du Alex wirklich um das bestmögliche Erlebnis bringen?«

»Natürlich nicht, Gabriel«, gibt Winston ausgesprochen theatralisch zurück. »Aber du musst verstehen …«

»Check das doch erst mal.« Gabriel lässt nicht locker. »Wir treffen uns morgen am Strand wieder, und du sagst ihr, was es kostet.«

Winston wiegt den Kopf, schaut von mir zu Gabriel und wieder zurück, als verlangten wir Unmögliches von ihm. »Na gut, Alex«, seufzt er schließlich aus tiefstem Herzen, »weil du es bist.«

»Super.« Ich bin erleichtert. Schließlich hätte ich nicht gewusst, bei wem sonst ich eine Safari buchen sollte. Es gibt zwar jede Menge kommerzielle Veranstalter, aber bei denen kauft man ein Paket. Raum für eigene Wünsche, wie eine bestimmte Lodge, gibt es da nicht. »Dann bis morgen.«

Ich folge Gabriel zu seiner Liege. »Danke«, sage ich, als wir außer Hörweite von Winston und seinen Jungs sind.

»Wofür?« Er winkt ab und bleibt vor mir stehen.

»Ich habe keine Geduld für solche Verhandlungen.«

»Ach, weißt du, die haben irgendwelche Abmachungen mit den Lodges und bekommen da eine Provision, und dann kommst du und willst in eine, mit der er normalerweise nicht zusammenarbeitet. Klar wollte er dich überreden, eine andere Lodge zu nehmen. Bei der *Karibu* verdient er vermutlich einfach weniger Geld. Ich kann ihn verstehen. Die wollen hier alle nur leben, und das ist gar nicht so einfach. Erst recht nicht, weil immer weniger Touristen kommen.«

»Wieso ist das so?«

»In den Medien wird dieses Bild von Kenia gezeichnet, als wimmle es hier nur so vor Kriminellen und Terroristen. Ist ja auch nicht ganz von der Hand zu weisen. Hier sind schon Frauen wegen eines simplen Silberarmbands umgebracht worden, und die Al-Shabaab-Milizen sind auch nicht zu unterschätzen, solange die kenianische Armee in Somalia gegen den Terror kämpft. Aber wenn man ein paar Vorsichtsmaßnahmen walten lässt, muss es schon mit dem Teufel zugehen, dass einem etwas passiert.«

Ich bin beeindruckt, wie gut Gabriel sich auskennt. Wie viel er von diesem Land, seinen Leuten und seinen Problemen weiß und in welchem Maß er Verständnis für die Menschen hier aufbringt. Aber natürlich, er ist nicht wie ich zum ersten Mal hier. Und er ist mit Bernd eng befreundet, dessen zweite Heimat das Land zu sein scheint. »Ich habe schon mitbekommen, dass das Hotel viele Securityleute hat«, merke ich an.

»Ja, die sind sogar die ganze Nacht auf dem Gelände unterwegs. Und das Militär patrouilliert die Küste mit Helikoptern.«

»Habe ich schon bemerkt. Und ich habe sämtlichen Schmuck zu Hause gelassen.« Das Meerwasser spült noch warm um meine Füße. In einer halben Stunde wird es nicht mehr bis hierher reichen.

»Du kannst eben nach Einbruch der Dunkelheit das Hotel nur per Taxi verlassen. Und als Frau würde ich auch tagsüber nicht allein die Straße entlangwandern.«

»Aber hier am Strand passiert nichts, oder?« Ich muss daran denken, wie oft ich schon allein in die eine oder andere Richtung marschiert bin. Sollte das fahrlässig gewesen sein? »Ich mache das andauernd, den Strand entlanggehen. Ich würde es sehr vermissen, doch wenn du meinst, es ist gefährlich, lasse ich es lieber sein.«

»Nein, nein, solange du ein bisschen genauer hinguckst, ist das okay. Ich würde vielleicht eher umdrehen, wenn dir doch mal Typen entgegenkommen, die dir komisch erscheinen. Ich verlasse mich da immer auf meinen Bauch.«

»Ist dir schon mal was passiert? Oder hast du davon gehört?« Ein bisschen mulmig ist mir nun doch.

»Nur die Geschichte von der Frau mit dem Silberarmband. Ist aber schon einige Jahre her. Und Marion geht auch jeden Tag allein ihre Runde.«

»Das beruhigt mich. Zumindest ein bisschen.«

Gabriel zuckt die Schultern. »Ich glaube nicht, dass was passiert.«

»Meinst du, Winston organisiert die Safari für mich?« Ich komme auf das eigentliche Thema zurück, auch weil ich mich lieber damit beschäftige, als über irgendwelche Gefahren nachzudenken.

»Aber sicher«, grinst er. »Der hat einfach eine kleine Show abgezogen. Mach dir keine Sorgen. Du musst dann nur mit ihm über den Preis verhandeln.«

»O je, auch das noch«, lache ich. »Ich dachte, ich hätte gerade hinlänglich bewiesen, dass ich, was das Verhandeln betrifft, so gar kein Geschick mitbringe.«

»Mach dir keine Sorgen«, beschwichtigt Gabriel mich. »Er nennt dir morgen einen Preis, du schüttelst den Kopf, er fragt dich, was du zahlen willst, du sagst etwas, und dann trefft ihr euch in der Mitte und gebt euch die Hand.«

Ich hoffe, er behält recht.

29

»Morgen früh geht es los, oder?« Gabriel lässt das Buch sinken und sieht mich an.

Die Liege neben seiner ist leer bis auf ein zusammengelegtes Handtuch. In der Hängematte ein Stück weiter döst ein Mann, und auf den anderen beiden Liegen sind Handtücher ausgebreitet, aber die Besitzer sind weit und breit nicht zu sehen. Kein Wunder, die wenigen Plätze hier auf halber Höhe des Kliffs unter Palmen und mit grandioser Aussicht aufs Meer sind beliebt.

»Du bist hier und nicht unten am Strand?« Ich bleibe unvermittelt stehen, und meine Füße versinken im pulverfeinen Sand.

»War mir heute zu heiß am Wasser.« Er legt das Buch auf den kleinen Tisch, der zwischen den beiden Liegen platziert ist.

»Wer liegt hier?« Ich zeige auf die Liege neben seiner.

Gabriel schüttelt den Kopf. »Niemand. Ich habe vorsichtshalber ein Handtuch für dich hingelegt. Also, falls du willst.«

Ich kicke meine Flipflops in den Sand, breite das Handtuch aus und mache es mir bequem. Erst als ich schon fast liege, fällt mir auf, dass er die Liege tatsächlich extra für mich reserviert hat. Und ich frage mich, wie es in so kurzer Zeit zwischen uns so selbstverständlich werden konnte, die Tage und Abende zusammen zu verbringen.

Alles ist so einfach mit ihm, so gar nicht angestrengt. War es mit Paul jemals so?

Ich schiebe den Gedanken entschlossen weg. Ich will weder an Paul noch an die E-Mail denken, die ich immer noch nicht beantwortet habe. Außerdem ist es völlig absurd, Gabriel mit Paul zu vergleichen. In Letzteren habe ich mich damals Hals über Kopf und auf den ersten Blick verliebt. Gabriel dagegen ist einfach nur eine Urlaubsbekanntschaft.

»Schon aufgeregt?« Mit dieser Frage holt er mich aus meinen Gedanken zurück ins Hier und Jetzt. »Ich kann mich noch gut erinnern, als ich das erste Mal auf Safari gegangen bin. Ich fand das damals ganz schön wahnsinnig, all diese wilden Tiere in freier Wildbahn zu sehen.«

»Ich hoffe, ich sehe überhaupt welche. Winston hat mir mehr als deutlich zu verstehen gegeben, dass er für nichts garantieren kann.«

»Mach dir keine Sorgen, du siehst Tiere. Bestimmt.«

»Löwen.« Ich wische mit der Hand den Sand von der Liege, den ich mit den Füßen darauf hinterlassen habe. »Löwen würde ich wirklich gern sehen.«

»Wirst du schon.«

»Im Grunde mache ich das ja alles nur, um Eva Kaiser zu sprechen. Aber von der Idee, einfach so mir nichts, dir nichts bei ihr aufzutauchen, bin ich immer noch nicht überzeugt.«

»Hast du eine Ahnung, was da vorgefallen ist? Also in der Familie, meine ich?«

Ich schüttle den Kopf.

»Irgendwas Gravierendes muss es ja sein. Schließlich bricht man nicht wegen einer Lappalie den Kontakt zur Familie ab.«

Zwei Gärtner des Hotels kommen die Treppe herunter. In ihren olivgrünen Hosen und Hemden sind sie im dichten

Grün kaum auszumachen. Einer von beiden trägt einen aus Palmenblättern geflochtenen Hut, der andere hat ein großes Messer in der Hand. Die beiden bleiben stehen und inspizieren die Palmen.

»Ich denke, es ist irgendwie kompliziert«, sage ich zu Gabriel, während ich die Gärtner beobachte. »Eine Verkettung von Vorfällen vielleicht.« Magdas Fluchtgeschichte drängt sich in meine Gedanken, aber was sollte die damit zu tun haben?

Der Gärtner mit dem Hut zeigt hinauf in eine der Palmen, die beiden diskutieren auf Swahili, dann sieht er zu uns her. »Coconut?«

»Die holen jetzt die reifen Kokosnüsse aus den Palmen«, klärt Gabriel mich auf. »Wenn du willst, schneiden sie dir eine auf. Ist nicht so mein Ding, aber wenn du probieren willst?«

»Die kann man dann essen?«

»Erst das Wasser trinken, dann machen sie sie dir richtig auf, und du kannst das Fleisch herauslöffeln.«

»Yes, please!«, rufe ich dem Gärtner zu, entschlossen, nichts auszulassen.

Der lächelt und schiebt seinen Hut in den Nacken. Der andere zieht seine Schuhe aus, steckt sich das Messer in den Hosenbund und steigt barfuß in die Palme.

»Was ist mit dir?«, fragt Gabriel, setzt sich auf und schwenkt die Beine von der Liege. »Hast du Geschwister?«

»Nein, leider nicht. Meine Eltern sind bei einem Unfall ums Leben gekommen, da war ich zweiundzwanzig und habe studiert.« Ich weiß gar nicht, warum ich ihm das erzähle, denn es ist ein Thema, über das ich nicht gern spreche. Die Wunde ist nie wirklich verheilt, es liegt nur ein hauchdünnes Häutchen darüber, das sofort reißt, wenn ich von meinen Eltern erzähle. Und dann ist alles wieder da, der Schmerz, die Trauer, das Vermissen. Als wenn meine Welt nie wieder in Ordnung kommen könnte.

»Tut mir leid.« Er sieht mich an, und sein Blick gleicht einem Tasten. Vorsichtig, sanft.

»Mit Geschwistern wäre das bestimmt einfacher zu ertragen.« Abrupt setze ich meine Sonnenbrille auf. Ein erbärmlicher Versuch, die Tränen zu verstecken, die ich nur mühsam wegblinzle.

»Ich habe zwei Brüder und eine Schwester. Auch nicht immer leicht.« Er grinst, und es wirkt ein wenig verwegen. »Meine Schwester hatte uns von Anfang an im Griff. Ich fürchte, das bleibt auch so.« Man kann an seiner Stimme hören, dass er sie liebt.

»Ist sie die Älteste von euch?«

»Allerdings.« Er lacht. »Deswegen denkt sie auch, wir müssen ein Leben lang nach ihrer Pfeife tanzen.«

»Und deine Brüder? Jünger oder älter?«

Der Gärtner wirft eine Kokosnuss herunter, sein Kollege fängt sie auf. Dann rammt er einen Stock in den Sand, nimmt die Nuss fest in beide Hände, geht in die Knie und drückt die Kokosnuss so lange auf den Stock, bis sie ein Loch hat. Er dreht sie um, zieht den Stock heraus, steckt einen Strohhalm hinein und reicht sie mir.

»Beide jünger«, beantwortet Gabriel meine Frage und drückt dem Gärtner hundert Kenia-Schilling in die Hand. »Asante«, dankt er und nickt ihm zu.

»Das gebe ich dir nachher wieder.« Ich trinke einen Schluck und bin enttäuscht. Was ich schmecke, hat nichts mit Kokosmilch zu tun. Es schmeckt wie abgestandenes Wasser.

»Lass mal«, winkt er ab. »Und? Schmeckt dir das?«

»Geht so.« Ich trinke die Nuss trotzdem leer.

»Mir schmeckt das nur in Thailand, aber eine Menge Leute hier schwören darauf.«

»Ich dachte immer, Kokosnüsse schmecken überall gleich. Weit gefehlt.«

Der Gärtner wirft noch ein paar Nüsse herunter, ehe er wieder aus der Palme zum Boden herabsteigt. Ich gebe seinem Kollegen die Nuss. »Can you please open it?«

Er legt sich die Nuss in die flache Hand, zückt ein Messer, das wie eine kleine Machete aussieht, hebt es an und lässt es herabsausen. Zielsicher trifft er die Mitte, die Kokosnuss zerfällt in zwei Teile, die an der unteren Kante nur noch leicht miteinander verbunden sind. Er steckt das Messer zurück in den Hosenbund, drückt die beiden Hälften auseinander und reicht sie mir. Ich biete eine davon Gabriel an.

»Wir wollen heute Abend übrigens in die *Moonshine Bar.*« Er nimmt ein kleines Messer vom Gärtner entgegen und fängt an, das Fleisch aus der Nuss zu schneiden. »Kommst du mit?«

»Ich weiß nicht. Ich muss morgen ziemlich früh raus.«

»Wann geht's denn los?« Er reicht mir die halbe Nussschale, in der das Fleisch in mundgerechten Häppchen liegt, und nimmt mir die andere Hälfte ab.

»Ich werde um halb sieben abgeholt.« Ich schiebe mir ein Stück in den Mund und kaue. Das schmeckt schon eher wie die Kokosnüsse, die ich kenne, wenn auch nicht so süß, wie ich erwartet hätte. »Ich habe an der Rezeption gefragt, es gibt wohl ein Early Breakfast.«

»Das machen die hier super. Wirst du sehen.«

»So früh kann ich gar nicht viel essen.«

»Solltest du aber, Alex. Ihr fahrt bis mindestens zehn, ehe ihr am Parkeingang vom Tsavo Ost seid. Und dann noch mal bis zum späten Mittag zur ersten Lodge. Du bekommst also erst frühestens um eins wieder was zu essen.«

Das ist natürlich ein Argument. Ich bin froh, dass er mir das erzählt. »Wie lange geht das denn in der *Moonshine Bar*?«

»Um elf ist Schluss.«

»Mal sehen. Ich überleg es mir noch.« Reizen tut es mich schon, mal etwas anderes zu sehen als immer nur das Hotel.

»Es ist wirklich cool da«, sagt er und macht mich damit weiter neugierig. »Die *Mombasa Roots* sind eine echt gute Band, viel besser als die, die neulich Abend hier gespielt haben. Und es gehen viele Einheimische dorthin. Ein echtes Stück Kenia also.«

»Bis elf, sagst du?«

Gabriel nickt.

»Dann müsste ich auf jeden Fall vor dem Essen noch meine paar Sachen für die Safari packen«, überlege ich laut. »Aber das sollte ja kein Problem sein.« Schließlich, so sage ich mir, zwingt mich ja auch keiner, bis elf zu bleiben.

30

»Ich beneide dich dermaßen, das kann man kaum aushalten!« Anne zieht die Augenbrauen hoch und schwenkt dann ihr Handy dermaßen schnell, dass einem schwindlig wird. Ihr Gesicht schwimmt in zerlaufenden Linien und Kurven, das Bild verzerrt, bis es abrupt zum Stillstand kommt und wieder scharf wird. »Die ganzen wilden Tiere, als wären das Wetter und das Meer nicht sowieso schon ein Hauptgewinn, verglichen mit hier.«

Auf dem Display meines Handys sehe ich den Blick aus Annes Fenster, kahle Äste vor grauem Himmel und schneebedeckte Hausdächer, dann wieder das winterblasse Gesicht meiner besten Freundin. WhatsApp-Videotelefonie zum Nulltarif im Hotel-WLAN macht es möglich.

Und in diesem Moment kommt es mir vor, als bewohnen wir fremde Welten. Anne im dicken Pulli, ich in Unterwäsche, leicht gebräunt, über mir das leise Rauschen der Klimaanlage. Nicht einmal die Uhrzeit ist dieselbe, denn ich bin ihr zwei Stunden voraus.

»Wenn du mir nicht wenigstens ein Foto von einem Löwen schickst«, sagt sie und zieht einen Schmollmund, »kündige ich dir die Freundschaft.«

»Versprochen. Wenn ich einen vor die Linse bekomme, bist du die Erste, die es erfährt.«

»Wenn? Was heißt hier wenn?«

»Winston sagt, man sieht nicht immer welche.«

»Wer ist denn bitte Winston?« Anne neigt den Kopf und sieht mich skeptisch an.

Ich muss lachen. Typisch Anne. Hinter jedem männlichen Namen vermutet sie einen Urlaubsflirt. »Winston ist der, bei dem ich die Safari gebucht habe.« Sie sieht nicht aus, als hielte sie das für ein Argument. »Er ist übrigens mindestens sechzig«, füge ich zur Bekräftigung meiner Position an.

»Und offenbar ein echtes Verkaufsgenie«, spöttelt Anne.

»Wieso?«

»Na, Alex! Ich bitte dich! Der will dir eine Safari verkaufen, und als Argument bringt er, dass du nicht hundertprozentig sicher einen Löwen siehst? Hallo? Sind Löwen nicht der Grund, warum man auf Safari geht?«

»Winston ist eben ehrlich.« Ich lehne mein Handy gegen die Wasserflasche auf dem Sideboard, nehme zwei der drei Sommerkleider, die ich mitgenommen habe, aus dem türlosen Schrank und halte sie so, dass Anne sie sehen kann. »Das hier oder das?«

»Für die Safari?«, fragt sie irritiert.

»Natürlich nicht.« Ich halte abwechselnd das rote und das weiße vor mich. »Ich gehe nach dem Essen noch mit Gabriel und den anderen in die *Moonshine Bar*. Da spielt heute eine Band, die soll super sein.«

»Gabriel?«

Ich rolle die Augen.

»Den Namen höre ich ja nun auch nicht zum ersten Mal«, stellt sie fest.

»Rot oder weiß?«, versuche ich, ihre Anspielung zu übergehen.

»Kommt drauf an.«

»Worauf?«

»Rot, wenn du auf Leidenschaft, weiß, wenn du auf Unschuld machen willst. Ist natürlich am Ende beides heiß.« Sie grinst übers ganze Gesicht.

»Ich denke, ich nehme das weiße wegen der Malariamücken. Die stehen auf dunkle Farben, deshalb soll man möglichst helle Kleidung tragen.«

»Also Unschuld«, lässt sie mich nicht so einfach davonkommen. »Verspricht vermutlich am Ende des Abends den heißeren Sex.«

»Anne!«

»Wieso? Männer macht das unheimlich an, diese Unschuldsnummer. Hast du in den Jahren mit der Ratte Paul etwa die Basics vergessen?«

Ich verdrehe die Augen und hänge das rote Kleid zurück auf die Stange. »Gabriel ist nur eine Urlaubsbekanntschaft.«

»Von der du in einem fort redest«, stellt sie trocken fest, während ich in das weiße Kleid schlüpfe, »und mit dem du jeden Tag und jeden Abend verbringst.«

»Na und?« Ich mühe mich mit dem Reißverschluss. »Wir können uns eben gut unterhalten. Deswegen muss da doch nicht immer gleich irgendwas sein.«

»Ist klar, Alex, weil Freundschaften zwischen Männern und Frauen ja auch total oft nur platonisch sind. Und weil dieser Gabriel mit drei Freunden im Urlaub ist, isst er auch lieber mit dir, hält dir eine Liege frei, geht mit dir am Strand spazieren und fragt dich, ob du zum Tanzen mit in die *Moonshine Bar* gehst.« Sie zieht eine Augenbraue hoch und sieht mich fragend an.

Und gibt dem Gärtner das Trinkgeld für meine Kokosnuss, denke ich, halte aber schön meine Klappe, um nicht noch Öl in Annes feurige Argumentation zu gießen. Sollte meine Freundin auf der richtigen Spur sein? Ist es möglich, dass Gabriel etwas von mir will? Und ich es nur nicht bemerke?

Nein, beschließe ich. »Wir verstehen uns einfach gut. Wirklich, Anne, es gibt in seinem Verhalten überhaupt keine Anzeichen, dass er irgendwas von mir will.«

»Hahaha«, gibt sie spöttisch zurück. »Wie ich dich kenne, hast du das nur noch nicht gemerkt. Wenn Mann mit Doppel-n dir nicht mit dem Vorschlaghammer eine Liebeserklärung um die Ohren knallt, kriegst du doch schließlich nie mit, dass er was von dir will.«

Ich gebe es ungern zu, aber sie hat recht. Bei Paul war ich der festen Überzeugung, nur ich sei in ihn verliebt, er jedoch überhaupt nicht in mich. Und ich habe mich von diesem Irrglauben auch nicht abbringen lassen, als alle, aber auch wirklich alle meiner Freundinnen sich einig waren, dass Paul so einiges versucht hat, um mich zu erobern.

»Und mal ganz ehrlich, Alex, dieser Gabriel hängt mit dir ab, sieht dich den ganzen Tag im Bikini vor seiner Nase herumspringen, dazu die Urlaubsstimmung, die Sonne, das Meer, die laue Luft … Glaubst du wirklich, der ist nicht zumindest scharf auf dich?«

»Er hat mich noch nicht mal gefragt, ob er mir den Rücken eincremen soll!« Ich weiß, ich klinge zickig, und hasse mich dafür.

»Komm schon, du hattest bestimmt nicht einmal Sonnencreme am Strand dabei, sondern hast dich vorsorglich in deinem Zimmer eingeschmiert. Oder?«

Woher weiß sie das? Weil sie mich viel zu gut kennt. Zugeben werde ich es jetzt trotzdem nicht.

»Was spricht denn gegen einen kleinen Flirt?« Sie grinst, und der Schelm leuchtet mir aus ihren Augen entgegen. »Und die eine oder andere Runde heißer Sex täte dir bestimmt auch gut. Schon um Paul die Ratte endlich hinter dir zu lassen.«

Anne atmet hörbar tief aus. »Der konnte bestimmt keine Kunststücke, oder?«

Ich seufze lautstark, schlüpfe in die Flipflops und stecke etwas Geld in meine winzige Handtasche. »Ich melde mich nach meiner Safari wieder bei dir, Anne, okay?«

»Na gut«, sagt sie enttäuscht. »Ich wünsche dir viel Glück. Nicht nur mit den wilden Tieren. Sondern dass du die geheimnisvolle Eva Kaiser triffst und sie dazu bringen kannst, sich mit ihrer Mutter auszusöhnen.«

»Danke. Ich hoffe das sehr.«

»Und ich wünsche dir, dass dieser Gabriel dich heute Abend mal so richtig vernascht!«

Noch ehe ich etwas erwidern kann, trennt Anne die Verbindung. Ich nehme das Handy, stecke es ein und schüttle den Kopf.

31

Die *Moonshine Bar* ist rappelvoll. Tische, Tresen, nirgendwo findet man ein freies Fleckchen. Wer nicht sitzt, tanzt – selbst wenn es eigentlich gar keinen Platz zum Tanzen gibt. Wer nicht tanzt, wippt mindestens mit dem Fuß oder zuckt mit den Hüften.

Bei jeder kleinsten Bewegung stößt man an fremde Körper. Nicht mal der Wind, der vom Meer über den Strand hereinweht, schafft es mit einer kühlenden Brise weiter als bis in die erste Reihe der offenen Terrasse.

Die Band auf der winzigen Bühne heizt mit ihren heißen Rhythmen in einer Lautstärke ein, dass es schon an ein Wunder grenzt, dass die Bretterbude nicht einfach in sich zusammenfällt.

Die Sängerin ist nicht nur wirklich gut, sie sieht auch noch toll aus, lacht in einem fort und flirtet mit jedem, dessen Blick sie erhascht.

Das Publikum besteht aus deutlich mehr Schwarzen als Weißen, und natürlich sind auch gemischte Paare darunter, über die ich, bei allem, was ich hier in der Hinsicht mitbekomme, nicht nachdenken will.

Meine Fußsohlen sind heiß und brennen, das Kleid klebt verschwitzt am Rücken, aber ich fühle mich leicht und beschwipst, obwohl ich kaum Alkohol getrunken habe. Sehnsüchtig werfe ich einen letzten Blick auf die Bühne, wo die Musiker nun ihr Equipment einzupacken beginnen.

»Und wo gehen wir jetzt hin?« Marion nimmt Guido die Bierflasche aus der Hand und trinkt einen gewaltigen Schluck. Eine Haarsträhne klebt an ihrer Wange, ihr Make-up sieht trotz der wilden Tanzerei unglaublich perfekt aus. Wie macht sie das nur?

»Es ist schon nach elf«, antwortet Guido, »da ist doch überall Lala Salama, außer im Kasino, oder?«

»In Mombasa gibt es eine neue Diskothek«, wirft Bernd ein, »da geht es bis in den frühen Morgen, habe ich mir sagen lassen.«

»O ja, bitte!« Marion lehnt sich an Guido und sieht ihn flehend an. »Wir haben uns gerade so schön eingetanzt.«

»Ich bin raus«, sage ich und hebe die Hände, »mein Wecker klingelt um vier, ich muss ins Bett. Aber geht ihr nur.«

Bernd hat bereits das Handy am Ohr, um ein Taxi zu rufen.

»Ich gehe einfach über den Strand zurück«, sage ich. »Ist ja nicht weit. Habt noch einen schönen Abend. Wir sehen uns nach meiner Safari wieder.«

»Du kannst jetzt nicht allein am Strand entlanggehen,« hält Gabriel mich zurück.

»Es sind doch nur ein paar Schritte.« Vergessen sind all die Bedenken, die ich beim Gespräch mit ihm am Strand noch hatte. Vielleicht ist es das Bier oder die Musik oder die beschwingte Atmosphäre in der Bar oder auch alles zusammen. Jetzt und hier kann ich mir einfach nicht vorstellen, dass mir an diesem Ort irgendetwas passieren könnte. Und vermutlich ist es naiv, wenn nicht gar dumm, aber ich mag das Gefühl der Sorglosigkeit und will es nicht aufgeben.

Er schüttelt den Kopf und zieht ein Gesicht, als lasse er keine Widerrede gelten.

»Wir können dich doch mit dem Taxi am *Bahari* absetzen.« Marion hält sich mit einer Hand bei Guido fest, mit der anderen streift sie ihre Schuhe über.

Die *Moonshine Bar* leert sich langsam.

»Bis das Taxi kommt, dauert es eine halbe Stunde«, sagt Bernd und steckt das Handy in die Hosentasche. »Lennox muss erst aus Mombasa hierher zurückfahren.«

»Das dauert mir einfach zu lang«, sage ich, an Gabriel gewandt. »Macht euch keine Sorgen, mir passiert schon nichts.«

»Ich begleite dich ins Hotel.« Gabriel stellt seine Bierflasche auf einem Tisch ab und macht nicht den Eindruck, als würde er sich von dieser Idee abbringen lassen.

»Kommst du dann nach?«, will Bernd wissen. »Sollen wir dir Lennox ins *Bahari* schicken, wenn er uns abgesetzt hat?«

Gabriel schüttelt den Kopf. »Diskothek ist sowieso nicht so mein Ding.«

Wir verabschieden uns von den anderen und treten auf den Strand. »Ich hätte wirklich auch allein gehen können.« Ich ziehe die Flipflops aus und nehme sie in die Hand. Der Sand unter meinen Füßen ist weich und kühl, der Himmel über uns voller Sterne. Ich bin immer noch in dieser leichtfüßigen Stimmung, hüpfe hinunter und tanze durchs seichte Wasser. Warm spritzen die Tropfen bei jedem Schritt an meine Waden.

»Die Band war toll«, stellt er fest, sieht mich dabei an und geht langsam neben mir her. »Marion und du, ihr hattet eine Menge Spaß, oder?«

»Musik ist etwas Tolles.« Ich drehe eine Pirouette, die Arme ausgebreitet, um die ganze Welt umfangen zu können. »Wenn ich tanze, kann ich alles vergessen. Es ist dann, als gäbe es nur diesen Moment, diesen Ort, und alles andere existiert gar nicht.« Ich tänzle neben ihm her, vor und zurück, vor und zurück, und werfe ihm verstohlen einen Blick zu. Sein Profil zeichnet sich markant im Licht des fast vollen Mondes ab. »Du tanzt gar nicht?«

»Selten.« Gabriel zuckt die Schultern. »Ich finde, ich kann das nicht besonders gut, und dann muss es ja keiner sehen.«

»Das glaube ich nicht.« Unvermittelt bleibe ich stehen.

»Was?«

»Dass du nicht tanzen kannst.«

»Also gut, versprochen«, seufzt er, »wenn du von der Safari zurückkommst, beweise ich es dir.« Er streckt mir die Hand entgegen.

Ich zögere, doch dann schlage ich ein. »Abgemacht.« Es ist das erste Mal, dass wir uns berühren, und das ist mir in diesem Augenblick nicht nur seltsam bewusst, es lässt auch meine Beschwingtheit verklingen. Nicht abrupt oder hässlich, eher wie ein in die Welt geworfener Ton, der sich allen Raum nimmt, um zu klingen. Kein hohes C, sondern ein tiefer, dennoch brillant klarer Ton. Einer, der strahlt.

Sein Händedruck ist fest. Ich kann die Kraft seiner Muskeln spüren und die Wärme seiner Haut. Und es fühlt sich gut an. Besser, als ich gedacht hätte.

»Siehst du die zwei da im Wasser?«, fragt er und deutet mit dem Kinn ein Stück nach vorn. »Das ist das Traurige hier. Diese Fossilmänner, die sich ein schwarzes Mädchen für den Urlaub nehmen und dann nicht mal das bisschen Geld investieren, um die junge Frau in ihr Hotel einzuchecken, sondern stattdessen nachts am Strand Sex haben.« Er schüttelt den Kopf.

»In Kenia sind die Schulen doch staatlich«, sage ich und gehe langsam weiter. »Warum ergreifen die Mädchen nicht nach der Schule einen Beruf?«

»Viele Mädchen können nicht mehr zur Schule gehen, wenn sie ihre Menstruation bekommen.«

»Wieso das?«

»Sie haben kein Geld für Binden oder gar Tampons. Also können sie ihr Dorf an diesen Tagen nicht verlassen. Dadurch verlieren sie den Anschluss im Unterricht und geben schließlich auf.«

»Deshalb?« Ich kann es kaum fassen. Diese schreiende Ungerechtigkeit macht mich wütend und traurig zugleich. »Da muss man doch irgendwas tun.«

»Man muss hier an so vielen Ecken und Enden etwas tun, ich weiß gar nicht, wie man das in einem einzigen Leben hinbekommen soll.« Gabriel sagt das leise, und der Wind weht seine Stimme davon. »Alle im *Bahari*, die jedes Jahr wiederkommen, unternehmen etwas. Bernd zum Beispiel hat vor Jahren mit Katharina zusammen ein Kinderheim gegründet.«

»Das wusste ich gar nicht. Irmgard und Waltraut haben mir nur von den Schulen erzählt, die er gebaut hat.«

»Klar, weil die beiden alten Damen bei unserem Kinderheim mit an Bord sind.«

»Euer Kinderheim?«

»Wir legen alle zusammen und finanzieren das. Immer wenn ein Platz frei wird, fährt Katharina zu den Straßenkindern von Mombasa und holt wieder eines aus diesem Elend. Es ist uns leider nicht möglich, alle zu retten, aber wir tun, was wir können, damit so viele wie möglich eine echte Chance bekommen.«

Ich gehe neben ihm her und fühle mich plötzlich sehr befangen. Und auch unzulänglich.

»Ich bekomme ein ganz schlechtes Gewissen«, gebe ich schließlich zu. »Ich habe noch nie für jemanden etwas getan, was sein Leben wirklich besser gemacht hat. Und ihr, ihr engagiert euch seit Jahren und erzählt nicht einmal davon.«

»Du suchst für deine Nachbarin ihre Tochter, Alex. Du bist extra deshalb hierhergeflogen. Und das in einer Zeit, in der du eigentlich eine Menge mit dir selbst und deinem eigenen Leben zu tun hast. Das ist doch nicht nichts.«

Es tut gut, das aus seinem Mund zu hören. Und ein bisschen wundert es mich auch, dass er mir offenbar nicht nur sehr genau zuhört, sondern mich auch so gut versteht. »Und ich habe Isaac ein Huhn gekauft«, fällt mir ein, »als er mir sein Dorf gezeigt hat.« So schlecht und ichbezogen bin ich vielleicht doch nicht?

»Siehst du«, Gabriel lächelt mich an, »das ist ein Anfang.«

»Aber es reicht nicht.«

»Es reicht nie, Alex«, sagt er sehr sanft. »Egal, was man tut, niemand kann die Welt alleine retten.«

Eine ganze Weile gehen wir schweigend nebeneinander her. Der Wind flaut ab, das Wasser gluckst bei jeder leisen Welle, die auf den Strand trifft.

Seine Tiefgründigkeit beeindruckt mich. Ich hätte sie hinter seiner unaufgeregten Fassade nicht vermutet. Genauso wenig wie das stille Engagement, über das er keine großen Worte macht und von dem er erzählt, als wäre es eine Selbstverständlichkeit, die keiner Rede wert ist.

In diesem Moment kommt mir mein bisheriges Leben plötzlich so banal vor, dass es kaum auszuhalten ist.

Vielleicht ist es nur eine Momentaufnahme, ein flüchtiger Gedanke, der ebenso schnell wieder verfliegt, wie er aufgetaucht ist. Nicht mehr als eine flatterhafte Idee, eine eitle Vorstellung von mir selbst, der ich am Ende nicht gerecht werden kann. Aber hier und jetzt bin ich sicher, dass ich etwas tun will, auch wenn ich überhaupt nicht weiß, was das sein kann.

»Wenn ich von der Safari zurück bin«, frage ich schließlich etwas scheu, »würdest du dann mit mir zu diesen Straßenkindern fahren?«

»Können wir machen.«

»Und in euer Kinderheim?«

»Klar, wieso nicht?«

»Ich finde es toll, dass ihr das alles anpackt.«

»Andere mögen es anders empfinden, aber für mich war schon bei meinem ersten Besuch in Kenia klar, dass man nicht hierherkommen kann, ohne irgendwas zu machen, was den Leuten hilft.« Wir erreichen den Anfang der Klippe, wo der Strand voller Steine ist, die bei Flut gänzlich vom Wasser überspült sind. Gabriel geht vor und hält mir seine Hand hin. »Pass auf, dass du nicht ausrutschst.«

Ich spüre seinen festen Griff. Die Steine sind vom Wasser glatt geschliffen und mit glitschigen Algen überzogen. Vorsichtig setze ich einen Fuß vor den anderen.

Als wir den Klippenvorsprung umrundet haben und auf dem Strand vor dem *Bahari* stehen, lässt Gabriel meine Hand sehr langsam los. »Da wären wir.« Wie er es sagt, klingt es ein wenig enttäuscht.

»Das war ein sehr schöner Abend.«

Ein Stück den Strand hinunter, wo die Flut eine Art kleine Höhle in den Fels gewaschen hat, liegt ein Paar im Sand, übereinander.

»Die zwei sind mutig«, stellt er fest, und es klingt keineswegs abwertend, sondern eher traurig. »Wenn die erwischt werden, gehen sie beide ins Gefängnis, völlig egal, ob er ein Tourist ist oder nicht. Da machen die Behörden hier keinen Unterschied. Schließlich ist Kenia ein vorwiegend muslimisches Land.«

»Ich schätze, die rechnen nicht damit, dass sie hier um die Zeit überhaupt irgendwer sieht. Außer vielleicht ein Paar mit ähnlichen Ambitionen.«

»Ich verstehe das nicht«, er schüttelt den Kopf, »wie kann ich Spaß daran haben, mit einer Frau zu schlafen, von der ich weiß, sie macht das nur des Geldes wegen, das ich ihr dafür gebe?«

»Die Fossilmänner, wie du sie nennst, bekommen sonst vielleicht keine mehr ab.«

»Ich glaube, die haben einfach nur keine Lust, sich Mühe zu geben.«

Das haben die wenigsten Männer, denke ich, sage es aber nicht. Paul hat sich auch schon lange keine Mühe mehr gegeben. Ich allerdings auch nicht, wenn ich ehrlich bin. Und vielleicht ist es das, was so viele Beziehungen nach Jahren auseinandergehen lässt: diese Selbstverständlichkeit, mit der man den anderen für gegeben hält.

Aber wenn Gabriel das verstanden hat und es anders macht, warum hat er dann keine Frau?

Und wieso interessiert mich das? Aber tut es das überhaupt?

Mein Kopf schwirrt. Als hätte ich durch das viele Getanze etwas darin in Unordnung gebracht.

»Ich sollte jetzt wirklich zu Bett gehen«, sage ich und sehe ihn an. »Vielen Dank für den schönen Abend. Und dass du mich noch hergebracht hast.«

Er macht eine galante Verbeugung, ein Ritter ohne Rüstung, stattdessen in Jeans und weißem Hemd, und nimmt damit der Situation die Schwere, die sich plötzlich über uns gelegt hat. »Schlaf gut.« Er grinst mich an. »Und lass dich nicht von den wilden Tieren fressen.«

32

Es ist noch stockfinster, als ich müde und ein bisschen aufgeregt zugleich um halb fünf Uhr morgens aus meinem Zimmer trete. Kein Windhauch ist zu spüren, und die Luft ist schwer von Feuchtigkeit und Wärme. Es riecht nach Erde und fleischigem Grün.

Die Tropen, schießt es mir durch den Kopf, selbst nachts nie unter fünfundzwanzig Grad Celsius warm und mit einer extrem hohen Luftfeuchtigkeit. Die genaue Prozentzahl will mir so früh am Morgen nicht einfallen. Es fühlt sich aber an wie zweihundertfünfzig.

Die gemeine Anophelesmücke ist nachtaktiv und summt nicht, denke ich als Nächstes und schaue auf die Packung *Malarone* in meiner Hand.

Woher kommt diese Ängstlichkeit jetzt auf einmal?

Entschlossen mache ich mich auf den Weg durch den dunklen Garten, marschiere dem ungebetenen Gefühl davon, dem scheuen Lichtschein entgegen, der aus der großen Restauranthütte fällt und die Tische und Stühle auf der Terrasse zu schemenhaften Zeugen meiner Unsicherheit macht.

Eine der kleinen und größeren Echsen, die tagsüber den Garten so zahlreich bevölkern, huscht knapp vor meinen Füßen über die Steinfliesen und bleibt dann sitzen. Ein Männchen mit dunkelblauem, metallisch schimmerndem Kopf. Seine Farbe wechselt am Hals von Türkis über Gelb bis Orange und wird am Rücken schließlich zu Grün mit braunen Sprenkeln.

In Gedanken bitte ich es darum, zusammen mit seinen Kumpeln diese ganzen blöden Mücken zu fressen. Und als könnte ich mich vor ihnen schützen, wenn ich drinnen frühstücke, in jener Hütte, deren Fenster keine Glasscheiben haben und in der die großen Lampenschirme, die normalerweise träge im Wind schaukeln, jetzt reglos von den Balken hängen, trete ich in den warmen Schein, ahnend, dass Anopheles wie jede andere Mücke immer der Nase nach gen Mensch fliegt. Und wo mehr Menschen, da auch mehr Mücken.

Es hilft nicht, ich muss da jetzt durch.

Statt des erwarteten spartanischen Frühstücksangebots finde ich ein fertiges Büfett vor, um das selbst zu dieser frühen Stunde bereits zwei Köche wirbeln und hier und da noch weitere Speisen paratstellen.

Auch die vielen kleinen Schälchen mit den unterschiedlichsten Zutaten für Omeletts stehen schon bereit, und die beiden Flammen des Herds züngeln blau in Erwartung einer Pfanne.

Außer mir schleichen noch vier andere Personen am Büfett entlang. Ihre Kleidung lässt vermuten, dass sie einen frühen Flieger nach Hause nehmen wollen.

Ich komme mir dagegen komisch vor in beigefarbener Cargohose, weißem Tanktop und dünnem weißem Baumwollhemd darüber. Ich bin auch nicht sicher, ob ich mir das nur einbilde oder wirklich komisch rieche, denn als ich die Kleidung mit diesem Antimückenzeug für Textilien eingesprüht habe, hatte ich das Gefühl, ich stehe in einer Giftgasfabrik.

Egal. Ich muss etwas essen, und zwar nicht nur, weil ein langer Tag vor mir liegt und ich nicht weiß, wann es das nächste Mal etwas geben wird, sondern auch, weil ich die Malariaprophylaxe wie jeden Morgen nehmen muss und das laut Packungsbeilage auf leeren Magen keine gute Idee ist.

Hunger habe ich so früh keinen. Entsprechend ratlos stehe ich am Büfett.

»Nimm dir was von der Suppe«, plötzlich steht Gabriel neben mir, einen Becher Kaffee in der Hand, »die wird dir guttun.«

»Wo kommst du denn so früh schon her?«, frage ich ehrlich erstaunt.

»Ich war sowieso wach, da dachte ich, ich leiste dir Gesellschaft.« Er hält den Becher hoch, als wolle er mir zuprosten. »Ich trinke aber nur einen Kaffee. Soll ich dir auch einen holen?«

Ich nicke und wende mich wieder dem Büfett zu. Suppe am Morgen? Klingt abwegig, aber andererseits hat er Erfahrung mit Safaris und langen Tagen unter Kenias Sonne. Vielleicht sollte ich also auf ihn hören.

Ich nehme mir zwei Scheiben von dem frischen Brot, das sie hier selbst backen, eine Tasse mit Gemüsecremesuppe und eins der Joghurts mit Passionsfrucht. Letzteres vor allem deshalb, weil der Beipackzettel sagt, *Malarone* wirke am besten, wenn man es zusammen mit etwas Milchhaltigem einnimmt.

Gabriel sitzt an einem Tisch nahe dem Ausgang zur Terrasse. Ich setze mich ihm gegenüber, zu meinem Becher Kaffee, und fange an, meine Suppe zu löffeln.

»Aufgeregt?«, fragt er und sieht für die Uhrzeit reichlich aufgeräumt aus. Sogar frisch rasiert ist er schon.

»Allerdings«, gebe ich zu und tunke etwas Brot in die Suppe. »Ich kann gar nicht sagen, weshalb ich nervöser bin: wegen Eva Kaiser, der Tiere oder der Tatsache, dass ich mit jemand Wildfremdem durch die Einöde kutschiere.«

»Die Guides sind okay«, beruhigt er mich, als könne er meine Gedanken lesen, »das sind sie immer.«

»Mehrere?« Damit habe ich nicht gerechnet.

»Ein Fahrer und ein Guide. Aber keine Sorge. Das sind gute Jungs. Die lieben die Tiere und wissen irre viel. Egal, was du sie fragst, sie haben auf alles eine Antwort. Hat Winston dir gesagt, wie viele Leute auf deiner Safari dabei sind?«

Ich schüttle den Kopf und trinke einen Schluck Kaffee. »Wir sind wohl maximal zu sechst.«

»Ich drück dir die Daumen, dass ihr weniger seid. Dann ist mehr Platz im Auto, und es ist auch sonst entspannter.«

»Ich hoffe so sehr, dass ich Eva treffe und sie überzeugen kann, wenigstens einmal mit ihrer Mutter zu telefonieren.«

»Wird schon.« Gabriel nickt und zwinkert mir dabei mit beiden Augen gleichzeitig zu.

Ich bin auf einmal froh, dass ich nicht allein beim Frühstück sitzen und schweigend meine Suppe löffeln muss. Er strahlt so eine Ruhe aus, das habe ich noch bei keinem Menschen erlebt.

Bestimmt ist er ein guter Arzt, der seinen Patienten auch in schwierigen Situationen die Angst nehmen kann.

»Hast du dein Handy dabei?«, fragt er unvermittelt.

»Ja, wieso?«

»Wenn du magst, gebe ich dir meine Nummer. Dann kannst du damit anfangen, was du willst.«

»Reist du etwa früher ab? Bist du schon weg, wenn ich von der Safari zurückkomme?« Zu meiner Nervosität gesellt sich ein ungutes Gefühl, das mich erstaunt und das ich nicht haben will. Es kann mir eigentlich egal sein, er ist doch nur eine Urlaubsbekanntschaft.

Es ist mir aber nicht egal, komme ich nicht umhin, mir einzugestehen. Ich würde ihn einfach gern noch etwas näher kennenlernen.

»Nein, nein«, wehrt er ab, »ich dachte nur, falls irgendwas blöd läuft oder …« Er lässt den halb fertigen Satz in der Luft hängen und schafft damit Raum für einen Haufen Möglichkeiten.

Ich bin beunruhigt und seltsam erleichtert zugleich.

»Klar.« Ich krame das Handy aus der Hosentasche, entsperre es und halte es ihm hin. »Speichere sie doch einfach selbst ein.«

Ich sehe ihm zu, wie er mit einem Finger seine Nummer in mein Handy eintippt. Jeder andere hätte mich nach meiner Nummer gefragt, um mir dann eine SMS zu schicken, damit ich seine speichern kann. Doch nicht dieser Mann.

Bis gerade eben hätte ich Stein und Bein geschworen, dass er nichts von mir will. Auf einmal bin ich mir nicht mehr so sicher. Vielleicht ist er einfach anders? Vielleicht geht er es anders an?

Das wird mir alles zu kompliziert. Ich habe noch nicht einmal Paul auf seine Mail geantwortet, geschweige denn eine Idee, was ich ihm schreiben soll. Da brauche ich keine Komplikation mit Namen Gabriel.

Und auf einmal bin ich ziemlich froh, für vier Tage in die Savanne zu verschwinden.

33

Das Safariauto ähnelt einem alten VW-Bus, und seine Farbe ist vor lauter Staub kaum auszumachen. Es handelt sich um irgendwas zwischen Weiß und Beige. Vorn sitzen zwei schwarze Männer, der Beifahrer springt heraus. »Alex?«, fragt er und schiebt die Tür auf.

Ich nicke und schultere meine Tasche.

»Joe«, stellt er sich vor und schaut auf einen Zettel. »Winston sagt, ich bekomme noch dreihundert Euro von dir.« Er hält die Hand auf.

Ich gebe ihm das Geld, dann lässt er mich einsteigen.

Drinnen, auf der hintersten Bank, kuschelt ein junges Paar. Die beiden lächeln mich verschlafen an.

»Hi, I'm Alex.« Ich reiche ihnen nacheinander die Hand.

Wie sich herausstellt, sind die beiden aus Polen und sprechen nur sehr gebrochenes Englisch und kein Wort Deutsch. Unterhaltsam wird es mit ihnen also eher nicht.

»Ich bin Luke.« Der Fahrer dreht sich auf seinem Sitz zu mir um und streckt mir die Hand entgegen. Über ihm ist ein Funkgerät ans Autodach montiert, ein Spiralkabel baumelt herunter.

Ich lasse mich auf den Zweiersitz direkt hinter ihm fallen, weil dort der meiste Fußraum ist. Meine Tasche stelle ich auf dem Boden ab.

»Wir sind dann vollzählig.« Joe springt auf den Beifahrersitz. »Wir fahren jetzt durch Mombasa, dann den Highway Richtung Nairobi bis zum Eingang in den Tsavo Ost. Da legen wir eine kurze Pause ein, und dann machen wir das Dach auf, und es geht auf den ersten Game Drive.«

Trotz des Berufsverkehrs kommen wir recht schnell durch Mombasa. Ich bin erstaunt, dass selbst zu so früher Stunde der große Markt bereits geöffnet ist. In Deutschland macht kaum ein Geschäft vor zehn Uhr auf, hier dagegen herrscht in den Läden, die aus Wellblech und Brettern bestehen, schon vor acht reger Betrieb.

Der Highway Richtung Nairobi ist eine vierspurige Straße ohne Markierungen und Leitplanken. Rechter Hand verläuft die Trasse der noch recht neu gebauten Eisenbahn auf einem künstlich angelegten Damm. Ein modernes Gebilde, das so gar nicht zu allem anderen passen will.

Auf dem Highway sind in beiden Richtungen unzählige Lkws, Pkws und Motorräder unterwegs. Auf Letzteren sitzen zum Teil mehr als drei Leute plus aufgespanntem und am Lenker befestigem Regenschirm gegen die Sonne und allerlei Gepäck. Ich muss dreimal hinsehen, um das zu glauben.

Der Verkehr ist ein einziges Chaos. Vor allem rund um die vielen Baustellen, die wir immer wieder passieren.

Unvermittelt werden alle Fahrzeuge von der Straße gelenkt und rumpeln dann über provisorisch platt gebaggerte Sandflächen voller tiefer Schlaglöcher, wobei sich niemand an irgendeine Reihenfolge oder gar den Linksverkehr hält.

Es staubt schlimmer, als ich mir jeden Sandsturm in der Wüste vorstelle. Oft sieht man alles nur noch wie im Nebel.

Hin und wieder begegnet uns ein Laster im Schneckentempo, der die Straße mit Wasser besprüht. Viel hilft es nicht.

Wer Mut hat oder irre genug ist, quetscht sich einfach in einem waghalsigen Zickzackkurs zwischen den Autos hindurch, um schneller voranzukommen.

Luke bildet da keine Ausnahme. Er brettert an einem Lkw nach dem anderen vorbei, schert knapp davor ein, um gleich wieder die nächste Lücke minimalsten Ausmaßes zu nutzen, um einen weiteren Laster zu überholen. Dabei fährt er selbst durch die schmalsten Passagen, ohne auch nur ein einziges Mal einen Außenspiegel zu touchieren. Ich kann nur hoffen, er weiß, was er tut, denke ich, als wir an einem Jeep vorbeikommen, der am Straßenrand auf dem Dach liegt und reichlich verbeult aussieht.

Solange wir Asphalt unter den Reifen haben, kommen wir ganz gut voran. Nur wenn der Highway durch ein Dorf führt, staut es sich. Sofort laufen dann junge Männer an den Autoschlangen entlang und bieten Flaschen mit Wasser, andere Getränke und manchmal auch Kleinigkeiten zu essen an.

Ich hatte eigentlich vor, die Fahrt bis zum Park zu nutzen, um noch eine Mütze Schlaf zu bekommen. Aber alles, was ich unterwegs sehe, erinnert mich zwar an Bilder aus dem Fernsehen, fühlt sich jedoch so ganz anders an. Es ist eine andere Welt, ein ganz anderes Leben, an dem ich mich nicht sattsehen kann.

Die verbeulten alten Autos, die Wellblechhütten und Bretterbuden am Straßenrand, in und vor denen Kleidung, Getränke, Lebensmittel, sogar Sofas, Bettgestelle, Schränke und Tische, einfach alles angeboten wird, was der Mensch zum Leben braucht, die Häuser, von denen der graue Putz blättert, die bunt gekleideten Menschen, all diese Eindrücke sauge ich in mich auf.

Es ist eine so fremde Welt, in die ich Einblick erhalte. Eine, in der hier und da Müllhaufen am Straßenrand liegen, auf denen eine Kuh steht und frisst oder auch Ziegen.

Ich kann nur gucken und staunen. Zu viele Eindrücke stürzen auf einmal auf mich ein, überfluten mein Hirn. Kaum will ich über einen nachdenken, sind da schon mindestens zehn andere.

Luke hält in einem größeren Dorf an.

»Wir holen schnell Wasser für die Safari«, erklärt Joe, dann lassen die beiden mich und das polnische Pärchen allein im Auto sitzen.

Unglaublich viele Leute laufen geschäftig umher. Wir sind die einzigen Weißen weit und breit, und auf einmal muss ich an Gabriels Worte denken. Dass man schon für ein Silberarmband umgebracht werden kann in diesem Land.

Weder ich noch die beiden Polen tragen irgendwelchen Schmuck. Doch ein Blinder sieht, dass wir Touristen sind. Es liegt nahe, dass wir Handys, Geld und Fotoapparate dabeihaben, selbst wenn man nichts davon sehen kann. Und wie simpel wäre es, einfach die Schiebetür aufzuziehen, einzudringen, unsere Taschen zu schnappen und abzuhauen.

Ich spüre, wie mein Herzschlag schneller geht. Die Muskeln angespannt, sitze ich wie auf heißen Kohlen und lasse meinen Blick unentwegt hin und her wandern.

Wenn so etwas hier passieren würde, wenn es wirklich gefährlich wäre, versuche ich mich zu beruhigen, würden Joe und Luke uns bestimmt nicht allein im Auto sitzen lassen.

Niemand da draußen nimmt wirklich Notiz von uns. Die Männer und Frauen gehen ihren Geschäften nach, ohne uns eines Blickes zu würdigen. Ich bin einfach nur Opfer meiner eigenen Vorurteile, sage ich mir, von denen ich nicht mal wusste, dass ich sie habe. Und das ist ziemlich beschämend.

Joe und Luke kommen beladen mit Wasserflaschen und Eis zurück. Joe öffnet die beiden großen Kühlboxen, die auf dem Boden des Busses an der Stelle stehen, wo ein Sitz ausgebaut ist. Dann verteilen sie Eis und Wasserflaschen darin und schließen die Boxen wieder. »All inclusive«, grinst Joe. »Wenn ihr Durst habt, nehmt ihr euch einfach Wasser, okay?«

34

Als wir gegen zehn Uhr morgens das Tor zum Nationalpark Tsavo Ost erreichen, ist mir, als wäre schon ein ganzer Tag vergangen. Daran ist sicher das frühe Aufstehen schuld, aber auch die vielen Eindrücke, die während der Fahrt auf mich eingestürmt sind.

Unzählige Safariautos stehen kreuz und quer. Die Erde ist tiefrot, die Wagen sehen alle ziemlich gleich aus. In manchen sitzen bis zu acht Fahrgäste, und ich bin mehr als froh, dass wir nur zu dritt sind.

Es ist heiß. Die Sonne brennt von einem strahlend blauen Himmel herunter. Das polnische Pärchen und ich steigen aus, um für Fotos vor dem Tor zu posieren, während Joe und Luke sich um die Tickets für den Park kümmern.

Prompt kommt ein Mann in beigefarbener Hose und Hemd auf uns zu, einen ganzen Haufen Safarihüte in der Hand. »Ihr müsst unbedingt einen Hut tragen«, sagt er im Brustton der Überzeugung auf Englisch. Der Pole zückt sein Portemonnaie.

»Und welchen willst du?«, fragt er mich, nachdem das Geschäft mit den Polen abgewickelt ist. »Den mit dem aufgestickten Elefanten oder den mit dem Zebraband?« Er schwenkt beide Hüte vor mir hin und her.

»Danke, ich brauche keinen Hut«, winke ich ab.

Der Mann zieht ein betrübtes Gesicht. »Aber so können wir dich nicht auf Safari fahren lassen.«

O je, das hat mir gerade noch gefehlt, ein weiteres Beispiel für kenianische Verkaufstaktik, bestehend aus einer großen Portion Drama, kombiniert mit unerschütterlicher Hartnäckigkeit. Trotzdem, dieses Mal bin ich fest entschlossen, mich nicht herumkriegen zu lassen. »Mir stehen Hüte überhaupt nicht«, sage ich mit einem Lächeln, aber in bestimmtem Ton, »außerdem bin ich nicht empfindlich.«

»Aber hier, das ist die Sonne von Kenia«, er stülpt mir einen der Hüte über den Kopf, »die ist sehr stark, und du siehst wirklich gut mit Hut aus.«

»Ich werde die ganze Zeit im Auto unter dem Dach sein«, versuche ich weiterhin, ihn loszuwerden, nehme den Hut ab und gebe ihn ihm zurück.

Der Mann zieht ein Gesicht, dass zu befürchten steht, er fängt gleich an zu heulen. »Ich kann dich wirklich so nicht fahren lassen. Wenn du krank wirst, bin ich schuld. Das geht nicht. Der Hut kostet nur tausend Kenia-Schilling.« Er sieht mich erwartungsvoll an.

Entnervt mache ich auf dem Absatz kehrt, um ihn einfach stehen zu lassen und mich ins Auto zu flüchten. *Die wollen alle hier nur leben.* Gabriel mit seiner sanften, verständnisvollen Art fällt mir plötzlich ein.

»Neunhundert«, sagt der Mann, »absoluter Sonderpreis für dich.«

Ich zögere. Tut es mir weh, einen Hut zu erstehen? Breche ich mir einen Zacken aus meiner nicht vorhandenen Krone, wenn ich das Spiel mitmache?

Die wollen alle hier nur leben.

»Fünfhundert.« Ich wende mich wieder zu ihm um.

Der Mann verzieht das Gesicht, als erleide er große Schmerzen. »Willst du mich ruinieren? Fünfhundert?« Er wedelt mit einem Hut vor meiner Nase herum. »Das ist ein wirklich prima Hut, der ist gut und gern mehr als tausend wert.«

»Fünfhundert«, und natürlich ist mir klar, dass ich mehr dafür ausgeben werde.

»Achthundert«, sagte er mit einem Blick, als sei das alles für ihn pure Folter.

Ich verschränke die Arme, gucke ihm in die Augen, spiele die Harte. *Die wollen alle hier nur leben*, sagt Gabriel in meinem Kopf. »Siebenhundertfünfzig für den mit dem Zebrastreifen. Mein letztes Wort.«

Er wiegt den Kopf hin und her, als müsse er schwer überlegen. Ein Spiel, das wissen wir beide, aber ich schätze, ihm bereitet es deutlich mehr Spaß als mir.

»Okay«, ringt er sich schließlich durch, »aber nur weil du eine so hübsche junge Frau bist.« Er sagt das nicht anzüglich, sondern mit einem Schmunzeln.

Ich gebe ihm die Hand, grinse und setze den Hut auf. Vielleicht ist es gar nicht so schlecht, ihn gekauft zu haben. Immerhin ist es ein Andenken, das mich immer an meine Tage in Kenia erinnern wird.

Unerwartete siebenhundertfünfzig Kenia-Schilling ärmer, dafür um eine Erfahrung und einen Hut reicher, steige ich zurück ins Auto, wo das polnische Paar bereits wartet, und werfe meinen Hut auf einen der freien Plätze.

Joe und Luke haben das Dach aufgemacht, eine einfache, aber praktische Konstruktion. Das Auto ist quasi skalpiert, und das Dach wird nun von beweglichen kleinen Stahlträgern oben gehalten. So bietet es Sonnenschutz, und man kann darunter stehen und hinausgucken.

Wir fahren durch das Tor, und vor uns breitet sich die Savanne unter einem weiten Himmel aus.

Ich stelle mich hinter den Fahrersitz und kralle meine Hände in die Rinne, in die das Dach sinkt, wenn es geschlossen wird.

Der Fahrtwind ist warm und trägt den Geruch nach trockenem Gras in sich. Vor mir befindet sich nichts als rote Erde, verdorrte Gräser und eine schier endlose Weite, in der nur ab und an eine jener Schirmakazien auftauchen, die man von sämtlichen typischen Afrikafotos mit untergehender Sonne kennt.

Ein unbeschreibliches Gefühl von Freiheit überkommt mich. Als wäre auf einmal alles im Lot und die Welt und mein Leben genau so, wie es sein soll. Alles ist möglich und nichts mehr wirklich wichtig außer diesem Moment, außer den Wind zu spüren, die unverstellte Natur zu sehen, die gewaltige Einsamkeit, die alles ist, mich alles fühlen lässt, Verwunderung und ein Glück, wie ich es nie zuvor gekannt habe.

Ich fühle mich leicht, schwerelos, wie ich da im Wind stehe, atemlos und berauscht von dieser Landschaft, für die kein Wort groß genug ist, um sie zu beschreiben.

Es ist, als würde etwas in mir umsortiert, zurechtgerückt, und vielleicht ist es auch so, vielleicht wird man sein besseres Ich, hier, an diesem unglaublichen Ort.

Dankbarkeit flutet mich. Dankbarkeit dafür, dass ich das hier erleben darf. Gepaart mit dem Wissen, dass dies erst der Anfang ist von drei Tagen, die noch vor mir liegen, um mich zu erstaunen und mir den Atem zu rauben. Dass ich nur ahnen kann, was da noch kommen mag und was es mit mir machen wird.

Eine Ruhe, so unendlich wie das Land, breitet sich in mir aus. Meine Neugier ist ein ruhiger See, in dem ich gelassen mit den Füßen baumeln kann.

Alles wird so kommen, wie es sein soll, und es wird gut sein, richtig. Paul, Eva, Löwen, die ich mir so zu sehen wünsche, das alles wird sich fügen.

Das hier ist ein großes Geschenk.

Und in diesem Moment weiß ich, selbst wenn ich nicht ein einziges Tier zu sehen bekommen sollte – allein hierfür hat sich alles gelohnt.

35

Meine Befürchtung, womöglich kein einziges Tier zu sehen, erweist sich bereits wenige Minuten später als Unsinn, als eine Giraffe gemütlich die Straße quert. Ihr stelzender Gang wirkt majestätisch.

Nur kurz darauf begegnen wir einer Herde Zebras. Eines davon ergreift die Flucht, als wir uns nähern, und steckt mit seiner Nervosität alle anderen an. Im Nu galoppieren die gestreiften Vierbeiner davon und lassen nichts als eine gigantische Staubwolke zurück.

Je weiter wir in den Tsavo Ost vordringen, desto mehr Tiere sehen wir. Herden von Gnus, Gazellen, Impalas, Zebras und immer wieder Elefanten.

An einem großen Wasserloch sehe ich meine erste Elefantenfamilie. Ein Stück entfernt stehen die Dickhäuter und trinken, während die Babys zwischen den Müttern umhertollen und ein großer Bulle mit mächtigen Stoßzähnen ein wenig erhöht die Lage im Auge behält. Seine gewaltigen Ohren wedeln wie riesige Fächer, und mir verschlägt es den Atem.

All diese Tiere, die ich bisher nur aus dem Zoo und dem Fernsehen kenne, auf einmal in ihrem Revier, ihrem Lebensraum zu sehen, ist unbeschreiblich. Es ist, als würde mir das erst die

Augen für den Reichtum dieser Erde öffnen, für alles, was wir hier haben und weder wahrnehmen noch zu schätzen wissen. Und auf einmal kommt mir das reiche, das mit Autos, Gebäuden, Dingen überfüllte Europa so unsagbar leer vor.

»Seht ihr den Hippo?«, fragt Joe.

Ich suche die Wasserfläche ab. »Ist es etwa diese kleine Insel da?«

Er nickt. »Flusspferde haben eine extrem empfindliche Haut. Deswegen kommen sie nur nach Sonnenuntergang aus dem Wasser. Sie würden sonst sofort verbrennen.«

Noch während er das erklärt, tauchen zwei Ohren, Augen und Nasenflügel auf, bleiben einen Moment lang über der Wasseroberfläche und tauchen dann genauso langsam wieder ab, wie sie herausgekommen sind.

»Jetzt hat es genug Luft geholt«, erklärt Joe, »um wieder eine ganze Weile unter Wasser bleiben zu können.«

»Stimmt es, dass Flusspferde sehr gefährlich sind?«, frage ich, denn ich habe das mal gehört, kann es mir aber nicht wirklich vorstellen. Erst recht nicht, wenn man sieht, wie das Tier nur träge im Wasser verharrt.

»O ja«, gibt Joe mir recht. »Du magst dem nicht an Land begegnen.«

»Und die Elefanten?«, frage ich, als wir weiterfahren.

»Kommt immer darauf an«, sagt Joe. »Viele Elefanten haben die Erinnerung in ihren Genen verankert, dass Menschen sie gejagt haben. Und die sind wirklich nicht gut auf uns zu sprechen. Andere, zum Beispiel diejenigen, die als Babys verwaist gefunden und von Menschen großgezogen wurden, ehe man sie wieder ausgewildert hat, erinnern sich ihr Leben lang daran, dass Menschen ihnen geholfen haben.«

»Aber man weiß nie, wem man begegnet, oder?«

Joe schüttelt den Kopf. »Wir passen auf, keine Bange.«

»Ich dachte, im Auto ist man sicher?«

»Grundsätzlich ja«, lacht Joe. »Aber ein ausgewachsener Elefant kann so ein Auto mit Leichtigkeit umwerfen. Deswegen machen wir auch, dass wir wegkommen, wenn einer auf uns zurennt. Und halten von vornherein genug Abstand, sodass sie sich gar nicht erst bedroht fühlen. Wir sind schließlich nur Gäste hier. Wie im Zoo, allerdings mit dem Unterschied, dass in der Savanne wir im Käfig hocken und nicht die Tiere.«

»People in a box«, fügt Luke hinzu und lacht.

36

Am späten Mittag erreichen wir die *Voi Lodge*. Sie liegt hoch oben in einen Fels gebaut, und man genießt einen herrlich weiten Blick über die Savanne.

Mein Zimmer ist stickig heiß, aber sehr sauber. Das Bett ist von einem Moskitonetz umgeben, vor das Fenster ist Gaze gespannt. Auf einem kleinen Sideboard steht ein Schild mit der Warnung, wegen der Affen und Schlangen keine Fenster geöffnet zu lassen.

Der Restaurantbereich ist luftig. Das polnische Paar und ich ergattern einen Tisch direkt am Geländer, von dem aus wir einen guten Blick auf das Wasserloch haben.

Ich vergesse fast das Essen bei dem Anblick, obwohl ich hungrig bin wie nie zuvor.

Mitten in dem kleinen Wasserloch steht ein Büffel wie ein Fels, der Kopf groß, die Hörner beachtlich. Am linken Rand waten ein paar Marabus durchs seichte Nass. Von rechts kommt eine Elefantenfamilie, um ihren Durst zu stillen. Und auf dem Hügel gleich daneben toben Affen herum.

Es ist wie ein Traum. Ein Traum, der mich alles vergessen lässt. Jeder Gedanke an Paul und meine Zukunft rutscht weit nach hinten und schließlich ganz aus meinem Bewusstsein.

Alles, was war und sein wird, ist völlig egal. Ich bin im Jetzt und Hier, wie ich es noch nie in meinem Leben war.

Jede Sekunde geschieht ein neues kleines Wunder. Ich fühle mich wie ein Kind, dem von allen Seiten unerwartet Geschenke gemacht werden, unfähig, das alles zu begreifen.

Ich kann sehr gut verstehen, warum die junge Polin dauernd Tränen in den Augen hat. Auch meine Gefühle überrollen mich wieder und wieder, als würde ich zum ersten Mal wirklich erkennen, wie schön die Welt ist. Eine Blinde, die auf einmal sehen kann.

Am Nachmittag, als die größte Hitze vorbei ist und die Sonne nicht mehr so hoch am Himmel steht, machen wir uns auf unsere nächste Pirschfahrt.

»Ganz so einsam wird es jetzt nicht mehr«, erklärt Joe, während Luke den Wagen die Serpentinen hinabsteuert. »Ihr habt ja gesehen, wie viele Safariautos gleichzeitig mit uns losgefahren sind. Und wir haben nicht so viel Zeit, damit ihr vor dem Abendessen noch duschen und euch ein bisschen ausruhen könnt. Das heißt, wir bleiben nahe bei der Lodge.«

Aus dem Funkgerät dringt nun andauernd Stimmengemurmel. Auch Luke nimmt ständig das Sprechgerät zur Hand und redet mit den anderen Fahrern.

»Ihr solltet auf jeden Fall eure Kameras immer schussbereit haben«, sagt Joe. »Ich kann nichts versprechen, aber rund um die Lodge gibt es einige Löwen.«

Bei dem Wort »Löwen« beschleunigt mein Pulsschlag. Ich versuche zwar, mir nicht allzu große Hoffnungen zu machen, kann die Erwartung jedoch nicht ganz hinunterfahren.

Als Erstes begegnen wir einer kleinen Elefantenfamilie an einem fast ausgetrockneten Wasserloch. Die Tiere lassen sich von uns nicht stören, und so schaltet Luke den Motor aus.

Nichts als Stille umfängt uns, während immer wieder das Ausatmen der Elefanten zu hören ist. Ein Geräusch, das wie ein tiefes Schnauben und Blubbern klingt. Dazu kommt das Scharren der Hufe auf der ausgetrockneten Erde. Die Tiere wühlen dadurch den Staub auf, um ihn sich anschließend mit dem Rüssel über den Rücken zu pusten. Gleichzeitig fächeln sie sich mit ihren großen Ohren Luft zu, sodass der Staub sich wie eine Wolke langsam über sie senkt.

Ich habe das schon oft im Fernsehen gesehen, aber hier ist es trotzdem ein ganz neues Erlebnis. Die Elefanten sind so nah, dass ich die Falten in ihrer Haut und die zarten Haare auf dem Kopf des Babys zählen kann.

»Nur im Tsavo Ost gibt es die berühmten roten Elefanten«, flüstert Joe uns zu, »weil hier die Erde so rot ist.«

Ich lasse die Kamera sinken, lege sie auf dem Sitz ab und sehe diesen großen Tieren einfach nur zu.

Wärme flutet durch mein Herz. Es ist, als könnte die Seele tanzen, und ich verstehe das Gefühl »Liebe« nun auf eine völlig neue Art.

Plötzlich dringt eine aufgeregte Stimme aus dem Funkgerät. Worte in Swahili, die ich nicht verstehe, wohl aber den Klang, den kann ich einordnen. Irgendwo da draußen hat ein Fahrer etwas Seltenes entdeckt.

»Festhalten!«, ruft Luke uns zu, startet den Motor und braust los.

In einem Affenzahn rasen wir über die holprigen Wege. Ich halte mich an Sitz und Griff fest und werde trotzdem hin und her geworfen. Die Wolke aus rotem Staub, die wir hinter uns herziehen, nimmt jede Sicht nach hinten.

»Macht die Kameras klar!«, ruft Joe, während Luke den Pfad verlässt und unser Auto über Gras und Buckel saust. »Jetzt muss es schnell gehen.«

Ich kralle mich mit einer Hand im offenen Dach fest, die Kamera fest in der anderen. Weit und breit nichts als Savanne.

Trockenes Gras, nicht einmal eine Schirmakazie. Was zum Henker hat der andere Fahrer nur gesehen und wo?

Luke verlangsamt plötzlich die Fahrt, hält auf einen einsamen Busch zu und fährt im Schritttempo um ihn herum, stoppt dann mit laufendem Motor.

Und da sind sie auf einmal. Mir stockt der Atem, das Herz steht still. Ich sehe in zwei Augen, die in der tief stehenden Sonne golden leuchten. Und es ist, als blicke die Löwin bis in meine Seele.

Sie ist nicht allein. Neben ihr liegen zwei weitere Löwinnen und rund um sie mindestens sieben Babys, das Fell so blond wie das verdorrte Gras, die gut gefüllten Bäuche rund.

Ich vergesse fast, Fotos zu machen, so gefangen bin ich von diesem Moment.

Doch viel Zeit allein mit den majestätischen Tieren ist uns nicht vergönnt. Schon brausen weitere Autos heran, halten bei dem Busch, und die Passagiere fotografieren, während die Fahrer kreuz und quer und hin und her rangieren, um ihren Leuten die bestmögliche Sicht zu ermöglichen.

Die großen und kleinen Katzen stehen auf, strecken sich, als wäre nichts, dann marschieren die Löwinnen los, die Babys tapsen hinterher. Einfach so zwischen den Autos hindurch.

Es ist ihr Reich, ihr Revier. Wir sind nur die komischen Gestalten in den fahrenden Blechbüchsen und absolut kein Grund, sich aufzuregen.

So majestätisch und beinahe gelangweilt die Mütter davonschreiten, bin ich dennoch sicher, sie passen insgeheim ganz genau auf, was um sie und ihre Jungen herum vorgeht, zumal immer mehr Fahrzeuge ankommen.

Mir behagt das nicht. Die ganzen Autos, die sich gegenseitig behindern, vor den Kühler fahren, die Menschen darin, verrückt nach noch einem Foto und noch einem, denen es völlig egal ist, ob sie die Tiere damit bedrängen.

Ich wünsche mir, alle Motoren wären abgestellt und es herrschte Ruhe. Stille, in der Bescheidenheit liegt. Und Demut, diesen Tieren so nahe sein zu dürfen.

37

Die Sonne geht in einem halsbrecherischen Tempo unter. Das Licht über der Savanne ist rot, ehe es erlischt und einem Himmel voller funkelnder Sterne Platz macht.

Beim Essen sind wir alle zu müde zum Reden. Die Eindrücke des Tages sind so vielfältig, dass ich gar nicht weiß, wie ich sie so schnell verdauen soll, damit morgen wieder Platz für neue ist.

Zu gern würde ich nach dem Essen noch am Lagerfeuer sitzen, aber die Nacht ist kurz, und ein neuer ereignisreicher Tag liegt vor mir, an dem wir außerdem an der *Karibu Lodge* und damit bei Eva Kaiser ankommen werden.

Später in meinem Zimmer lade ich als Erstes die Kamera an der Steckdose auf. Ich habe tatsächlich an nur einem Tag den kompletten Akku leergeknipst. Dann stelle ich den Wecker und krieche nackt ins Bett.

Es ist stickig und heiß im Zimmer.

Ich bin versucht, das Fenster aufzumachen, um die Nachtkühle hereinzulassen, aber während der Inspektion bei Tageslicht habe ich einige Löcher in der Gaze entdeckt, und auf den Besuch der berühmten Anophelesmücke kann ich verzichten.

Ebenso auf Schlangen, Affen und was sonst noch nachts da draußen unterwegs sein mag.

Nach ein paar Minuten stehe ich noch einmal auf, befreie das Bett vom Moskitonetz, ziehe die Decke aus der Bettwäsche und werfe sie über den Stuhl.

Irgendwie muss ich wenigstens ein paar Stunden Schlaf bekommen.

Ich trage den Bettüberzug ins Bad und besprenkle ihn mit kaltem Wasser. Dann gehe ich zurück ins Bett.

Stockfinster ist es. Aber wenigstens ein bisschen frisch auf der Haut.

Gabriel liegt jetzt vermutlich auch schon im Bett.

Moment.

Gabriel?

Wieso fällt der mir jetzt ein?

Ich mache die Augen zu und konzentriere mich auf meinen Atem. Verbanne den Mann aus meinen Gedanken. Irgendwo an der Peripherie taucht Paul auf, dann Anne, Magda. Einen nach dem anderen sende ich fort, atme ein und aus, ein und aus und locke den Schlaf.

Wie wird es sein, Eva Kaiser zu begegnen? Was soll ich ihr sagen? Gebe ich mich gleich zu erkennen? Warte ich erst einmal ab? Was, wenn sie überhaupt nicht da ist?

Ich schlage die Augen auf und sehe nichts als Schwärze um mich herum.

Super. Mein Versuch, zur Ruhe zu kommen und zumindest ein paar Stunden Schlaf zu finden, ist gerade in einem Totalschaden geendet.

Ich bin hellwach.

Ich angle nach dem Handy, das ich neben mir ins Bett gelegt habe. Null Uhr fünfzehn zeigt das Display an. Kein WLAN. Ist vielleicht auch besser so.

Anne. Ja, Anne würde ich jetzt wirklich gern anrufen und ihr von all dem erzählen, was ich heute erlebt habe. Aber ohne WiFi ist das viel zu teuer.

Dabei hätte sie bestimmt ein oder zwei gute Ratschläge auf Lager, wie ich das mit Eva Kaiser angehen soll.

Blöderweise habe ich überhaupt keinen Plan. Wenn ich ehrlich bin, habe ich nicht einmal darüber nachgedacht. Ziemlich dumm von mir. Jetzt heißt es also improvisieren.

Aber vielleicht ist das am Ende gar nicht so schlecht. Ich werde einfach erst einmal schauen, wie sie wirkt. Was für eine Frau sie ist. Dann werde ich weitersehen.

38

Kurz bevor mein Handywecker klingelt, wache ich auf. Noch immer ist es stockfinster im Zimmer und die Luft weitaus stickiger als am Abend zuvor.

Anopheles hin oder her, ich brauche Luft.

Ich wühle mich aus dem Moskitonetz, mache die kleine Lampe an, trete an das Fenster und verwerfe meinen Plan sofort.

An der Gaze kleben unzählige kleine und größere Echsen. Zu gut entsinne ich mich, wie groß die Löcher sind. Ich habe keinerlei Bedürfnis, all diese Kriechtiere im Nullkommanichts in meinem Zimmer zu haben, weil es hier drin so schön warm ist.

Stattdessen stelle ich mich so lange unter die kalte Dusche, bis ich tatsächlich fröstle. Dann springe ich in meine Klamotten, werfe die restlichen Sachen in meine Tasche und trete aus dem Zimmer.

Im Restaurantbereich sind die Köche noch dabei, das Frühstücksbüfett aufzubauen. Die Lampen werfen nur gedämpftes Licht, in dem alles verschlafen wirkt.

Ich nehme mir einen Kaffee und trage ihn zu einem Tisch vorn am Geländer, wo etwas kühlere Luft hinweht.

Unten am Wasserloch ist nichts los. Dafür sind die Mungos schon oder immer noch aktiv.

Die flinken Tiere wuseln auf den Felsen umher und machen dabei ihre lustigen kleinen Geräusche, die mich beim Abendessen völlig irritiert haben, bis einer der Kellner mir erklärt hat, dass sie von den Mungos stammen. Jetzt nehme ich sie schon wie selbstverständlich hin.

Erstaunlich, wie schnell man sich an etwas gewöhnt, und sei es zunächst noch so fremd. Egal, ob es Zebras, Elefanten oder eben Mungos sind.

Meine Safaripartner und ich frühstücken nur wenig. Keiner von uns bekommt so früh am Morgen viel hinunter. Richtig gesprächig sind wir auch nicht, und dieses Mal liegt es nicht nur an der Sprachbarriere. Aber zumindest der Kaffee tut gut. Und die heiße Suppe erst recht.

Es ist immer noch recht dunkel, als wir die Lodge verlassen. Auf dem Parkplatz davor ist kaum etwas los, aber Luke und Joe stehen bereits parat.

Es war ihre Idee, früher als der Rest zu starten, um eine größere Strecke zurücklegen zu können und so eine von den üblichen Routen etwas entlegenere Gegend durchforsten zu können.

»Alles fit?«, fragt Joe vergnügt und macht nicht den Eindruck, als wäre er auch nur im Geringsten müde.

Als wir unten in der Savanne ankommen, ist die Sonne zwar noch nicht aufgegangen, aber das Licht ist bereits über den Horizont gekrochen.

Silbrig blau tunkt es die Ebene in diffuse Farbtöne. Die rote Erde trägt einen Hauch Lila, das gelb verdorrte Gras wirkt grünlich, und das Blattwerk der vereinzelten Büsche und Bäume scheint dunkelgrün, jedoch kraftlos und ohne jedes Strahlen. Die Berge in der Ferne, gestern noch sattgrüne Kolosse, liegen blaugrau unter dem milchigen Himmel.

Eine gigantische Herde Büffel steht nahezu reglos im Gras.

»Das sind in etwa tausendfünfhundert Tiere«, klärt Joe uns auf, während Luke den Wagen stoppt.

Die dunkelbraunen Büffel mit ihren geschwungenen Hörnern glotzen uns mit einem Blick an, der mehr Provokation als Neugier ist. Diese stillen Giganten sind mir unheimlich. Ich würde ihnen alles zutrauen, so wie die da stehen, und ich bin froh, mich in einem Auto zu befinden, und gleichzeitig nicht ganz sicher, ob das vor dieser Zahl von bulligen Tieren auch wirklich Sicherheit garantiert.

Umso wohler ist mir, als Luke endlich weiterfährt.

Während die Sonne den Himmel erklimmt, fahren wir auf einsamen Wegen durch den Nationalpark Tsavo Ost.

In einem hohen Baum schläft eine ganze Affenbande. Geschickt nutzen die Tiere die Astgabeln, in die sie sich geklemmt haben, um entspannt zu schlummern.

Hoch am Himmel kreisen Geier über der Ebene, Zebras, Gnus, Impalas und Elefanten saufen nebeneinander an einem Wasserloch, und Giraffen fressen einer Schirmakazie, die kleiner als die Langhälse ist, die Krone ab.

In diesem wunderbaren Moment reicht es mir vollauf, hier in diesem offenen Auto zu stehen, den Fahrtwind in den Haaren, und die Erde und das knochentrockene Gras zu riechen, während das Licht sich ändert, ein weiterer Tag sich aufmacht, seine Geschenke mit warmen Händen zu verteilen.

Das Land, die Gerüche, alles sauge ich in mich ein, nehme es so tief in mich auf, dass es für immer in mir bleiben wird. Dass ich es jederzeit werde wieder aufleben lassen können, in meinen Erinnerungen, meinem Herzen, meiner Seele.

Nie hätte ich gedacht, dass ein Ort – und von allen Orten ausgerechnet Afrika – das mit mir machen könnte. Dass ich zu dieser tiefen Ruhe in mir finde, die mehr ist als Zufriedenheit, mehr als Glück.

39

Je weiter wir in den Nationalpark Tsavo West hineinfahren, desto stärker verändert sich die Landschaft. Die flache Savanne mit ihrem verdorrten Gras bleibt hinter uns zurück, vereinzelte Lavakegel tauchen auf, Felshügel und -kämme erheben sich bis in eine Höhe von achtzehnhundert Metern.

Wo eben noch Schirmakazien und dürre Büsche der Trockenheit trotzten, findet sich nun dichte Vegetation. Die Luft ist feucht und voller Gerüche von saftigem Grün, die Erde nicht mehr rot, sondern beigebraun.

Luke fährt langsam. Joe, das polnische Pärchen und ich halten unentwegt Ausschau nach Tieren, doch in den dichten Galeriewäldern längs des Tsavoflusses ist es für das ungeübte Auge schwer, etwas auszumachen.

Eine Straußenfamilie taucht etwas weiter vorn auf, und Luke drosselt das Tempo auf Schrittgeschwindigkeit.

Drei große Rennvögel treten auf den Weg, zwei gehen voran, der dritte bleibt stehen und sieht zu uns. Aus dem dichten hohen Gras trippeln sieben Straußenbabys, die kleinen Körper kugelrund auf viel zu hohen dünnen Beinen.

Luke hält an und lässt die Familie in Ruhe ihres Weges ziehen. Erst als sie ein großes Stück entfernt von uns im Dickicht verschwinden, schaltet er den Motor wieder an und fährt weiter.

»Viele Tiere werden wir jetzt nicht mehr finden.« Joe dreht sich auf dem Beifahrersitz halb zu uns um. »In der Mittagshitze suchen alle Schatten, und bei der dichten Vegetation sind die gut getarnt.«

»Wir hatten schon so viel Glück«, sage ich und meine es genau so, »da macht es nichts, wenn wir jetzt vielleicht leer ausgehen.«

»Das werdet ihr bestimmt nicht«, protestiert Joe, »am Nachmittag und frühen Abend kommen viele Tiere zum Tsavofluss, und morgen haben wir schließlich auch noch einen ganzen Tag.«

Wir biegen um eine Kurve, und Luke bremst abrupt. Ich knalle mit der Seite gegen die Kante des offenen Dachs, kann mich aber gerade noch abstützen.

»Sorry«, flüstert Luke und zeigt nach vorn, »da oben, im Baobab, seht ihr den Leoparden?«

Ich suche den Baum mit den Augen ab, bis ich die Katze entdecke. Der Leopard liegt entspannt auf einem dicken Ast, den Kopf in einer Astgabel, die Augen geschlossen. Seine vier Pfoten und der Schwanz hängen schlaff herunter.

»Wenn man ihn so sieht«, sage ich leise, »könnte man meinen, der ist ein ganz knuffiges Kuscheltier.«

Luke und Joe lachen verhalten.

Die polnische junge Frau schiebt sich vorsichtig neben mich, legt mir den Arm um die Schultern und drückt mich. Tränen laufen ihr über die Wangen. »So beauty«, haucht sie atemlos, und ich kann spüren, wie sie zittert.

Der Leopard öffnet die Augen und sieht uns an, bleckt die Zähne und faucht.

Einen atemlosen Moment lang fürchte ich, er springt direkt auf unseren Wagen. Luke gibt mit angezogener Bremse Gas, der Motor heult auf, der Leopard springt vom Baum und verschwindet im Gebüsch.

Ich atme auf. »War das gefährlich?«, will ich wissen.

Joe wiegt den Kopf. »Der war genervt. Wir haben seinen Mittagsschlaf gestört.«

Nach einer weiteren halben Stunde Fahrt, in der nur ein paar Zebras und Giraffen unseren Weg kreuzen, nähern wir uns der *Karibu Lodge*.

Mehrere mannshohe Zelte auf flachen Holzpodesten stehen locker verteilt am Ufer des Tsavoflusses. In der Mitte befindet sich ein großes Zelt, Restaurant und Küche, vermute ich, davor sind Tische und Stühle im Gras unter Schatten spendenden Bäumen gruppiert.

Es gibt keinen Zaun, keinen Pool, nichts, was Luxuscamps zu bieten haben. Ich freue mich darauf, mich zwei Nächte und Tage lang wie eine echte Abenteurerin fühlen zu dürfen, die mitten in der Wildnis campiert.

Und bin sehr gespannt auf die Begegnung mit Eva Kaiser.

Luke parkt das Auto unter einem Baum. Ein Mann kommt uns entgegen. Er ist schlank, hat lange Beine und trägt die traditionelle Kleidung der Massai. Das rote Tuch ist über seiner linken Schulter geknotet, um Hals und Handgelenke hängen zahlreiche bunte Perlenketten. Seine Füße stecken in einer Art Flipflops aus Leder und Sisal. »Karibisha«, heißt er uns auf Swahili willkommen, dann wechselt er ein paar Sätze mit Luke und Joe, während wir abwartend danebenstehen.

»Ihr könnt eure Taschen in eure Zelte stellen«, sagt Joe und geht hinter dem Massai her, »dann sollt ihr direkt zum Mittagessen in das große Zelt kommen.«

Mein Zelt und das des polnischen Paars stehen nebeneinander. Ich trete auf das flache Holzpodest, das gleichzeitig

Boden und Terrasse ist und von dem aus ich einen unverstellten Blick auf den Fluss habe, trage meine Tasche durch den geöffneten Eingang und sehe mich um.

Ein Bett mit Moskitonetz darüber, links und rechts daneben jeweils ein kleiner Tisch mit einer Petroleumlampe darauf, an einer Seite eine Art Sideboard, auf das ich meine Tasche stellen kann, auf der anderen in der Ecke ein abgeteilter Bereich, in dem sich eine Toilette, ein winziges Waschbecken und eine Dusche befinden, das ist schon alles. Es gibt keinen Spiegel, keinen Schrank, keine Elektrizität. Dafür ist das Bett ausgesprochen bequem, wie ein erster Test ergibt.

Ich stehe mitten in meinem äußerst spartanischen Reich und frage mich, wie ich es finde, hier zwei Nächte zu verbringen. Und was jemand wie Eva Kaiser wohl dazu treibt, tagein, tagaus so zu leben, ohne jeden Luxus, nicht einmal mit den grundlegendsten Annehmlichkeiten des modernen Lebens, wie zum Beispiel Strom.

Aber ich bin gewillt, mich darauf einzulassen, auf dieses Abenteuer, auf das ganz andere, Fremde. Mehr noch, ich bin ausgesprochen neugierig darauf und kann es kaum erwarten zu erfahren, wie es sein wird, wenn die Nacht hereinbricht, der jetzt so stille Dschungel um uns zum Leben erwacht und ich nahezu schutzlos allein in diesem Zelt im Bett liege.

In der Mittagshitze raschelt kein Blatt, zirpt nicht einmal eine Grille. Auch der Tsavo fließt lautlos und träge dahin. Fast könnte man denken, es gäbe hier weit und breit kein Lebewesen.

Aber nachts, wenn die Sonne nicht vom Himmel brennt, wenn Jäger und Gejagte aus ihren Verstecken kommen auf der Suche nach Nahrung und Wasser, wie wird es dann sein? Hört man das Stampfen von Elefanten? Affengeschrei? Löwengebrüll? Und wie fühlt es sich wohl an mit nichts außer dünnen Zeltwänden als Schutz?

Ich bin gespannt, ob ich überhaupt schlafen werde.

40

Die *Karibu* folgt einem anderen Ansatz als die meisten Lodges. Das merken wir beim Mittagessen, das wir gemeinsam mit Joe und Luke an einem Tisch vor dem Restaurantzelt unter einem Baobab einnehmen.

»Das ist die einzige Lodge, in der Guides, Fahrer und Gäste zusammen essen«, klärt Joe uns auf, während er seine Suppe löffelt. »Die *Karibu* ist dafür bekannt. Sie will eine Art kenianisches Dorf sein, und es ist schon verrückt, dass ausgerechnet eine Deutsche sich das ausgedacht hat.«

»Oder logisch«, wende ich ein.

Joe sieht mich fragend an.

»Als Deutsche hat sie sich vielleicht Afrika genau deshalb ausgesucht, weil sie sich nach einer Gemeinschaft gesehnt und sie hier gefunden hat. Da finde ich es logisch, dass sie das Gefühl auch anderen Touristen vermitteln möchte.«

»Wir Guides und Fahrer fühlen uns dabei komisch«, entgegnet Luke und steht auf. »Wir sind es nicht gewohnt. Wir sind gern unter uns.«

»Habt ihr deshalb die *Karibu* normalerweise nicht im Programm?«

Er zuckt die Schultern und geht ins Restaurantzelt, in dem das kleine Büfett aufgebaut ist.

»Ich fand es gestern eigenartig, dass ihr nicht mit uns gegessen habt«, sage ich zu Joe und sehe mich ein weiteres Mal möglichst unauffällig um, in der Hoffnung, Eva Kaiser zu entdecken, wenigstens einen ersten Blick auf sie zu erhaschen. Aber sie taucht nicht auf. Weder am Büfett noch hier bei den wenigen Tischen noch irgendwo zwischen den Zelten, die locker verteilt im Gras stehen.

»Wieso? Für uns ist das völlig normal. In allen Lodges wird das so gemacht. Guides und Fahrer sitzen zusammen, reden. Wir kennen uns schließlich alle untereinander.«

Offenbar sehen wir das Thema aus völlig unterschiedlichen Perspektiven. Ich bin vermutlich genauso verwundert über die Sichtweise von Joe und Luke, wie die beiden es über meine sind. Ein Unterschied, der wohl nicht überwindbar ist, zumindest nicht jetzt. »Wie sieht das weitere Programm aus?«, wechsle ich lieber das Thema, bin mit den Gedanken jedoch eher bei der ängstlichen Frage, ob Eva vielleicht gar nicht vor Ort ist. Im Zweifel werde ich später jemanden von den Angestellten fragen müssen.

Joe schiebt sich das letzte Stück Fleisch in den Mund. »Nach dem Essen gehen wir auf eine Pirschfahrt. Wir fahren dabei zu einer Stelle, wo ihr den Kilimandscharo in voller Pracht sehen könnt.«

»Klingt gut.«

Die beiden Polen nicken.

»Nach dem Abendessen können wir entweder eine Nachtpirschfahrt machen, oder ihr setzt euch ans Lagerfeuer und beobachtet die Tiere, die an den Fluss kommen. Morgen früh gibt es die Möglichkeit, eine Morgenpirsch in der Dämmerung mit einem Frühstück in der Savanne zu machen. Tagsüber unternehmen wir entweder Pirschfahrten, oder wir besuchen das Rhinozeros Sanctuary. Wie ihr wollt. Und übermorgen fahren wir dann direkt nach dem Frühstück zurück nach Mombasa. Auf dem Weg sehen wir sicher noch ein paar Tiere.«

»Picknick I like.« Die Polin sieht ihren Mann mit glänzenden Augen an.

»Macht ihr das mal morgen früh allein.« Ich lege meine Hand auf ihren Arm und drücke ihn leicht.

»Really?« Sie hat gleich wieder Tränen in den Augen.

Ich nicke ihr zu. Sollen die beiden ruhig diese romantische kleine Auszeit haben. Schließlich ist es noch nicht allzu lange her, dass ich mir in einer ähnlichen Konstellation mit Paul auch gewünscht hätte, ein bisschen Zeit nur für uns an diesem magischen Ort verbringen zu können.

Ein Frühstück in der Wildnis, ganz allein, ohne die Betriebsamkeit einer Lodge, bei dem mit ein bisschen Glück eine Herde Elefanten oder Zebras in einiger Entfernung vorbeizieht – kann es etwas Romantischeres geben? Etwas, das die eine wunderbare Erinnerung unter den vielen schönen bleibt? Wohl kaum. Und ich kann vielleicht die Zeit für ein Gespräch mit Eva Kaiser nutzen.

»Thank you!«, sagt sie mit ihrem schweren polnischen Akzent, nimmt meine Hand und hält sie ganz fest.

»It's nothing«, winke ich ab und kann ihr Glück spüren, so stark strahlt es aus ihr.

41

Unsere Nachmittagspirsch ist deutlich ereignisreicher als die am Morgen. Kaum dass wir die Lodge verlassen haben, begegnen wir Giraffen mit Jungtieren. Die Kleinen sind für Babys reichlich hochgewachsen. Sie staksen auf dünnen langen Beinen durch die Büsche, wagen sich dicht ans Auto, bekommen dann Angst vor der eigenen Courage und rennen zu ihren Mamas zurück, die das Ganze mit großer Gelassenheit beäugen.

Je weiter wir uns vom Tsavofluss entfernen, desto lichter wird die Vegetation. Trotzdem gibt es hier immer noch mehr Bäume und Büsche als im Tsavo Ost.

Nach einer Weile Fahrt öffnet sich die Savanne und gibt den Blick auf den majestätisch in der Ferne aufragenden Kilimandscharo frei, Wolken umschmeicheln ihn, der Schnee auf der Kuppe wirkt wie Zuckerguss.

Joe hält an und macht den Motor aus.

Tausend Mal habe ich Bilder von diesem Berg gesehen, und wie immer in solchen Fällen ist mir der Anblick, jetzt in der Realität, seltsam vertraut und kommt mir gleichzeitig ganz neu vor. Als sehe ich den Berg zum ersten Mal und habe ihn bisher nur geträumt.

Die Fotoapparate klicken, die Polin redet mit ihrem Mann, aus dem Funkgerät dringt das übliche Stimmengemurmel. Und ich, ich wünsche mir sehnlichst einen Moment, in dem alle schweigen und ich nur schauen und all das hier in mich aufnehmen kann.

Ich will gerade darum bitten, da zeigt Joe schräg links nach vorn. »Cameras ready?«, flüstert er.

Ein Gepard kommt direkt auf uns zu.

»Keine Angst«, sagt Joe, »die sind nicht aggressiv, bleibt einfach ganz ruhig.«

Ich wusste nicht, dass ein Gepard so groß wird.

Das Maul leicht geöffnet, setzt er Pfote vor Pfote in jenem leicht o-beinigen Gang aller Katzen, trabt uns entgegen, als verfolge er einen Plan.

Je näher er kommt, desto deutlicher werden der im Verhältnis zum Körper kleine Kopf, die schlanke Statur, der kraftvolle Gang. Perfekte schwarze Tupfen überziehen sein hellbeiges Fell, lassen ihn mit seiner Umgebung verschmelzen, ja in den trockenen Farben der Savanne nahezu verschwinden.

Er läuft auf uns zu, und ich kann die dunklen Streifen sehen, die sich von Kinn und Nase bis zum Auge und weiter in die Stirn ziehen.

Der Gepard bleibt direkt vor dem Wagen stehen, betrachtet uns aus seinen bernsteinfarbenen Augen. Die Gedanken hinter seiner Stirn ein Geheimnis, das er nicht mit uns teilt.

Ich atme flach. Stehe reglos. Wage es nicht einmal, ein Foto zu schießen.

Und dann macht der Gepard einen mühelosen Satz, steht auf dem Autodach, und sein langer Schwanz baumelt herab, direkt vor meiner Nase.

»Ganz ruhig«, flüstert Joe kaum hörbar und legt den Zeigefinger auf die Lippen. »Der nutzt nur die Chance auf einen guten Beobachtungsposten.«

Das sagt sich so leicht, ganz wohl ist mir bei der Sache jedoch nicht.

Ich betrachte den Spalt zwischen Karosserie und aufgestelltem Dach, zähle die Tupfen auf dem Schwanz, beäuge die schwarze Spitze und frage mich, ob der Gepard wohl da durchpasst.

Lautlos geht das Tier oben umher, man weiß das nur, weil der Schwanz die Position wechselt. Mal erscheint er links, mal rechts, dann wieder vorn oder hinten.

Joe und Luke sehen sich an.

»Was, wenn er auf die Idee kommt, es sich auf unserem Dach gemütlich zu machen?«, flüstere ich, so leise ich kann.

Joe grinst. »Könnte passieren.«

Doch meine Befürchtung bewahrheitet sich nicht. Offenbar hat der Gepard genug gesehen, denn er landet mit einem eleganten Satz lautlos rechts neben dem Wagen im verdorrten Gras und schreitet davon, ohne uns noch eines Blickes zu würdigen. Offenbar sind wir keiner weiteren Beachtung wert.

Ich atme auf und spüre die Anspannung von mir abfallen wie ein viel zu schwerer Mantel.

»Jetzt fehlt euch für die Big Five nur noch ein Rhinozeros«, stellt Luke zufrieden fest und grinst, »und das bekommen wir spätestens heute Abend am Fluss zu sehen.«

42

Beim Abendessen, als meine Hoffnungen schon fast auf dem Boden zerschellt sind, kommt sie plötzlich aus der Schwärze des nächtlichen Dschungels. Parkt ihren Jeep, auf dem das Logo der Lodge an der Seite prangt, springt aus dem Wagen und wird von ihren Leuten herzlich begrüßt, die sofort alles Mögliche auszuladen beginnen.

Eva Kaiser. Das muss sie sein. Eine große, schlanke Frau in beigefarbenen Cargohosen, einem weißen Baumwollhemd und Trekkingschuhen, die Haare zu einem lockeren Zopf geflochten, umgeben von der Aura einer selbstbewussten Frau, die mitten im Leben steht.

Ich sehe ihr zu, wie sie von Tisch zu Tisch geht, während ihre Leute im Lichtkegel der Autoscheinwerfer Kisten und Säcke in das Küchenzelt tragen, und vergesse dabei zu essen.

Mit einem »Good evening« tritt sie jetzt zu uns an den Tisch. »I'm Eva, the owner of the lodge. I hope, all is fine?«

In der nur von Fackeln und Laternen erleuchteten Dunkelheit mustere ich verstohlen ihr Gesicht. Die geschwungenen Brauen, die markanten Wangenknochen, die warmen Augen, das starke Kinn erinnern mich an Magda.

Eine gut dreißig Jahre jüngere Version meiner Nachbarin steht vor mir. Nach allem, was Magda mir erzählt hat, muss Eva Anfang fünfzig sein, aber sie wirkt jünger.

»We're fine.« Joe und Luke reichen ihr nacheinander die Hand.

»Ihr seid das erste Mal hier, oder?«, fragt sie die beiden.

Joe nickt und zeigt auf mich. »Alex aus Deutschland wollte unbedingt in diese Lodge.«

Ich könnte ihn umbringen, aber woher sollte er wissen, dass er mich mit dieser Bemerkung auf gefährliches Terrain bugsiert.

»Tatsächlich?« Prompt mustert Eva mich skeptisch.

»Ich mag es, dass die Lodge so klein ist und am Fluss liegt«, versuche ich meinen Kopf aus der Schlinge zu ziehen, ohne Eva anzulügen, denn das wäre ein denkbar schlechter Start, den ich früher oder später aufklären müsste. Und das würde bei jemandem, der sich absichtlich verkrochen hat, am Ende noch dazu führen, dass sie mich den Tieren vor ihrer Haustür zum Fraß vorwirft.

»Ich lasse gleich das Lagerfeuer entzünden.« Sie zeigt auf die leere Feuerstelle etwas weiter vorn Richtung Flussufer. »Nehmt nach dem Essen einfach euren Stuhl mit und setzt euch dorthin. Die Tiere kommen am anderen Ufer zum Trinken, und vermutlich steigen auch ein paar Hippos aus dem Fluss, um Gras zu fressen. Das Feuer sollte genug Licht spenden. Oder geht ihr auf Nachtpirsch?«

Ich schüttle den Kopf. »Ich bin relativ müde.«

Eva Kaiser lacht. Es klingt warm und dunkel wie ihre Stimme. »Safari ist anstrengend.«

»Ja, aber …«, ich zucke die Schultern, »trotzdem das Beste, was ich bisher im Leben gemacht habe.«

»Freut mich, das zu hören. Schönen Abend noch.« Sie wendet sich ab, macht einen Schritt und dreht sich dann erneut zu uns um. »Einer meiner Massai bietet übrigens an, dass man mit ihm ganz früh am Morgen auf Fußpirsch gehen kann. Wenn Interesse besteht, sprecht mich einfach an.«

»Das würde ich wirklich sehr gern machen.« Bin ich irre? Zu Fuß durch die Savanne?

»Okay.« Eva nickt mir zu. »Ich geb Patita Bescheid. Er holt dich dann morgen früh um sechs vor deinem Zelt ab. Zieh festes Schuhwerk an. Das hast du doch dabei, hoffe ich?«

Ich hebe mein linkes Bein. »Die genügen, oder?«

»Die sind sehr gut«, stellt sie anerkennend fest. »Ihr glaubt es gar nicht, aber wir haben hier regelmäßig Touristen, die auf einer Safari nur in Flipflops unterwegs sind.«

Die Polin zieht ihre Füße tiefer unter den Tisch.

Ich weiß, sie hat lediglich Trekkingsandalen dabei. Immer noch besser als Flipflops, aber in einer Gegend, in der es vor allem nachts von Schlangen und allerlei anderen Kriechtieren nur so wimmelt, natürlich nicht gerade ideal.

»Patita bringt dir einen Kaffee mit, Alex. Frühstück gibt es dann nach der Fußpirsch.« Sie sieht erst die Polin, dann deren Mann an. »Und ihr?«

Die Polin schüttelt den Kopf und sieht erschrocken aus. Der Gedanke, zu Fuß durch die Savanne zu gehen, scheint ihr gar nicht zu behagen.

»Die zwei wollen gern mit dem Auto auf Sonnenaufgangspirsch«, antwortet Joe.

»Mit Picknick?«

Er nickt.

»Alles klar. Ich gebe in der Küche Bescheid, die packen euch alles ein. Ihr könnt einen Tisch und Stühle mitnehmen, dann müsst ihr nicht im Gras sitzen. Das ist jetzt am Ende der Trockenzeit so verdorrt, da piekt es entsetzlich. Das muss ja nicht sein.«

Ich sehe ihr nach, wie sie langsam fortgeht und dann im Küchenzelt verschwindet, und frage mich, wie ich es wohl anstellen soll, sie auf ihre Mutter anzusprechen.

Eva Kaiser kommt mir sehr selbstbewusst vor. Kein Wunder, sie ist hier der Boss, und das bereits seit einigen Jahren.

Sie ist es gewohnt, zu sagen, wo es langgeht, und dass ihre Anordnungen befolgt werden. Ich glaube kaum, dass man sie dazu überreden kann, über ein Thema zu sprechen, von dem sie nichts hören will.

Und genau das ist ihre Familie, wenn ich mich nicht irre.

Ein Thema, mit dem sie nichts mehr zu tun haben will.

43

Ich sitze in meinem bequemen Stuhl am Lagerfeuer, eine Flasche Bier in der Hand, und kann mich nicht sattsehen. Am gegenüberliegenden Flussufer, gerade noch im Schein des Feuers auszumachen, versammeln sich Tiere um Tiere und stillen ihren Durst.

Elefanten, Zebras, Gnus, Rhinozerosse und sogar Löwen trinken aus dem Fluss. Jäger und Gejagte stehen Seite an Seite, das lebensnotwendige Nass ist wichtiger als Hunger und Instinkt.

Eine ganze Herde Hippos kommt mit der Strömung den Fluss herunter. Die lustig aussehenden Tiere mit ihren hervorstehenden runden Augen und den kleinen Öhrchen steigen aus dem Wasser und machen sich über das saftige Gras am Ufer her. Ihre schmatzenden Geräusche dringen bis zu mir.

»Man kann sich von diesem Anblick kaum trennen, nicht wahr?« Eva Kaiser zieht einen Stuhl neben meinen und setzt sich. »Du wirst es kaum glauben, ich wohne seit knapp fünf Jahren hier, und es geht mir immer noch genauso.« Sie prostet mir zu.

Ich weiß nicht, welchem glücklichen Umstand ich es zu verdanken habe, dass sie von ganz allein das Gespräch mit mir sucht, und vielleicht ist es auch einfach nur die Tatsache, dass ich aus Deutschland komme, aber ich will mir diese Gelegenheit auf keinen Fall entgehen lassen. »Was hat dich ausgerechnet hierher verschlagen?«

Sie schlägt ein Bein locker über das andere, legt den rechten Unterschenkel auf dem linken Oberschenkel ab und wippt mit dem rechten Fuß. »Ich habe hier Frieden gefunden«, sagt sie schließlich, »etwas, an das ich nicht mehr geglaubt habe.«

Der Satz ist ein Türöffner, aber ich bin nicht sicher, ob ich auch hindurchgehen kann. Sie weiß nicht, wer ich bin und warum ich jetzt hier sitze. Sie ahnt nicht, welche Steilvorlage sie mir soeben präsentiert hat. Und ich habe nicht vor, das auszunutzen und so Gefahr zu laufen, jede Sympathie sofort zu verspielen.

Andererseits weiß ich auch nicht, wie ich mich auf gefahrlose Art zu erkennen geben soll.

»Und du? Was hat dich nach Afrika getrieben?«

Was sage ich darauf bloß, ohne zu lügen oder das Fass aufzumachen? Die berühmte Quadratur des Kreises, die Falle, aus der ich nicht entkommen kann. Was bleibt mir übrig, als alles auf eine Karte zu setzen? »Ich habe dich gesucht«, halte ich das brennende Zündholz an die Lunte und warte darauf, dass die Bombe hochgeht.

»Mich?« Sie sieht mich an, und in ihrem Blick liegen Unglaube, Verwirrung und Ärger nah beieinander. Ein Dreier, ein toxisches Sandwich.

»Magda, deine Mutter, ist meine Nachbarin«, hole ich tief Luft und setze zu einer Erklärung an.

Der Bulle der Elefantenfamilie trompetet plötzlich so laut, dass ich fast vom Stuhl falle vor Schreck. Am gegenüberliegenden Flussufer spritzt Wasser auf. Die Zebras galoppieren in die Dunkelheit. Ein Krokodil schnappt sich das Gnu, das nicht schnell genug davonkommt, zieht es ins Wasser. Die schwarze Oberfläche brodelt, die anderen Gnus stieben in alle Richtungen fort vom Flussufer, die Elefantenkinder drängen sich unter die Bäuche ihrer Mütter, und nur die Rhinozerosse rühren sich nicht vom Fleck und glotzen unbeteiligt.

So unvermittelt es angefangen hat, so schnell ist es zu Ende. Die Wasseroberfläche beruhigt sich, die Zebras und Gnus sind geflohen, während sich die Löwen dem Ufer wieder nähern, schließlich die Schnauzen senken und trinken. Nur die Elefanten treten noch etwas nervös von einem Fuß auf den anderen.

»Meine Mutter schickt dich also«, sagt Eva, als wäre nichts geschehen, »wer hätte das geahnt.«

»Sie wünscht sich eine Aussprache.« Ich schlucke, wische mir ein paar Tränen aus den Augen.

»Weinst du etwa?« Sie sieht mich stirnrunzelnd an.

»Das Gnu«, bringe ich mühsam hervor und schluchze auf, »das … das arme Gnu.«

»Das Krokodil hatte Hunger«, erwidert sie mit einem Achselzucken. »Und das Gnu war nicht schnell genug. So ist das eben. Alle wollen überleben. Manchmal kommt man davon, manchmal nicht.«

»Ich weiß.« Ich reibe mir über die Augen und komme mir furchtbar albern vor. Für Eva ist das Alltag, aber ich habe soeben zum ersten Mal live gesehen, wie ein Krokodil ein Tier reißt. Wie sollte mich das kaltlassen? Obwohl ich natürlich weiß, dass das Krokodil auch nur überleben will. »Mir tut das Gnu trotzdem leid. Außerdem bin ich sicher, über ein verhungertes Krokodil am Wegesrand würde ich ebenso weinen.«

Sie wirft den Kopf in den Nacken und lacht. »Das hab ich noch nicht gehört.« Doch dann wird sie sofort wieder ernst. »Und wie hast du mich gefunden?«, will sie wissen.

Ich erzähle ihr von meinem Besuch bei ihrer alten Charlottenburger Wohnung, meinen Nachforschungen im *Voyager Beach Resort*, dem Gespräch mit Katharina und betone extra, dass die Hotelmanagerin sie nicht verraten hat. »Deiner Mutter habe ich übrigens nicht gesagt, wie deine Lodge heißt«, sage ich am Ende meiner Ausführungen, »und wenn du nicht willst, dass sie es erfährt, werde ich es auch nicht tun.«

»Ich hätte nie gedacht, dass sie mich hier findet.«

»War auch nicht leicht. Und im Grunde habe ich nur Glück gehabt, dass Bernd geplaudert hat.«

»Bernd?«

»Er ist mit Katharina vom *Bahari* befreundet und war dabei, als ich sie nach dir gefragt habe.«

»Ach so. Das ist der Typ, der jedes Jahr kommt, nicht wahr? Ich habe ihn mal getroffen, als ich gerade erst ein paar Wochen in Kenia war. Vermutlich erinnert er sich nicht.«

»Ohne ihn hätte mir Katharina nicht verraten, wo ich dich finde.«

»Na ja, sie liegt mir schon immer wieder in den Ohren, ich solle mit meiner Mutter reden. Aber sie mischt sich eben nicht ein.«

So ist das also, denke ich. Interessante Information. Immerhin bedeutet es, dass Eva zumindest mit ihren Freunden darüber spricht, dass sie den Kontakt zu ihrer Familie abgebrochen hat. Und das wiederum heißt, es ist ihr nicht egal. Also ist auch für Magda noch nicht alles verloren.

»Deine Mutter hat mir den hier mitgegeben.« Ich ziehe den Briefumschlag aus der Hosentasche und reiche ihn ihr. »Ich hab keine Ahnung, was drinsteht, aber vielleicht liest du ihn und schläfst eine Nacht drüber. Oder auch zwei.«

»Hat sie dir wirklich gar nichts gesagt?«

»Nicht viel. Nur dass sie viele Fehler gemacht habe. Und dass sie sich mit dir aussprechen will, ehe sie stirbt.«

»Ist sie krank?«

Ich schüttle vehement den Kopf. »Nein, ich glaube, sie bereut da etwas.« Ich trinke mein Bier aus und stehe auf. »Und sie vermisst dich.«

44

Als ich schließlich in meinem Zelt im Bett liege, geht mir das Gespräch mit Eva im Kopf herum.

Habe ich es richtig gemacht? Genug gesagt, aber nicht zu viel? Sie nicht in die Enge getrieben? Nicht gedrängt?

Ich weiß es nicht. Ich kann es nur hoffen. Für Magda, aber auch für sie selbst.

Müde und zugleich hellwach liege ich da. Die kleine Petroleumlaterne neben meinem Bett spendet wenig Licht, denn ich habe die Flamme weit heruntergedreht. Sie ganz auszulöschen, traue ich mich nicht, denn dann wäre es so stockdunkel, dass ich fürchte, die Streichhölzer nicht zu finden, um sie wieder anzuzünden, wenn ich Licht brauche. Das Moskitonetz um mich wirft diffuse Schatten.

Es ist warm im Zelt, aber bei Weitem nicht so stickig wie letzte Nacht in meinem Zimmer in der *Voi Lodge*.

Wie angeraten, habe ich den Reißverschluss am Zelteingang bis nach unten zugezogen. Ich fühle mich erstaunlich sicher, auch wenn ich keine Tür abschließen kann und mitten in der Wildnis kampiere. Nur die Geräusche sind mir fremd.

Ich muss an Abenteuerbücher denken, die ich als Jugendliche gelesen habe und in denen meist die Rede davon war, dass es im Dschungel nachts extrem still sei.

Weit gefehlt. Von still kann überhaupt keine Rede sein.

Die Hippos schmatzen, das Flusswasser gluckst leise in der Ferne, etwas kratzt an meiner rechten Zeltwand. Vermutlich Affen, sage ich mir und muss lächeln.

Das arme Gnu fällt mir wieder ein, und für einen Moment überkommt mich Traurigkeit.

Unser Leben ist so vergänglich. Kaum sind wir auf dieser Welt, müssen wir sie schon wieder verlassen. Und dazwischen bleibt kaum Zeit, all die Wunder, all die schönen Orte zu sehen und zu verstehen.

Jeden einzelnen Moment sollten wir genießen, aber wir hetzen durch das Leben, immer auf der Suche nach dem nächsten Erfolg, dem größeren Verdienst, dem beeindruckenderen Besitz. Und dabei rennen wir an dem vorbei, was uns wirklich glücklich machen kann.

Übersehen den Menschen, der zu uns passt, weil wir den perfekten Partner suchen, den Job, der uns zufriedenstellt, weil wir nach der großen Karriere lechzen. Größer, schneller, weiter. Mehr, mehr, mehr. Darauf sind wir aus. Und dabei ist weniger am Ende vielleicht das ganz Große.

Was sind all die materiellen Dinge schon wert, wenn niemand da ist, der unsere Hand hält, mit uns lacht oder auch weint, weil ein Gnu gefressen wurde? Wieso meinen wir, von allem so viel zu brauchen, wenn doch ein Bett in einem Zelt mit einem Moskitonetz darüber genug ist? Wieso wollen wir in einem fort so viel erreichen, wenn es uns darum gehen sollte, dass diejenigen, die wir lieben, glücklich sind?

Will ich zurück? In meinen Job? Mein Leben?

Ich weiß es nicht. Zum allerersten Mal in meinem Leben weiß ich nicht, was ich will. Wie es weitergehen soll. Ich, die

Frau, die immer einen Plan und dazu noch für alle Fälle mindestens Plan B, wenn nicht sogar C und D hat, hat nun gar nichts mehr. Und das hat verdammt wenig damit zu tun, dass mir vor wenigen Wochen mein Leben um die Ohren geflogen und Paul verschwunden ist. Vermutlich war das nicht einmal der Zünder, auch wenn es dazu geführt hat, dass ich jetzt hier liege und nicht schlafen kann.

Und auf einmal wünsche ich mir, Gabriel wäre hier. Gabriel mit seiner ruhigen, ausgeglichenen Art. Mit seiner Unaufgeregtheit und dieser unvergleichlichen Es-wird-schon-alles-irgendwie-gut-Haltung. Mit diesem sagenhaften Verständnis für alles und jeden und der unermesslichen Toleranz. Wo nimmt der Mann das nur her?

Es muss in ihm stecken. Anders geht das gar nicht. Und was weiß ich schon von ihm? Nicht viel.

Vielleicht bringt das ja die Arbeit als Arzt im Krankenhaus mit sich. Wenn man all die Kranken sieht und heilt oder auch die, denen man nicht helfen, sondern die man nur beim Sterben begleiten kann. Mag sein, dass einen das gelassener werden lässt.

Als Arzt hat man vermutlich irgendwann alles schon mal gesehen oder erlebt. Da schreckt einen so schnell nichts mehr. Und man versteht wahrscheinlich die Endlichkeit aus einer ganz anderen Warte. Die Prioritäten verschieben sich, das ganze Wertesystem. Man akzeptiert den Tod als Teil des Lebens und begreift, was wirklich wichtig ist.

Gabriel hätte zwar um das Gnu keine Träne vergossen, wohl aber mich zu trösten gewusst.

Oder bilde ich mir das jetzt nur ein? Verkläre ich ihn etwa in meiner erschöpften Schlaflosigkeit? Weil ich mir das so sehr wünsche? Dass er so wunderbar und unerschrocken und verlässlich ist? Der berühmte Fels in der Brandung, während mein

Leben sturmgepeitscht ins Chaos stürzt? Wünsche ich mir das wirklich?

Ich taste neben mir herum, bis meine Fingerspitzen das Handy fühlen. Ich nehme es hoch, drücke auf den Home-Knopf. Das Display leuchtet auf.

Kein WLAN, nur noch fünfundzwanzig Prozent Akkuladung und keine Steckdose weit und breit.

45

Es ist noch stockfinster, als ich aus meinem Zelt trete. Die Luft ist feucht und riecht nach Erde und Gras. Wie sich herausstellt, ist Pitata der junge Massai, der uns bei unserer Ankunft in der *Karibu Lodge* in Empfang genommen hat.

Er steht mit einem Speer in der einen und einem Becher Kaffee in der anderen Hand parat und lächelt mich an. »Good morning«, sagt er leise, »bereit für das große Abenteuer?«

Ich nicke, trinke einen Schluck Kaffee und ignoriere tapfer das Flattern im Bauch. »Ist das alles, was du zu unserer Verteidigung dabeihast?« Ich zeige auf seinen Speer.

Pitata lächelt. »Können wir los?«

Ich trinke den Kaffee aus und stelle den leeren Becher auf den kleinen Tisch. »Na dann«, spreche ich mir selbst Mut zu.

Wir verlassen das Camp und folgen dem Flusslauf, halten aber – wegen der Krokodile, vermute ich – viel Abstand zum Ufer. Der fast volle Mond ist unser einziges Licht.

»Du bleibst immer schön in meiner Nähe«, erteilt Pitata mir die ersten Anweisungen. »Egal, was passiert, du bleibst ruhig, machst keine hektischen Bewegungen, und vor allem rennst du niemals weg.«

Als ob ich so dumm wäre, mich von seinem Speer mehr als einen Meter zu entfernen. Ich frage mich, was als Nächstes kommt. Die Anleitung zur Flucht auf einen Baobab?

»Du bleibst nicht unter einem Baum stehen, es sei denn, ich gebe das Okay, und du redest nur leise mit mir. Alles klar?«

»Wieso nicht unter einem Baum?«

»Katzen schlafen sehr gern im Geäst.«

Katzen? Er meint gewiss keine Stubentiger. Ich beschließe, lieber keine weiteren Fragen zu stellen.

Eine Weile gehen wir schweigend nebeneinander her. Bis gerade eben war ich sicher, einen hervorragenden Orientierungssinn zu haben. Jetzt würde ich, wenn mich jemand fragte, glatt das Gegenteil behaupten.

In der Dunkelheit ist es nahezu unmöglich, sich zu merken, wo genau wir entlanggekommen sind und wie es zurück zum Camp geht. Der Weg schlängelt sich durch die dichte Vegetation, schlägt immer wieder Haken. Nach einer Viertelstunde könnte ich nicht mehr sagen, wo Norden oder Süden ist. Und auch der Sternenhimmel ist mir keine Hilfe, da ich ihn auf der Südhalbkugel nicht verstehe.

Ohne Pitata wäre ich hoffnungslos verloren, und das ist ein fremdes, ein eigenartiges Gefühl.

Nach einer Weile lichtet sich das Gebüsch. Wir treten auf eine große Ebene. Schier endlos erstreckt sich die Savanne, vom Mondlicht beschienen, und am Horizont verkündet ein silberner Streifen den nahenden Tag.

Pitata bleibt stehen, ich tue es ihm gleich.

Die Stille ist plötzlich so allumfassend, dass man sie wahrhaftig hören kann.

Ein Windzug streift mein Gesicht, und auf einmal kann ich es kaum fassen, dass ich wirklich hier stehe, nur mit einem Massai, mitten in der afrikanischen Wildnis. Dass ich unbewaffnet und völlig schutzlos hier sein kann, ohne Angst zu verspüren, und dass es sich so unglaublich gut anfühlt. Frei. Richtig. Und schwerelos.

Schwerelos.

Das ist es. Ein Gefühl, das ich bisher nicht kannte. Das mich ausfüllt, jede Faser meines Seins erreicht, mich mit Wärme und Licht flutet. Ganz viel Licht.

»Bereit zu lernen, wie man lautlos auf trockenem Gras geht?«, fragt Pitata und sieht mich an.

Ich nicke stumm.

Er nimmt meine Hand. »Der Schlüssel dazu ist die Langsamkeit. Und dass du dein Gewicht immer schön gleichmäßig verteilst.« Vorsichtig hebt er ein Bein und setzt den Fuß sehr langsam auf, wobei er gleichzeitig wie in Zeitlupe sein Gewicht nach vorn verlagert. »Verstanden? Jetzt du.«

Ich versuche, es genauso wie Pitata zu machen, spüre seine Hand, die mir Stabilität gibt, aber das Gras unter meiner Sohle knistert.

»Fast«, muntert er mich auf, als könne er meine Gedanken lesen. »Probier es einfach noch mal. Wir Massai können das auch nicht sofort. Es braucht Übung, wie alles im Leben.«

Ich versuche es noch ein paarmal. Mit jedem Schritt werde ich etwas besser, leiser. Aber es ist anstrengend, denn man benötigt viel Körperbeherrschung, um so langsam zu gehen und dabei nicht umzufallen.

Irgendwann gelingt es mir bei zwei, drei Schritten. Ich freue mich wie ein kleines Kind, und Pitata klopft mir anerkennend auf die Schulter.

»Lektion Nummer zwei«, sagt er schließlich.

Ich bin gespannt, was als Nächstes kommt.

»Schließ die Augen, Alex.«

Ich frage nicht, sondern vertraue ihm blind.

»Was riechst du?«

»Gras? Erde?«

»Gib dir Mühe.« Seine Stimme ist sanft. »Das ist garantiert nicht alles.«

»Ich weiß nicht.« Worauf will er nur hinaus?

»Dreh den Kopf ein wenig nach links. Und jetzt riech noch mal. Mach den Mund dabei auf, versuch zu schmecken, dann geht es besser.«

Ich tue, was er mir sagt, und lasse die Luft über meine Zunge gleiten. Ein Hauch von etwas Fremdem liegt als Ahnung darin. Vage erinnert er mich an etwas. Etwas, was noch nicht lange her ist. »Elefanten?« Ich schlage die Augen auf.

»Sehr gut.« Pitata nickt mit dem Kinn in die Richtung. »Sieh genau hin. Da ganz hinten, unter der Schirmakazie. Siehst du sie?«

Richtig: Unter dem einsamen Baum, gar nicht so weit entfernt, steht eine Elefantenfamilie. »Ist das nicht gefährlich, dass wir denen so nahe sind?«, flüstere ich.

Pitata schüttelt den Kopf. »Wir sind nur zu zweit und weit genug weg. Die verschlafen uns einfach. Aber schließ die Augen wieder und dreh den Kopf ganz weit nach rechts. Was riechst du jetzt?«

Es dauert einen Moment, ehe ich einen feinen Geruch wahrnehme, den ich nicht einordnen kann. »Keine Ahnung, ich kann's echt nicht sagen.«

»Affen.«

»Affen?« Ich starre in die Richtung, erkenne aber nichts.

»Man sieht sie nicht, aber sie schlafen in dem Baobab dort. Im dichten Geäst sind sie bestens getarnt.«

»Was ist mit Zebras?«, frage ich. »Ich schätze, die riechen ein bisschen wie Pferd?«

Pitata zuckt die Schultern. »Ich habe Pferde noch nie gerochen. Kann aber sein. Leider sind keine in der Nähe.«

»Und Löwen?« Nicht, dass ich mir welche in der Gegend wünsche, jetzt, da wir in der Savanne stehen, während die Sonne als riesiger Feuerball langsam den Horizont erklimmt.

»Die wirst du nie riechen, außer im Zoo. Sie halten sich immer dort auf, wo der Wind ihren Geruch von dir wegträgt.«

»Weil die Beute sonst die Flucht ergreift?«

»Genau.«

»Ich kann darauf verzichten, Beute zu sein.«

Pitata lacht. »Ich auch, glaub mir. Aber mach dir keine Sorgen.« Er wird wieder ernst. »Die Löwen wissen, dass wir Massai sie mit unserem Speer töten können. Sie meiden uns.«

»Und woher wissen sie, wer ein Massai ist?«

»Durch unsere rote Kleidung. Die Löwen haben gelernt, dass jeder, der in flammendem Rot daherkommt, eine echte Gefahr ist.«

Er beginnt in der für die Massai typischen Art zu hüpfen. Kerzengerade hebt er vom Boden ab, schnellt weit in die Höhe und kommt federnd wieder auf. Noch mal und noch mal tut er das, ehe er schließlich stehen bleibt und nicht ein bisschen außer Atem ist. »Lass uns auf diesen kleinen Erdhügel steigen«, sagt er, »gleich gibt es etwas zu sehen.«

Der Hügel ist nicht sonderlich hoch, vielleicht knapp eineinhalb Meter. Trotzdem hat man von oben einen besseren Blick.

»Siehst du die Impalas da vorn?«

»Klar.« Das braune Fell der Tiere leuchtet in der rot aufgehenden Sonne. Die dünnen Hörner heben sich schwarz gegen den riesigen Feuerball ab.

»Und jetzt schau nach links. Achte darauf, wie sich das Gras leicht bewegt. Folg der Bewegung.«

Noch ehe ich wirklich verstehe, was im Begriff ist zu geschehen, ist da eine Staubwolke. Die Impalas rennen los. Panische Flucht. Mein Herz rast mit ihnen. Alles geht so schnell, dass ich mit den Gedanken und dem Begreifen gar nicht hinterherkomme.

Dann legt sich der Staub, und eine Löwin steht majestätisch im orangeroten Licht, eine tote Impala im Maul.

Ich warte auf den Schmerz in meinem Herzen, auf das Mitleid mit dem Tier. Doch stattdessen fühle ich nichts als Demut.

Demut vor dem Leben und vor dem Tod.

»Das hier ist ein großes Geschenk«, sage ich zu Pitata und erkenne meine eigene Stimme kaum wieder, so fremd klingt sie.

Der Massai lächelt und legt mir stumm den Arm um die Schultern.

46

Auf dem Rückweg gehen Pitata und ich schweigend nebeneinander her, abseits der Pfade, quer durch den Busch. Immer wieder müssen wir Äste zur Seite schieben, um das Dickicht zu durchdringen. Das Blattwerk raschelt. Ein Löwe brüllt, und es klingt, als stünde er neben uns, trotzdem spüre ich keine Angst und wundere mich nicht einmal mehr darüber. Alles ist selbstverständlich. Gerade so, als habe ich meinen Platz hier gefunden.

Als wir im Camp ankommen, sitzen die anderen Safarigäste beim Frühstück. Ich halte Ausschau nach dem polnischen Paar, dann fällt mir wieder ein, dass sie auf Morgenpirsch mit Picknick in der Savanne sind.

Ich hole mir einen Kaffee und setze mich an einen freien Tisch etwas abseits. Drei Giraffen stehen am gegenüberliegenden Flussufer, die Beine weit gespreizt, sodass ihre Hälse gerade bis zum Wasser hinabreichen. Eine akrobatische Pose, aber für die Langbeiner, die wie die meisten Säugetiere nur sieben Halswirbel besitzen, die einzige Möglichkeit, um zu trinken.

Ich nippe an meinem Kaffee und bin froh, dass weder das Paar noch Joe und Luke hier sind. Zu viel klingt in mir nach, und nur in der Stille meines Schweigens kann ich die fremden Töne vernehmen, die in meiner Seele schwingen. Eine neue Melodie, ein lichtdurchflutetes Arrangement, und ich ahne, das hier hat eine Sehnsucht geweckt, die ich nie werde stillen können.

»Man sieht es dir an.« Eva, einen Becher Kaffee in der Hand, setzt sich auf den freien Stuhl, streckt die Beine aus und überkreuzt die Füße. »Man sieht es den Leuten immer an, aber dir ganz besonders.«

»So?«

»Eine Fußpirsch zu zweit ist etwas Unbeschreibliches. Ich weiß.« Ihre Stimme hat etwas Verträumtes. »Das vergisst man nie wieder. Diesen Zauber nimmt man für immer im Herzen mit.« Sie trinkt einen großen Schluck und stellt den Becher auf den Tisch. »Deine Truppe ist noch unterwegs. Was ist mit Frühstück?«

»Kommt mir gerade ganz banal vor.« Ich muss lachen und weiß gar nicht so genau, warum.

»Tut aber gut.« Sie steht auf. »Ich hole dir was.«

Nach ein paar Minuten stellt sie Brot, Suppe und einen Teller mit einem Omelett auf meinen Tisch. Das kräftige Aroma der Suppe steigt mir in die Nase und erinnert mich daran, wie hungrig ich bin. Gierig schiebe ich mir Löffel um Löffel in den Mund. »Suppen könnt ihr hier wirklich gut.« Ich schiebe die leere Tasse zur Seite und mache mich über das Omelett her.

Eva lächelt und schenkt Kaffee nach. »Ich hab den Brief noch nicht gelesen«, sagt sie unvermittelt.

»Gar nicht neugierig?«

Sie zuckt mit den Schultern, aber diese Unbekümmertheit nehme ich ihr nicht ganz ab.

»Vermisst du sie nie?«

»Das tut gar nichts zur Sache.« Sie wendet den Kopf und sieht mich mit diesen Augen an, die denen ihrer Mutter so sehr ähneln, dass ich es kaum fassen kann. »Was soll schon drinstehen in diesem Brief? Dass sie mit mir reden will, dass es ihr leidtut? Ja, und dann?«

»Ich weiß es nicht.« Ich breche ein Stück Brot ab und wische damit die Reste auf meinem Teller auf.

»Es ändert doch nichts.« Die Worte klingen hart, dennoch schwingt eine gewisse Verzweiflung mit, auch wenn man sehr genau hinhören muss, um sie zu entdecken.

»Weißt du, ich bin im Moment in einer ähnlich komplizierten Situation, wenn auch mit ganz anderer Ausgangslage. Eigentlich wollte ich mit meinem Freund, also Ex-Freund, jetzt auf einer Weltreise sein. Aber er ist kurz vor der Abreise mit einer anderen Frau durchgebrannt.« Ich weiß nicht, warum ich ihr das erzähle, aber jetzt, in diesem Augenblick, kommt es mir logisch vor. Als hätte ich gar keine Wahl. »Und vor ein paar Tagen hat er mich um ein Gespräch gebeten, um mir alles zu erklären. Und ich, ich habe mich nicht bei ihm gemeldet. Weil ich denke: Egal, was er mir zu sagen hat, es ändert nichts. Aber ist das fair?«

Eva zieht eine Augenbraue hoch. »War es fair, einfach so abzuhauen?«

»Natürlich nicht, aber man kann einen Fehler nicht mit einem anderen wettmachen.«

»Mag sein.«

»Ich weiß, es geht mich nichts an, was bei euch vorgefallen ist, und auch deine Mutter hat mir nichts darüber gesagt. Meine Mission ist hier im Grunde erfüllt. Ich habe dich gefunden und dir den Brief gegeben. Was ihr jetzt daraus macht, ist euer Ding. Aber irgendwie bin ich ein Teil eurer Geschichte geworden. Und natürlich bin ich neugierig. Ich kenne deine Mutter nur als eine herzensgute Frau, die mir tausend Mal geholfen und nie Fragen gestellt hat. Und als Paul kürzlich abgehauen ist, hat sie mir Essen gebracht und ist mir nicht mit banalen Standardsprüchen gekommen, die sowieso niemandem helfen. Was immer zwischen euch war – warum gibst du ihr und dir nicht eine einzige kleine Chance? Was hast du zu verlieren, wenn du dir anhörst, was sie zu sagen hat? Du kannst doch dann immer noch sagen, du willst weiterhin keinen Kontakt haben.«

Eva sieht mich lange schweigend an. Ihre Miene verrät weder, was sie denkt, noch, was sie fühlt. Egal, wie sehr ich in dem Gesicht forsche, es ist, als schwimme ich nachts in trübem Wasser, kann weder das Ufer noch den Grund ausmachen. Und genau genommen warte ich nur darauf, dass sie jeden Moment einfach aufsteht und mich hier sitzen lässt.

Tut sie aber nicht. Stattdessen nimmt sie sich den Rest von meinem Brot und zerbröselt es in lauter kleine Krümel.

»Deine Mutter tut mir einfach leid. Ich selbst habe keine Familie. Und ich weiß, wie weh das tut. Irgendwie glaube ich nicht, dass du das so wegsteckst, als wenn es gar nichts wäre.«

»Was ist mit deiner Familie?«

»Meine Eltern sind bei einem Unfall ums Leben gekommen, als ich zweiundzwanzig war.«

»Geschwister?«

Ich schüttle den Kopf.

»Großeltern?«

»Schon tot.«

»Tanten? Onkel? Cousins? Cousinen?«

»Leider nein.«

»Und jetzt nicht einmal mehr Paul?« Um ihre Augen und Mundwinkel schleicht sich ein zartes Lächeln ein. Nicht überheblich, schon erst recht nicht boshaft. Eher verhalten, scheu.

»Genau. Nicht einmal mehr Paul.«

»Tut mir leid.«

»Muss es nicht«, schüttle ich den Kopf.

»Vermisst du sie sehr? Die Eltern?«

»Ja. Weißt du, ich habe Freunde, klar, aber Familie ist etwas anderes. Etwas, das bleibt, egal, was passiert. Mit Familie ist man auf ewig verbunden. Das sind die Menschen, zu denen man immer zurückkehren kann. Die immer da sind, ganz gleich, was gewesen ist. Das ist so ein Band, das kann man nicht zerschneiden.« Ich zucke die Schultern, als könnte ich so die Tränen abschütteln, die in mir aufsteigen. »Ohne Familie ist man doch irgendwie verloren.«

»Alex, ich glaube, du bist eine hoffnungslose Romantikerin.« Sie sagt das nicht abschätzig, sondern eher so, als halte sie das für einen sympathischen Zug an mir. »Ich glaube, du musst dir dringend eine eigene Familie bauen. Dieser Paul ist dafür offenbar ungeeignet. Vergiss den und such dir einen Familienmann.«

»Auf die Idee bin ich auch schon gekommen, aber was ist mit dir?«, lasse ich nicht locker. Eva hat geschickt das Gespräch auf mich und mein Schicksal gelenkt, aber so leicht lasse ich sie gewiss nicht davonkommen.

»Ganz schön hartnäckig«, stellt sie prompt fest und lächelt. »Wenn ich dich nicht mögen würde, hätte ich dich längst aus meiner Lodge gejagt.«

»Da habe ich aber Glück gehabt, gerade jetzt, wo meine Leute irgendwo da draußen unterwegs sind. Aber was soll's? Morgen früh bist du mich und meine lästigen Fragen los.«

Eine Truppe Affen kommt plötzlich über die Baumwipfel herangestürmt. Die Tiere schwingen sich behände von Ast zu Ast, lassen sich dann auf den Boden fallen und kommen auf uns zu.

»Nicht schon wieder!« Eva steht auf. »Diese Bande!«

Ehe ich michs versehe, sausen die Affen über die Tische und nehmen mit, was sie zu greifen bekommen. Ein paar Safarigäste springen erschrocken auf, andere bleiben wie erstarrt sitzen. Eine Frau kreischt.

Eva klatscht in die Hände.

»Kann ich was tun?«, frage ich sie.

»Mach so viel Lärm, wie du kannst.«

Aus dem Küchenzelt kommen einige von Evas Leuten angerannt. Einer hat einen Besen dabei, die anderen Töpfe und Deckel, die sie aneinanderschlagen.

Ich stehe auf, bilde mit Zeigefinger und Daumen einen Ring und pfeife laut.

Der schrille Ton scheint die Tiere zu irritieren. Für einen Moment stehen sie still und glotzen mich an. Dann zetern sie los, und ich befürchte schon, sie greifen mich gleich an, doch der Größte von ihnen dreht meckernd ab. Die anderen folgen ihm, und die Affenbande verschwindet schließlich im Gebüsch.

»Danke.« Eva legt mir kurz die Hand auf den Arm. »Diese frechen Biester kommen immer öfter. Und das nur, weil sich manche Touristen einfach nicht an die Anweisung halten und die füttern. So verlieren die Affen jede Scheu und meinen obendrein, sie hätten ein Recht auf freie Verpflegung. Es wird immer schwieriger, die zu verscheuchen. Du hast was bei mir gut.«

»Wie wäre es mit deiner Familienstory?«, lächle ich sie an.

Sie schüttelt den Kopf, aber es sieht mehr nach Kapitulation als nach Ablehnung aus. »Womit habe ich das nur verdient?«, seufzt sie.

Ich zucke unschuldig die Schultern. »Sieh es mal so, das Universum hat mich geschickt, damit du endlich deine Geschichte geklärt bekommst. Ist gut fürs Karma.«

»Wenn man dran glaubt.« Sie stützt die Hände auf die Rückenlehne des Stuhls und sieht mich an. »Na gut, Alex, aber unter einer Bedingung.«

»Ich bin ganz Ohr.«

»Es verpflichtet mich zu nichts. Und du kommst mit und hilfst mir, die Brunnen zu kontrollieren.«

»Das sind schon zwei Bedingungen.«

»Du kannst es auch Erpressung nennen, wenn dir das lieber ist«, schmunzelt sie.

»Kein Problem, ich bin dabei.« Ich halte ihr meine Hand hin.

»Okay«, schlägt sie ein.

»Was für Brunnen denn?«

»Wirst du dann sehen. Abfahrt in einer halben Stunde.«

47

Von Nahem betrachtet ist Evas Jeep eine ziemlich verbeulte und mit Kratzern übersäte Karre. Ich vermute, das Gefährt ist deutlich jünger, als es aussieht. Staub, Hitze, in den Weg ragende Büsche und tropische Güsse in der Regenzeit, verbunden mit Schlamm, machen wohl jedem Auto hier zu schaffen und lassen es schneller altern, als man zusehen kann.

Ich schwinge mich auf den Beifahrersitz und werfe meine Tasche nach hinten. Nur die Kamera behalte ich bei mir, auch wenn der Akku schon wieder ziemlich leer ist.

Eva legt ein Gewehr auf den Rücksitz und lässt den Motor an. »Man weiß nie«, sagt sie mit einem Seitenblick auf mich.

»Jetzt fühle ich mich gleich viel sicherer«, merke ich mit einer Portion Ironie in der Stimme an.

Ein gutes Stück fahren wir schweigend. Der Jeep rumpelt durch Schlaglöcher, hier und da streifen wir Büsche.

»Pitata sagt, du warst sehr still«, meint sie schließlich. »Die wenigsten Gäste trauen sich, auf Fußpirsch zu gehen. Und die wenigen, die es tun, reden in der Regel ohne Unterlass.«

»Ich war überwältigt, glaube ich.« Ich bin es im Grunde immer noch, möchte allerdings viel lieber ihre Geschichte hören, die sie mir versprochen hat. Aber ich spüre, dass ich ihr noch ein wenig Zeit geben muss. »Kann ich dich etwas fragen?«

»Klar.«

»Alle Kenianer, die mir bisher begegnet sind, haben englische Vornamen. Pitata ist der erste, der einen afrikanischen Namen hat. Wie kommt das?«

»Die Kenianer haben fast alle einen englischen und einen afrikanischen Vornamen. Die meisten denken wohl, der afrikanische wäre für die Touristen zu fremd. Also nennen sie euch nur ihren englischen Vornamen.«

»Und Pitata sieht das anders?«

»Er ist ein echter Massai. Sein Herz schlägt stolz für Kenia.«

Sie biegt auf einen schmalen Weg ab, der vom Galeriewald längs des Flusses wegführt. Je weiter wir uns vom Tsavofluss entfernen, desto weniger Buschwerk säumt unseren Weg. In der Ferne zieht eine Herde Zebras durch die Savanne, etwas näher tummeln sich Elefanten unter einem einsamen Baobab.

Die Sonne steht bereits senkrecht am Himmel, die Luft flirrt vor Hitze.

»Das ist mein Zuhause«, sagt Eva unvermittelt. »Ich kann mir nicht vorstellen, jemals wieder irgendwo anders zu leben. Klingt bestimmt bekloppt für dich.«

»Nein. Wieso?«

»Na ja, es gibt hier all den Luxus nicht, den man in Deutschland gewohnt ist. Jedenfalls nicht für mich, denn die *Karibu Lodge* soll den Besuchern einen Eindruck vom echten Afrika vermitteln.«

»Mag sein, dass du dir das nicht vorstellen kannst, aber ich verstehe es. Ich frage mich hier jeden Tag, ob ich das wirklich brauche, diesen ganzen Wohlstandsmüll.« Auch wenn es meine Worte konterkariert, stecke ich das Ladekabel meines Handys in eine der USB-Buchsen, die an der Autosteckdose hängen. »Vielleicht kann ich wenigstens mit dem Smartphone nachher noch ein paar Fotos machen«, sage ich mehr zu mir selbst als zu Eva.

»Hast du das Kabel für die Kamera auch dabei?« Sie stöpselt ihr Handy aus und steckt es in die Brusttasche ihres Hemdes.

»Blöderweise nicht. Hab ich im Zelt gelassen.«

»Versuch einfach mal, ob eins der Kabel im Handschuhfach passt.«

Als ich die Klappe öffne, fallen mir gleich diverse unterschiedliche Kabel entgegen. Ich entwirre den Verhau und werde tatsächlich fündig. »Glück muss man haben!«

»Was machst du beruflich?«, will sie wissen.

»Ich hab Betriebswirtschaftslehre studiert und arbeite als Researcherin in einer Anlage- und Vermögensberatung.« Fast schäme ich mich für meinen Beruf, der mich fest in der kapitalistischen Weltordnung verankert, was mir hier draußen so falsch vorkommt.

»Ich hab lange in einer Bank gearbeitet. Als Anlagenberaterin. Aber das hat dir meine Mutter mit Sicherheit erzählt.«

»Und dass du irgendwann keinen Sinn mehr darin gesehen hast.«

Eva lacht auf, es klingt trocken. »Was hat sie dir noch alles erzählt?«

»Nicht viel.« Ich zucke die Schultern. »Ich hatte nie das Gefühl, dass sie mit mir wirklich über dich sprechen will. Ich glaube, sie wollte mir nur so viel erzählen, dass ich genug Informationen habe, um ihr zu helfen, dich aufzuspüren. Und vom Krieg, der Flucht, darüber hat sie gesprochen.«

»Das sieht ihr ähnlich.«

»Immerhin hat sie mich bis nach Kenia geschickt. Es muss ihr also wirklich wichtig sein.«

»Vielleicht. Und sie mag ja auch gesagt haben, dass sie Fehler gemacht hat, aber ich glaube nicht, dass sie wirklich über alles nachgedacht hat. Sie schiebt alles auf ihre schlimme Kindheit. Aber das ist nur die halbe Wahrheit, wenn überhaupt.«

»Wieso? Was hat das eine mit dem anderen zu tun?«

»Meine Mutter ist im Krieg schwer traumatisiert worden. Dieses Erlebnis auf der Flucht hat bewirkt, dass sie seitdem quasi in allen Lebenslagen immer nur sortiert, wer leben darf und wer sterben muss. Das heißt: was sein darf und was nicht. Ich glaube, sie war dadurch emotional nie wirklich für uns da. Sie konnte es einfach nicht.«

Ich kann mir das nur schwer vorstellen. »Aber sie hat doch immer so viel Verständnis? Für mich jedenfalls.«

Eva zuckt die Schultern. »Ja, hat sie. Für jeden Obdachlosen, für Fremde, offenbar auch für Nachbarinnen. Immer dann eben, wenn es sie nicht persönlich betrifft. Aber uns Kinder musste sie ein Leben lang auf Abstand halten. Sie hat gekocht und aufgepasst, dass wir die Hausaufgaben machen, aber ich kann mich nicht entsinnen, dass sie mich mal in den Arm genommen hat. Dass sie wirklich meine Nöte verstanden hat. Und sie ist nicht mal in der Lage, das zu reflektieren. Alles, aber auch wirklich alles schiebt sie auf den gottverdammten Krieg.«

Es klingt hart, wie sie das sagt, und auch resigniert. Als glaubte sie nicht daran, dass etwas sich ändern könnte. »Na ja«, versuche ich, eine Lanze für Magda zu brechen, »da ist doch bestimmt was dran, wenn man so etwas erlebt hat, und deine Mutter war da noch ein Kind, das beeinflusst doch das ganze Leben, meinst du nicht?«

»Natürlich.« Ihre Stimme nimmt einen wärmeren, weicheren Ton an. »Und ich habe ihr das längst verziehen. Sie konnte mich einfach nicht so lieben, wie ich es gebraucht hätte. Dafür kann sie nichts. Aber …« Der harte, metallische Klang ist zurück, und auch in ihrem Gesicht werden die Konturen wieder markanter, gerade so, als stählte sie sich mit Absicht.

»Darum geht es bei all dem auch gar nicht. Deswegen bin ich nicht verschwunden.«

Mein Herz wird schwer. Ich wünschte, ich könnte noch mit meiner Mutter sprechen. Umso weniger will ich einsehen, dass Eva die Möglichkeit dazu einfach so wegwirft.

»Das mit deiner Mutter ist das eine«, versuche ich einen anderen Zugang zu finden, »aber wieso hast du auch den Kontakt zu deiner Schwester abgebrochen?«

Ihr Mund wird zu einer schmalen Linie, die Wangenknochen treten scharf hervor. So als ob sie mit aller Kraft die Zähne zusammenbeißt.

»Nach allem, was ich so herausgefunden habe, hast du sie doch früher sehr geliebt und zu ihr aufgesehen. Auch wenn sie auf dich nicht allzu gut …«

Eva bremst abrupt. Ich muss mich am Armaturenbrett abstützen, um nicht dagegenzuknallen.

»Christina?« Sie sieht mich kampfeslustig an, die Hände ums Lenkrad gekrallt, sodass die Haut über den Knöcheln weiß wird. »Mit der will ich schon erst recht nie wieder etwas zu tun haben.«

Wow. Offenbar habe ich ein brennendes Streichholz in ein Pulverfass geworfen, von dessen Existenz ich gar nichts wusste. Und eine Gallone Öl gleich noch hinterhergekippt.

Unsicher sehe ich Eva an. Ich weiß nicht, was ich jetzt tun soll. Mich entschuldigen? Aber wofür? Fragen stellen? Abwarten?

Ich kenne die Frau zu wenig, um eine kluge Entscheidung zu treffen. »Sorry«, sage ich daher vorsichtig, »ich wollte nicht …« Nicht was? Ihr zu nahe treten? Alte Wunden aufreißen? Alles Quatsch. Wenn irgendetwas davon stimmen würde, wäre ich gar nicht hier.

»Ist schon gut.« Ihre Stimme klingt gepresst. »Konntest du ja nicht wissen.« Sie fährt wieder los, eine Spur langsamer als zuvor.

Etwas weiter vorn taucht etwas auf, dass von Weitem wie eine überdimensionale Tonne aussieht, die auf dem Boden steht. Ein paar Elefanten stehen drum herum.

»Das ist der Brunnen«, klärt Eva mich auf. »Aber solange die Dickhäuter da sind, können wir ihn nicht kontrollieren.« Sie zeigt nach schräg vorn links. »Da hinten sind einige große Flachakazien. Wenn es noch heißer wird, werden die Elefanten hoffentlich dort Schatten suchen. Dann kümmern wir uns um den Brunnen.« Sie lenkt den Jeep auf eine einsame Schirmakazie zu. »Bis dahin stellen wir uns unter, damit wir nicht in der Karre garen.«

48

Die Schirmakazie ist noch klein, der Jeep passt gerade so darunter. Eva macht den Motor aus, dreht sich um und greift hinter sich. »Hier«, hält sie mir eine Flasche Wasser hin und nimmt sich selbst auch eine.

»Diesen Brunnen dort, den betreibst du?«

Sie nickt. »In der Trockenzeit finden die Tiere einfach nicht genug Wasser. Deshalb gibt es im Tsavo Ost und West mehrere Brunnen. Auf die Art haben wir künstliche Wasserlöcher geschaffen und tun etwas für den Tierbestand.«

»Aber wieso trinken die nicht am Fluss?« Ich drehe die Flasche auf und nehme einen herzhaften Schluck Wasser.

»Nicht alle Tiere gehen bis dorthin. Alle haben ihr Revier. Die hier leben zu weit vom Fluss entfernt.«

»Sind wir so lange gefahren?« Mir kommt es nicht so vor, als hätten wir uns weit vom Tsavofluss entfernt, aber vermutlich irre ich mich.

»Die Entfernung, die wir mit dem Auto zurücklegen, ist für eine Elefantenfamilie mit Neugeborenen in der schlimmsten Trockenzeit oft schon viel zu groß. Und es lauern viele Gefahren am Fluss.«

»Das sind echte Familien«, sage ich gedankenverloren und betrachte die Elefanten. Die Großen stehen so, dass sie den Kleinen Schatten spenden, wedeln mit ihren Ohren und stecken die Rüssel in den Brunnen. Die Kleinsten drücken sich unter die Bäuche der Mütter. »Die halten zusammen.«

Eva stemmt einen Fuß gegen das Armaturenbrett, macht es sich bequem und sieht mich an. »Als ich geboren wurde, hat meine Schwester gedacht, sie bekäme Verstärkung«, sagt sie unvermittelt. »Und dann war sie enttäuscht, dass ich einfach nur ein hilfloses Baby war. Hat sie mir mal erzählt.«

»Sie war zehn, oder?«

Eva nickt. »Ich war ein Unfall, ungeplant und ungewollt. Meine Mutter hat sich geschämt, damals bekam man nicht mit Mitte, Ende dreißig noch Kinder. Es war nicht wie heute. Manchmal denke ich, sie hat sich bloß nicht getraut, mich abzutreiben.«

»Selbst wenn«, gebe ich zu bedenken, »sie liebt dich, das merkt man ihr deutlich an.«

»Zur selben Zeit hat sich der Vater meiner Mutter von seiner Frau, also meiner Oma, getrennt«, übergeht sie meine Bemerkung. »Und ist zu seiner siebzehn Jahre jüngeren Geliebten gezogen, mit der er seit Jahren ein Verhältnis hatte. Oma stand quasi vor dem Nichts. Und es stellte sich heraus, dass ein Teil der Familie von der Affäre gewusst hatte. Tanten, Onkel, alle nahmen entweder Partei für Oma oder für Opa.«

»Durch eure ganze Familie ging plötzlich ein Riss.«

Sie nickt. »Und mitten hinein in dieses ganze Chaos wurde ich geboren. Die Nachzüglerin, die meine Mutter so lange verschwiegen hat, bis es nicht mehr ging.«

»Oje. Ich hab mal gelesen, Babys spüren schon im Mutterleib, wenn sie unerwünscht sind. Meinst du, das war bei dir der Fall?«

»Ich weiß es nicht. Auf jeden Fall hatten alle etwas anderes im Kopf. Die ganze Familie war am Auseinanderfallen. Alle lagen im Streit. Und meine Mutter, die seit ihrer Kindheit als mittlere von drei Schwestern und als älterer Zwilling an die Rolle gewöhnt war, bei allen immer zu vermitteln und den Puffer zu spielen, wusste vermutlich gar nicht mehr, wo sie anfangen sollte. Und dazu noch ein Baby? Das konnte nicht gut gehen.«

»Hat dir irgendwer mal davon erzählt? Dass sie sich nicht richtig um dich gekümmert hat?«

»Nein, nein. Also, sie hat gekocht, mich gewickelt, gebadet, das ganze Programm. Aber ob sie emotional für mich da war? Ich erinnere mich zwar an diese Zeit nicht, aber gefühlt habe ich das später nie. Wieso sollte es also anders gewesen sein, als ich ein Baby war?«

»Das ist tatsächlich ein schlechter Start«, gebe ich ihr recht, »aber irgendwann muss sich die Lage doch auch wieder beruhigt haben, oder nicht?«

»Die Familie blieb zerrissen, aber alle haben sich damit arrangiert. Ich erinnere mich, dass mein Opa einmal im Jahr kam, teure Geschenke mitbrachte, in unserem Wohnzimmer saß und seine fetten Zigarren rauchte. Mir und Christina wurde dann eingebläut, davon nichts der Oma oder den Cousinen zu erzählen. Wir waren wohl die Einzigen, die Kontakt mit dem Opa hielten. Und als er tot war, haben wir seine zweite Frau öfter besucht. Das durfte natürlich erst recht niemand erfahren.«

»Und du hast dich wirklich nie verplappert? Du warst doch ein kleines Kind.«

»Doch, klar.« Sie gluckst, als ob die Erinnerung daran sie amüsiert. »Ich hab es irgendwann der Oma erzählt. Ich glaube, ich wollte, dass die ganze Lügerei aufhört.«

»Und?«

»Die Oma hat nur gesagt, wenn wir die andere Frau hätten, bräuchten wir sie wohl nicht mehr. Aber bei den Eltern hat sie das nie angesprochen.«

»Vielleicht wollte sie nicht noch mehr Streit in die Familie bringen?«

»Ich weiß es nicht, Alex. Vielleicht war die Oma einfach nur erschöpft von alldem.«

»Und du hast als Kind daraus entnommen, dass man die Dinge hinnehmen muss? Dass man sowieso nichts ändern kann?«

Sie zuckt die Schultern und trinkt mehrere Schlucke Wasser aus ihrer Flasche. Vielleicht will sie Zeit schinden oder nachdenken, ob sie mir mehr erzählen soll.

»Das war nicht das Schlimmste, denke ich.« Eva atmet mit einem Seufzen aus. »Meine Eltern hatten mit meiner Schwester einfach zu viel um die Ohren.«

»Mit Christina? Wie das?« Ich habe die elegante Frau vor Augen mit ihren teuren Klamotten, der perfekten Frisur. Auf mich hat sie wie jemand gewirkt, der sein Leben bestens im Griff und etwas daraus gemacht hat.

»Ich weiß nicht, was es bei Christina ist, ich fürchte, sie ist einfach so geboren.«

Die Elefanten trotten noch immer um den Brunnen herum, und ein bisschen wünsche ich mir, dass das noch eine Weile so bleibt. Solange sie dort sind, bleiben wir hier stehen, nichts unterbricht uns oder lenkt ab.

»Sie hat den Eltern das Leben so schwer gemacht, wie es nur ging. Christina war antialles. Vielleicht waren das die Nachwirkungen der 68er-Generation, was weiß ich. Und unser Vater war jetzt auch nicht wirklich ein Engel, im Gegenteil, er war mehr als streng und cholerisch. Als Kind hatte ich immer Angst vor ihm. Christina nicht. Sie hat jede Gelegenheit genutzt, ihn zu provozieren.«

»Zum Beispiel?«

»Als sie sechzehn war, hatte sie den ersten Freund. Unser Vater wollte, dass sie um zehn abends zu Hause ist. Was hat sie gemacht? Ist jeden Abend um fünf nach zehn nach Hause gekommen.«

»Und euer Vater ist ausgerastet?«

»Komplett. Ich glaube, sie wollte ihm mit allem zeigen, dass sie sich nichts sagen lässt.«

»Sie hat Machtkämpfe mit ihm ausgetragen?«

Eva nickt. »Mit ihm und jedem, der sich darauf eingelassen hat. In der Schule zum Beispiel war sie Schülersprecherin.«

»An sich nichts Schlechtes.«

»Nein, aber Christina hat es auf die Spitze getrieben. Ich weiß gar nicht, was sie alles verzapft hat, aber als ich mit dreizehn auf dasselbe Gymnasium kam, da hörte ich von allen möglichen Lehrern, dass der Name auch schon mal unangenehm aufgefallen sei.«

»Kaiser?« Das kann ich mir kaum vorstellen.

»Ja.« Eva lacht kurz auf. »Selbst dieser Allerweltsname. Christina hat es geschafft, dass sich den jeder gemerkt hat. Und da wir uns damals ziemlich ähnlich sahen und alle Lehrer meine Eltern schon kannten, war ich nicht Eva, sondern die Schwester von Christina.« Sie trinkt die Flasche leer und wirft sie auf den Rücksitz. »Ich war immer nur die Schwester von Christina. Bis ich hierher kam. Hier bin ich Eva.«

»Deine Eltern wussten das doch aber. Wieso haben sie dich nicht auf eine andere Schule geschickt? Warum auf die, auf der deine Schwester den Ruf der Familie offenbar schon ruiniert hatte?«

Sie sieht mir lange in die Augen, ehe sie mir antwortet. »Vermutlich, weil ich für die Eltern auch nur die Schwester von Christina war.«

49

Die Elefanten setzen sich langsam in Bewegung, verlassen den Brunnen und laufen, wie von Eva vorausgesagt, in Richtung der großen Schirmakazien.

»Wie meinst du das – dass du für eure Eltern auch nur die Schwester von Christina warst?«, frage ich nach, nicht gewillt, das Thema aufzugeben.

Doch meine Befürchtung ist unbegründet. Offenbar hat Eva nicht vor, mich mit der halben Geschichte abzuspeisen.

»Egal, was es war, was ich wollte, worum ich gebeten habe, immer bekam ich nur zu hören: Das haben wir alles mit deiner Schwester schon einmal durchgemacht, das machen wir bei dir nicht noch einmal mit.« Sie startet den Motor und legt einen Gang ein. »Und mit diesen Worten wurde mir einfach alles verboten. Vom Übernachten bei einer Freundin über den Gitarrenunterricht bis hin zum Studium. Als ich studieren wollte, hat mein Vater gesagt, dann solle ich mir mal flugs überlegen, wie ich das finanzieren wolle, denn von ihm sähe ich kein Geld.«

»Aber wieso das denn?« Ich habe das Gefühl, ich komme nicht mehr mit.

»An Christinas achtzehntem Geburtstag kamen ein paar Freunde von ihr mit einem VW-Bus und haben all ihre Sachen aus der Wohnung getragen. Sie ist Knall auf Fall zu ihrem Freund gezogen. Ohne vorher mit den Eltern darüber zu sprechen. Ich durfte sie ein ganzes Jahr nicht mehr sehen oder sprechen.«

»Gott, das ist hart.«

»Ich habe sie so vermisst. Ich fühlte mich so allein. Und ich wusste das ja gar nicht. Also, wie das genau gelaufen ist. Keiner hat mir das so richtig erzählt.«

»Und nach einem Jahr durftest du sie wieder treffen?«

Wir rollen langsam auf den nun verlassenen Brunnen zu.

»Ja, sie kam dann immer, um ihre Wäsche zu waschen. Irgendwann durfte ich sogar mit Christina mitgehen und bei ihr übernachten. Viel später habe ich dann erfahren, dass die Eltern ihr von Anfang an monatlich Geld gezahlt haben, weil sie gedroht hat, sie auf Unterhalt zu verklagen.«

»Und das ist der Grund, warum du dein Studium selber finanzieren solltest?« Das alles klingt für mich unlogisch, die Reaktion der Eltern völlig überzogen.

»Ich weiß nicht mehr genau, wann es war, aber irgendwann sind die Eltern dahintergekommen, dass Christina längst nicht mehr studiert, sondern gearbeitet hat. Aber das Geld der Eltern hat sie trotzdem weiter genommen.«

»Und die haben dann gedacht, du würdest es genauso machen?« Langsam bekomme ich eine vage Vorstellung davon, was in der Familie los gewesen sein muss. Wie viel Betrug und Lüge dazu geführt haben, dass alles Vertrauen in Rauch aufgegangen ist. Trotzdem ist es natürlich ein Unding, die Vergehen der einen Tochter sozusagen vorsorglich der anderen anzulasten.

»Christina hatte einen neuen Freund, der bei ihr in die Wohnung eingezogen ist. Ich durfte den Eltern von ihm nichts erzählen. Mit ihm kreuzten andere Gestalten auf. Ich war vielleicht elf oder zwölf und fand das alles total spannend. Wenn ich bei Christina übernachten durfte, ließ sie mich aufbleiben, solange ich wollte. Ich war dann dabei, wenn sie und ihr neuer Freund mit den Typen herumsaßen und diskutierten. Das meiste verstand ich überhaupt nicht. Es ging um Politik, und alle nahmen es irre ernst und planten irgendwelche Aktivitäten. Ich hatte keine Ahnung, wovon die sprachen, und es interessierte mich auch nicht wirklich. Ich fand es einfach nur toll, dabei sein zu dürfen.«

Sie hält neben dem Brunnen, macht den Motor aus und steigt aus. Ich folge ihr.

»Unsere Eltern müssen allerdings etwas gewusst haben, keine Ahnung, woher. Aber ich habe sie mit Freunden darüber sprechen hören. Dass Christina auf die schiefe Bahn gerate, daran erinnere ich mich. Und dass sie mit Radikalen verkehre. Dass keiner wisse, wohin das noch führen solle.« Sie stützt die Hände auf den Brunnenrand und blickt hinein. »Ich habe damals gespürt, dass es ernst ist. Dass die Eltern sich große Sorgen machen. Alle ihre Freunde haben sie bedauert, so eine Tochter zu haben. Und darin schwang bei denen immer auch die Erleichterung, dass es nicht ihre eigene Tochter ist.«

»Radikal?« Ich schaue ebenfalls in den Brunnen, rechne Jahreszahlen rückwärts. Die Wasseroberfläche ist schwarz. »Das hatte aber nichts mit der RAF zu tun, oder?« Bilder aus dem Schulunterricht fallen mir ein. Ein schwarzer Mercedes auf einer leeren Kreuzung. Ein blasser Mann, der in eine Kamera spricht, hinter ihm schwarz vermummte Gestalten und ein Banner mit dem Logo der RAF.

Eva kniet sich hin und inspiziert eine Apparatur neben dem Brunnen, vermutlich die Pumpe. »Die zweite Generation der RAF.«

»War Christina etwa ein Mitglied?« Alles kann ich mir vorstellen, aber das nicht. Nicht bei der teuer gekleideten Frau, die in dem Haus, in dem ich seit Jahren wohne, ein und aus geht.

»Nein, glaube ich nicht.« Eva fingert an der Apparatur herum, öffnet eine kleine Klappe und schließt sie wieder. »Aber sie war definitiv eine Sympathisantin, und ich würde nicht ausschließen, dass einer ihrer damaligen Freunde dazugehörte.« Sie drückt auf einen Knopf, die Pumpe springt an, man hört es. »Sagst du mir bitte Bescheid, wenn das Wasser bis fast zum Brunnenrand gestiegen ist?«

Ich beuge mich wieder über den Brunnen, sehe dem Wasser zu, wie es langsam nach oben kommt.

»Ich schätze, Christina ist heute noch auf der Linie, wenn auch nicht mehr so radikal. Das letzte Mal, als ich mit ihr über Politik diskutiert habe, wollte sie mir immer noch weismachen, der gesamte Westen sei von den USA gesteuert und der kapitalistische Imperialismus werde uns irgendwann ins Verderben stürzen.«

»Das Wasser erreicht jetzt gleich den Brunnenrand.«

»Okay.«

Das Geräusch erstirbt, das Wasser hört auf zu steigen. Offenbar hat sie die Pumpe ausgeschaltet.

»Hast du sie mal danach gefragt?« Ich sehe zu Eva auf, die aufgestanden ist und sich den Staub von der Hose klopft.

»Nein, ehrlich gesagt nicht.« Sie sieht mich an und lächelt scheu. »Ich glaube, ich wollte die Wahrheit lieber nicht wissen.«

Das kann ich gut verstehen. Eine Schwester, die mit Terroristen Umgang hat – das ist keine schöne Vorstellung. »Für jemanden, der so gegen das Establishment ist, hat deine Schwester aber ganz gut vom System profitiert, oder?«

»Das solltest du ihr mal sagen«, antwortet Eva, und es ist das erste Mal, dass ich sie befreit lachen sehe.

»Lieber nicht«, falle ich in ihre unerwartete Heiterkeit ein, »nachher wirft sie mir sonst noch eine Briefbombe in den Kasten.«

»Das würde sie niemals tun«, wird Eva wieder ernst. »Meine Schwester ist gut im Große-Reden-Schwingen, noch besser im Verdrängen und Manipulieren. Sie versteht es, so lange und überzeugend auf dich einzureden, bis sie dich schwindlig gequatscht hat und du ihr alles glaubst. Und manchmal denke ich, mit sich selbst macht sie es ganz genauso.«

»Wie meinst du das?«

»Sie gehört zur Generation Selbstbedienung. Die haben nur so lange rebelliert, wie sie selbst noch nichts zu verlieren hatten.« Eva schüttelt kurz den Kopf. »Das würde meine Schwester natürlich niemals zugeben. Nicht einmal vor sich selbst.«

Es kommt mir wie ein sehr weiter Weg vor. »Von der aufmüpfigen Jugendlichen über die RAF-Sympathisantin zur gutbürgerlichen Frau, die nur an sich selbst denkt?«, frage ich eher mich selbst. »Ziemlich schwer vorstellbar.«

»Nicht vor dem Hintergrund der Zeit, in der erst unsere Eltern und dann meine Schwester groß geworden sind«, wendet Eva ein. »Einer meiner Stammgäste hier ist Politikwissenschaftler. Er meint, das hätte es in weit mehr Familien gegeben, als man denkt. Die Kriegsgeneration habe so schnell wie möglich die Trümmer weggeräumt. Weitermachen war ihre Devise, das Land wiederaufbauen. An Aufarbeitung sei damals niemand interessiert gewesen. Und genau das habe diesen unheilvollen Graben zwischen den Generationen aufgerissen, dem dann die RAF entstiegen ist.«

»Doch die Entwicklung des Wohlstands hat das nicht bremsen können«, merke ich an. »Und diesen Verlockungen ist dann wohl auch deine Schwester erlegen.«

»Wie ist es?« Eva hält die Tür des Jeeps auf, steigt aber nicht ein. »Wir könnten zu mir fahren, und ich koche uns ein kleines Mittagessen.«

»Zu dir?« Langsam gehe ich zum Jeep zurück. »Ich dachte, du wohnst in der *Karibu Lodge*?«

»Nicht weit davon entfernt. Na los, steig ein.«

50

Evas zweigeschossiges Haus steht nicht weit entfernt von der *Karibu Lodge*. Unten befinden sich eine große Küche, das Bad, ein Gästezimmer, ein Schlafzimmer und ein kleines Büro. Das gesamte Obergeschoss ist eine Art offenes Wohnzimmer unter der für Kenia typischen Dachkonstruktion. Von dort genießt man einen herrlichen Blick über das Land und auf den Fluss.

»Weiß deine Mutter, dass Christina mit der RAF sympathisiert hat?«, komme ich auf unser Gespräch am Brunnen zurück, kratze den letzten Rest Reis mit Gemüse auf meinem Teller zusammen und schiebe ihn mir in den Mund.

»Ehrlich gesagt, habe ich keine Ahnung.« Eva räumt das Geschirr zusammen, stapelt die leeren Teller übereinander und steht auf. »Christina hat mit unserem Vater oft über Politik diskutiert. Oder besser gesagt: gestritten. Unsere Mutter hat sich herausgehalten. Ich glaube, sie hat sehr unter diesen Streitereien gelitten.« Sie geht zur Treppe und verharrt kurz. »Ich bring das nur eben hinunter. Kaffee?«

Ich nicke.

Während Eva Kaffee kocht, mache ich es mir auf einer der beiden Couches bequem. Ein leiser Wind geht, das Wasser des

Tsavoflusses glitzert in der Sonne. Eine Herde Zebras trottet ans Ufer. Einige Tiere saufen, andere stehen daneben. Ein paar mutige waten so weit ins Wasser, bis sie fast bis zum Bauch darin verschwinden.

Die Szenerie wirkt so friedlich. Zu friedlich, um über solch traurige und schwierige Dinge zu sprechen. Aber sie sind nun mal da.

Ich weiß nicht, warum Eva mir so viel von ihrer Familie erzählt. Doch je tiefer wir in die Geschichte eindringen, je besser ich sie kennenlerne, desto mehr mag ich diese ungewöhnliche Frau. Und vielleicht muss ich noch mehr erfahren, damit es mir gelingt, das Richtige zu sagen und Mutter und Tochter zumindest für ein Gespräch zusammenzubringen.

»Weißt du«, sagt Eva, als sie die Treppe noch nicht ganz bis oben erklommen hat, »meine ganze Kindheit und Jugend über drehte sich alles nur um Christina.« Sie stellt ein Tablett mit Kaffee, Bechern, Zuckerdose und Milch auf den Tisch, schenkt ein und setzt sich auf die andere Couch. »Ich konnte machen, was ich wollte, in der ständigen Aufregung um Christina hat mich überhaupt niemand bemerkt. Ich habe mich richtiggehend unsichtbar gefühlt. Vergessen.«

Sie zuckt die Schultern, und es sieht verzweifelt aus.

»Ich weiß noch, wenn ich mit den Eltern mal im Kaufhaus war, dann hatte ich furchtbare Angst, sie zwischen den ganzen Gängen und Auslagen zu verlieren. Ich dachte, die merken gar nicht, wenn ich weg bin. Die suchen mich nicht. Und als wir in der vierten Klasse zum ersten Mal auf Klassenfahrt waren, hatte ich so schlimmes Heimweh, dass die Lehrerin mich wieder nach Hause geschickt hat. Ich glaube aber, das war gar kein Heimweh im eigentlichen Sinn. Ich hatte einfach Angst, die Eltern vergessen mich, wenn ich zwei Wochen weg bin.«

Ich nehme meinen Kaffeebecher in beide Hände, denn an irgendetwas muss ich mich festhalten. Ich kann nur ahnen, was das für eine Kindheit gewesen sein muss. Mit wie viel Angst Eva groß geworden ist.

Angst und Verzweiflung und Hoffnungslosigkeit. Dazu noch dieses ständige Verkannt- und Nicht-gesehen-Werden. Immer mit der Schwester verglichen zu werden, obgleich sie eine ganz andere Persönlichkeit ist. Was für eine fatale Mischung. Ein Wunder, dass trotz allem etwas aus ihr geworden ist.

»Das klingt entsetzlich.« Ich würde ihr so gern etwas wirklich Tröstliches sagen, aber mir fehlen die richtigen Worte. Und vielleicht gibt es die auch gar nicht. »Kein Kind sollte so aufwachsen.«

»Ich hatte immer das Gefühl der totalen Machtlosigkeit. Als könnte ich überhaupt nichts bewirken. Als wäre ich eine hilflose Marionette und andere Leute ziehen wie wild an den Schnüren.«

»Dafür hast du dann hier umso mehr erreicht.«

»Habe ich das?« Ihr Blick ist offen und spiegelt ihre ganze Verletzlichkeit.

»Ich finde schon. Du hast hier etwas aufgebaut, gibst einer Menge Leute Arbeit, mit der sie ihre Familien ernähren können. Und du tust etwas dafür, dass die Tiere und diese wunderbare Natur hier erhalten bleiben und geschützt werden. Das ist doch unglaublich viel. Viel mehr, als die meisten von uns im Leben zustande bringen.«

»Na ja.« Sie lächelt und sieht auf einmal viel weicher aus. »Wenn man hier tagein, tagaus seine Arbeit macht, dann kommt einem das gar nicht so vor.«

Ich schenke mir Kaffee nach und lasse meinen Blick über das Land schweifen. »Ganz zu Anfang hast du zu mir gesagt, du hättest hier Frieden gefunden. Das kann ich sehr gut verstehen.«

»Als ich vor fünf Jahren Berlin verlassen habe, ging es mir wirklich schlecht.« Ihre Stimme ist auf einmal sehr leise, fast als schrecke sie davor zurück, von jener Zeit zu reden. »Ich habe Christina von klein auf so geliebt, aber es war immer schwierig. Es gab so viel Streit zwischen uns. Und immer wieder hat Christina dann den Kontakt abgebrochen. Wenn ich ihr Schweigen nicht mehr ausgehalten habe, habe ich sie angerufen, oder wir sind uns bei den Eltern begegnet, und ich habe diese Gelegenheit genutzt, um ihr wieder näherzukommen. Aber es hat nie lange gehalten.«

»Weshalb habt ihr gestritten?«

»Meistens ging es um unsere Mutter. Nachdem mein Vater gestorben war, habe ich ihr viel geholfen. Dabei habe ich mich oft von Christina im Stich gelassen gefühlt. Und meine Mutter hat Christina gefürchtet. Tut sie bestimmt immer noch.«

»Gefürchtet?« Ich weiß nicht, was ich mir darunter vorstellen soll. Zugegeben, Christina ist mir nicht sonderlich sympathisch, aber dass man vor ihr Angst haben muss, kommt mir doch sonderbar vor.

»Christina hat die Eltern emotional erpresst. Sie hat ihnen das Gefühl gegeben, dass sie sie überhaupt nicht braucht. Dass sie, ohne mit der Wimper zu zucken, verschwinden kann und sie nicht eine Sekunde lang vermissen wird. Unsere Mutter hatte immer eine höllische Angst davor und hat sich deshalb nie getraut, einen Konflikt mit Christina auszutragen. Und erst recht nicht mehr, als die Enkelkinder kamen. Sie hatte einfach Angst, dass sie die dann nicht mehr sehen darf.« Sie seufzt, und es scheint aus ihrem tiefsten Innern zu kommen. »Seit ich weg bin ist, ist das bestimmt noch viel schlimmer geworden.«

»Wenn ich das richtig verstehe, muss eure Mutter also fürchten, nicht nur die Tochter, sondern gleich noch die Enkel zu verlieren?« Was für ein Mensch muss man sein, um den Eltern Derartiges anzutun?

Eva nickt. Sie wirkt müde, was ich nur allzu gut verstehen kann. Jahrelang ist sie in dieser Familie zerrieben worden. Das würde jeden erschöpfen, egal, wie stark er ist.

»Das ist in der Tat eine ziemlich perfide emotionale Erpressung«, sage ich, verschweige jedoch den Gedanken, dass Magda eine Tochter dadurch bereits verloren hat, denn meinem Gefühl nach wäre es verfrüht, das jetzt so unverhohlen auszusprechen.

»Das ist Christinas Methode – Erpressung. Unserem Vater hat sie eine Aussprache bis in den Tod verweigert. Unsere Mutter hat es vielleicht auch deshalb nie versucht. Wenn sie bei mir über das schlechte Verhältnis zwischen ihr und Christina geklagt hat, habe ich ihr immer wieder gesagt, sie möge das mit meiner Schwester besprechen. Und weißt du, was Mama dann erwidert hat?«

Zum ersten Mal nennt sie ihre Mutter Mama, und es wirkt, wie wenn ihr Herz dabei seine Schwingen aufschüttelt. Ein Junges, das vor dem Flüggewerden testen will, wie sich die Luft unter den Flügeln anfühlt. Ob es schon fliegen kann, es zumindest versuchen soll. Ich hoffe, das ist ein gutes Zeichen. Ich hoffe, das bedeutet, dass noch etwas zwischen den beiden zu retten ist.

»Mama hat gesagt, ich wisse doch, wie Christina sei, sie könne ihr das nicht sagen, denn sie würde sie dann nie mehr wiedersehen. Ich dagegen hatte immer das Gefühl, ich müsse mich zwischen den Eltern und meiner Schwester entscheiden. Wehe, ich war nicht auf Christinas Seite, dann folgte der Streit und meistens gleich noch der Kontaktabbruch.« Eva stellt ihren Kaffeebecher mit so viel Schwung auf den Tisch, dass es scheppert. »Und zwischendurch hat sie mich mit Gemeinheiten überhäuft.«

»Was für Gemeinheiten?«

»Als ich noch ganz jung war, gab es bei Christina und ihrem Mann an Weihnachten immer so Pseudogourmetmahlzeiten. Und zu mir, der Vegetarierin, hat Christina gesagt, ich könne mir ja ein Käsebrot machen. Zu meinem Geburtstag hat sie regelmäßig schon zwei Wochen vorher abgesagt, weil sie erkältet sei und ihr das alles zu viel werde. Zu ihrer Hochzeit war ich nicht eingeladen, nicht mal zu ihren Geburtstagsfeiern. Und bei jeder Gelegenheit hat sie ihre kleinen Giftpfeile abgeschossen. Boshafte Bemerkungen, die mir immer nur eines suggerieren sollten: dass ich eine kleine dumme Gans bin, über die man sich lustig machen kann. Na, und meine Arbeit bei der Bank, die war sowieso das Letzte. Als ich damals dort angefangen habe, hat Christina zu mir gesagt, normalerweise würde sie sich mit Leuten, die sich derart dem Kapitalismus verschreiben, überhaupt nicht abgeben.«

Fassungslos schüttle ich den Kopf. So viel Herzlosigkeit. Wer hätte all diese Vorfälle wohl nicht als Signale verstanden, unerwünscht zu sein?

»Unsere Eltern haben immer nur ein mürrisches Gesicht gezogen. Ich war verletzt und schockiert, aber ich bin nie auf die Idee gekommen, mich zu wehren. Dazu war ich viel zu sehr in der Rolle der braven Kleinen verhaftet, der man alles zumuten kann.« Sie klingt, als mache sie sich Vorwürfe.

»Ich glaube, ich hätte auch gute Miene zum bösen Spiel gemacht. Als kleine Schwester geht man doch immer davon aus, dass die Älteren recht haben, oder?«

»Ich habe auch später nie etwas gesagt.« Sie sieht mich an, und ihre Augen schwimmen. Sie schluckt, und der Kehlkopf ruckt, als müsse sie einen Brocken hinunterwürgen. »Ich habe so viele Gemeinheiten geschluckt und nicht einmal bemerkt, wie fies meine Schwester ist. Ich war es ja von klein auf nicht anders gewohnt. Stattdessen habe ich sie auch noch abgöttisch geliebt.«

»Und wann hast du es begriffen?«

»Zu Christinas Geburtstag vor knapp sechs Jahren.« Eva schenkt uns beiden Kaffee nach und steht auf, ihren Becher in der Hand. »Da war ich zu meiner großen Überraschung mal eingeladen.« Sie geht vor zum Geländer und lehnt sich mit dem Rücken dagegen. Ihre Haare leuchten im Sonnenlicht. »Es kamen ein paar Leute, mit denen Christina seit über dreißig Jahren befreundet ist, die ich aber nur dem Namen nach kannte. Und als sie mich vorgestellt hat, sagten doch einige von denen: Was, Tina, du hast eine Schwester? Wen hast du uns denn noch alles verheimlicht? Das war irgendwie zu viel für mich.«

»Das ist ja auch ein ganz schöner Hammer. Ich meine, sogar meine Kollegen auf der Arbeit, mit denen ich privat sonst nichts zu tun habe, wissen, dass meine Eltern tot sind und ich keine Geschwister habe.«

»Ich habe Christina beim nächsten Treffen darauf angesprochen. Ganz ruhig. Nicht vorwurfsvoll. Ich habe sie einfach nur gefragt, warum ihre engsten und ältesten Freunde nichts von meiner Existenz wussten, und ihr gesagt, dass mich das getroffen hat. Ich wollte es so gern klären, verstehen. Ich habe damals ernsthaft geglaubt, wir könnten es noch irgendwie miteinander hinbekommen.«

»Und?« Ich ahne, das ging nicht gut aus, aber ein kleiner irrationaler Funke Hoffnung regt sich trotzdem in mir. Auch wenn ich Evas Schmerz fast körperlich spüren kann, so sehr steht er ihr ins Gesicht geschrieben.

»Christina ist völlig ausgerastet.« Sie schüttelt den Kopf, als könne sie es noch immer nicht glauben. »Hat mich zusammengebrüllt, was ich von ihr wolle, dass ich sie nicht zwingen könne, mich zu lieben.« Eva zuckt die Schultern. Es wirkt ungeheuer hilflos. »Ich bin dann gegangen. Und habe angefangen nachzudenken. Dieser Satz, ich könne sie nicht zwingen, mich zu lieben, der hat mich nicht mehr losgelassen.«

Sie beißt sich auf die Unterlippe, lässt den Kopf sachte sinken. Eine Bewegung, die so fein ist, dass man genau hinsehen muss, um sie wahrzunehmen.

»Ich habe Christina immer so sehr geliebt, nur sie mich nicht. Aber das ist nicht alles. Dass sie mich verschweigt, zeigt doch, dass sie mich gar nicht in ihrem Leben haben will. Und als ich das verstanden habe, da habe ich endlich angefangen, all ihre Gemeinheiten als das zu erkennen, was sie sind.«

»Mir ist völlig unklar, warum deine Schwester das macht. Wieso hat sie sich nicht von der Familie getrennt, wenn sie dich und, wie es sich anhört, auch eure Eltern nicht liebt?«

»Macht ausüben? Spaß daran, Menschen zu quälen?« Eva hebt die Hände und lässt sie wieder fallen. Eine Geste der Ratlosigkeit. »Sie hat so viel Zerstörung in die Familie getragen und tut es immer noch. Ich habe sehr lange überlegt, was ich tun soll, ob ich mich irgendwie damit arrangieren, sie so nehmen kann, wie sie eben ist. Aber irgendwann wusste ich, ich muss gehen.« Sie kommt zurück zu ihrer Couch, setzt sich und zieht die Beine an. Schlingt die Arme um die Knie und hält sich an sich selber fest.

»Was da in eurer Familie abging, ist wirklich grauenvoll. Ich kann gut verstehen, dass du es nicht mehr aushalten konntest. Mir ist aber immer noch nicht klar, warum du auch den Kontakt zu eurer Mutter abgebrochen hast. Versteh mich nicht falsch, aber in meinen Ohren klingt es so, als sei sie ebenfalls ein Opfer deiner Schwester. Warum hast du dich nicht mit ihr verbündet? Oder zumindest dann und wann einen Brief geschrieben? Sie wissen lassen, dass es dir gut geht?«

Eva wischt sich die Tränen aus den Augen und schnäuzt sich die Nase, ehe sie antwortet. »Unsere Mutter hat mir, solange ich denken kann, in den Ohren gelegen, wir Schwestern müssten uns vertragen. Vor allem nachdem unser Vater gestorben ist. Da hat sie immer wieder zu mir gesagt, wenn sie später auch nicht mehr da sei, dann hätten wir nur noch uns beide.«

Langsam verstehe ich. Egal, was Eva tut, wie sie sich verhält, sie kann es nicht richtig machen. Und sie bekommt immer Druck. Von der Mutter, die Frieden zwischen den Geschwistern will, von der Schwester, die ihre uneingeschränkte Loyalität für sich und gegen die Eltern einklagt. Das muss einen zerreißen. Und es trifft immer wieder in die alte Wunde – Evas Gefühl der totalen Machtlosigkeit.

Dem entkommt sie einfach nicht. Dieses Muster, das System kann sie nur verlassen, indem sie sich ganz herauszieht. Und genau das hat sie getan, als sie am Ende ihrer Kräfte angelangt war.

Ein Leben lang, beinahe seit der Geburt, hat Eva zwischen allen Stühlen gesessen. Sie sollte die Verbündete Christinas gegen die Eltern sein – und konnte aber Mutter und Vater nicht verraten. Sie sollte Mittlerin zwischen Christina und den Eltern spielen – aber das hat zerstörerischen Streit mit der Schwester nach sich gezogen.

Die Familie Kaiser, nach außen so nett und harmonisch, in Wahrheit ein Kriegsschauplatz. Auf dem Schlachtfeld jede Menge Blut und nichts als Verlierer.

Im Grunde, so fügen sich für mich langsam all die Puzzleteile zusammen, musste Eva Christina verlassen, um Frieden zu finden. Dass sie damit auch die Mutter verlässt, die bis heute nicht den Mut gefunden hat, der älteren Tochter die Stirn zu bieten und es darauf ankommen zu lassen, ob sie der Familie wirklich vollständig den Rücken kehrt, ist dabei ein Kollateralschaden, nicht zuletzt mit eigener Schuld im Gepäck.

Die Frage ist nun, kann man das retten? Soll man es überhaupt? Oder haucht jeder Versuch nur der Tragik neues

Leben ein, lässt das Unglück wieder aufleben und Gewalt und Zerstörung weiter wüten?

»Was fühlst du heute für deine Mutter und deine Schwester?«, frage ich vorsichtig.

Eva hebt den Kopf, schaut an mir vorbei in die Ferne, als treibe die Antwort irgendwo da draußen auf dem Tsavo. »Meiner Mutter habe ich verziehen«, sagt sie schließlich. »Sie hat Fehler gemacht, ja, aber ich glaube, was sie im Krieg und vor allem auf der Flucht erlebt hat, das hat sie gebrochen. Als Erwachsene hat sie die ganze Zeit sich selbst irgendwie zusammenhalten müssen. Sicher, sie hätte uns besser vor unserem cholerischen Vater beschützen müssen, aber wie hätte sie das tun sollen, wenn sie selbst so kaputt war? Und mit Christina war sie dann völlig überfordert. Eine Radikale, die alle Werte der Eltern infrage stellt, die alles zerschlagen will, was sie sich nach dem Krieg aufgebaut haben, die ihnen ständig das Gefühl gibt, sie machen nichts richtig. So eine Tochter halten nicht mal seelisch Gesunde gut aus. Wie hätte es also meine traumatisierte Mutter schaffen sollen?«

»Und deine Schwester?«

»Christina?« Eva fährt sich mit beiden Händen durch die Haare. »Ich liebe sie, aber ich kann sie nicht leiden. Klingt verrückt, oder?«

Ich zucke nur wortlos die Schultern.

»Ich vermisse meine Schwester, aber nicht Christina. Falls du verstehst, was ich meine. Ich würde mir wirklich so sehr wünschen, dass wir uns aussprechen, dass wir einen Weg für ein Miteinander finden … aber ich glaube nicht daran.«

»Was müsste passieren? Müsste Christina sich bei dir entschuldigen?«

»Nein«, schüttelt Eva den Kopf. »Mir würde es schon genügen, wenn sie aufhört, mir für alles die Schuld zu geben. Wenn sie einräumt, dass sie ein Teil des Geschehens ist.«

Wie soll das gehen?, frage ich mich stumm. Christina müsste sich mit all der Schuld auseinandersetzen, die sie auf sich geladen hat. Wie sollte sie das aushalten?

Aber immerhin, für Magda und Eva scheint mir noch nicht alles verloren. »Weiß deine Mutter von alldem?«, frage ich daher vorsichtig.

»Was mir über Christina klar geworden ist?« Eva schüttelt den Kopf. »Ich habe nie mit ihr darüber gesprochen.«

»Weil du immer noch das Gefühl hast, du könntest nichts bewirken.«

Sie sieht mich fragend an.

»Vielleicht hat deine Mutter überhaupt noch nicht so weit gedacht wie du«, wage ich mich weiter vor. »Vielleicht ist ihr gar nicht klar, was Christina dir und der Familie alles angetan hat.«

»Ja, aber selbst wenn, was soll ein Gespräch da jetzt bringen?«

»Deine Mutter hat über den verzweifelten Versuchen, deine Schwester nicht zu verlieren, dich verloren, Eva. Aber sie hat nicht aufgegeben. Sie sucht dich. Sie sucht dich so verzweifelt, dass sie mich bis nach Kenia geschickt hat. Und wenn sie den Eindruck hätte, es bringt etwas, dann würde sie sich auf den langen Weg hierher machen, da bin ich ganz sicher. Wie damals ihre Mutter am Ende des Krieges.«

»Und du denkst, wenn ich mit ihr spreche, wenn ich ihr all das erkläre, dann gibt sie Christina einen Tritt und schließt mich in ihre Arme?« Eva schüttelt den Kopf, als wäre der Gedanke komplett abwegig.

»Das vielleicht nicht, aber willst du das überhaupt? Es geht doch nicht um ein Entweder-Oder. Dein Zuhause ist jetzt hier, weit weg von Christina. Du könntest Kontakt zu deiner Mutter halten, mit ihr über WhatsApp videotelefonieren, das habe ich ihr nämlich beigebracht, und müsstest überhaupt nichts mit deiner Schwester zu tun haben.«

Ich finde meinen Plan ziemlich gut, aber Eva guckt mich immer noch skeptisch an.

»Denk doch wenigstens drüber nach«, lasse ich nicht locker. »Deine Schwester, die dich ein Leben lang zwischen die Stühle gesetzt hat, die dir das Gefühl gegeben hat, du darfst eure Eltern nicht lieben, diese Schwester hätte dann verloren. Ihr Plan wäre gescheitert. Und du, du hättest selbst in dieser verkorksten Familiengeschichte am Ende unheimlich viel bewirkt.«

51

Am frühen Morgen weckt mich Löwengebrüll, laut und ohne Zweifel aufkommen zu lassen, wer der Herrscher der Savanne ist. Für einen herzrasenden Augenblick fürchte ich, die Großkatze steht direkt vor meinem Zelt. Dann fällt mir ein, dass die Nacht ein Verstärker für jedes Geräusch ist.

Ich taste nach meinem Handy. Fünf Uhr dreißig. Ich öffne die Voice-Memo-App, warte, den Finger nur einen Millimeter über dem Aufnahmebutton.

Der Löwe brüllt erneut, kräftig und ausdauernder als zuvor. Ich sitze im Bett und grinse. Das wird der beste Klingelton aller Zeiten.

Die Stille legt sich wieder über das Camp. Ich starre in die Dunkelheit, hellwach und immer noch erstaunt über die Ruhe in mir, die am ersten Tag der Safari in mich gesunken und seitdem meine Begleiterin ist. Ob ich mir die wohl werde bewahren können?

Und wie geht es mit Eva und Magda Kaiser weiter?

Unsere Gespräche hängen mir nach. Vieles von dem, was Eva mir erzählt hat, ist unter meine Haut gekrochen, hat Spuren in meinem Herzen hinterlassen.

Und ausgerechnet Eva meint, sie könne nichts bewirken?

Ich würde gern etwas tun. Für sie, für Magda, und ja: auch für Christina. Ich kann mir nicht vorstellen, dass eine der drei Frauen nicht unter der Situation leidet. Nicht einmal die Zerstörerin. Und Magdas Enkel. Die bestimmt auch.

Ich mag mich täuschen, aber ganz tief in mir glaube ich an Heilung. Daran, dass man alles hinbekommen kann, wenn man nur will. Wieso sollte das nicht für die Kaisers gelten?

Akzeptieren, dass der andere anders ist. Versuchen, sich in seine Schuhe zu stellen. Sich immer wieder daran erinnern, dass Menschen stets Gründe haben für das, was sie tun.

Verzeihen. Auch das, was im Nachhall des Gefechts so unverzeihlich scheint. Loslassen. Das Vergangene ziehen lassen und den Blick in die Zukunft richten. Das Herz wieder öffnen, ohne Angst. Denn was kann schon geschehen?

Scheitern, verletzt werden, eine weitere Narbe auf der Seele. Na und? Selbst Narben verblassen mit der Zeit.

Vielleicht bin ich naiv. Eine hoffnungslose Optimistin. Vielleicht glaube ich zu sehr daran, dass irgendwann alles gut wird.

So wie bei mir.

Das wird es doch? Alles gut?

Pauls E-Mail fällt mir ein. Ich werde sie beantworten müssen, wenn ich eine Chance haben will, zu erfahren, was ihn dazu gebracht hat, mich auf diese Art sitzen zu lassen. Wann es angefangen hat. Wann wir vom Weg abgekommen sind und unterschiedliche Richtungen eingeschlagen haben.

Und warum.

Ganz besonders, warum.

Doch wie in allem Schrecklichen liegt auch hierin etwas Gutes. Ich bin in Afrika. Ich habe in drei Tagen mehr über mich gelernt als in den letzten dreißig Jahren. Und wenn ich heute die Savanne verlasse, werde ich als eine andere zurückkehren.

Und ich werde Gabriel wiedersehen.

Komisch, der Gedanke verwundert mich nicht. Ich versuche gar nicht erst, mir vorzumachen, der Mann sei mir egal, ich muss das nicht mehr. Muss mich nicht mehr verstecken, kann hinter mir stehen, aufrecht und mit einem Lächeln.

Bin ich verliebt?

Ich weiß es nicht. Kann es mir nicht vorstellen. Das mit Paul ist noch frisch, noch so unverdaut. Wie könnte ich da schon wieder offen für jemand anderen sein?

Aber tanzen will ich mit Gabriel. Am Teich sitzen und den Webervögeln zusehen, den Strand entlangspazieren, auf die Flut warten und reden, einfach nur reden. Die Tage vergehen lassen ohne Sinn und Zweck. Frisch aus der Palme geerntete Kokosnüsse essen und lachen. Vor allem lachen.

Einfach noch ein Weilchen hierbleiben, die Schwerelosigkeit genießen und mein Herz heilen lassen. Schließlich ist es nicht so, dass zu Hause ein Mensch oder ein Job auf mich wartet. Ich habe immer noch elf Monate Zeit. Warum also nicht noch ein, zwei Wochen bleiben?

Sechs Uhr elf zeigt mein Handy an.

Mit Wehmut schlage ich die dünne Decke zurück, zupfe das Moskitonetz unter der Matratze hervor und schlüpfe aus dem Bett. Die letzte Chance auf den Sonnenaufgang in der Savanne werde ich mir nicht entgehen lassen.

Eine schnelle kalte Dusche, und fünfzehn Minuten später trete ich aus dem Zelt. Es ist noch dunkel, im Camp ist kaum Betrieb. Nur aus dem Küchenzelt fällt Licht, und Pitata geht auf ein Nachbarzelt zu und winkt zu mir herüber.

Ich hole mir aus dem Küchenzelt einen Becher Kaffee und trage ihn und einen Stuhl zu der Stelle, wo ich noch am Abend zuvor am Lagerfeuer gesessen und den Erzählungen der anderen Safarigäste gelauscht habe.

Jetzt bin ich hier allein, und das gefällt mir.

Das Licht erobert langsam den Himmel, taucht ihn und das Land in jene Farbe, die alles bläulich schimmern lässt.

Ein paar Flusspferde waten ins Wasser, bis man nur noch einen kleinen Teil ihres Rückens herausragen sieht.

Zebras, Elefanten und ein paar Nashörner kommen langsam heran, um ihren Durst zu stillen.

Ich sauge all die Bilder in mich auf, graviere sie in mein Gedächtnis, meine Seele, mein Herz.

Eva stellt einen Stuhl neben meinen und setzt sich schweigend zu mir.

»Das hier, das werde ich für den Rest meines Lebens vermissen.« Ich kann sie jetzt schon spüren, diese Sehnsucht, die mich fortan begleiten wird.

»Du wirst wiederkommen, da bin ich ganz sicher«, sagt sie, und ihre Stimme ist so sanft wie nie zuvor. »Bei mir bist du jederzeit willkommen. Du weißt ja, ich habe ein Gästezimmer.«

»Ich nehme dich beim Wort.« Ich lege meine Hand auf ihre und drücke sie.

»Man kommt entweder nur einmal nach Afrika oder immer wieder. Ich persönlich habe nie verstanden, wie man diesen Kontinent nicht lieben kann.«

»Wer weiß.«

Eine kleine Gruppe Gnus wagt sich vorsichtig ans Flussufer. Sie wissen wohl um die Krokodile, aber der Durst ist größer als die Angst.

»Ich habe den Brief gelesen.« Eva sagt das so dahin, als wäre es nicht von Belang. »Ich werde noch ein wenig darüber nachdenken und dann entscheiden, ob ich mich bei ihr melde.«

»Ich maile dir die Handynummer, wenn ich wieder im Hotel bin. Das kann ich doch an die Adresse der Lodge schicken, oder?«

»Klar. Setz einfach ›Eva‹ vor das @, dann kommt die Mail direkt bei mir an.« Sie tritt mir ganz leicht gegen den Fuß und grinst. »Du bist echt eine Marke. Du gibst nie auf, oder?«

»Nein. Wieso?«

»Ich habe viel nachgedacht über das, was du gestern gesagt hast, Alex. Dass ich gedacht habe, ich dürfe die Eltern nicht lieben. Ich bin noch nicht fertig mit Nachdenken, aber vielleicht hast du recht. Vielleicht habe ich meine Mutter mein Leben lang mehr geliebt, als ich mir eingestanden habe. Vielleicht wollte ich es nur nicht wahrhaben, weil es so verboten schien. Vielleicht hatte ich einfach zu viel Angst, Christina zu verlieren, oder wollte mich nicht zwischen den Parteien entscheiden müssen.«

Ich lasse Eva reden, gebe ihr und ihren Gedanken Raum, denn das ist alles, was ich noch tun kann. Platz schaffen, dass die Idee, die ich als Samen ausgebracht habe, keimen und sich zu einer kräftigen Pflanze entwickeln kann.

Und immerhin, der Same ist nicht vom Wind fortgetragen worden. Es gibt also Hoffnung. Vielleicht sogar mehr als das.

»Was immer ich tue«, sagt sie, »ich werde es dich wissen lassen.« Sie lächelt auf ihre scheue Art. »Ich würde mich wirklich freuen, wenn wir in Kontakt blieben.«

»Gern«, drücke ich ihre Hand noch einmal. »Außerdem müssen wir das ja sowieso, wenn ich wiederkommen soll.«

Wir lachen beide, stehen auf und umarmen uns, als wäre es das Selbstverständlichste auf der Welt. Ganz fest halte ich sie für einen Moment und hoffe, ihr damit zu zeigen, wie sehr ich sie mag.

»Wenn jemand dich fragen würde«, wird sie wieder ernst, breitet die Arme aus, als wolle sie das ganze Land umschließen, »was du auf der Safari über das Leben verstanden hast, was würdest du antworten?«

»Oje, da ist so vieles.« Ich richte den Blick wieder auf den Fluss, denn die Antwort liegt dort, beim Land und bei den Tieren. »Demut ist ein zentrales Thema. Demut vor dem Leben und dem Tod. Und die Stille, diese besondere Stille der Savanne.«

Ich spüre dem Gedanken einen Moment lang nach, lasse ihn in mir schwingen, seinen ganz speziellen Ton entfalten, ausklingen, nachhallen.

»Dass die Stille nicht die Abwesenheit von etwas bedeutet, sondern die Tatsache, dass alles vorhanden ist«, sage ich schließlich.

52

Als wir durch das Tor aus dem Nationalpark Tsavo West hinausfahren, drehe ich mich noch einmal um. Die Savanne fällt hinter uns zurück, aber in meinem Herzen hat sie für immer einen Platz gefunden. Wehmut und Glück sitzen darin dicht beieinander, halten sich an den Händen. Ich schaue zurück, bis ich nur noch die staubige Straße und Gras sehe.

Joe dreht sich zu uns um. »Und? Safari war gut?« Er holt die Eintrittstickets aus der Hemdentasche und verteilt sie an uns. »Souvenir«, sagt er mit einem Augenzwinkern.

Es fühlt sich eigenartig an, als wir auf den Highway biegen, der von Nairobi nach Mombasa führt. All die Autos, die vielen Menschen, das Getümmel, das Chaos, das ich auf der Fahrt zum Tsavo Ost noch so spannend fand, ist mir nun zu viel.

Die vergangenen drei Tage stecken mir auf mancherlei Art in den Knochen.

Es war das Beste, was ich bisher im Leben gemacht habe, und die Eindrücke würde ich um keinen Preis der Welt missen wollen, aber es war auch anstrengend.

Die viele Fahrerei auf schlechten Wegen, die Hitze, der Staub, der Schlafmangel, die anstrengenden Gespräche mit Eva und auch das Übermaß an Adrenalin, das durch meinen Körper jagte, fordern ihren Tribut. Meine Glieder sind schwer, ich fühle mich staubig und verklebt, ausgelaugt, müde – und verdammt gut.

Es war ein Abenteuer. Und ein großes Geschenk.

Ich bin immer noch Alexandra Bertram und doch eine andere. Ich bin bereichert um mehr als nur Bilder und Erlebnisse.

Mit einem leisen Seufzen verstaue ich die Kamera in der Tasche auf dem Boden, lehne mich zurück und schließe die Augen.

Die Fahrt dauert ewig. Immer wieder staut sich der Verkehr. Baustelle folgt auf Baustelle, die Fahrzeuge werden dann meist auf die sandigen, nur notdürftig zurechtgebaggerten Nebenstrecken umgeleitet.

Zwischen Wachen und Dösen trinke ich Wasser, das warm geworden ist. Irgendwo halten wir an, und Luke und Joe besorgen ein paar Sandwiches aus einem Laden. Die schmecken pappig, aber der Hunger lässt uns kaum eine Wahl.

Am späten Nachmittag erreichen wir endlich Mombasa. Die Stadt ächzt unter dem Feierabendverkehr. Nur im Schritttempo geht es voran, und ich beneide die Mopedfahrer, die sich in halsbrecherischen Schlangenlinien durch den Stau mogeln, manche mit zwei Mitfahrern auf der Sitzbank und einem aufgespannten Sonnenschirm darüber.

»Wird bald besser«, versucht Luke uns aufzumuntern. »Nicht mehr weit, dann kommt die Abzweigung zur Brücke.«

Ich entsinne mich, dass Gabriel mir auf einem unserer Spaziergänge erzählt hat, dass Mombasa auf einer Insel liegt und es nur in Richtung Norden, also nach Nyali, eine Brücke gibt. Will man nach Süden, zum Diani Beach, muss man die Fähre nehmen, und vor der staut es sich immer außer sonntags.

Ein Blick auf die Uhr verrät mir, dass ich es nicht einmal mehr zum Nachmittagssnack ins Hotel schaffen werde. Etwas Richtiges zu essen gibt es dann also erst wieder um acht. Aber vorher freue ich mich auf eine ausgiebige Dusche. Und frische Kleidung. Bis dahin begnüge ich mich mit einer der letzten Flaschen des warmen Wassers.

Als wir endlich vor dem *Bahari* halten, umarme ich zum Abschied erst die Polin, dann ihren Mann. Auch wenn wir nicht viel miteinander sprechen konnten, so haben wir doch die Erlebnisse geteilt. »War toll, euch kennenzulernen«, sage ich und drücke sie noch einmal, »alles Gute euch beiden.«

Joe und Luke gebe ich die Hand, bedanke mich und stecke jedem tausend Kenia-Schilling zu. »Vielen Dank«, lächle ich sie an, »war super mit euch.«

Ich sehe ihnen nach, wie sie davonfahren, und winke. Dann atme ich einmal tief durch, schultere meine Tasche und gehe an die Rezeption, um mich zurückzumelden.

53

Ich stehe lange unter der Dusche, genieße das Zitat eines herabgehenden tropischen Regengusses, das warme Wasser, das den Staub und mit ihm die Anstrengungen von mir abspült.

Einen Handtuchturban um den Kopf gewickelt, koche ich mir einen Becher Kaffee, setze mich auf das Bett und starre die Wand an.

Magda wartet auf meinen Anruf.

Ich weiß das, genauso wie mir klar ist, dass ich ihn vor mir herschiebe, weil ich unschlüssig bin, was ich ihr sagen soll. Etwas zwischen uns ist anders, seitdem mir Eva ihre Seite der Geschichte erzählt hat. Nur Magda weiß das noch nicht.

Ich vermute, Magda hat nie geahnt, dass sie Eva verlieren würde, wenn sie sie nicht irgendwann gegen Christina in Schutz nimmt. Ebenso wie ich Evas Zerrissenheit verstehe, kann ich auch die von Magda nachvollziehen.

Trotzdem.

Die Mutter hätte nicht zulassen dürfen, dass die ältere Tochter die jüngere zwischen die Fronten stellt.

Magda Kaiser, die herzliche und hilfsbereite Frau, das Charakterbild, das ich mir von ihr gezeichnet habe, hat einen

Farbton dazubekommen. Und es ist keine helle, warme Nuance. Keine, die mir sonderlich gefällt.

Dennoch steht es mir nicht zu, der Frau Vorwürfe zu machen. Ich bin nur die Detektivin, die die Tochter aufgespürt und die Bitte der Mutter überbracht hat. Ich bin weder Teil der Familie noch habe ich die ganze Geschichte miterlebt. Es steht mir nicht zu, ein Urteil über einen der Beteiligten zu fällen.

Aber unparteiisch zu sein, nachdem ich Eva kennen und mögen gelernt und mir ihre tragische Lebensgeschichte angehört habe, fällt mir beim besten Willen nicht leicht.

Ich puste vorsichtig in meinen Becher und sehe dem Dampf zu, wie er sich auf die Reise macht, ausfächert, rissig wird und sich schließlich ganz auflöst. Eine Art Seufzen, so kommt es mir vor, das sichtbare Echo dessen, was mein Herz spürt. Bildgewordene Gedanken, für einen kurzen Moment sichtbar, dann für immer fort.

Das Handy in meiner Hand wiegt schwer. Das leuchtende Display eine vergnügte Einladung, die mir wie ein böser Scherz erscheint.

Ich will nicht lügen. Nicht Eva verraten. Nicht Magda enttäuschen. Aber wie soll das gehen?

54

»Erzähl mir alles. Und zwar ganz genau. Jedes einzelne Detail.«

Es tut gut, Annes Stimme zu hören und ihr Gesicht zu sehen, so erwartungsvoll der Blick, so strahlend das Leuchten in den Augen. »Ich weiß gar nicht, wo ich anfangen soll«, lache ich, und es fühlt sich gut an, nimmt die Schwere von mir, die das Telefonat mit Magda zurückgelassen hat.

»Offenbar hat dich kein Löwe gefressen.« Sie zwinkert. »Nicht mal angeknabbert?«

»Natürlich nicht«, schüttle ich den Kopf. »Aber ich habe welche gesehen.«

»Fotos! Ich will Fotos!«

»Jetzt sei mal ein bisschen geduldig.«

»Ich?«, entrüstet Anne sich. »Geduld? Was ist das? Kann man das essen?«

Ich rolle die Augen. »Fotos gibt es, wenn ich zurück bin. Und zwar so viele, dass du dich noch verfluchen wirst, mich danach gefragt zu haben.«

»Pfff …«

»Du wirst schon sehen: Wenn ich erst zu einer dieser Nervensägen mutiere, die dir eine Million Urlaubsbilder zeigen, und du ab dem hundertfünfzigsten denkst, dass du das alles schon mal gesehen hast, dann wünschst du mich in die Savanne zurück.«

»Niemals«, protestiert sie. »Und jetzt erzähl endlich, wie war es?«

»Ein Traum.«

»Aha. Geht's auch etwas ausführlicher?«

Ich erzähle ihr von den Tieren, der Landschaft, den Nächten im Zelt, der Fußpirsch, all jenen überwältigenden Momenten, die sich, in die letzten drei Tage gepresst, wie ein ganzes Leben anfühlen. Und irgendwie war es ja auch genau das – ein neues, ein anderes Leben.

»Das klingt ganz schön berauschend«, sagt Anne schließlich leise, fast ehrfürchtig.

»Dieses Gefühl, dort sein zu dürfen, in dem Revier dieser Tiere, sie beobachten zu dürfen, einen Blick auf ihr Leben und ihre Bestimmung zu erhaschen, das ist einfach unbeschreiblich.«

»Vermutlich kann man das nicht so richtig verstehen, wenn man es nicht erlebt hat, oder?«

»Das nächste Mal musst du einfach mitkommen.« Mich beschleicht das Gefühl, ich muss sie aufmuntern.

»Das nächste Mal?«

»Ja, klar. Ich bin sicher, dass ich wieder nach Afrika komme. Vielleicht nicht nach Kenia. Der Kontinent ist groß, es gibt so viel zu sehen. Uganda, Botswana, Tansania, Mosambik …« Ich bremse mich, werde still.

»Und?«, fragt sie zaghaft. »Hast du Eva Kaiser getroffen?«

»Ja, hab ich.« Ich erzähle ihr von der Begegnung, den Gesprächen und auch von den Gedanken, die mir seither durch den Kopf gehen. »Gerade eben habe ich mit Magda telefoniert«, ende ich, »ich musste ihr ja schließlich mitteilen, wie meine Mission ausgegangen ist.«

»Was für eine furchtbare Familiengeschichte«, sagt Anne nachdenklich. »Das klingt, als hätte diese Christina im Grunde Evas Leben zerstört.«

»Allerdings«, pflichte ich ihr bei. »Wer weiß, was aus Eva geworden wäre, hätte sie sich nicht von Anfang an ungeliebt, ungewollt und ohne jeden Einfluss gefühlt. Bis es sie hierher verschlagen hat, war sie immer nur die Schwester von Christina. Und immer hat sie um Liebe gekämpft, ohne zu wissen, dass sie für sie unerreichbar ist.«

»Das muss schrecklich sein. Wie so ein mächtiger, überdimensionaler Schatten, der ständig über einem hängt und dem man überhaupt nicht entkommen kann.«

»Ich kann verstehen, dass sie hier ihren Frieden gefunden hat. Ich glaube, die Leute, die für sie in der Lodge arbeiten, sind so etwas wie eine Ersatzfamilie. Hier ist Eva wichtig. Und geschätzt.«

»Dann hat sie Glück gehabt, dass sie das gefunden hat.«

»Ja. Deswegen bin ich auch so unsicher, ob es richtig war, sie aufzuspüren. Vielleicht wäre es besser gewesen, ihr ihren Frieden zu lassen.«

Vor der Glasfront zum Balkon senkt sich die Dunkelheit, und mir fällt wieder einmal auf, wie schnell das hier geht. Ob Sonnenaufgang oder -untergang, immer ist es fast so, als schaltet jemand das Licht an oder aus.

»Ach, weißt du«, zerstreut Anne meine Zweifel, »du hast es doch Eva überlassen. Und selbst wenn sie beschließt, mit ihrer Mutter zu sprechen, kann sie das auch tun, ohne ihren Wohnort preiszugeben.«

»Du meinst, sie kann ihr Versteck wahren?«

»Sicher. Ich finde, das ist eine gute Lösung. Endlich hat sie es mal in der Hand, ob und wie es weitergeht, und ist nicht der Spielball ihrer Familie. Was hast du denn Magda Kaiser überhaupt erzählt?«

»Nicht viel.« Ich stehe auf, ziehe die Vorhänge vor und schalte das Licht an. »Nur dass ich Eva getroffen, ihr den Brief gegeben habe und dass sie mit mir gesprochen hat.«

»Und Magda hat nicht gefragt, worüber?«

»Doch, klar. Ich habe ihr auch gesagt, dass Eva mir einiges von der Familiengeschichte erzählt hat. Und dass ich den Eindruck gewonnen habe, das Problem sei eher Christina.«

»Und wie hat sie darauf reagiert?«

Das Schweigen fällt mir wieder ein, das sich in diesem Moment zwischen Magda und mir ausgebreitet hatte. Gerade als ich dachte, es wächst auf die Größe der Distanz zwischen uns, zwischen Berlin und Mombasa, und sie legt womöglich den Hörer auf, hat sie leise angefangen zu sprechen. Mühsam zunächst, als müsste sie die Sätze heraushusten wie einen fest sitzenden Schleim.

»Ich glaube, sie hat so etwas geahnt«, sage ich schließlich. »Und ich hatte das Gefühl, dass sie sehr viel Angst hat, darüber zu sprechen.«

»Kein Wunder.«

»Ja, stimmt.« Einen Moment schweigen wir beide. »Was soll's«, seufze ich. »Ich habe alles getan, was ich konnte. Jetzt liegt es an Eva. Und falls sie sich dazu entscheidet, die Angelegenheit zumindest mit Magda zu klären, liegt es an beiden.«

»Was denkst du?«

»Ich weiß es nicht, Anne. Es ist so eine ... verfahrene Situation. Ich glaube, sie brauchen ganz viel Mut, um offen darüber zu reden. Ich kenne beide viel zu wenig, um sagen zu können, ob sie den aufbringen werden.«

»Und was dann passiert, ist sowieso völlig ungewiss.«

»Ich kann nur abwarten.«

»Paul hat mir übrigens eine E-Mail geschrieben.« Zögerlich bringt sie das vor, Wort für Wort.

»Auch das noch.«

»Er wollte von mir wissen, ob mit dir alles in Ordnung sei. Weil du auf seine Mail nicht reagiert hast.«

»O Mann! Erst seine Mutter, jetzt er. Tut mir wirklich leid, Anne, dass die dich da mit hineinziehen.«

»Ach, ich ignoriere es einfach«, gibt sie leichtfertig zurück.

»Ich schreibe ihm. Noch heute Abend oder spätestens morgen.«

»Und? Was ist jetzt mit Gabriel?« Sie grinst verschmitzt und wackelt mit dem Kopf.

»Den treffe ich vermutlich gleich beim Essen«, lache ich.

»Hast du ihn denn vermisst?«

»Anne!«

»Man wird doch wohl mal fragen dürfen«, spöttelt sie mit gespielter Entrüstung.

»Er ist ein netter Typ. Mehr nicht.« Noch während ich das sage, merke ich, dass ich mir das selbst nicht ganz abnehme.

»Soso.« Sie zieht eine Schnute.

»Als wenn Männer alles wären.« Je mehr ich mich gegen das Thema wehre, desto schwächer klinge ich. Ich sollte das Gespräch beenden. Und zwar bevor meine beste Freundin mich komplett in die Ecke drängt.

»Alles sicher nicht, Alex, aber ein heißer Urlaubsflirt hat nun wirklich noch keinem geschadet.«

»Ich werde darüber nachdenken, falls dich das beruhigt. Aber jetzt muss ich essen gehen. Ich habe nämlich seit dem Frühstück nur ein pappiges Sandwich in den Magen bekommen.«

»Gut, gut«, lenkt sie ein, »ich will nicht daran schuld sein, dass du verhungerst. Aber wenn du denkst, du kommst in puncto Gabriel so einfach davon, dann hast du dich geirrt. Bis morgen.«

Noch ehe ich etwas erwidern kann, kappt sie die Verbindung. Ich werfe das Handy aufs Bett, gehe ins Bad und befreie meine Haare vom Handtuchturban.

»Hm …«, sage ich zu meinem Spiegelbild, »Urlaubsflirt?« Dann schüttle ich den Kopf. »Das hätte mir gerade noch gefehlt.«

55

Die Trommeln, mit denen die Köche die Gäste zum Essen rufen, sind schon ein Weilchen verklungen, als ich mich endlich auf den Weg mache.

Als Erstes laufe ich Irmgard und Waltraut über den Weg, die an ihrem Stammtisch thronen. »Da ist sie ja wieder«, strahlt Waltraut über das ganze Gesicht. »Nun sag schon, wie war die Safari?«

»Ein Traum«, bleibe ich stehen, »einfach nur ein Traum.«

»Wusste ich's doch«, sagt Waltraut, an Irmgard gerichtet, »schau sie dir an, wie gut sie aussieht.«

»Jetzt lass das arme Mädel doch erst mal essen.« Irmgard tätschelt meinen Arm und nickt, zackige kleine Kopfbewegungen, mit denen sie jedes Wort unterstreicht. »Deine Truppe sitzt gleich da an dem Tisch, sind wohl alle gerade beim Büfett. Du bist bestimmt auch hungrig. Safari ist anstrengend.«

»Ich hatte heute nur ein sehr frühes Frühstück und dann ein scheußliches Sandwich.« Ich wippe auf die Zehenspitzen und lasse meinen Blick durch den Restaurantbereich streifen, entdecke einige neue Gesichter neben den bekannten.

Neben zwei frisch angereisten Fossilmännern, noch winterblass, dafür aber schon mit jungen Kenianerinnen im Schlepptau, fällt mir eine ältere Dame auf, die auf einen jungen Schwarzen an ihrem Tisch einredet, der gelangweilt seine Suppe löffelt. Fast hatte ich die Kehrseite des Tourismus vergessen, doch in diesem Moment ist alles wieder da.

»Dann solltest du unbedingt erst das Büfett plündern«, holt Waltraut mich aus meinen Gedanken zurück.

»Deine Leute haben extra einen Stuhl für dich frei gehalten«, ergänzt Irmgard.

»Tatsächlich?«

»Na, was denkst du denn?«, entrüstet sich Waltraut. »Hast du etwa noch nicht gemerkt, dass Gabriel ein echter Gentleman ist?«

»Jetzt lass sie doch endlich, Waltraut.« Irmgard schüttelt etwas unwirsch den Kopf, und ich weiß nicht, ob sie die subtile Kuppelei meint oder die Tatsache, dass ihre Freundin mich vom Essen abhält.

Nur schwer verkneife ich mir ein Grinsen. Die beiden sind einfach herrlich. Und immer haben sie gute Laune, sind witzig und nehmen sich selbst nicht so ernst. »Ich kann euch später ja noch alles erzählen.«

Von Weitem sehe ich Gabriel vom Büfett kommen. In seinen hellen Hosen und dem weißen Hemd kommt seine gebräunte Haut noch stärker zur Geltung.

»Nachher spielt die Liveband«, höre ich Waltraut sagen, »da sehen wir uns doch, oder?«

Wie er geht, mit diesem Schwung, als folge er einem Rhythmus, einer Melodie, die nur er hören kann.

»Sicher«, antworte ich ihr, schaue jedoch weiter zu Gabriel, der an einem Tisch stehen bleibt, etwas zu dem Paar sagt, das dort sitzt. Dann lacht er, und mir ist, als könne ich seine warme, tiefe Stimme hören.

Komisch leicht fühle ich mich plötzlich, fast schon schwindlig. Watte im Kopf und im Bauch. Sicher der Hunger. Getrunken habe ich auch zu wenig.

»Also, die Damen«, reiße ich meinen Blick von ihm los, »dann inspiziere ich mal das Menü.«

»Man sieht sich«, zwinkert Irmgard mir zu.

Ein wenig unsicher gehe ich langsam los, taumle fast, der feste Boden unter meinen Füßen die Planken eines Schiffs auf hoher See.

Ich muss unbedingt etwas essen. Und mindestens zwei große Gläser Wasser trinken.

Gabriel nickt den beiden am Tisch zu, sagt noch etwas. Alle lachen, der Mann hebt die Hand und winkt ab.

Ich gehe weiter, so langsam ich kann. Ich will nicht ankommen, nicht vor ihm stehen. Ich weiß einfach nicht, wie ich ihn begrüßen soll. Und das ist absurd, völliger Quatsch. Ich sage einfach Hallo, oder?

Oder?

Er dreht sich um, macht einen Schritt, steht still. Lächelt. Nicht breit, nicht scheu. Leise.

Als ob man leise lächeln kann.

Einen Meter vor ihm bleibe ich stehen. »Da bin ich wieder.« Ich zucke die Schultern und komme mir unsagbar albern vor.

»Hast du unseren Tisch gefunden?«

In der für ihn typischen unaufgeregten Art pustet er einfach diese komische Anspannung von mir weg. Mit einem einzigen Satz.

Auf einmal kann ich gar nicht mehr verstehen, warum ich mir eben noch solche Gedanken um unser Wiedersehen gemacht habe. Der Boden unter meinen Füßen ist wieder fest, die Welt schlingert nicht mehr. Und genau das ist es, was ich an ihm so mag. Das Unaufgeregte, das Selbstverständliche.

»Irmgard und Waltraut haben mir gesagt, ihr habt einen Stuhl für mich frei gehalten.« Ich befinde mich wieder in unserem gewohnten Fahrwasser. Keine Stromschnellen, keine Wellen.

»Dann hol dir erst mal was zu essen. Du bist bestimmt hungrig.« Seine Augen fangen das Licht der im Wind schaukelnden Lampen, leuchten mehr noch als das weiße Hemd. »Marion und Guido sind auch irgendwo am Büfett. Bernd wollte nur kurz sein Handy ins Zimmer bringen, der müsste auch gleich wieder da sein.«

»Dann will ich mal.« Ich nicke mit dem Kopf Richtung Büfett. »Bis gleich.«

56

Beim Essen erzähle ich der Truppe von der Safari und meinen Gesprächen mit Eva, ohne jedoch allzu tief auf die Familiengeschichte der Kaisers einzugehen.

»Das klingt alles ganz schön aufregend«, stellt Marion fest und sieht Guido an. »Wir sollten auch mal wieder eine Safari machen. Wollen wir diese *Karibu Lodge* ausprobieren?«

»Klar, wenn du willst.«

»Mir war ja von vornherein klar, dass du die Richtige für die afrikanische Wildnis bist«, sagt Bernd und kratzt die letzten Reste Apple Crumble auf seinem Teller zusammen. »Du hast das Abenteuergen.«

»So?« Ich gebe Doris ein Zeichen, mir noch ein Glas Wasser mitzubringen.

»Bernd hat es vorhergesagt.« Gabriel faltet seine Serviette und legt sie neben dem leeren Teller ab. »Er hat uns die letzten drei Tage lang zu überzeugen versucht, dass du bestimmt eine Fußpirsch wagst.« Er sieht mir mit seinem intensiven Blick in die Augen. »Und? Hatte er recht?«

Einen verwirrten Moment lang wünsche ich mir, er würde mit mir flirten. Aber will ich das wirklich? Nein. Die entspannte Stimmung, die Lockerheit zwischen uns allen hier tun mir gut.

Und genau das geriete in Gefahr, stände plötzlich das gewisse *Mehr* auf dem Spiel.

»Was denkst du?« Die Frage flutscht mir eine Spur zu kokett aus dem Mund, und ich könnte mich dafür ohrfeigen. Eine kleine Unachtsamkeit, ein Funke Übermut, und auf dem Schachbrett des Flirtens habe ich ungewollt den Eröffnungszug gemacht.

Er sieht mir eine Spur zu lang in die Augen.

Mir wird heiß. Die Luft um mich herum ist dick, das Atmen auf einmal schwer. Eisern halte ich dem Blick stand, auch wenn alles in mir nach einem geschickten Ausweichmanöver verlangt. Ich habe mich selbst in diese missliche Lage gebracht, ich werde das jetzt auch ausbaden.

»Klar hat sie.« Mit nicht mehr als einem Halbsatz fegt Marion die Schachfiguren vom Brett. »Und jetzt lasst uns rübergehen, ehe wir keinen Tisch mehr finden.« Schwungvoll schiebt sie ihren Stuhl zurück und steht auf, ahnungslos, wie dankbar ich ihr für die Rettung bin.

Wir bekommen nur noch einen Tisch am Rand der Terrasse. Die Band ist bereits bei den flotteren Rhythmen angekommen, die Tanzfläche gut gefüllt.

Ich fühle mich beschwipst, ohne einen einzigen Tropfen Alkohol getrunken zu haben. Mein übermütiges Ich drängt mich, ein bisschen näher an Gabriel heranzurücken. Ein letzter Rest Vernunft protestiert, so laut er kann. Ich versuche zu schweigen, um nichts Falsches zu sagen.

Wir teilen uns einen Zweisitzer. Gerade mal ein Hauch Luft passt noch zwischen seinen und meinen Oberschenkel. Ich müsste nur ein winziges Stück rutschen, dann würden wir uns berühren.

Tun wir aber nicht.

Weil es nicht richtig wäre. Weil es ein falsches Signal senden würde.

Ich weiß zu gut, wie es sich anfühlt, wenn einem das Herz gebrochen wird. Wenn man feststellen muss, dass man sich getäuscht hat, dass alles ganz anders ist, als man dachte.

Ich will ihm das nicht antun. Würde ich das überhaupt? Wie komme ich auf einmal darauf, dass er vielleicht etwas von mir will?

Ich habe mich wohl verirrt. Und so bleibe ich steif sitzen, wage kaum zu atmen.

Es ist nur Übermut, sage ich mir wieder und wieder. Schließlich habe ich kein Flattern im Bauch, kein heiß rauschendes Blut, keine Atemlosigkeit. Alle Anzeichen für Verliebtheit glänzen durch Abwesenheit.

Es kann also nur ein reizüberfluteter Zustand sein, in dem ich mich befinde. Eine Verknotung von Verstand und Gefühl, Nerven im Ausnahmezustand, ausgelöst durch all das, was ich in den letzten Tagen erlebt habe.

So etwas geht vorbei. Acht Stunden tiefer Schlaf, und nichts davon wird übrig sein. Nichts außer einer amüsanten Erinnerung an einen beschwingten Abend.

Jetzt gilt es nur, nicht womöglich einen Flächenbrand zu entzünden, der alles zerstören würde, diese Urlaubsstimmung, die restlichen Tage. Der sogar in die Erinnerung für immer einen bitteren Beigeschmack mischen würde.

»Kommt es mir nur so vor, oder steht die Luft heute Abend?« Marion entfaltet ihren Fächer mit einer zackigen Bewegung aus dem Handgelenk und beginnt sich Luft zuzufächeln.

»Meinetwegen können wir uns auch an die Poolbar setzen«, schlägt Guido vor.

»Ja, da geht sicher mehr Wind«, pflichtet Bernd bei und steht auf.

»Wieso nicht.« Ich stemme mich aus dem Zweisitzer hoch.

»Ich hab aber versprochen, mit dir zu tanzen.« Gabriel hält mir seine Hand hin, mit der Handfläche nach oben.

»Stimmt.« Tanzen? Er und ich? Alles, nur das jetzt nicht. Nicht in der Stimmung, in der ich mich gerade befinde. »Das können wir aber auch auf einen anderen Abend verschieben.«

»Kneifst du jetzt etwa?« Bernd grinst verschmitzt. »Hätte ich ja von dir nicht gedacht, Alex.«

Auch das noch. Wie komme ich nur heil aus dieser Nummer heraus? Vermutlich gar nicht.

»Dann gehen wir schon mal rüber, und ihr tanzt schön.« Guido legt den Arm um Marion. »Oder willst du auch?«

Sie rollt die Augen und wedelt gleich noch einen Tick schneller mit ihrem Fächer. »Bei der Hitze? Gewiss nicht. Außerdem kannst du gar nicht tanzen, Schatz.«

»Na dann …« Bernd geht Richtung Poolbar los, hebt die Hand und winkt.

»Also?« Gabriel sieht mich an und zieht eine Augenbraue hoch.

Zögernd lege ich meine Hand in seine, spüre, wie seine Finger meine umschließen, sanft und dennoch kräftig, und lasse mich von ihm auf die Tanzfläche führen.

Die Band stimmt eine Ballade an.

Das Schicksal hat offenbar seinen witzigen Tag. Blöd nur, dass ausgerechnet ich im Rampenlicht seiner Laune stehe. Ich hoffe, es amüsiert sich wenigstens gut auf meine Kosten.

Gabriel legt seine Hand auf meinen Rücken und zieht mich gerade so nah an sich, dass eine Handbreit Luft zwischen unsere Körper passt.

Ich fühle mich exponiert, als ob jeder uns beobachten kann, obwohl wir von Tanzpaaren umringt sind, die alle nur mit sich selbst beschäftigt sind, und von den wenigen Lampen sowieso nur spärliches Licht auf die Tanzfläche fällt.

Gleichzeitig nehmen alle meine Sinne nur ihn wahr. Die Wärme seines Körpers, der sanfte Druck seiner Hand dort, wo mein Rücken in mein Hinterteil übergeht, sein Atem, der sich in meinen Haaren verfängt, der Hauch eines teuren Aftershaves, die weiche Haut, die meine Fingerspitzen in seinem Nacken berühren.

Die Welt dreht sich und steht doch still. Über uns leuchten Millionen Sterne, und es ist auf einmal ganz egal, dass sie alle an der falschen Stelle stehen.

Es ist dieser Moment, der zählt. Der Augenblick, in dem mein Körper ihm entgegendrängt, in dem ich diesen Mann einfach nur spüren will. Mit jeder Faser meines Seins.

57

Am darauffolgenden Morgen fühle ich mich mindestens so zerknautscht, wie das Laken in meinem Bett aussieht. Ich habe lange wach gelegen, mich hin und her gewälzt, mit zu vielen Gedanken gerungen.

Paul. Magda. Gabriel.

Kreuz und quer sind sie durch meinen Kopf geschossen, Flipperkugeln gleich, aneinandergeprallt, haben ohne Vorwarnung die Richtung geändert und mit furiosem Getöse ein heilloses Chaos in Szene gesetzt.

Wie hätte ich da zur Ruhe kommen sollen?

Irgendwann gegen drei hatte ich die Idee, ein Spaziergang könnte helfen. Das Hirn auslüften, Fuß vor Fuß setzen, den Blick über den Ozean schweifen lassen und sich in der Unendlichkeit verlieren, dort, wo der Horizont sein muss und Himmel und Erde ineinander schmelzen.

Aber dann ist mir die nachtaktive Anopheles eingefallen, und ich habe es sein lassen.

Statt Meeresrauschen also nur das Gebläse der Klimaanlage. Statt endloser Weite der Vorhang vor der Fensterfront. Selbst das Paradies hat seine Macken.

Ein Blick in meine E-Mails macht die Lage nicht gerade besser.

> Mir geht wirklich langsam die Geduld aus, Alex. Mir war ja klar, dass du beleidigt bist, aber findest du es erwachsen, überhaupt nicht zu reagieren? Ich will dir erklären, was los ist, und du stellst dich tot? Denk mal darüber nach, wie kindisch das ist. Ruf mich an. Paul

Kindisch? So kann man das natürlich auch sehen. Muss man vielleicht sogar, wenn man Paul ist.

Habe ich ihn wirklich mal geliebt? Ausgerechnet diesen egozentrischen Königssohn? Mein Leben nach ihm, seinen Bedürfnissen und Wünschen ausgerichtet?

Nichts kommt mir auf einmal abwegiger vor. Und falscher. Wie konnte ich nur so dumm gewesen sein?

Viel zu lange habe ich mir eingeredet, seine Vorstellungen vom Leben seien auch meine. Ganz am Anfang ist das sicher auch der Fall gewesen. Aber dann, als wir anfingen, uns auseinanderzuleben, habe ich es nicht bemerkt. Es nicht sehen wollen vielleicht.

Ich habe unsere Beziehung so lange laufen lassen, bis sie uns um die Ohren geflogen ist. Aber jetzt bin ich nicht mehr bereit, die Trümmer einzusammeln.

> Hallo Paul, wir können gern reden, aber nicht am Telefon. Lass uns etwas ausmachen, wenn du zurück in Berlin bist. Alex

Ich lese die kurze Nachricht dreimal. Es fühlt sich richtig an. Kein Vorwurf, keine Rechtfertigung, keine Unterwürfigkeit.

Es wird ihm nicht passen, da mache ich mir nichts vor. Er wird toben und mir vermutlich eine wütende Antwort senden. Und wenn ich darauf nicht reagiere, wird er mich vielleicht sogar bombardieren. Mit E-Mails, SMS, eventuell sogar mit Anrufen.

Früher wäre ich binnen Sekunden eingeknickt. Aber die Zeiten sind vorbei. Diese alte Alex gibt es nicht mehr.

Ich kann nicht nur allein auf meinen Füßen stehen, ich kann sogar gehen. Und Paul wird das irgendwann kapieren.

Ich lese die E-Mail noch ein letztes Mal. Betrachte die wenigen Worte, wie sie unbewegt schwarz auf weiß auf dem Display leuchten.

Sie sind mehr als nur eine Nachricht, sind Botschaft und Manifest in einem.

Mein Herz schlägt gelassen. Kein flatternder Puls, kein Treibsand im Bauch. Es ist nur ein kleiner Schritt von der Vergangenheit in die Zukunft, doch auch kleine Schritte können bedeutungsvoll sein.

Mit ruhiger Hand tippe ich auf Senden.

Es ist Zeit, frühstücken zu gehen.

58

»Willst du noch immer Mombasa besichtigen?« Gabriel schenkt mir Kaffee nach, versenkt dann seinen Löffel in einer Passionsfruchthälfte und übergeht gentlemanlike den Umstand, dass ich nach meiner schlaflosen Nacht ziemlich zerknautscht aussehe.

Mombasa? Will ich schon, aber nach unserem Tanz gestern Abend bin ich sicher, dass es nicht besonders klug wäre, so viel Zeit mit ihm zu verbringen.

»Ich will morgen noch mal nach den Straßenkindern schauen«, sagt er und schiebt sich einen Löffel voll Passionsfrucht in den Mund. »Bevor ich zurückfliege. Du kannst mitkommen, und wir besuchen noch Fort Jesus und den Markt oder was immer du willst.«

Dass seine Abreise so nah ist, trifft mich unvermittelt. Ein Hieb, der mir für einen Augenblick die Luft nimmt.

»Klar, wäre super«, höre ich mich sagen und könnte mich ohrfeigen. Was soll das werden? Reicht ein gebrochenes Herz nicht? Er will nichts von mir. Absolut nicht. Da bin ich mehr als sicher.

Jede Sekunde unseres Tanzes und des restlichen Abends danach habe ich in der Nacht seziert und nicht ein Nanopartikel eines Anzeichens dafür gefunden, dass der Mann auf mich steht. Weder sind seine Hände beim Tanzen gewandert, nicht einmal den Druck hat er verstärkt, noch hat er hinterher in irgendeiner Weise versucht, mich zu berühren, oder mir vielsagende Blicke zugeworfen. Und das, nachdem wir uns so nahe gekommen sind. Damit ist die Sache klar.

Blöd nur, dass ich diesen Tanz nicht vergessen kann. Erst recht nicht das Gefühl von seinem Atem in meinen Haaren.

»Dann fahren wir morgen direkt nach dem Frühstück los.« Er legt den Löffel neben die leere Schale der Frucht. »Diese Passionsfrüchte werde ich so sehr vermissen, und auch die Mangos. So etwas bekommt man ja bei uns gar nicht. Zu Hause schmecken die Früchte nach nichts, verglichen mit denen hier.«

»Was meinst du eigentlich mit ›noch mal nach den Straßenkindern schauen‹?« Ich sehe ihn über den Rand meiner Kaffeetasse an und frage mich, ob ich ernsthaft in Gefahr bin, mich zu verlieben.

Wohl eher nicht, entscheide ich. Vermutlich lechzt nur mein angekratztes Selbstbewusstsein nach Bestätigung. Will wissen, dass es begehrenswert ist, vielleicht sogar Paul eins auswischen. Nach dem Motto: Sieh her, du kannst mit Sabine durchbrennen, dafür kann ich mir einen gut aussehenden Arzt angeln. Dumm nur, dass Paul nichts davon mitbekommen würde. Und selbst wenn, wäre es ihm vermutlich komplett egal.

»Ach, wenn ich hier bin, fahre ich immer einmal die Woche bei denen vorbei«, winkt Gabriel ab. »Manche haben irgendeine Infektion oder haben sich den Fuß aufgeschnitten, was eben so passiert, wenn man auf der Straße lebt. Ich bringe zu dem Zweck immer ein paar Medikamente mit. Nichts Besonderes.«

Wie er das sagt – als wäre es das Selbstverständlichste auf der Welt.

»Die haben doch kein Geld dafür.« Er zuckt mit den Schultern. »Wenn du hier mit etwas Lebensbedrohlichem ins

Krankenhaus kommst, dann will man dort erst Geld sehen, ehe man dich behandelt. Wenn du keines hast, lassen sie dich einfach vor der Tür verrecken.«

»Tatsächlich?« Mir war klar, dass die medizinische Versorgung in Kenia schlecht ist, aber dass es so schlimm ist, hätte ich nicht gedacht.

»Willst du noch etwas vom Büfett?« Er schiebt seinen Stuhl zurück und steht auf. »Ich hole mir noch einmal Obst.«

»Höchstens ein bisschen Ananas.«

»Bringe ich mit.«

Ich sehe ihm nach und fühle mich plötzlich matt. Findet Gabriel mich wirklich so gar nicht anziehend? Bin ich nicht sein Typ? Oder habe ich ihm einfach zu viel über Paul erzählt? Eine Mischung aus allem vielleicht?

Wenn ich ehrlich bin, kann es sehr gut sein, dass ich schlichtweg eindeutige Signale gesendet habe, gar nichts von ihm zu wollen. Und das ist auch wirklich besser so. Aus welchem Urlaubsflirt ist schon je etwas Ernsthaftes entstanden.

Aber eventuell hat Anne auch recht, und eine kleine Affäre hätte mir gutgetan?

Zu spät. Er reist in ein paar Tagen ab, und auch ich muss langsam wieder zurück nach Berlin und dort mein Leben in Ordnung bringen beziehungsweise neu sortieren. Auch wenn ich dazu im Moment so gar keine Lust habe.

Mein Handy fängt an zu klingeln, und im selben Moment leuchtet der Name Eva auf dem Display auf. Neugierig nehme ich den Anruf an. »Hallo, Eva, wie geht's dir?«

»Ich habe mit meiner Mutter telefoniert.«

Sie klingt aufgekratzt, und mir rollen Steine in der Größe des Kilimandscharo vom Herzen.

»Die ersten paar Minuten war es eigenartig, aber so nach und nach ging es besser.«

»Du glaubst gar nicht, wie sehr mich das freut.«

Gabriel kommt mit zwei Tellern voller Früchte zurück, zieht fragend eine Augenbraue hoch und setzt sich.

»Erzähl, Eva«, sage ich, um ihn wissen zu lassen, mit wem ich spreche, »wie seid ihr verblieben?«

Gabriel gibt mir mit einem Kopfnicken zu verstehen, dass er im Bild ist, worum es geht.

»Meine Mutter hat gesagt, sie weiß, dass sie sich in vielen Situationen falsch verhalten hat«, sagt Eva nun etwas ruhiger. »Sie gesteht ein, dass sie mir mehr zur Seite hätte stehen sollen. Mich vor unserem strengen Vater verteidigen zum Beispiel.«

»Das ist doch ein Anfang.« Ich merke, wie mir die Tränen kommen, und versuche, sie wegzublinzeln.

»Es ist mir ganz schön schwergefallen, aber ich habe meiner Mama gesagt, dass ich eigentlich in erster Linie weggegangen bin, weil ich das mit meiner Schwester nicht mehr aushalten konnte. Sie hat so viel kaputt gemacht, ich will einfach, dass sie nicht noch mehr in meinem Leben zerstören kann.«

Das ist ganz schön harter Tobak für ein erstes Gespräch nach fünf Jahren. Aber ich kann verstehen, dass Eva das sagen musste. Zu lange hat es in ihr rumort. Und vermutlich ist es auch besser, nicht länger den Deckel draufzuhalten, denn so etwas ist wie ein Dampfkochtopf unter Druck. Früher oder später explodiert er. »Wie hat Magda reagiert?«

»Sie will darüber nicht am Telefon reden, meinte sie.«

»Und nun?«

»Ich habe ihr erklärt, dass ich hier nicht wegkann. Ich will es auch gar nicht. Ich will nicht zurück nach Berlin, auch nicht für eine Reise. Am Ende erzählt Mama das Christina, und dann steht die vor der Tür.«

»Du glaubst, Magda würde immer noch wollen, dass ihr beide euch versteht? Es wäre wieder dasselbe, und sie würde dich erneut unter Druck setzen?«

Eva seufzt. »Ich weiß es nicht. Aber ich will es auch nicht darauf ankommen lassen.«

»Das kann ich verstehen. Aber wie sieht jetzt die Lösung aus?«

»Mama sagt, sie fliegt nach Mombasa.«

Jetzt bin ich baff erstaunt. »Magda nimmt in ihrem Alter die weite Reise auf sich? Dann ist es ihr wirklich sehr ernst.«

»Sie kommt in vier Tagen. Kannst du sie vom Flughafen abholen? Ich habe ihr schon ein Zimmer im *Bahari* gebucht. Zwei Tage später komme ich nach Mombasa und bleibe zwei oder drei Tage. Je nachdem, wie es läuft.«

»Klar. Mache ich. Ich rufe Magda an und lasse mir die genauen Flugdaten geben. Und ich kümmere mich hier um sie.«

»Super, dann sehen wir zwei uns in sechs Tagen.«

»Ja, bis dann, Eva.«

Ich lege auf und sehe mein Telefon entgeistert an, ehe ich es auf den Tisch lege. Mit allem hätte ich gerechnet, aber nicht damit, dass Magda nach Kenia kommt.

»Siehst du«, holt Gabriel mich aus meinen Gedanken zurück, »deine Mission ist mehr als erfolgreich.«

»Allerdings. Ich hoffe nur, die zwei vertragen sich, wenn sie über all diese Verletzungen sprechen.«

»Auf jeden Fall solltest du mit Irmgard und Waltraut reden. Die zwei kümmern sich bestimmt gern ein bisschen um deine Magda.«

»Das ist in der Tat eine gute Idee«, pflichte ich ihm bei. »Und ich werde wohl auch noch ein paar Tage länger bleiben, als ich jetzt eigentlich geplant hatte. Ich kann Magda ja schlecht hier allein lassen.«

»Gibt Schlimmeres, oder?«, grinst er mich an. »Na komm schon, lass uns noch einen Kaffee am Teich trinken. Die Vögel vermissen dich schon.« Er steht auf und greift nach meinem Obstteller. »Ich trage dir auch deine Ananas hinterher.«

Zu schade, schießt es mir durch den Kopf, Gabriel ist wirklich ein toller Mann.

59

Am nächsten Tag frühstücken Gabriel und ich bereits vor den anderen. Die Stimmung zwischen uns ist wieder so unbeschwert wie vor meiner Safari, was wohl auch daran liegt, dass wir gestern Nachmittag einen ausgedehnten Spaziergang am Strand gemacht haben, bei dem wir über seine letzte Beziehung, über Paul und über die E-Mail gesprochen haben. Wir sind also sozusagen zurück in unserem alten Fahrwasser, und es fühlt sich gut an.

Der Taxifahrer bringt uns zunächst bis zum Markt, wo wir ein wenig Kleidung und Lebensmittel erstehen. Dann geht es weiter in Stadtviertel von Mombasa, die ich zuvor nicht gesehen habe.

Die Straßen werden zu schlechten Buckelpisten, die Wellblechhütten am Rand wirken, als würden sie beim nächsten Windhauch zusammenfallen. Ziegen laufen umher, einige fressen Müll, der sich an allen Ecken türmt. Kinder sehen uns mit großen Augen nach, die Blicke leer und ohne jede Erwartung.

»Das hier wollen die meisten Urlauber gar nicht sehen«, sagt Gabriel und reicht mir eine Wasserflasche. »Und dabei ist Kenia noch gut dran, verglichen mit anderen ostafrikanischen Ländern. Sie haben viel erreicht hier, einen Mittelstand aufgebaut, der die Wirtschaft weiter ankurbelt. Man kann nur hoffen, dass es so weitergeht und dass andere afrikanische Staaten sich ein Beispiel daran nehmen.«

»Hauptsache, etwas von dem Wohlstand kommt dann auch hier mal an.« Vor einer lang gestreckten hohen Mauer sitzen Männer und Frauen auf der Erde. Manche stehen auch einfach nur herum und unterhalten sich. »Was machen die Leute hier?«

»Siehst du das Tor da vorn? Das ist eine kleine Fabrik, in der Kleidung hergestellt wird. Die Männer und Frauen hier sind Tagelöhner, die auf einen Job hoffen.«

Was für ein Leben muss das sein, in dem man Tag für Tag auf eine Arbeit hofft, die einen überleben lässt? Mit der man die Familie, Kinder versorgen, ein halbwegs lebenswertes Dasein führen kann.

Das Taxi biegt um eine Ecke, und wir fahren auf einen etwas breiteren Platz zu, um den sich einige Geschäfte reihen. Vor einer Art Kiosk stehen alte Männer, trinken und rauchen.

Ein Stück weiter hält der Fahrer vor einem verfallenen Haus. Das Dach fehlt, vom oberen Stockwerk stehen nur noch ein paar Mauern. Die Fenster im Erdgeschoss sind dunkle Löcher. Die Tür hängt halb in den Angeln.

»Dann sehen wir mal nach, ob es für uns etwas zu tun gibt.« Gabriel steigt aus dem Wagen und geht zum Kofferraum.

»Hier?« Nun steige auch ich aus.

»Letztes Jahr hat Katharina davon gehört, dass hier Straßenkinder Schutz suchen und eine Art Familie gebildet haben.« Er macht den Kofferraum auf und beugt sich hinein. »Da bin ich mit ihr zum ersten Mal hergefahren.«

Die Sonne brennt erbarmungslos auf mich herab, die Luft steht. Nichts als flirrende Hitze und Staub.

Er nimmt eine große Tasche aus dem Kofferraum und schiebt sich die Sonnenbrille in die Haare. »Kannst du das nehmen?«, reicht er mir die Beutel mit der Kleidung und den Lebensmitteln, die wir gekauft haben.

»Sicher.«

»I'll wait here«, sagt unser Taxifahrer, setzt sich wieder auf seinen Fahrersitz und zündet sich eine Zigarette an.

Ich folge Gabriel durch die halb offene Tür in das Gebäude. Die Luft ist deutlich kühler hier drinnen und riecht ein wenig muffig.

Meine Augen müssen sich erst an das dämmrige Licht gewöhnen. Nur schemenhaft nehme ich Sisalmatten und einige Decken auf dem Boden wahr. An einer Wand lehnt ein Stuhl, dem ein Bein fehlt. In einer Ecke befindet sich eine Feuerstelle, daneben stehen ein paar verbeulte Töpfe.

»Die sind vermutlich hinten im Hof«, sagt Gabriel und geht zielstrebig voran, als sei er hier zu Hause.

Ich bleibe dicht hinter ihm, denn ein bisschen unheimlich ist mir das alles schon.

Wir gehen durch eine Tür in ein größeres Zimmer, in das durch mehrere unverglaste Fensteröffnungen Licht fällt. In einer Ecke liegen fleckige Laken auf einer Matte. Von draußen dringen helle Kinderstimmen herein.

Wie muss es sein, hier groß zu werden? Hat man Angst? Wie sehr fehlt einem der Schutz? Die Nestwärme, die so wichtig ist, um das Vertrauen in sich und die Welt zu entwickeln? Ein Erwachsener, den man um Rat fragen, um Hilfe bitten kann? Gibt es trotzdem irgendwas, das einem das Gefühl gibt, etwas aus seinem Leben machen zu können, wenn man nichts außer einer heruntergekommenen Ruine kennt, in der man sich zusammen mit anderen Kindern durchschlägt?

Gabriel ruft etwas.

»Du sprichst Swahili?«

Er zuckt die Schultern. »Ein wenig.«

Mehrere Kinder kommen hereingestürmt, lachen. Gabriel geht in die Hocke. Sie werfen sich ihm an den Hals und die Beine, hängen wie Äffchen an ihm.

Verwundert und auch ein wenig belustigt sehe ich mir das Schauspiel an. Das ist ein anderer Gabriel als der, den ich kenne, und doch derselbe. Typisch unaufgeregt, aber umso herzlicher lässt er die Kleinen gewähren und freut sich offenbar darüber. Selbst sein Lächeln strahlt noch eine Spur heller als sonst.

Nach der stürmischen Begrüßung stellt er mich den Kindern vor. Vorsichtig machen die größeren ein paar Schritte auf mich zu. Ein Mädchen streckt die Hand aus, berührt meine Haare. Ich halte ganz still, um sie nicht zu verschrecken.

»Die haben vermutlich noch keine blonde Frau gesehen«, erklärt Gabriel ihr Verhalten.

Nach und nach kommen auch die anderen Kinder näher, tasten nach meinen Haaren, meiner Haut. Es ist eine ganz besondere Art der Begegnung, experimentierend, forschend. Der Ausdruck *etwas be-greifen* offenbart sich mir in diesem Moment, in dem ich hier hocke und viele kleine Hände auf mir spüre, in einer neuen Dimension.

Etwas berühren, ertasten, um es zu verstehen. Und dabei geht es um mehr als die Tatsache, dass wir nicht dieselbe Sprache sprechen. Jede zarte Berührung ist eine Annäherung und auch ein Sich-selbst-im-Fremden-Erkennen.

Mit allen Sinnen nehme ich diese kostbaren Momente in mir auf. Trotzdem entgeht mir nicht, dass Gabriel sich immer wieder umsieht. »Vermisst du jemanden?«, frage ich ihn.

Er nickt und sagt etwas zu den Kindern.

Ein kleiner Junge, vielleicht vier Jahre alt, antwortet ihm, greift nach seiner Hand und zieht ihn mit sich, hinüber zu dem Lakenhaufen.

Ich verteile in der Zwischenzeit die Kleidung, die wir mitgebracht haben. Das größte und vermutlich älteste Mädchen gibt den anderen Anweisungen, die ich zwar nicht verstehe, die aber sofort befolgt werden. Alle halten sich brav zurück, auch wenn man ihnen ansieht, wie schwer es ihnen fällt, während sie die Beutel von mir entgegennimmt, sie durchwühlt und dann beginnt, einzelne Stücke zu verteilen.

»Kommst du mal, Alex?« Gabriels Ton klingt plötzlich sehr ernst. »Und bringst du bitte meine Tasche mit?«

Ich greife mir seine große Tasche und gehe hinüber. Der vermeintliche Lakenhaufen ist offenbar eine Art Bettdecke, unter der eins der Kinder liegt. Es hat die Augen geschlossen, sein Atem geht flach, und Schweißperlen glitzern auf der Stirn.

Der kleine Junge, der Gabriel hierhergeführt hat, steht mit großen, angsterfüllten Augen daneben.

»Das ist Suena«, sagt Gabriel und tastet nach dem Puls des Mädchens. »Der Kleine ist ihr Bruder. Er hat mir gesagt, dass sie bereits seit drei Tagen hier so liegt.«

»Malaria?«, fällt mir sofort das Naheliegendste ein.

»Eine Möglichkeit unter vielen.« Gabriel öffnet die Tasche.

»Du hast einen ganzen Arztkoffer dabei? Im Urlaub?« Ziemlich perplex starre ich auf all die Dinge, die sich in der großen Tasche verbergen. Jede Menge Scheren, Verbandsmaterial, Medikamente und vieles mehr.

»Nur wenn ich nach Afrika oder in andere Entwicklungsländer fahre.« Er zieht zwei paar Handschuhe übereinander an, stülpt sich einen Mundschutz über Mund und Nase und reicht mir dann auch einen. »Ich habe keine Lust, dich als Nächste behandeln zu müssen.« Seine Augen sind ernst wie nie zuvor.

»Was kann ich tun?«, frage ich und befestige den Mundschutz.

Vorsichtig nimmt er Stück für Stück die Laken von Suena. »Versuch mal, ob du ihr ein wenig Wasser einflößen kannst. Halt den Kopf dabei ein bisschen hoch und pass auf, dass sie sich nicht verschluckt.«

Leichter gesagt als getan. Das Mädchen will gar nicht erst den Mund aufmachen.

Ich benetze ihre Lippen mit Wasser und hoffe, dass sie wenigstens ein paar Tropfen aufleckt. Doch auch das hilft nicht.

»Sie muss sich an etwas geschnitten haben.« Gabriel hat mir den Rücken zugedreht, untersucht offenbar ihren Fuß. »Das ist eine üble Entzündung. Hast du noch Wasser, Alex?«

Ich lege vorsichtig den Kopf des Mädchens zurück und hole die zweite Wasserflasche. »Hier.« Mein Blick fällt auf ihren Fuß. Er ist rot und blau und geschwollen. Verkrustetes Blut klebt überall, sodass man gar nicht sehen kann, wo die Wunde anfängt und wo sie aufhört.

»Schaffst du es, mir zu helfen?«

Sein ernster Blick trifft mich mitten ins Herz. Die Sorge, die darin liegt, erzählt die Geschichte dieses Mannes, die er mir bisher verschwiegen hat. Ich begreife, dass er nicht der Karriere und des Ansehens wegen Arzt geworden ist. Nein, Gabriel meint es ernst mit dem Beruf und vor allem mit den Menschen.

»Klar«, sage ich im Brustton der Überzeugung, auch wenn ich innerlich vor Angst fast erstarre. Was kommt jetzt? Kann ich das aushalten? Habe ich eine Alternative? Hat Suena eine?

»Gut. Ich werde zuerst die Wunde säubern.« Er zieht sein Hemd aus. »Hast du unter der Bluse was an? Mehr als einen BH?«

»Ja, wieso?«

»Dann zieh sie aus. Wir brauchen Sachen, die so sauber wie möglich sind. Und bei der Kleidung, die wir gerade gekauft haben, bin ich da weniger sicher als bei dem, was wir beide heute Morgen angezogen haben.«

Noch während ich mich meines Hemds entledige, versucht er schon, mit Wasser das verkrustete Blut aufzulösen.

»Halt ihren Fuß fest«, weist er mich an, »und rechne damit, dass sie zu treten anfängt, denn das wird schmerzhaft.«

Ich umklammere Suenas Knöchel, so fest ich kann, spanne alle Muskeln an, mache mich auf Abwehr gefasst. Das Mädchen stöhnt, bewegt sich aber kaum.

»Sie ist schon zu schwach«, stellt Gabriel fest. »Und das hier sieht gar nicht gut aus.«

Gelbgrüner Eiter kommt zum Vorschein. Ich atme flach, versuche, den Geruch zu ignorieren.

»Wir müssen sie ins Krankenhaus bringen.« Er knüllt sein verdrecktes Hemd zusammen und tupft mit meinem an den Wundrändern entlang, sagt dabei etwas auf Swahili zu dem kleinen Jungen. Der rennt zu den anderen.

»Kannst du unsere Sachen tragen?« Gabriel schiebt vorsichtig die Arme unter Suena und hebt sie hoch.

Ich hänge mir meine Tasche um, stopfe die Wasserflasche hinein und greife mir seine Arzttasche. »Dann mal los.«

Die Kinder begleiten uns stumm bis zum Taxi, sehen zu, wie Gabriel, Suena in den Armen, hinten einsteigt und ich vorn. Als wir davonfahren, sehen sie uns nach, ohne zu winken.

Der Weg zum Krankenhaus kommt mir schier endlos vor. Immer wieder drehe ich mich um, sehe nach Gabriel, der mit ernster Miene dem Mädchen immer wieder ein wenig Wasser einzuflößen versucht. Er bleibt ebenso erfolglos wie ich.

In der Notaufnahme, die mir wie die Szenerie in einem schlechten Abenteuerfilm vorkommt, schaut uns eine gelangweilt dreinblickende Schwester nicht einmal an, während sie ein Anmeldeformular über den Tresen schiebt. »Five thousand Dollar cash upfront, please«, leiert sie herunter.

Der Wartebereich ist voller Menschen, sogar auf dem Fußboden sitzen sie und warten darauf, dass sich jemand ihrer annimmt. Die Luft ist stickig, der Ventilator an der Decke richtet kaum etwas aus, und es riecht nach einer Mischung aus Krankheit, Blut und Tod.

»Meine Visakarte steckt in der Arzttasche.« Gabriel trägt Suena noch immer auf dem Arm. »Can she lie down somewhere?«, fragt er die Schwester.

»Cash first«, antwortet sie und sieht nicht einmal auf.

Ich finde die Karte und knalle sie auf den Tresen.

»Sorry, only cash.«

Ich glaube es nicht. Wir sind weiße Touristen mit einem schwer kranken Mädchen im Arm. Will diese Frau jetzt tatsächlich, dass wir zuerst fünftausend Dollar besorgen? In einem Land, in dem jeder Automat maximal vierzigtausend Kenia-Schilling, also umgerechnet etwa dreihundertfünfzig Euro, pro Tag ausspuckt?

»I am a doctor«, versucht es Gabriel. »I can assist in helping her.«

Die Krankenschwester sieht auf, mustert ihn. Für einen Moment keimt Hoffnung in mir auf. Gleich wird sie einen Arzt holen, der Suena versorgt. Doch selten habe ich mich so getäuscht. »Cash first«, sagt sie stur, das Gesicht eine reglose Maske.

Etwas in mir reißt. Ein letzter Geduldsfaden, der mich noch zurückgehalten hat. Mit ihm gehen alle Vorsicht und meine Höflichkeit noch dazu über Bord. »Now you listen to me«, sage ich gefährlich leise, aber mit einem unmissverständlich schneidenden Ton und stütze dabei meine Hände auf den Tresen, sodass ich größer wirke. »Mein Freund hier ist Arzt, das ist seine Visakarte. Sie können davon sofort diese verdammten fünftausend Dollar abbuchen und uns einfach nur einen Behandlungsraum mit den entsprechenden Geräten zuweisen. Oder aber ich veranstalte hier in den nächsten Sekunden so ein Chaos, dass alle damit beschäftigt sind, mich wieder einzufangen, und es niemandem auffällt, dass mein Freund das Mädchen selbst behandelt, seine Visakarte nimmt und geht. Dann sehen Sie nicht einen Cent.« Ich beuge mich so weit zu ihr vor, bis unsere Nasenspitzen sich fast berühren. »Und falls Sie auch nur den geringsten Zweifel haben sollten, dass ich das wirklich tue, dann belehre ich Sie gern eines Besseren.«

Die Krankenschwester sieht mir in die Augen und weicht nicht einen Zentimeter zurück. An ihrem Blick kann ich ablesen, dass sie genervt ist, sauer, aber auch ein bisschen beeindruckt.

Gut. Jetzt nicht aufgeben, denke ich und funkle sie an, als wolle ich sie zum Duell herausfordern. Ich muss das hier gewinnen. Für mich, für Gabriel, vor allem aber für Suena und ihren kleinen Bruder.

Es ist ein Abwägen und Kräftemessen, das gefühlt ewig dauert. Zu lange. Wir sind eingefroren in diesem Moment, während um uns herum Menschen stöhnen, Kinder schreien und irgendwo eine Sirene kreischt. Langsam, aber sicher beschleicht mich die Befürchtung, ich verliere. Aber das kann ich nicht zulassen. Auf keinen Fall.

»Okay.« Ich stemme mich auf den Tresen hoch, um hinüberzuklettern. Zwar habe ich keinen Plan, aber genug Wut und Verzweiflung im Blut, um einfach etwas zu probieren, egal was, und gleichgültig, ob es mich in große Schwierigkeiten bringt.

Die Hand der Schwester landet auf der Visakarte. Gift sprüht aus ihren Augen. »Room number two is free«, zischt sie und krallt sich die Karte.

60

Es wird bereits dunkel, als Gabriel und ich erschöpft im Taxi sitzen, er immer noch mit freiem Oberkörper, ich in einem blutbefleckten Tanktop.

Ich lege den Kopf an die Rückenlehne, schließe die Augen und spüre den Wind über mein Gesicht streichen. Was für ein Tag.

»Meinst du, sie schafft es?« Ich kann hören, wie müde ich klinge.

»Die Chancen stehen ganz gut. Wir konnten die am schlimmsten entzündeten Stellen entfernen, und Suena bekommt nun Medikamente gegen die Sepsis, auf die sie in der ersten Stunde bereits gut angesprochen hat.«

»Aber sie wird in Zukunft gehandicapt sein?« Ich lasse meinen Kopf zur Seite rollen und sehe ihn an. Erste Bartstoppeln schimmern auf der Haut, Staub hängt in seinen Haaren. Trotz allem bin ich seltsam froh, neben ihm durch Mombasa zu fahren.

»Dem Fuß fehlt ein Stück, ja. Aber sie wird sich daran gewöhnen.«

»Und wieder richtig laufen können?«

»Na ja, sie wird am Anfang ein bisschen hinken, aber sie ist noch jung, sie wird lernen, wieder normal zu gehen.« Er wendet den Kopf und sieht mir in die Augen. »Suena wird leben, und du hast dafür gesorgt.«

»Ich?« Ich setze mich auf. »Ich habe doch gar nichts gemacht.«

Gabriel neigt den Kopf und lächelt. »Wolltest du wirklich über den Tresen springen und dieser Krankenschwester an die Gurgel gehen?«

»So in etwa«, zucke ich die Schultern. »Ich hatte keinen Plan. Nur das Gefühl, etwas tun zu müssen.«

»Du warst beeindruckend. Sogar ich habe Angst bekommen.«

»Du? Wieso?«

»Ich habe befürchtet, im nächsten Moment nicht nur ein lebensbedrohlich krankes Mädchen im Arm zu haben, sondern dich auch noch aus dem Gefängnis in Mombasa herausholen zu müssen.«

»Jetzt übertreibst du.«

»Du hast ausgesehen, als seist du zu allem fähig.«

»Hm.« Einen Moment lang schweigen wir, während das Taxi über die Brücke nach Nyali fährt. »Hättest du mich wirklich aus dem Gefängnis gerettet?«, frage ich schließlich und bin nicht sicher, ob ich die Antwort wirklich hören will.

»Natürlich.« In Gabriels Stimme vereinen sich Überzeugung und Wärme zu einer sanften Melodie. »Du warst wirklich großartig, Alex. Ohne dich hätte ich das nicht geschafft.«

Ich weiß nicht, was ich dazu sagen soll. Ich bin auch zu müde.

»Erst diese Aktion am Tresen der Notaufnahme und dann im Behandlungsraum, als keine der Schwestern helfen wollte. Ohne dich hätte ich den Fuß nicht richtig versorgen können.

All das entzündete Gewebe zu entfernen, ging nur mit deiner Hilfe.«

»Ich habe doch nur den Fuß festgehalten und diese Schale.« Bei dem Gedanken daran, wie er Stück für Stück das übel aussehende Gewebe in die Schale hat fallen lassen, sackt mein Magen ins Bodenlose. Während der Behandlung hat mir das erstaunlich wenig ausgemacht, aber jetzt, da alles vorbei ist, könnte ich mich auf der Stelle übergeben. »Ich darf gar nicht dran denken«, sage ich und kämpfe tapfer die Übelkeit hinunter.

»Du hast das super gemacht, wirklich.«

Er greift nach meiner Hand und drückt sie, sanft, aber dennoch kraftvoll. Und in diesem kurzen Moment liegt so viel Zärtlichkeit, dass mir die Tränen kommen.

»Weinen ist völlig okay«, sagt er und streicht mit der Daumenkuppe vorsichtig über meine Wange. »Das war für jemanden, der so was noch nie erlebt hat, ganz schön hart.«

61

»Einer meiner letzten Strandspaziergänge für die nächste Zeit.« Gabriel bleibt stehen, dreht sich um und schaut zurück über den langen weißen Strand. »Das wird mir fehlen.«

Wasser schwappt über meine Füße, warm und samtig. »Der perfekte Strand«, stelle ich fest, immer noch ein wenig erschöpft von den Aufregungen des gestrigen Tages. »Danach habe ich immer gesucht. Keine Liegen, keine Sonnenschirme, keine Menschen. Hier hätte ich das nie vermutet. Wie so vieles nicht.«

»Du klingst auch schon ein bisschen nach Abschied.«

Abschied von dir, denke ich und gehe langsam weiter. »Na ja, bald muss wohl auch ich zurück.« Ich will nicht, dass er denkt, ich würde ihn vermissen. Ich will auch nicht, dass ich das denke. »In die Kälte, das überfüllte Berlin … ach«, ich lese eine kleine Muschel auf und lasse sie gleich wieder fallen, »nicht jetzt dran denken, noch bin ich ja hier.«

Die Fischer kommen zurück, fünf Boote, gestakt von jungen Männern, beladen mit Reusen und Netzen. Ich kann nicht sagen, warum ich diesen Anblick so liebe, aber ich tue es. Es wirkt so natürlich, ein Zitat einer längst vergangenen Zeit. Etwas, das ich bewahrt wissen will. Vielleicht einfach nur, um mich davon zu überzeugen, dass nicht alles vergänglich ist, dass manches bleibt, wenn man es nur lässt.

Wir umrunden den gespaltenen Fels, gehen am *Voyager Beach Resort* vorbei, die Füße im Wasser, die Sonne über uns. Die Beachboys winken, als wir aufs *Bahari* zukommen. Sie haben längst eingesehen, dass sie mit uns keine Geschäfte mehr machen werden, und konzentrieren sich lieber auf das »Frischfleisch«, wie Isaac die neu angekommenen Touristen zu nennen pflegt.

»Wollen wir oben an der Bar etwas trinken?« Gabriel schiebt die Sonnenbrille in die Haare.

»O ja, einen Lemonspritzer könnte ich jetzt gut vertragen.« Allein der Gedanke an das erfrischende Getränk lässt mir das Wasser im Mund zusammenlaufen. Frisch gepresste Limetten mit Mineralwasser und einigen Eiswürfeln, es gibt kaum etwas Besseres.

Eiswürfel. Auch so etwas, das man laut Reiseführer in Afrika nicht zu sich nimmt. Genauso wie Eiscreme, Salat und Obst, das man nicht selbst geschält hat. An all das habe ich mich schon bei der Ankunft nicht gehalten, als ich mir in Addis Abeba die Zähne geputzt habe.

So hat es angefangen, das große Abenteuer Afrika, und jetzt, nur wenige Wochen später, fühlt es sich so vertraut an. Nie hätte ich das erwartet.

Als ich an der Bar in einer schattigen Ecke mit Blick auf den Indischen Ozean sitze und Gabriel die Drinks holt, werfe ich einen Blick auf mein Handy, das ich während unseres Spaziergangs auf der Liege gelassen habe.

Fünf verpasste Anrufe.

Die Rufnummer sagt mir nichts. Noch während ich darüber nachdenke, zu welchem Land diese Vorwahl gehören könnte, klingelt es erneut.

Einigermaßen skeptisch nehme ich den Anruf entgegen, als Gabriel meinen Lemonspritzer vor mir hinstellt. »Hallo?«

»Endlich!«

Paul. Der hat mir gerade noch gefehlt.

»Wieso rufst du nicht zurück? Seit über einer Stunde versuche ich, dich zu erreichen, Alex. Du hättest wirklich mal drangehen können.«

»Was willst du, Paul?«

Allein der Name bewirkt, dass Gabriel gleich wieder vom Barhocker steigt, auf dem er sich gerade niedergelassen hat. Ich lege meine Hand auf seinen Arm und schüttele den Kopf. Er zögert sichtlich, setzt sich dann jedoch wieder.

»Frau Kaiser hat mir gesagt, wo du bist.«

Ich frage mich, worauf das jetzt wohl hinausläuft und wie ich Paul am schnellsten wieder loswerde. Er gehört hier nicht her, nicht einmal am Telefon.

»Ich bin in drei Tagen da.«

»Wie bitte?« Ich will nicht glauben, was ich da höre. Paul hat irgendwo zwischen der Türkei und Asien zu sein, jedenfalls wenn er mit Sabine die Route fährt, die wir zusammen geplant haben.

»Ich habe bereits ein Zimmer in diesem *Bahari Beach Hotel* gebucht. Mal eine ordentliche Dusche und Essen vom Büfett können ja nicht schaden. Zum Glück hatten die noch was frei. Soll ja auch ganz nett sein, wenn man dem glaubt, was du Frau Kaiser so erzählt hast. Und wir haben dann genug Zeit zum Reden. Das ist es doch, was du immer willst, Alex: reden.«

Die Worte rauschen an mir vorbei. Ein tosender Wasserfall, der auf mich niedergeht, mir die Orientierung nimmt und mich mit seinen Strudeln in die Tiefe zieht. Ich kann nicht atmen, drohe zu ertrinken, sehe nichts als aufgewühltes weißes Wasser voller Luftblasen.

»Freust du dich?«

Freuen? Ich kämpfe mich an die Oberfläche, schnappe nach Luft.

»Wag es ja nicht, Paul!« Die Worte rauschen auf heißer Luft aus meinem Mund. Ein Feuerstoß, der den Wasserfall mit beachtlichem Zischen auslöscht.

»Geht's noch, Alex? Du willst doch reden. Ich mache mich extra auf den Weg, und jetzt willst du mir verbieten, dass ich zu dir komme?«

Paul, wie er leibt und lebt. Egoman, egoistisch, skrupellos. Der Königssohn, der immer seinen Willen bekommt. Aber jetzt ist Schluss. Ich springe nicht mehr über jedes verdammte Stöckchen, das er mir hinhält. Und ich frage schon erst recht nicht, wie hoch. Nein, verdammt, mein Afrika wird er mir nicht kaputt machen.

»Ich will dich hier nicht sehen, Paul. Ist das klar?« Meine Ansage ist ruhig, aber bestimmt. Meine Stimme kalt geschliffener Stahl. So kennt er mich nicht, ich mich selbst allerdings auch nicht.

»Was soll das heißen, Alex?«

»Habe ich mich etwa nicht klar ausgedrückt, Paul?«

»Also, ich habe das jetzt gebucht, wir sind auch schon halb auf dem Weg …«

»Ich werde hier nicht mit dir reden.« Es kostet mich unendlich viel Kraft, ruhig zu bleiben. Am liebsten möchte ich schreien, toben, was auch immer. Aber das gönne ich ihm nicht. Er muss nicht wissen, wie wütend er mich macht, und auch nicht, wie hilflos ich mich fühle. »Wie ich dir bereits geschrieben habe, können wir sprechen, wenn du von deiner Weltreise zurück bist, aber …«

»Geht's noch?«, fällt er mir ins Wort. »Du lässt meine Sachen von meinem Bruder aus der Wohnung holen, schmeißt mich aus dem Mietvertrag, beantwortest meine Nachrichten nur, wenn's dir gerade passt, und willst mir jetzt erzählen, ich dürfe dich nicht zur Rede stellen?« Mit jedem Satz wird seine Stimme lauter, aber auch schriller. Paul, der Macher, der Ansager, verliert die Kontrolle.

»Bis dann, Paul«, sage ich knapp und beende die Verbindung.

»Vielleicht eher was mit Alkohol?« Gabriel deutet mit dem Kinn auf meinen Lemonspritzer.

Ich schüttle den Kopf, wage es aber nicht, etwas zu sagen. Ich fürchte, meine Stimme ist brüchig, jetzt, da meine Knie zittern und es in meinem Bauch flattert.

Ich habe Paul zum ersten Mal ernsthaft die Stirn geboten, aber nun fühlt es sich an, als falle ich in mir zusammen.

»Trink mal einen Schluck.« Gabriel schiebt mein Glas ein Stück näher zu mir.

»Ich will ihn hier nicht sehen!« Wut und Ohnmacht lassen meine Worte zu einem Flüstern schrumpfen. »Nicht hier. Nicht in diesem Paradies. Das hier ist meins, endlich mal meins.« Tränen steigen heiß brennend in mir auf, meine Unterlider ein Staudamm, der die Flut nicht halten kann. »Immer ging es nach ihm, aber das hier, das ist meins. Das lasse ich mir nicht von ihm kaputt machen.«

»Ich finde, deine Ansage war klar. Der wird hier nicht auftauchen.«

Durch einen Tränenschleier sehe ich Gabriel an. Sein Gesicht, selbst die Konturen verschwommen. »Du kennst ihn nicht. Der kommt jetzt erst recht.«

»Ich würde diesen Paul ja den Löwen vorwerfen, aber«, er schüttelt ein wenig hilflos den Kopf, »mein Flug geht übermorgen.«

»Ich … ich komme schon klar.« Ich wische mir die Tränen aus den Augen und trinke einen Schluck. »Es hat mich einfach völlig überrollt, dass er offenbar schon auf dem Weg hierher ist. Und dann auch noch mit dieser Sabine, wie ich vermute. Entschuldige …«

Ich kann es immer noch nicht glauben. Die Wut verebbt nicht, ganz im Gegenteil. »Ich könnte Paul umbringen. Jetzt, hier, sofort. Was denkt er sich? Dass ich ihn freudig in Empfang nehme? Vielleicht frage ich einfach Katharina, ob sie es so drehen kann, dass die Zimmerbuchung storniert wird. Dann muss ich ihn wenigstens nicht im selben Hotel ertragen.«

»Oder du reist einfach ab. Dann läuft er hier ins Leere.«

Die Idee ist mir noch gar nicht gekommen. Und im ersten Moment klingt sie verlockend, selbst wenn Paul das vermutlich als Flucht auffassen würde. Womit er nicht ganz falsch läge. Aber dann fällt mir Magda ein. »Das kann ich nicht machen, Magda kommt doch.«

»Um die kümmern sie sich hier im Hotel garantiert sehr gut. Und dann sind da auch noch Bernd, Marion, Guido, Irmgard und Waltraut. Meinst du nicht, das geht?«

Immerhin hat Magda Paul verraten, wo ich mich aufhalte. Das würde fast rechtfertigen, sie hier ihrem Schicksal zu überlassen. Obwohl – sie konnte ja nicht ahnen, dass mir das so gar nicht recht ist. Sicher hat sie es nur gut gemeint.

So gut wie früher, als sie Eva immer in den Ohren lag, sie solle sich mit Christina verstehen?

62

Ich verschlafe das Frühstück, nachdem ich bis zum frühen Morgen mehr wach als schlafend in meinem Bett gelegen habe. Paul und sein angekündigtes Erscheinen, mit Sicherheit mehr als eine leere Drohung, haben mir keine Ruhe gelassen.

Es geht nicht so sehr darum, ihm gegenüberzutreten und die Konfrontation hinter mich zu bringen, nicht einmal darum, dass er diese Sabine hier anschleppt. Nein. Was mich wirklich zur Raserei bringt, ist die Vorstellung, dass er in mein kleines Paradies einbricht und die Regie übernimmt.

Je länger ich mich wach im Bett gewälzt habe, desto schlimmer wurden die Bilder, die vor meinem inneren Auge aufgezogen sind.

Ich habe Gabriel, Bernd, Marion, Guido und mich am Teich sitzen und dann Paul dazukommen sehen. Wie er sich setzt, den Charme auf Autopilot schaltet, amüsante Geschichten erzählt, alle einwickelt und mich zur Statistin ohne Sprechrolle degradiert.

Wenn Paul eines kann, dann ist es nämlich das: den Entertainer geben, schillern, brillieren und dabei alle blenden.

Ich muss es wissen. Ich bin lange genug selbst darauf hereingefallen. Habe an seinen Lippen gehangen, gelacht und darauf gepocht, was für einen tollen Mann ich an der Seite habe. Einer, der so viel weiß und noch mehr kann und dabei so lustig ist.

Nur Anne, die war die Einzige, die ihn von Anfang an durchschaut hat. Und ich weiß nicht, wie sie das macht. Warum sie so absolut immun gegen seinen gottverdammten Charme ist.

Wieso habe ich nicht auf sie gehört?

Weil ich verliebt war. Weil ich hin und weg war von diesem brillanten Typ und es nicht fassen konnte, dass ausgerechnet diese Lichtgestalt mich wollte.

Ich war so blind und blöd, ich könnte kotzen.

Hat Paul je bei einem Strandspaziergang gefragt, ob mir die Sonne auch nicht zu heiß wird? Hat er einmal nur seinen Platz am Tisch für mich geräumt? Hat er jemals mit mir getanzt, obwohl er Tanzen nicht mag?

Nein. Weder das eine noch das andere.

Und es musste erst Gabriel kommen, damit ich die Augen öffne und klar sehe. Gabriel mit seinen kleinen Höflichkeitsgesten, seiner Zuvorkommenheit. Gabriel, der nichts von mir will und mir trotzdem täglich vorführt, wie es sein könnte. Wie es sich richtig anfühlen würde.

Und vielleicht will ich auch Paul hier einfach nicht sehen, weil ich Angst habe, es könnte Gabriel von dem Sockel holen, auf den ich ihn gerade stelle. Weil er vielleicht auch auf Paul reinfällt und am Ende denkt, ich bin die dumme Kuh, die nur nicht erkannt hat, was für ein toller Typ der elende Verräter ist.

Ist Gabriel etwa die nächste Lichtgestalt? Bin ich so bescheuert, dass ich immer eine brauche? Will ich stets zu einem Mann aufsehen? Mich klein machen? Kann ich gar nicht anders?

Ich muss das herausfinden, es für mich klären. Und zwar bevor ich Paul treffe. Damit ich auf alles gefasst bin. Mir nicht etwas von ihm einreden lasse. Schließlich habe ich hier in den letzten Wochen endlich meinen Boden unter den Füßen, meinen Standpunkt gefunden. Es ist an der Zeit, mich zu behaupten.

Ohne Frühstück und hungrig finde ich die anderen am Teich.

Marion sieht mich über den Rand der Sonnenbrille an. »Schlechte Nacht gehabt?«

»Sieht man das so deutlich?«

Sie wiegt den Kopf.

»Hast das Frühstück verpasst, oder?« Bernd reißt ein Stück Brot in kleine Stücke und wirft sie in den Teich. Die Fische kommen angesaust und schnappen danach.

»Verschlafen«, gebe ich zu.

Gabriel winkt Doris, die gerade den Tisch nebenan abwischt. »Doris, can you bring Alex coffee and a little late breakfast, please?«

Die Kellnerin lacht zu mir herüber. »Sure. Omelette, bread and fruits?«

Ich werfe ihr eine Kusshand zu.

»Stress?«, fragt Guido. »Ich dachte, jetzt ist alles gut. Diese Magda kommt, Eva trifft sie, es gibt das große Familien-Happy-End. Habe ich was versäumt?«

Gabriel hat offenbar kein Wort gesagt. Ich hätte allerdings auch nichts anderes erwartet. Er redet zwar gern, aber er ist nicht der Typ, der etwas ausplappert.

Und im Grunde geht es niemanden hier etwas an. »Ärger mit dem Ex«, ringe ich mich trotzdem zu einer Erklärung durch. »Er hat angekündigt, hier in drei Tagen aufzutauchen, beziehungsweise jetzt sind es nur noch zwei.«

»Oje.« Marion legt mir die Hand auf den Arm. »Können wir irgendwas tun?«

Die Geste, die Worte, die Ernsthaftigkeit in ihren Augen, all das berührt mich. Ich kenne diese Menschen hier kaum, uns verbindet nichts als eine lockere Urlaubsbekanntschaft. Und doch haben sie mich in ihren Freundeskreis zumindest vorübergehend aufgenommen. »Danke, aber ich fürchte, da kann man gar nichts machen.«

Doris kommt mit einem großen Tablett und verteilt mein Frühstück auf dem Tisch. »Enjoy your breakfast.« Sie strahlt mich an, und ich wünschte, ich könnte mir etwas von ihrer unerschütterlichen Fröhlichkeit abknapsen.

Noch ehe ich in die Tasche meiner Bermudashorts greifen kann, drückt Gabriel ihr schon einen Schein in die Hand. »Thanks, Doris.«

»Ich gebe dir das gleich wieder«, krame ich in der Hosentasche nach meinem Geld.

»Lass es stecken«, winkt Gabriel ab.

»Wirklich?«

»Woher weiß der Ex überhaupt, wo du bist?«, will Marion wissen.

»Magda hat es ihm verraten. Und jetzt will er reden und hat deshalb ein Zimmer hier gebucht.«

»Im *Bahari*?« Bernd schüttelt den Kopf.

»Und du?« Marion schenkt sich Tee ein. »Was willst du?«

Ich schiebe mir ein Stück Omelett in den Mund, kaue und gewinne Zeit. Ich weiß genau, was ich will, das ist nicht der Punkt. Aber will ich mit diesen Leuten hier darüber sprechen? Gewähre ich allein dadurch Paul bereits Raum? Überlasse ihm ein Stück meines kleinen Paradieses?

»Paul meint, er kann das so bestimmen«, sage ich schließlich. »Aber da lernt er jetzt mal was dazu.« Ich werde den Mistkerl nicht gewinnen lassen. Nicht jetzt, nicht hier.

»Das heißt?« Guido legt kleine Stückchen Brot auf das Mäuerchen, das den Teich abgrenzt. Die Webervögel beäugen ihn dabei, einer hört auf, an seinem Nest zu basteln, und holt sich im Sturzflug einen Krümel.

»Ich gehe nach dem Frühstück gleich mal zur Rezeption und bitte darum, dass sie für mich klären, ob auf den Flügen morgen über Addis und Frankfurt noch ein Platz frei ist. Und wenn nicht, verschwinde ich zumindest aus dem *Bahari* und bleibe eben noch ein paar Nächte am Diani Beach.«

»Flucht«, stellt Bernd fest, aber wie er es sagt, klingt es nicht nach Vorwurf.

»Von mir aus nenn es so.«

»Ist manchmal das Beste«, klinkt sich Gabriel schließlich in die Diskussion ein. »Vor allem wenn du weißt, dass sich die Gemüter erst beruhigen sollten, um eine Sache zu klären. Da kann man sich schon mal zunächst der Konfrontation entziehen. Abwarten zu können, ist eine Stärke.«

»Wie sieht denn dein Paul aus?«, fragt Bernd. »Nicht dass wir nachher aus lauter Unwissenheit nett zu dem sind.«

»Könnt ihr ruhig.« Ich sauge mit einem Stück Brot das Fett auf meinem leeren Teller auf und stecke es mir dann in den Mund. »Vermutlich findet ihr, dass Paul ein super Kumpel und sehr unterhaltsam ist.«

»Ich bestimmt nicht.« Marion hebt die Hände und hält sie vor die Brust, die Handflächen nach außen. »Ich bin nicht nur voreingenommen, sondern absolut auf deiner Seite.«

»Frauen und ihr Solidaritätsding, wenn es gegen Männer geht …« Bernd grinst, als er das sagt. Man kann ihm klar ansehen, dass er scherzt.

»Ach du!« Marion schlägt mit ihrem Fächer nach ihm.

Bernd reißt die Arme hoch, als müsse er sich verteidigen. »Seht ihr«, lacht er, »kaum sagt man was, wird man verprügelt.«

»Mit welcher Airline hast du denn gebucht?«, will Guido wissen.

»Lufthansa. Wieso?«

»Offenes Rückflugticket?«

»Ja.«

»Morgen geht dein Flug, oder, Gabriel? Zumindest bis Frankfurt?«

Gabriel nickt.

»Ich rufe mal die Kollegen an. Dann können die euch beide auch gleich nebeneinandersetzen. Oder bist du schon eingecheckt, Gabriel?«

»Kollegen?«

»Guido arbeitet bei der Lufthansa in Frankfurt«, klärt Marion mich auf.

»Check-in geht doch erst dreiundzwanzig Stunden vor Abflug«, antwortet Gabriel auf Guidos Frage. »Kannst du uns vielleicht auf diesen Zweiersitz platzieren, vor dem eine Reihe fehlt?«

Guido steht auf. »Ich habe mein Handy im Zimmer. Wie ist denn dein Nachname, Alex?«

»Bertram. Alexandra Bertram.«

»Dann mache ich das mal für euch beide klar.«

Ein bisschen perplex schaue ich in die Runde. »Guido kann das einfach so?«

Marion zuckt die Schultern. »Klar. Eine seiner leichtesten Übungen.«

»Guido ist ein ziemlich hohes Tier bei der Lufthansa«, erklärt Bernd, »ohne den hätten wir hier alle schon mal ganz blöd festgesessen oder wären gar nicht erst hergekommen.«

»Was täte ich nur ohne euch? Erst helft ihr mir, Eva ausfindig zu machen und eine Safari zu buchen, die mich genau dort hinbringt, und dann kümmert ihr euch auch noch um meinen Rückflug.«

»Und um deine Magda, wenn sie hier ganz allein klarkommen muss«, fügt Bernd an.

»Du hast doch auch eine Menge für uns getan«, wirft Marion ein.

»Ich? Für euch? Was denn?« Ich habe nicht den blassesten Schimmer, wovon sie spricht.

»Uns die Zeit versüßt?« Sie grinst. »Immerhin kennen wir uns und all das hier seit Jahren. Weißt du, wie langweilig es war, bevor du aufgetaucht bist?«

»Und mich hast du von dieser Plaudertasche erlöst.« Bernd boxt Gabriel freundschaftlich in die Seite. »Dank dir habe ich endlich ein wenig Ruhe und kann mich erholen.«

»Du mich auch«, lacht Gabriel und verpasst Bernd einen angedeuteten Klaps auf den Hinterkopf.

Genau in diesem Moment geht mein Herz in den Sinkflug. Morgen schon lasse ich all das hier zurück? Den Spaß, die Leichtigkeit?

Ganz leer fühle ich mich auf einmal. Nichts als kalte Luft in meinem Innern, die mich frösteln lässt. Und mir wird klar, wie wenig ich von hier fortwill. Von diesem Ort und diesen Menschen, die mir jetzt schon fehlen. Aus diesem Land, in dem ich zu mir zurückgefunden habe.

63

Am späten Nachmittag kann ich mich endlich dazu durchringen, Magda anzurufen. Während es klingelt, schaue ich auf den Indischen Ozean mit Abschiedsschmerz im Herzen. Diese Farben, das Licht, die Fischer in ihren Booten, den sanften Wind, all das vermisse ich jetzt schon.

»Hallo, Alex, schön, dass du dich mal wieder meldest. Wie geht es dir?«

Magdas Stimme klingt so fröhlich, dass ich gar nicht weiß, wie ich anfangen soll. Die Worte, die ich mir so sorgfältig zurechtgelegt habe, kommen mir auf einmal unpassend und falsch vor.

»Gut, danke.« Ich schlucke, und die Spucke kratzt wie Nägel in meinem Hals. »Ich, ich …« Ich räuspere mich, aber es hilft nicht viel. Der Hals ist rau, die Stimme schwach. »Ich kann nicht hierbleiben«, spucke ich mühsam aus, Wort für Wort, »ich fliege morgen zurück.«

»Oh …«

»Es tut mir leid, Magda, aber …«

»Hat Paul dich angerufen?«

»Ja. Er kommt her.«

»Ach so.«

Magdas Einsilbigkeit macht es mir nicht gerade leichter. Natürlich ist sie enttäuscht, und ich habe ein schlechtes Gewissen, sie hier allein zu lassen, aber da ist auch etwas Groll unter der Oberfläche, der tief in mir rumort.

Sie hat sich diese Situation selbst zuzuschreiben. Hätte sie Paul nicht verraten, wo ich bin, müsste ich nicht abreisen.

Ich kaue auf meiner Unterlippe herum, entschlossen, ihr diesen Vorwurf nicht zu machen. Es fällt mir verdammt schwer.

»Ich kann ihm jetzt einfach noch nicht begegnen«, fülle ich schließlich die Stille, die sich zwischen uns ausbreitet.

»Aber ihr müsst das doch klären. Ich dachte …«

»Dass wir uns dann wieder vertragen?« Die Wut wird plötzlich ein Feuerball, unaufhaltsam, unkontrollierbar. »Dass ich nur ihn habe und wir uns verstehen sollen?«, platzt es aus mir heraus, zu laut, zu schrill, zu giftig. Ich beiße die Zähne zusammen und versuche, tief ein- und auszuatmen.

»Es tut mir leid«, sagt Magda gepresst, »ich dachte, es wäre gut für euch.«

»Ja, Magda, irgendwann. Irgendwann ist es vielleicht eine gute Idee, dass Paul und ich die Sache klären. Aber weder jetzt noch hier.« Nur sehr langsam bekomme ich meine Wut in den Griff. »Du hättest mich vorher fragen müssen, ob du ihm sagen darfst, wo ich bin.«

»Ich habe es nur gut gemeint. Als er dich sitzen gelassen hat und du mir davon erzählt hast, da hast du mehrfach gesagt, du willst wissen, wie es dazu kommen konnte. Und dass du es furchtbar findest, ein Jahr auf die Klärung warten zu müssen. Als Paul mich nun angerufen und gefragt hat, wo er dich finden kann, habe ich gedacht, es ist dir sicher recht, wenn ich es ihm sage. Ich konnte ja nicht ahnen, dass du deine Meinung geändert hast.«

»Lass gut sein«, sage ich versöhnlich, denn aus ihrer Perspektive hat sie recht. »Trotz allem, ich kann hier nicht bleiben.«

»Das ist natürlich schade. Ich hatte gehofft … Ich meine, ich weiß ja nicht, wie mein Treffen mit Eva ausgeht, und wenn du dann da wärst …«

»Ich weiß.« Die Wut fällt in sich zusammen und lässt in mir nur das Gefühl zurück, dass ich Magda im Stich lasse. Zwischen ihr und Eva ist alles möglich – im Positiven wie im Negativen. Niemand von uns weiß, wie es ausgehen wird. So ein breiter Abgrund klafft zwischen den beiden, und selbst wenn Magda nun endlich eine Brücke bauen will, bleibt es fraglich, ob Eva sie überqueren wird, ob beide sich auf halber Strecke entgegenkommen.

Ich hoffe es. Für beide. Und im Moment sieht es so aus, als wären sie auf einem guten Weg.

»Es tut mir auch wirklich leid, aber du wirst hier nicht allein sein.« Zumindest davon bin ich überzeugt. »Ich habe mit Bernd und Marion und Guido gesprochen, die dir beistehen werden. Und dann sind da noch Irmgard und Waltraut, die sind etwa in deinem Alter, mit den beiden wirst du dich super verstehen.«

»Mach dir keine Sorgen, Alex. Ich komme schon zurecht.«

»Sicher?«

»Aber natürlich.« Jetzt lacht sie, und mir fallen mehrere Steine vom Herzen. »Was soll schon passieren?«

»Ich weiß nicht. Du warst noch nie …«

»In Afrika?«

»Überhaupt so weit weg.«

»Na, da wird es vielleicht mal Zeit, oder?«

Ich bin nicht sicher, ob sie es wirklich so locker nimmt oder ob sie mich nur beruhigen will. Trotzdem fühle ich mich schon ein kleines bisschen besser.

»Und außerdem, wer sollte unsere Pflanzen gießen und die Post aus dem Briefkasten nehmen, wenn wir beide in Kenia den großen Zeh in den Sand bohren?«

»Ich wünsche dir auf jeden Fall eine ganz tolle Zeit hier. Und dass deine Begegnung mit Eva zu einem guten Ausgang führt.«

»Danke, Alex. Wir werden sehen.«

»Ich bin sicher, ihr bekommt das hin. Darf ich dir noch einen Rat geben?«

»Nur zu.«

»Halt Christina besser aus allem heraus. Bedräng Eva nicht. Versuch zu verstehen, wie gut es ihr hier geht.« Ich würde gern noch mehr sagen, aber es steht mir nicht zu. Ich kann nur einen kleinen Fingerzeig geben. Den Rest müssen die beiden selbst schaffen. Es wird sicher nicht leicht, aber ich bin überzeugt, es kann gelingen. Eva muss endlich reden – und Magda muss endlich zuhören. »Und nimm das Handy mit. Dann kannst du mich anrufen. Marion zeigt dir, wie du dich hier ins WLAN einwählen kannst.«

»Mache ich. Und ich werfe meinen Wohnungsschlüssel in deinen Briefkasten. Dann kannst du zur Abwechslung mal meine Pflanzen versorgen und meine Post aus dem Kasten holen.«

»Das mache ich gern. Ein bisschen verrückt, oder? Wir werden in der Luft aneinander vorbeifliegen.«

»Ich winke dir zu, Alex. Ich kann vermutlich kein Auge zutun.«

»Es wird dir hier ganz bestimmt gefallen.«

»Ich werde es dich wissen lassen. Komm gut heim, Alex.«

»Und du gut hierher.« Ich bin froh, dass unser Gespräch so versöhnlich endet. »Und, Magda: vielen Dank.«

»Wofür?«

»Ohne dich hätte ich all das hier nicht erlebt. Und du wirst sehen, dieses Land, die Menschen, die Tiere, das stellt was mit einem an. Etwas Gutes.«

Nachdem wir uns verabschiedet haben, wähle ich schweren Herzens Evas Nummer. Ich habe mich so darauf gefreut, sie vor meiner Abreise noch einmal zu treffen, aber jetzt wird es dazu nicht mehr kommen.

»Hey, Alex«, meldet sie sich, »ich bin gerade dabei, ein paar Sachen zu packen.«

»Es tut mir so leid, Eva«, platze ich heraus, »aber ich werde nicht mehr hier sein, wenn du kommst.«

»Was ist passiert?« Sie klingt alarmiert.

»Mein Ex. Er will herkommen. Aber … aber … ich kann das nicht.«

»Schon gut, Alex«, sagt sie sanft. »Ich bin die Letzte, die das nicht versteht. Ich hätte dich zwar gern dabeigehabt, wenn ich meine Mutter treffe, aber wir schaffen es auch so. Und wir zwei, wir sehen uns bestimmt ganz bald wieder. In der *Karibu Lodge*.«

»Ganz bestimmt, Eva. Danke.«

64

Die Maschine steigt in den weiten Himmel. Unter uns fällt das in den Tudor Creek von Mombasa mündende Flussdelta davon, versandet in der trockenen Savanne. Nicht lange, und wir werden nur noch Land überfliegen, rötliche Erde mit einem Hauch von Blau bis hin zu einem zarten Lila.

Ich sitze am Fenster, leicht nach vorn geneigt, und kann nicht aufhören, zuzusehen, wie wir das Land hinter uns zurücklassen, das mir so viel gegeben hat.

So wenige Wochen habe ich hier verbracht, und doch fühlt es sich an wie ein langer, bedeutsamer Zeitraum meines Lebens.

Erinnerungen tauchen auf. Bilder, die langsam an mir vorüberziehen, die Ereignisse noch einmal aufleben lassen.

Löwen, Giraffen, Zebras, Elefanten, Nashörner, Flusspferde. Meine Fußpirsch mit Pitata, hinein in den Sonnenaufgang. Der Gepard mit den perfekten Tupfen, der auf dem Autodach umherspazierte. Nächte am Lagerfeuer, der Tag mit Eva. Barfuß tanzen zu kenianischen Klängen. Kokosreis und Lemonspritzer. Palmwein in Isaacs Buschdorf. Bananenbier. Kinder in den Slums von Mombasa. Affen auf meinem Balkon.

Und Strandspaziergänge.

Strandspaziergänge mit Gabriel. Endlose Gespräche in ungeahnter Leichtigkeit. Keine Verrenkungen. Kein Verstellen.

Und immer noch kann ich sie spüren, diese Schwerelosigkeit, die in der Stille der Savanne mein Herz zum Tanzen gebracht hat. Die mich mit so viel Glück erwärmt, mir Ruhe schenkt, tief in mir.

Asante sana, Kenia, denke ich aus ganzer Seele, du hast mir das größte Geschenk meines Lebens gemacht. Und das, obwohl ich dich um nichts gebeten habe.

»Ich weiß noch, als ich zum ersten Mal hier war und dann zurückfliegen musste«, sagt Gabriel mit seiner samtigen Stimme. »Ich dachte, ich schaffe das nicht.«

Ich löse meinen Blick vom Fenster, lehne mich zurück und sehe ihn an. »Nach Hause fliegen?«

Er nickt leicht. »Ich hatte das Gefühl, ich komme nie mehr in Europa klar.«

»Es muss wohl gehen, oder?« Ein bisschen hilft es, zu wissen, dass ich mit diesem Gefühl nicht allein bin.

»Ich saß damals im Flieger und dachte, ich studiere Medizin, und dann komme ich hierher zurück und helfe den Leuten. Oder ich bewerbe mich bei Ärzte ohne Grenzen.«

»Und dann? Wieso hast du es nicht getan?«

Er zuckt die Schultern. »Die Familie. Eigentlich wusste ich immer, dass ich irgendwann die Praxis meines Vaters übernehmen werde. Und da wollte ich mir nicht hier etwas aufbauen, um es dann wieder zurücklassen zu müssen.«

»Hast du es je bereut?«

Gabriel überlegt einen Moment, dann schüttelt er den Kopf. »Die bleibt doch, diese Möglichkeit. Ich kann jederzeit in Deutschland alles hinschmeißen und doch noch herkommen.« Er lehnt den Kopf an und lächelt versonnen. »Afrika. Das bleibt. Für immer. Es weckt etwas in einem, eine Sehnsucht.« Er dreht den Kopf ein Stück und sieht mich wieder an. »Man kommt entweder nur einmal auf diesen Kontinent oder immer wieder.«

»Ich komme garantiert zurück. Ich habe so wenig nur gesehen. Selbst wenn es viel war, so war es wenig. Klingt verrückt, oder?«

»Nein, gar nicht. Ich weiß genau, was du meinst.«

»Ich glaube, ich werde schon deshalb immer wieder zurückkommen, weil ich wieder in die Savanne will. Eva besuchen. Tiere beobachten. Am Lagerfeuer sitzen. Nachts im Zelt liegen und von Löwengebrüll geweckt werden. Diese Weite erleben, in der die Welt in Ordnung ist, in der wir Menschen gar nichts bedeuten und nur Gäste sind. Und die Stille hören.«

»Bernd hat recht, du bist eine Abenteurerin.«

»Ist das schlecht?«

»Natürlich nicht. Aber ich glaube, das hat Kenia in dir geweckt, nicht wahr?«

»Ja, hat es.« Die Maschine legt sich auf die Seite, zieht eine weite Kurve, ehe sie sich wieder waagerecht ausrichtet. »Ich wusste das vorher wirklich nicht über mich.«

»Es gibt noch viele Abenteuer in Afrika. Zum Beispiel Gorillatrekking in Uganda oder, für die, die sich trauen, im Kongo. Bootstouren in Botswana, die Serengeti … Du hast gerade erst angefangen, Alex. Es gibt noch so viel zu sehen.«

»Hast du das alles schon erlebt?«

Er schüttelt den Kopf. »Einiges, ein bisschen. Aber man kann es natürlich immer wieder machen, denn es ist jedes Mal anders. Die Gorillas, die stehen auf meiner Liste ganz oben.«

»Aber?«

»Bisher konnte ich niemanden dafür begeistern.«

»Und wieso hast du das nicht allein unternommen?«

»Keine Ahnung. Kann ich gar nicht so genau sagen. Ist einfach so ein Gefühl, dass es schön wäre, es zusammen mit jemandem zu erleben.«

»Wir waren jetzt gar nicht mehr in dem Kinderheim«, fällt mir ein.

»Du meinst das, das Katharina, Bernd und wir anderen gemeinsam finanzieren?«

Ich nicke.

»Nächstes Mal. So hast du wenigstens einen Grund, noch einmal ins *Bahari* zu kommen.«

Dafür habe ich mehr als einen Grund, denke ich, sage es aber nicht. Die Zeit ist nicht reif dafür, und vielleicht wird sie es niemals sein.

Vielleicht aber wird irgendwann einmal die Gelegenheit kommen, ihm zu sagen, wie schade es bei meinem ersten Besuch war, dass er nichts von mir wollte.

Irgendwann.

65

Das Gewusel in der Halle des Flughafens von Addis Abeba ist ein Vorgeschmack auf die Überfüllung und die Lautstärke, die mich in Europa erwarten. Nur bunter, vielfältiger.

Vor den Glasfronten spannt sich der schwarze Nachthimmel. Auf dem Vorfeld, auf dem die Maschinen im Flutlicht be- und entladen werden, fahren Serviceautos hin und her, und Männer in neonfarbenen Westen gehen ihren Aufgaben nach.

Unsere Lufthansa-Maschine steht an einem der Einsteigefinger schon bereit, und das Flugzeug da so zu sehen, fühlt sich unerwartet gut an. Vertraut, schon ein bisschen nach zu Hause.

»Willst du etwas trinken oder essen?«, fragt mich Gabriel nach einem Blick auf die Uhr. »Wir haben noch knapp zwei Stunden bis zum Abflug.«

Ich sehe hoch zu einem der Monitore. Unsere Flugnummer ist zusammen mit dem Flugsteig bereits angegeben, aber das *Proceed to Gate* leuchtet noch nicht auf.

Wie lange ist es her, dass ich hier am frühen Morgen stand und die fremden Destinationen mit Bauchkribbeln dort oben abgelesen habe? Zwei Wochen? Drei? Damals hatte ich keine Ahnung, was auf mich zukommt. Nie hätte ich erwartet, dass ich den Rückflug so schweren Herzens – und nicht allein – antreten würde.

»Essen eher nicht«, ich reiße meinen Blick von der Anzeige los und sehe Gabriel an, »aber einen letzten afrikanischen Kaffee, den hätte ich gern.«

»Gute Idee. Sollen wir uns dort hineinsetzen?« Er deutet auf das kleine Bistro, in dem ich bei der Anreise einen Cappuccino getrunken und mich dabei für das ausgesprochen dumme Verhalten von Blondie geschämt habe, die ich nicht mal kannte.

»Sieht ziemlich voll aus. Außerdem würde ich lieber noch ein bisschen herumlaufen. Nachher müssen wir lange genug sitzen.«

»Dann warte einfach hier, ich hole uns zwei Becher.«

Ich sehe ihm nach, wie er in dem Bistro verschwindet. Aufrecht, mit diesem unverwechselbaren Gang, nicht schlendernd, aber auch nicht schnell. Die Ruhe, die er ausstrahlt und die mir guttut. Bald schon wird er für immer aus meinem Leben laufen.

Noch eine Nacht im Flieger, dann trennen sich unsere Wege. Vermutlich übermüdet und in kaltem Neonlicht, irgendwo im Terminal 1 des Frankfurter Flughafens, wo Gabriel dann Richtung Gepäckausgabe gehen wird, während ich zum Gate muss, an dem meine Maschine nach Berlin stehen wird.

Und ich kann Anne förmlich sagen hören, ich hätte noch eine ganze Nacht im Flugzeug, ich könne Signale senden, die ganze Geschichte noch ändern, unsere Geschichte, wie das Ruder eines Schiffs, das ich nur in die Hand nehmen müsse.

Aber ist das so? Selbst wenn ich es wollte – und nicht einmal das kann ich ehrlich sagen; zu unsicher bin ich, ob Gabriel nicht der berühmte Interimsmann für mich wäre, den ich brauche, um mich von Paul endgültig zu lösen –, selbst wenn ich den Kurs also ändern wollte, würde er wohl kaum in mein Boot steigen. Mein Radar hat jedenfalls kein einziges Signal von ihm empfangen.

»Was machst du denn hier?«

Die Stimme, so vertraut wie mein linkes Bein, reißt mich aus meinen Gedanken. Mein Boot hat Schlagseite, ein riesiges Leck, und beginnt zu sinken.

»Paul?« Viel mehr bekomme ich nicht heraus.

Er steht vor mir, dunkelbraun gebrannt, in zerschlissenen Jeans, T-Shirt und Trekkingsandalen, mit Dreitagebart und Rucksack, hier an diesem Ort, wo ich ihn von allen Orten dieser Welt am allerwenigsten erwartet hätte. Und mein erster Gedanke ist, dass ich ihn kein bisschen anziehend finde. Im Gegenteil. Der ganze Aufzug, ein Möchtegernabenteurer. Wie lächerlich.

Absurd. Der Gedanke, die ganze Situation. Fast muss ich kichern.

»Wieso bist du nicht in Mombasa? Und was bitte ist so komisch?«

»Die Frage ist wohl eher, was machst du hier und wo hast du das Wohnmobil gelassen?« Der amüsierte Unterton in meiner Stimme wundert mich selbst. Wo kommt das auf einmal her?

»Die Karre ist verreckt.« Er spuckt mir die Worte vor die Füße, sichtlich sauer. »Steht in so einer Schrauberbude in Addis und wartet auf Ersatzteile, die irgendwann hoffentlich auch ankommen. Deswegen haben wir kurzerhand einen Flug nach Mombasa gebucht.« Er fährt sich durch die Haare. »Ich habe dir doch gesagt, ich komme, um mit dir zu reden.«

»Und ich habe entgegnet, dass ich dich nicht sehen will.« Ich zucke die Schultern, mehr über mich selbst als auf das bezogen, was ich sage. Paul hat keine Wirkung mehr auf mich. Wer hätte das geahnt?

Ich will ihn nicht zurück, ich fühle mich nicht mehr von seiner aufbrausenden Art eingeschüchtert, ich will nicht einmal mehr wissen, wieso er einfach wortlos abgehauen ist. Er ist mir schlicht egal.

Wann ist das eigentlich passiert?

»Und deshalb trittst du die Flucht an? Weil ich komme?« Um seinen Mund erscheint ein hässlicher Zug, hatte er den immer schon? Diese »Oberwasser«-Falte? Oder ist die neu? »Passt zu dir, Alex. Immer schön vor der Konfrontation davonrennen.«

»Ach, weißt du, Paul«, seufze ich und kann kaum glauben, dass sein Vorwurf mich so weit verfehlt, dass ich nicht mal einen Luftzug davon spüre, »der Letzte, der einfach abgehauen ist, warst du, soweit ich mich entsinne.« Ich kann mir ein breites Grinsen nicht verkneifen. »Aber macht ja nichts. Du hast dir ja schon immer gern die Welt so gebaut, wie sie dir gefällt. Also nur zu.«

»Hast du was genommen, Alex?« Wut und Verwirrung mischen sich in seinem Blick.

Was für eine erbärmliche Kreatur er doch ist. Gleich wird er vermutlich richtig unangenehm, so wie es seine Art ist, wie ich es tausend Mal mitbekommen habe, wenn er den Eindruck hatte, dass ihm jemand überlegen ist. Nur war das bisher niemals ich. Bisher.

»Hier bist du!« Eine viel zu junge Blonde mit flatternden Haaren bis zum Hintern, großen Kulleraugen und Schmollmund steht plötzlich neben ihm. Dann sieht sie mich, und ihr Blick verfinstert sich.

»Alex, die Ex«, stelle ich mich mit einem ehrlichen Lächeln vor.

»Sabine«, stottert sie, sichtlich verwirrt und unsicher, wie sie mit der Situation umgehen soll.

»Na, dann wünsche ich euch eine tolle Zeit in Mombasa.« Ich schaue von einem zum anderen. »Versäumt nur ja nicht, eine Safari zu machen. Die könnt ihr am Strand vom *Bahari* bei den Beachboys buchen. Grüßt die Jungs ganz lieb von mir, dann bekommt ihr einen guten Preis.« Aus dem Augenwinkel sehe ich Gabriel auf uns zukommen, in jeder Hand einen Becher Kaffee. »Guten Flug.«

»Moment mal, Alex!« Paul packt mich am Arm, hält ihn fest. »Du kannst nicht einfach so abhauen. Wir müssen reden.«

»Ehrlich, Paul, kann ich nicht?« Ich packe sein Handgelenk, ziehe seine Hand von meinem Arm weg und lasse sie fallen. »Ich dachte, du weißt so was besser. Und mal ernsthaft, du glaubst doch nicht, dass das hier der richtige Ort für so ein Gespräch ist, oder?«

Sabine sieht mich mit ihren großen Augen an. In ihrem Gesicht kann ich deutlich ablesen, dass Paul mich ihr als eine andere beschrieben hat. Aber kann ich ihm das verdenken? Nein. Er kennt mich so nicht. Ich erkenne mich ja selbst kaum wieder.

»Also, Paul und Sabine, viel Spaß euch beiden.«

Ich lasse sie stehen und gehe auf Gabriel zu, der ein paar Schritte entfernt wartet.

»Lass mich raten«, reicht er mir meinen Kaffee, »Paul mit der Neuen?«

»Du hast es erfasst.« Ich trinke einen Schluck, genieße das Aroma und die Wärme.

»Von Weitem zumindest sah es so aus, als hättest du dich gut geschlagen.«

»Es hat sich viel getan«, antworte ich nachdenklich.

Seine Augen leuchten jetzt noch einen Deut heller als sonst, und in diesem Moment weiß ich nicht, wie ich ohne diesen intensiven warmen Blick durch die ersten winterkalten Tage in Berlin kommen soll.

Tapfer schlucke ich die Wehmut hinunter. Die Sehnsucht wird bleiben. Nach ihm. Nach Afrika. Aber es wird schon gehen, muss es ja.

66

Gleichmäßig gleitet die Maschine durch die Nacht. Kein Rütteln, kein Schuckeln, um uns nichts als ruhige Luft. Man könnte meinen, wir fliegen gar nicht.

Es ist still an Bord, das Licht gelöscht bis auf die Nachtbeleuchtung. Die meisten Passagiere schlafen, nur hier und da flimmert ein Bildschirm.

Guido hat uns tatsächlich in der Zweierreihe platzieren können, vor der eine Sitzreihe fehlt. Ich habe den Platz am Fenster, Gabriel den Gangplatz. Er hat die Beine ausgestreckt, seine Füße lugen unter der Decke hervor.

Ich betrachte den schlafenden Mann, nehme die entspannten Gesichtszüge in mich auf, speichere sie in meinem Gedächtnis. Der Glanz in den dunklen Haaren, die Linie seiner Brauen, die für einen Mann untypischen langen, dichten Wimpern, die gerade Nase, der Schwung der Lippen, das markante Kinn.

Vielleicht werde ich ihn nie wiedersehen. Mag sein, dass er für immer die verpasste Chance in meinem Leben bleibt. Auf jeden Fall aber eine wunderbare Erinnerung. Und ein Mahnmal dafür, wie es auch, wie es richtig sein kann. Ein Modell für den

Mann, den ich in meinem Leben, an meiner Seite wissen will, wenn Gabriel selbst es schon nicht sein kann.

Ich drehe den Kopf auf die andere Seite. Ein erster Streifen Rot zeigt sich in der Schwärze der Nacht. Im Glas des Fensters spiegeln wir uns, verschwommen, ein wenig verzerrt. Wir zwei – das Paar, das keines ist.

Ich nehme das Handy und mache ein Foto davon. Halte diesen letzten Moment ungestörter Zweisamkeit fest.

Selbst wenn es ein Zerrbild ist, das die Realität nur mangelhaft wiedergibt, so will ich es doch bewahren, dieses Was-hätte-sein-Können, wenn nur ein bisschen von allem anders gekommen wäre.

Afrika. Gabriel. Daran werde ich oft denken. Da bin ich ganz sicher.

Ich wende den Kopf vom Fenster ab und betrachte ihn wieder. Wie friedlich er schläft. Wärme rollt als sanfte Welle durch mich hindurch. Ich bin glücklich und ein wenig traurig zugleich.

Auch wenn es hier kein Happy End geben wird, bin ich doch froh um all die Momente, die wir hatten. Und dankbar.

»Ich werde dich nie vergessen«, wispere ich.

In der Kabine geht langsam das Licht an.

67

Das Terminal 1 des Flughafens Frankfurt am Main summt geschäftig wie ein Bienenstock, selbst an diesem frühen Samstagmorgen. Aus allen und in alle Richtungen sind Menschen unterwegs, die meisten davon zielstrebig. Kaum einem sieht man die Übernächtigung an, auch wenn gerade unzählige Nachtflüge aus allen Kontinenten gelandet sind.

Es ist schwer zu sagen, was jeden meiner Schritte anstrengender macht: die lange Nacht im Flugzeug oder die Tatsache, dass es mein letztes Stück Weg an Gabriels Seite ist.

Gabriel, der darauf bestanden hat, am Gang zu sitzen, damit ich Ruhe habe. Gabriel, den ich so ungern zurücklasse.

Was sage ich jetzt gleich? Wie soll ich mich nur von ihm verabschieden?

So vieles fällt mir ein, aber nichts davon erscheint mir geeignet. Weder ein *Danke für die tolle Zeit* noch das abgedroschene *War schön, dich kennengelernt zu haben*, und erst recht nicht ein unsicher gestammeltes *Wir bleiben doch in Kontakt, oder?*.

Ich habe keine Übung im Abschiednehmen. Eher schon im Festhalten bis ins Verderben. Aber das kommt hier wohl kaum infrage.

Unsere Maschine ist zwanzig Minuten zu früh gelandet und hat mir damit unbeabsichtigt einen Zeitpuffer verschafft. Zeit, in der ich einen Kaffee in der Nähe meines Abfluggates trinken könnte, die ich aber lieber mit etwas trödelndem Schritt vergeude.

Jede Minute zählt, jede Sekunde an der Seite des Mannes, den ich ziehen lassen muss.

Und nicht zum ersten Mal hadere ich mit dem Schicksal. Das ist nicht fair, dass es mir ausgerechnet einen Mann vor die Nase setzt, der passen würde. Schlicht und einfach passen würde. Wenn er mich denn wollte.

Das Schicksal. Mein Schicksal. Ein Rumpelstilzchen, das ums Feuer springt und sich diebisch darüber freut, dass es mich an der Nase herumführt.

Im Leben hat alles einen Sinn, sagt man. Vielleicht ist das so. Aber jetzt und hier kann ich ihn nicht finden.

Und dann ist er da, ganz plötzlich, dieser Moment, den ich nicht will.

Mitten im Trubel bleiben wir stehen, an der Kreuzung unserer Leben, und sehen uns an. Schräg links geht es zur Gepäckausgabe, schräg rechts zu den Flugsteigen für die Anschlussflüge.

Gabriel und ich stehen voreinander, mein Mund wird trocken, die Hektik um uns nicht mehr als ein bedeutungsloses Rauschen.

»Das war es dann wohl«, sage ich unsicher, mein Herz eine Herde galoppierender Pferde.

War es das? Geht es tatsächlich hier so völlig unspektakulär zu Ende?

Aber was erwarte ich denn? Großes Kino?

Unsere gemeinsame Zeit hat sich durch wunderbare Unaufgeregtheit ausgezeichnet. Kein Herzflattern, keine schlaflosen Nächte, kein zitterndes Auswählen, was man sagen darf und was besser verschwiegen bleibt, keine schier endlosen Tänze vor dem Kleiderschrank, kein Umschiffen von Klippen und Meistern von Stromschnellen, nicht einmal ein Anflug der berüchtigten Schmetterlinge im Bauch. Und jetzt, ausgerechnet jetzt warte ich auf Feuerwerk und Glitzer?

Ich sollte etwas sagen. Das Ruder in die Hand nehmen. Wenigstens versuchen, es herumzureißen. Aber ich kann nicht. Mein Kopf ist eine ausgedörrte Savanne am Ende der Trockenzeit, in der kein Wort sprießen kann.

Wozu auch? Zwischen uns ist keine Glut, erst recht kein Feuer. Mein Funke zu schwach, um das Holz zu entzünden.

»Pass gut auf dich auf.« Heiser kratzen die Worte in meinem Hals. Und wenn ich jetzt nicht gleich gehe, werde ich diese Tränen nicht halten können, die ich aufsteigen fühle, die meine Sicht schon verschwimmen lassen, mir den letzten Blick in diese intensiv leuchtenden Augen stehlen.

»Es ist nicht so leicht mit dir, Alex.«

Durch einen Schleier sehe ich, wie Gabriel den Kopf schüttelt.

»Obwohl es eigentlich ganz simpel ist.«

Meine Gedanken straucheln. Wovon redet er da?

»Ich fürchte, ich werde auch in Zukunft immer zu viel arbeiten und meinen Beruf viel zu ernst nehmen, aber du könntest mich bremsen. Ich kann dir mit Sicherheit auch keine Weltreise bieten, aber die Welt in urlaubsgerechten Häppchen, das wird auf jeden Fall gehen. Mein Haus ist nur klein, meine Familie dafür umso größer, aber die würden dich garantiert alle mögen, und ein größeres Haus könnten wir kaufen. Ich bin mir nämlich sicher, dass wir zwei ein gutes Team sind, und zwar bei allem, was das Leben einem so auftischt, egal ob gut oder schlecht. Ob du das auch denkst, das weiß ich nicht, das musst du entscheiden, aber du bist diejenige von uns, die noch fast ein Jahr Zeit hat. Du könntest es also einfach ausprobieren, so viel

Platz habe ich nämlich schon. Und falls du einen Hund, eine Katze oder was auch immer hast, bring das Tier einfach mit. Aber jetzt musst du erst mal deinen Flieger nach Berlin bekommen. Du hast meine Nummer, Alex. Ich überlasse es nun dir, was du damit anfängst.«

Ich kann kaum atmen, mich noch viel weniger bewegen. Die vielen Sätze, sie fliegen wild in meinem Kopf herum und ergeben keinen Sinn. Ein Puzzle, bei dem kein Teil zum anderen passt. Ich mache den Mund auf und wieder zu, weiß nicht, was ich sagen soll. Und Gabriel? Der dreht sich einfach um und lässt mich stehen.

»Warte!«

Er verharrt mitten im Schritt, wendet sich mir wieder zu und sieht mich belustigt an.

»Was … was soll das heißen? Was hast du mir da gerade gesagt?«

Einen Moment lang sieht es so aus, als will er mich einfach mit der Frage zurücklassen, doch dann macht er einen großen Schritt auf mich zu, nimmt mein Gesicht in seine Hände.

Ganz still ist es plötzlich. Die Welt um mich verschwindet. Die Menschen, der Flughafen, all das existiert nicht mehr. Es gibt nur noch ihn und mich, das Paar, das eines wird, in diesem Augenblick, in dem unsere Lippen sich zum ersten Mal finden.

Danke

»Es braucht ein Dorf, um ein Kind großzuziehen«, sagen die Kenianer. Gleiches gilt, wenn man sich aufmacht, ein Buch zu schreiben – von der Idee über die langen, einsamen Stunden vor dem Computer mit allen Zweifeln und Härten bis hin zur Vermittlung an einen Verlag und schließlich Lektorat, Gestaltung, Marketing …

Mein Dorf besteht aus folgenden Personen, die alle in der einen oder anderen Form am Entstehen, Werden und Sein dieses Romans beteiligt waren und denen ich für Inspiration, Unterstützung und Arbeit aus ganzem Herzen danke:

Das gesamte Personal des *Bahari Beach Hotel* – allen voran Roomboy Alfonse, »Ali Baba« und seine Beachboys Gilbert, Paul und Stefane –, Matthias Becht, Claudia von VLG, Birgit Eckert, die Safari-Guides George und Ken, Renate Grünberger, Silvia Kuttny-Walser, Dr. Stephanie Sedlacek, Manuela und Gunter Seeck, Klaus Weber, Jana Zernickow und last but not least Lena Woitkowiak und das gesamte Team von Amazon Publishing.

Printed by Amazon Italia Logistica S.r.l.
Torrazza Piemonte (TO), Italy

15377171R00201